GOLDMANN

Buch

Grabenow, ein kleines Dorf auf der Insel Usedom, im Frühsommer 1987: Die junge Kristin Klemenz belauscht zufällig die Fluchtpläne ihres älteren Bruders Jürgen und zwingt ihn daraufhin, sie in den Westen mitzunehmen. Was sie allerdings nicht ahnt: Ihr Bruder ist kein »normaler« Republikflüchtling, sondern hat wissenschaftliche Forschungsergebnisse aus einer streng geheimen militärischen Nuklearstudie im Reisegepäck. Die Flucht über die Ostsee endet dramatisch: Jürgen wird erschossen. Kristin kann sich zwar retten, muß aber in Frankreich untertauchen.
Sie weiß nicht, daß der Bernstein-Anhänger, den ihr Jürgen in letzter Minute gegeben hat und den sie täglich trägt, die Probe einer gefährlichen Substanz enthält: *Red Mercury.*
Erst vier Jahre später, nach der Wende, macht sich Kristin Klemenz Schritt für Schritt auf die Suche nach der Vergangenheit und stößt auf die unglaubliche Wahrheit. Kann es ihr gelingen, das bis in höchste Regierungsebenen verwobene Netzwerk aus Korruption, Atomschmuggel und Machtmißbrauch zu zerstören – oder wird sie selbst zum Opfer werden?

Autorin

Ines Veith, geboren 1955, studierte in Köln Theater-, Film- und Fernsehwissenschaft, Philosophie und Kunstgeschichte. Im Anschluß an ihr Studium arbeitete sie zwei Jahre beim WDR und ist seither als freie Journalistin und Autorin tätig. Ihr erstes Buch *Wo ist Dirk?* wurde als TV-Mehrteiler mit Thekla-Carola Wied in der Hauptrolle verfilmt und 1994 mit beachtlichem Erfolg ausgestrahlt. Auch *Im Innern des Bernsteins* wird als großer TV-Spielfilm gesendet werden.

Von Ines Veith sind bei Goldmann bereits lieferbar:

Wo ist Dirk? (12351)
Gebt mir meine Kinder zurück (12388)
Dany (12497)

INES VEITH

Im Innern des Bernsteins

EIN POLIT-THRILLER

GOLDMANN VERLAG

Umwelthinweis:
Alle bedruckten Materialien dieses Taschenbuches sind chlorfrei und umweltschonend.
Das Papier enthält Recycling-Anteile.

Der Goldmann Verlag
ist ein Unternehmen der Verlagsgruppe Bertelsmann

Originalausgabe November 1995

Umschlaggestaltung: Design Team München
Umschlagfoto: Loh Productions, Heidelberg
Satz: Uhl + Massopust, Aalen
Druck: Elsnerdruck, Berlin
Verlagsnummer: 42865
Lektorat: Silvia Kuttny
Redaktion: Ilse Wagner
Herstellung: Ludwig Weidenbeck
Made in Germany
ISBN 3-442-42865-3

10 9 8 7 6 5 4 3 2 1

IM INNERN
DES BERNSTEINS

Im Innern des Bernsteins
Zauber der Natur
im feurigen Schein
erwacht die Struktur

Strahlend wie Leben
aus Sonne geboren
umschlossen von Harz
im Ozean verloren

Im Innern des Bernsteins
gefangene Zeit
Grab zarten Lebens
Magie der Ewigkeit

Gewesenes Leben
für immer erstarrt
läßt die Seele fühlen
der Geist verharrt

Im Innern des Bernsteins

Es ist jener bewußte Tag im Leben eines Menschen.
Alles verändert sich von Grund auf, zerfließt im Strudel der Ereignisse.
Schicksal oder Zufall? Bestimmung oder Entscheidung? Hoffnung oder Verzweiflung?
Was bleibt, ist Erinnerung und Erfahrung. So oder so.
Wie bei der jungen Usedomer Studentin Kristin Klemenz, die sich am 24. 7. 1987 entschließt, mit ihrem Bruder über die Ostsee in den Westen zu fliehen.
Seit diesem Tag ist ihr Leben wie umgewandelt.
Kristin wird zur ahnungslosen Hauptperson eines Politthrillers.
Lange kennt sie den Grund nicht.
Er liegt im Innern ihres Bernsteins.

DER LETZTE TAG

Sommerliche Abendstimmung lag über Usedoms einsamer Küste. Im üppigen Gras des Sumpfes mit seinen weitverzweigten Wasserläufen stocherten Kraniche und Störche nach Fischen und Fröschen. Kristin saß allein an dem kurzen, schmalen, sandigen Küstenstreifen vor dem elterlichen Anwesen.

Sie hatte die Beine angezogen, die Arme auf die Knie gestützt und blickte übers Meer in die Ferne.

Von weitem hatte ihre Körperhaltung etwas Grillenhaftes, als ob sie sich auf den nächsten Sprung konzentrierte. Möwen zogen wie immer ruhelos und gierig kreischend über die Fischerboote draußen auf dem Wasser.

Ein greller Pfiff schreckte Kristin aus ihrer träumerischen Stimmung auf, und sie drehte sich um. Ihr Bruder winkte ihr vom Hof aus zu.

»Komm rein! Wir essen!« rief er.

Mechanisch stand Kristin auf und ging ins Haus. Im Flur warf sie einen Blick in den Spiegel. Sie sah blaß aus, obwohl sie fast den ganzen Tag in der Sonne zugebracht hatte. Sie kam sich auch schmaler vor als sonst. Wahrscheinlich hatte sie die letzten Tage über abgenommen, oder wirkte es nur so durch das fast knöchellange, dunkelrote Strandkleid, das ihren Körper wie ein Sack umhüllte?

Sie gefiel sich nicht besonders. Ein paar Haarsträhnen hingen ihr ins Gesicht, in ihr Puppengesicht, wie die anderen immer behaupteten, weil sie eine kleine Nase, große Augen, einen schmalen Mund und dunkle Haare hatte.

Sie löste ihre Haarspange, klemmte sie zwischen die Zähne, strich sich ihre schulterlangen Haare mit beiden

Händen straff nach hinten, um sie erneut zu einem Pferdeschwanz zu binden. Dann drehte sie sich um und sah durch die geöffnete Zimmertür, daß der Rest der Familie schon am Tisch saß.

Kristin fröstelte. Sie wollte allein sein, unbedingt. »Ich hab keinen Hunger!« sagte sie, huschte in die Eßküche, drückte ihrer Mutter einen flüchtigen Kuß auf die Wange und verschwand nach oben in ihr Zimmer.

»Das geht schon fast seit zwei Wochen so!« Martha Klemenz blickte ihrer Tochter besorgt hinterher und schüttelte den Kopf.

»Laß sie!« erwiderte Jürgen. »Vielleicht ist sie verliebt!«

Kristin schloß ihr Zimmer hinter sich ab.

Zielstrebig ging sie an ihren Kleiderschrank und legte sich sorgfältig schwarze Jeans, ein helles T-Shirt und eine dunkle Weste über den Stuhl, dazu ein Paar Turnschuhe. Dann setzte sie sich an den Schreibtisch, der vor dem kleinen Dachfenster stand. Nachdenklich warf sie einen Blick auf den Tischkalender. Sie hatte sich diesen Tag mit einem großen roten X markiert und starrte jetzt auf diesen Buchstaben, als ob sich aus ihm die Zukunft ablesen ließe. Dann packte sie schnell und entschlossen ihren Paß, das Abschlußzeugnis und ein Familienfoto in ihren Lederbeutel und legte sich anschließend aufs Bett. Sie hörte Musik, Vocalise von Rachmaninoff, was ihrer inneren Zerrissenheit entsprach. Es war, als ob sie von den Tönen getragen würde, von dieser mal sanften, mal in wilde Leidenschaft umschlagenden Melodie.

Sie fühlte diese tiefe Sehnsucht nach einem neuen Lebensglück in sich, fühlte sich aber auch in sich selbst gefangen. Sie war noch so jung, wollte etwas erleben, frei sein. Mit den Füßen war sie noch zu Hause, mit dem Kopf wer weiß wo und mit dem Herzen irgendwo dazwischen. Und trotzdem! Kristin war entschlossen wie nie zuvor in ihrem Leben!

DIE FLUCHT

Es war etwa eine Stunde vor Mitternacht an jenem entscheidenden Tag im Juli des Jahres 1987. Die frische, klare Meeresluft gab über dem nächtlichen Himmel von Usedom ein verführerisches Sternenparadies frei, das einen nicht mehr losließ. Wie von einer magischen Kraft angezogen, blieb Kristin abrupt stehen, als sie vor die Tür getreten war. Sie atmete tief die salzige Luft ein. Ihr Blick glitt über den Himmel und den gut sichtbaren Andromedanebel. Wie oft hatte sie an solchen Tagen mit ihrem Bruder bis zum Sonnenaufgang draußen gelegen – auf dem kleinen Hügel hinter der Scheune – und sich alles über »das da oben« erklären lassen. Jürgen hatte stundenlang mit leiser, fast mystischer Stimme von den Sternen erzählen können, und sie hatte stundenlang zuhören können – ihrem klugen, großen Bruder. Mit seiner sanften Stimme, die wie Musik die einsamsten Nächte mit Leben füllen konnte, ein Gefühl von zu Hause vermittelt, in das man sich fröhlich ergibt.

»Alle müssen den Himmel so akzeptieren, wie er sich Abend für Abend zeigt«, wiederholte er oft. »Keiner kann die Sterne verrücken oder anders anordnen, sie einzäunen oder gar einmauern!«

Wenn Jürgen auch sonst im täglichen Umgang sehr erwachsen wirkte, vor dem Universum hatte er die naive Ehrfurcht eines Kindes. Seine Augen wurden groß und bekamen einen seltsamen Schimmer, in dem sich die tiefe unbestimmte Sehnsucht nach der Ewigkeit zu spiegeln schien. Solche Nächte endeten meist mit irgendwelchen melancholischen Sätzen:

Wer erst mal sein Herz, seinen Verstand, seine Seele dem Himmel öffnet, wird nie mehr Nationen, Ideologen oder verschiedenen Göttern dienen wollen und können! Es gibt nur ein Universum in und über jedem Kopf!

Der Himmel war sein Traumzelt, in das er sich verkriechen konnte, wenn er vor der Welt fliehen wollte, und dies geschah oft genug. Doch heute hatte Kristin keine Zeit für die Unendlichkeit über ihrem Kopf, auch wenn sie stundenlang in der Vergangenheit wühlen hätte können, um sich in Erinnerungen zu vergraben. Es gab Wichtigeres im Augenblick: die Realität.

Sie war bereit, ihr Leben radikal zu verändern, und dabei konnten ihr auch die Sterne nicht helfen. Schnell huschte sie über den Hof zum linken Gebäudeteil.

Die Grillen zirpten aufgeregter als sonst in den Getreidefeldern und begleiteten sie mit ihrer Musik. Ansonsten schien alles in und um Grabenow in einsamer Stille zu verharren. Selbst die Kühe und Schweine im Stall gaben keinen Ton von sich. Nur ab und zu erklang aus der Ferne ein aggressives Fauchen und Zischen von rivalisierenden Katzen. Es mußten Marlin und Minka sein, die beiden balgten sich immer in solchen Nächten. Sie hatten für den Himmel über sich nichts übrig, stritten sich nur um ihr eigenes begrenztes Revier.

Es waren auch nur wenige Nächte, in denen es Streit zwischen den beiden Katzen gab. Marlin und Minka waren typische Streuner und Schmarotzer. Aber niemand hätte es übers Herz gebracht, den beiden Graumelierten nicht immer ein volles Futterschälchen vor die Tür zu stellen. Das wäre geradezu unchristlich gewesen, und unchristlich wollte hier keiner sein. Selbst die dunkelroten Genossen hielten einen pragmatischen Kurs zur Kirche, ganz nach dem Motto: Mit der Partei leben, mit Gott sterben!

Der Hof lag immer friedlich und verschlafen da. Ein typisches Aussiedleranwesen irgendwo am Rand der Welt. Bis hierher führte noch nicht mal eine Straße, man konnte den Hof nur über einen Feldweg erreichen. Doch alle, die hier lebten, waren sich einig: Auf diesem Fleckchen Erde gibt es die größten Kartoffeln, die leckersten Fische und den besten Klaren. Was brauchte der Mensch mehr? Die Politik war den meisten hier egal. Im Nachbardorf hatte mal einer im Suff die Staatsfahne der DDR in den Misthaufen gesteckt, die dort prächtig, aber nicht lange geweht hatte. Schon am nächsten Tag waren Fahne und Bauer verschwunden. Man tuschelte und fügte sich, zum Widerstand war hier keiner geboren – und in Ruhe gelassen werden, das war es, was sich die Leute im Hinterland von Usedom wünschten. Daß ihre Insel zum Stützpunkt des Warschauer Paktes geworden war – na und!

Martha Klemenz war wie immer gegen zehn Uhr todmüde ins Bett gefallen. Im Haupthaus waren alle Lichter gelöscht, nur im linken Gebäudeteil drang ein warmer, gelblicher Lichtschein aus dem kleinen Fenster über der Tür im ersten Stock. Jürgen saß oft bis weit nach Mitternacht über seinen Büchern am Schreibtisch, alle waren stolz auf den begabten Usedomer, einen Doktor der Physik, der schon zweimal bei einer Konferenz in Amerika gewesen war. Das war eine Sensation für diese Gegend, die durch das Meer vom Rest der Welt abgeschnitten zu sein schien.

Was jedoch keiner wußte: In Jürgen hatten diese USA-Reisen ein ganz besonderes Gefühl – ein unerlaubtes Gefühl – freigesetzt: Die Sehnsucht nach dem Westen! Ein Gefühl, das in ihm prickelte wie Champagner in Kristallgläsern. Und da er nie oder fast nie über seine Arbeit berichtete, rankten sich viele Gerüchte um ihn. Offiziell war er an der Uni Greifswald als physikalischer Assistent tätig. Und Kristin sah in ihm ihr großes Vorbild. Sie wollte ebenfalls studieren, jedoch nicht Physik, sondern irgend etwas in Richtung Kunstgeschichte. Andere Kulturen, antike Gesellschaften – darin konnte sie aufgehen.

Vorsichtig schlich Kristin in die Eingangsdiele des Nachbargebäudes. Jürgen hatte sich über dem ehemaligen Stallgebäude eine kleine Wohnung hergerichtet, in der er die Wochenenden verbrachte. Während der Woche lebte er in einem kleinen Zimmer in Greifswald.

Kristin zögerte, hielt einen Moment inne. Sollte sie es wagen? Sollte sie wirklich zu ihm gehen? Ihn unter Druck setzen? Seit zwei Wochen fieberte sie diesem Abend entgegen, hatte an nichts anderes mehr denken können. Sie hatte sich alles ganz genau vorgestellt, alles genau vorbereitet und geplant. Jetzt durfte und konnte sie keinen Rückzieher mehr machen. Der Mut durfte sie nicht verlassen. Sie mußte es tun, auch wenn es sehr riskant war. Das Leben bot ihr nur einmal diese Chance, und wenn sie jetzt nicht zupackte, würde sie sich das nie verzeihen.

Ihr Herz raste wie bei einem Wettkampf, als sie wie ein Schatten die schmale Holzstiege zu ihrem Bruder hinaufhuschte. Kristin betrat die gewachsten Dielenbretter nur mit den Zehenspitzen. Normalerweise ächzten die Dielen unter den Schritten und kündigten jeden Besucher an, und vor allem nachts wäre dieses charakteristische Geräusch besonders deutlich zu hören gewesen. Sie wollte ihren Bruder unbedingt überraschen, wollte nicht, daß er sie heraufkommen hörte. Sie hatte nur eine winzige Chance, wenn ihr Plan gelingen sollte: Sie mußte ihn überrumpeln!

Vor der dunkelgrün bemalten Kastentür, die in Jürgens Zimmer führte, blieb sie stehen. Sie beugte sich vor und wagte einen Blick durchs Schlüsselloch. Sie tat etwas, was sie noch nie in ihrem Leben getan hatte und was sie anderen nie verzeihen würde, wenn sie es an ihrer Tür getan hätten. Sie schämte sich auch zutiefst, doch es hinderte sie nicht daran, noch einmal einen Blick zu riskieren.

Kristin schnüffelte und schätzte die Situation ab. Sie wollte wissen, was Jürgen gerade trieb. Ob er sich schon vorbereitete, ob er nervös war. Er mußte nervös sein! Sie war es ja auch. Er saß an seinem Schreibtisch und hielt in der flachen Hand einen etwa zehn Zentimeter langen, ovalen Bernstein, den er ausgiebig von allen Seiten betrachtete, wieder aufnahm, auf die andere Handfläche legte und erneut anstarrte. Sie hatten öfter mal an den Küsten Bernstein gefunden, aber dieser hier schien Jürgen auf eine besondere Art und Weise zu faszinieren.

Als er sich beobachtet fühlte, ließ er plötzlich den Stein in seiner rechten Hosentasche verschwinden und begann einige Notizen zu machen. Er schien ziemlich in Gedanken versunken, und Kristin hielt den Moment für gekommen, zu handeln.

Sie wollte im wahrsten Sinne des Wortes das Zimmer erstürmen, doch im letzten, im entscheidenden Augenblick, zögerte sie. Sie wußte genau, was sie wollte, und doch hatte sie Angst davor. Seit zwei Wochen hatte sich dieser Druck in ihr aufgebaut, der ins Unerträgliche anzuwachsen schien. Sie hatte Angst, vergessen zu werden, Angst, zurückgelassen zu werden, Angst, ihren Bruder zu verlieren. Kristin wollte weg, sie spürte die jugendliche Kraft in sich, das eigene Leben in die Hand nehmen zu können.

Sie hatte genug vom Pioniergeist, vom Gestank und Plansoll der Kolchosen, von den morbiden Städten, in denen sich die Fröhlichkeit irgendwo hinter den Parolen der Partei auf schmutzigen Tüchern, die an Rathäusern und Schulen ganze Gebäudewände überspannten, zu verstecken schien.

Sie liebte dieses Land – die Natur, das Meer, die wunderschönen Küsten aber sie mochte diesen Staat nicht – Wachtürme hinter den Dünen, die vielen Uniformierten, die angeleinten Hunde, die auf Befehl vorwärts und rückwärts liefen, auf Befehl fraßen, auf Befehl zubissen und sich auf Befehl hinsetzten, um neue Befehle zu empfangen. Dressierte Menschen und Hunde in einem autoritären Staat. Nein! Diese Chance jetzt durfte sie sich nicht entgehen lassen. Nur der Gedanke, ihrer Mutter nichts sagen zu können, einfach abzuhauen, belastete Kristin, und sie suchte krampfhaft nach Entschuldigungen, weshalb sie so und nicht anders handeln mußte. Ihre Gedanken sprangen hin und her, und ihr Körper bebte vor Aufregung.

Es war mittlerweile fast halb zwölf Uhr nachts. Langsam, aber bestimmt, ergriff Kristin die metallene Türklinke, drückte sie geräuschlos nach unten und stürmte dann wie angeschossen in den Raum und auf den Schreibtisch zu. Jürgen blickte erschrocken auf. »Um Himmels willen, Krissi. Was machst du hier? Mein Gott, hast du mich erschreckt. Ich wollte gerade meinen Krempel zusammenpacken und schlafen gehen!«

Trotz des fahlen Lichtscheins sah Kristin, wie ihr Bruder einen hochroten Kopf bekam. Das war ein Signal, wenn er sich bei irgend etwas ertappt fühlte. Schon als Kind war er wie eine überreife Tomate herumgerannt, wenn er unbedingt etwas verheimlichen wollte. Jetzt war sich Kristin absolut sicher, daß alles stimmte, was sie vor kurzem belauscht hatte, und daß die heutige Nacht die Fluchtnacht sein würde. Jürgen wollte aufstehen und sich von seiner Schwester abwenden. Doch Kristin hielt ihren Bruder mit aller Kraft am Handgelenk fest und sah ihm tief in die Augen. »Ich will mit!« sagte sie entschlossen. Jürgen tat erstaunt und erwiderte ihren starren Blick.

»Wohin?«

»Nach drüben!«

»Du spinnst wohl!« Jürgen schüttelte erbost den Kopf und befreite sich mit einem heftigen Ruck von Kristins Griff. »Wer hat dir das eingeredet?« Für Sekunden herrschte eine eisige Stille zwischen den Geschwistern. Man hätte den Landeanflug einer Fliege auf einer blanken Glasplatte hören können.

Kristin beobachtete Jürgen. Sie war außer sich, daß Jürgen sie immer noch so herablassend als seine kleine Schwester behandelte. Sie wollte ernst genommen werden, und dieses Mal war es ihr mehr als ernst. Es ging um ihre Existenz! Da war jede Form von Rücksichtnahme fehl am Platz, und es war ohnehin eine Frechheit, daß Jürgen nicht wenigstens mit ihr über seine Pläne gesprochen hatte. Sich einfach davonzumachen und sie hier allein zurückzulassen, das konnte er mit ihr nicht machen. Sie schaute ihn herausfordernd an.

»Ich habe alles gehört. Vor zwei Wochen, hinten bei der alten Kate, wo wir früher gespielt haben... Und ich habe alles ganz genau überlegt. Du nimmst mich mit«, sie stockte, »...oder...«

Jürgen wurde wütend und packte Kristin an den Armen, so daß sie ihre Drohung nicht zu Ende sprechen konnte. »Oder was? ... Na!« schrie er sie an. »Du willst mir drohen?« Sie senkte ihren Blick. »Ich will mit, versteh das doch. Es ist egal, ob einer oder zwei im Boot sitzen. Du kannst dich nicht einfach verabschieden und mich hier allein zurücklassen!« drängte sie ihn mit gepreßter Stimme, die immer brüchiger wurde. Dann holte sie tief Luft, als ob sie Mut einatmen wollte.

»Ich meine es so«, sagte sie vorwurfsvoll und blickte ihrem Bruder direkt in die Augen. »Ich habe genauso ein Recht darauf, mir einen schönen Platz für mein Leben zu suchen wie du!« Jürgen ließ sie los und ging an den Schreibtisch zurück. »Aber nicht auf meine Kosten! Wie soll das denn gehen?« Jürgen knallte ärgerlich ein Buch auf den Schreibtisch. »Das hat mir gerade noch gefehlt, wirklich! Du bist im Schnüffeln ja schlimmer als die Typen von der Stasi. Wie du wohl auch mitbekommen hast, muß ich in der nächsten halben Stunde los! Das ist ja zum Wahnsinnigwerden! Als ob ich nicht genug Aufregung am Hals hätte!«

In einer Art Übersprunghandlung fing er an, die Bücher in seinem Regal zu sortieren. Er rückte sie so akkurat zurecht, daß sie eine exakte Reihe bildeten. Buchrücken an Buchrücken.

»Hast du schon mal an Mama gedacht? Wenn wir morgen alle beide verschwunden sind!« Er drehte sich abrupt zu Kristin um und sah sie mit einem Blick aus Verzweiflung und Wut an.

»Mama fällt dir recht spät ein«, konterte Kristin schnippisch. Mehr schmeichelnd als rüde schnurrte sie dann um Verständnis. »Wir bauen drüben alles auf und holen sie nach, wenn sie in Rente geht. Ich will hier nicht bleiben und würde sowieso in die Stadt ziehen. Bitte, Jürgen! Ich rühre mich auch gar nicht.«

»O nein!« tobte er, raufte sich die Haare und überlegte angestrengt, wie er sich aus dieser Situation rauswinden konnte. Er setzte sich hin, stützte seinen Kopf in beide Hände, dann hob er seinen Kopf und sah Kristin eindringlich an, wobei er sich an seiner linken Augenbraue kratzte.

»Und wenn ich dich später raushole? Kristin, in zwei Jahren sieht alles ganz anders aus!« versuchte er abzulenken.

Kristin schüttelte abwehrend den Kopf.

»Für wie blöd hältst du mich! Wenn die mitkriegen, daß du getürmt bist, sitze ich hier mein Leben lang fest. Das ist doch wohl klar. Vielleicht beschuldigen sie mich sogar, etwas gewußt zu haben. Ich will hier raus! Entweder wir beide oder keiner!«

Vor lauter Nervosität stieß Jürgen eine Flasche Bier um, und der gärige Geruch des Hopfens breitete sich im ganzen Raum aus.

»Scheiße, auch das noch!« flüsterte er. »Kristin, das ist eine gefährliche Geschichte. Wenn wir da irgendwo reingeraten... man weiß nie, wie so eine Flucht ausgeht, das ist kein Abenteuer!«

Mit einer Packung Taschentücher wischte er das Bier auf.

»...dann sind wir wenigstens zu zweit!« Kristin half ihm. Ihre Hände berührten sich. Sie legte ihre Hand auf seine, sie war eiskalt. »Bitte!« flehte sie. Er sah sie an. Sein Gesicht schimmerte im indirekten Schein der Schreibtischlampe aschfahl. Alles an ihm wirkte angespannt, fast verzweifelt. Er nahm einen Kugelschreiber und reichte ihn ihr.

»Hier, schreib ein paar Zeilen, damit sie weiß, was los ist.«

Dann umarmte er seine Schwester, und Kristin schien es, als habe er Tränen in den Augen. »Das ist der nackte Wahnsinn, was wir vorhaben! Mein Gott, warum muß alles so kompliziert sein! Mama wird uns das vielleicht nie verzeihen, Kristin! Hast du schon mal darüber nachgedacht?«

Kristin schluckte und biß sich nervös auf die Lippen. »Mach es uns doch nicht so schwer, vielleicht muß alles so sein. Mama kann den Hof nicht ewig führen. Später ist sie froh, wenn wir drüben was aufgebaut haben. Bestimmt! Wir sind doch nicht aus der Welt!«

»Hast du ihr schon…?«

»Ja!«

Kristin überlegte kurz, dann schrieb sie ohne Unterbrechung.

»*Bin mit Jürgen in den Westen geflohen. Wir holen Dich bald nach. Drück uns die Daumen. Bitte glaub mir, ich konnte mit Dir vorher nicht darüber sprechen. Aber ich bin sehr glücklich mit meinem Entschluß. Ich habe Dich sehr lieb. Bitte, sei uns nicht böse. Es wird alles gut werden. In Liebe, Deine Kristin.*«

Kristin faltete den Zettel, steckte ihn in einen Umschlag und adressierte ihn schlicht an – Mama –.

»Fertig!« drängte Jürgen.

»Es kann losgehen!« Sie löschten das Licht und gingen langsam die Treppe hinunter. Unten bestachen sie Max, ihren Schäferhund, mit einem dicken Knochen, er winselte nur leise und befolgte die Anweisung, nicht zu bellen. Die beiden Geschwister schlichen sich vom Hof. Wehmütig blickten sie sich um, sahen sich an: Dies war der große Abschied! Für immer! Jürgen wollte unter allen Umständen vermeiden, daß seine Mutter in letzter Minute noch aufwachte. Er bat Kristin, das Auto anzuschieben, nachdem er die Handbremse gelöst hatte. Er wollte den Motor erst anlassen, wenn sie weit genug vom Haus entfernt waren. Alles lief nach Plan. Kristin fror vor Aufregung. Wie oft hatte sie davon geträumt, im Westen zu leben. Mit all den schönen Dingen, den Gerüchen, der Lust am Leben, sie hatte sich dies alles farbig und lebensfroh ausgemalt. Nicht so grau in grau wie der Alltag hier im Hinterland von Vorpommern und dann noch in einem totalitären Staat. Es war genau der richtige Zeitpunkt. Sie hatte die Schule fertig und würde sich drüben in irgendeiner hübschen Universitätsstadt um ein Stipendium und einen Studienplatz bewerben. Kristin warf einen Blick auf ihren Bruder hinüber. Sein kantiges Profil wirkte noch robuster in diesem sommerlichen Nachtdämmerlicht. Sie mochte ihn, seine männliche Ausstrahlung, seine zurückhaltende Art, dieser Gegensatz von zarter Sensibilität in einem großen, fast etwas derben Körper. Alles an ihm wirkte ein bißchen überdimensioniert. Er war zu groß, zu breit, hatte ein flächiges Gesicht mit ausgeprägtem Kinn und großer Nase. Seine grüngrauen Augen standen ein bißchen zu dicht, und wenn man ihn kannte, verrieten sie seinen sensiblen, aber auch peniblen Charakter.

Irgendwie sah es immer witzig aus, wenn sich Jürgen, mit dem Hintern zuerst, Schultern und Kopf eingezogen, in den Trabi quetschte und die Blechkiste schier zu sprengen drohte.

»Bei irgendeinem Schlagloch platzt die Büchse! Du wirst es eines Tages erleben!« hatte sie ihm fast jedes Wochenende mit auf den Weg gegeben, wenn er nach Greifswald gefahren war.

Er merkte gar nicht, daß Kristin ihn beobachtete. Langsam legte sie ihre Hand auf seine rechte Hand, mit der er das Lenkrad umklammert hielt. »Danke!« sagte sie mit leiser Stimme. Er nickte ihr seufzend zu.

»Was hast du drüben vor?« suchte Kristin das Gespräch mit ihm.

»Arbeiten wie hier auch«, antwortete er nüchtern.

»Wieder als Physiker? Im Labor? An der Uni?«

»Wahrscheinlich. Ich kenne ein paar Leute, die mir helfen wollen!«

»Toll!«

»Und du?« Er drehte sich für einen Augenblick seiner Schwester zu.

»Mal sehen. Ich laß mich erst mal überraschen, was es so gibt. Kunst oder Kunstgeschichte! Du kennst mich ja! – Sag mal, warum willst du eigentlich weg?«

Kristin versuchte aus seinem Gesicht eine Antwort abzulesen, doch Jürgen war wie weggetreten.

»Willst du es nicht sagen?«

»Was?« fragte er. »Entschuldige, ich muß mich konzentrieren. Es ist dunkel, man sieht kaum die seitliche Begrenzung.«

»Ich wollte nur wissen, warum du weg willst. Dir ist es doch gutgegangen. Du warst erfolgreich, konntest sogar ins Ausland! Warum die Flucht?«

»Ich muß, Kristin. Mehr kann ich dazu nicht sagen! Im Moment nicht, hm!« Er lächelte knapp zu ihr rüber. »Ich bin zu aufgeregt!«

Sie mußten fast eine Stunde fahren, ehe sie an die mit den Fluchthelfern vereinbarte Stelle an der Ostsee kamen. Es war der Küstenstreifen zwischen Koserow und Zinnowitz. Jürgen parkte an einem Waldstück, und bemüht leise schlugen sie die Autotüren zu. Den Rest des Weges bis zu den Dünen mußten sie zu Fuß gehen. Jürgen blickte sich ständig nervös um. Plötzlich hörten sie ein Rascheln.

»Runter!« Jürgen zerrte am Ärmel seiner Schwester und zog sie zu Boden. »Ich glaub, da war was!«

Nahezu regungslos blieben sie ein paar Minuten liegen und versuchten zu hören, ob Stimmen oder andere Geräusche in der Nähe waren. Doch es blieb alles still.

»Warte noch!« flüsterte Jürgen. »Nimm das!« Er reichte ihr den Bernstein, den er sich vorhin so eindringlich angesehen hatte.

»Der ist für Uli, einen der Fluchthelfer. Für seine Freundin Edda. Er weiß dann schon Bescheid.«

»Und warum gibst du mir das?« fragte Kristin.

»Wenn wir erwischt werden – man weiß ja nie –, es ist besser, wenn eine Frau das hat. Aber falls irgendwas dazwischenkommt, daß ich im Moment nicht da bin oder nicht kann, gibst du es dem Uli. Nicht vergessen, okay? Ich hab's versprochen! Das ist sehr wichtig!« Kristin steckte den Bernstein schnell in das innere Seitenfach ihrer Jacke. »Wenn du meinst... aber was soll schon sein.«

Sie robbten auf allen vieren vor zu den Dünen, von wo aus man einen Überblick über die Küste hatte. Man sah überall Lichtkegel von den Wachtürmen aufblitzen, die mit ihrem Lichtschein die Wellen der Ostsee anstrahlten. Alles war gespenstisch ruhig.

»Pst!« Jürgen hob seinen Kopf etwas über die Düne und hatte freien Blick zum offenen Meer. Mit den Fluchthelfern hatte er ein akustisches Signal vereinbart: Sie wollten dreimal fünf Möwenschreie imitieren. Nach dem letzten – es war alles genau geplant – sollte Jürgen über den Sand laufen und sich dann in ein schwarzes Schlauchboot werfen und flach auf dem Boden liegen bleiben.

Zum dritten Mal erklärte Jürgen seiner Schwester den Ablauf. »Wenn ich jetzt sage, läufst du mir sofort und vor allem, so schnell du kannst, hinterher bis ans Wasser. Dann springst du als erste rein, legst dich flach hin, ich lege mich über dich. Das wird einigermaßen klappen. Es muß alles sehr, sehr schnell gehen. Siehst du da hinten den Turm? Da haben sie jetzt Mannschaftswechsel. Hier an der Stelle laufen sie meist nur zweimal die Nacht Patrouille. Wir müßten es schaffen. Trotzdem – je schneller, desto besser!«

Endlich war es soweit, das charakteristische Krächzen der Möwen war zu hören. Einmal, zweimal, dreimal, viermal, fünfmal... dann wieder... und noch einmal. Das Boot war nur schemenhaft zu erkennen.

»Jetzt!« rief Jürgen Kristin zu. »Lauf, so schnell du kannst!«

Kristin hatte Angst, in dem weichen Sand zu stolpern, doch sie sprang wie eine Gazelle Richtung Wasser.

»Wieso zwei?« hörte Kristin den Mann auf dem Boot bemüht leise zischen. »Frag nicht«, antwortete ihr Bruder. Sie warfen sich ins Boot und spürten den Druck unter sich, als der Motor ansprang und das Boot schwungvoll über die Wellen glitt. Obwohl sie mit dem Gesicht nach unten lagen – Jürgen mußte wegen der Enge auf seiner Schwester liegen –, nahmen sie wahr, daß plötzlich der hinter ihnen liegende Strandabschnitt taghell erleuchtet war. Lautsprecherstimmen ermahnten sie stehenzubleiben. Das Boot war schon etwa fünfzig Meter vom Strand entfernt, als plötzlich ein gewaltiger Kugelregen aus Maschinengewehren in die See niederprasselte. Es war wie Krieg an irgendeiner Front.

»Scheiße, die schießen!« richtete sich Jürgen auf und wollte einen Blick nach hinten riskieren.

»Runter!« brüllte der Bootsmann, der ebenfalls flach im Boot lag. Kristin war wie gelähmt. Jürgen preßte sie fest auf den Boden. Er selbst lag halb gekrümmt über ihr. Und wieder zischte ein Kugelregen über sie hinweg. Kristin hielt sich mit beiden Händen die Ohren zu. Trotzdem hatte sie das Gefühl, als ob die Geschosse direkt neben ihr vorbeizischten.

Plötzlich nahm sie einen Knall wahr. Sie spürte, wie der Körper ihres Bruders zuckte, sich aufbäumte und dann mit voller Wucht seitlich über den nicht allzu hohen Bootsrand ins Wasser platschte.

»Jürgen, mein Gott, wo bist du?« schrie sie. Aber sie traute sich nicht, hochzukommen. Außerdem tat ihr die rechte Schulter weh. Sie fühlte, wie Blut unter ihrem Hemd den Rücken entlanglief. Sie war zu schockiert, um all das wirklich wahrzunehmen. Die Wärme ihres Bruders war weg. Es mußte ihn erwischt haben. Er war weg, einfach nicht mehr da. Das Meerwasser spritzte ihr auf den Rücken. Der Bootsführer brüllte so laut, daß es den Motor überdröhnte: »Scheiße! Mensch! Jürgen!« Er hatte die Fahrt verlangsamt, lenkte sein Boot ein paarmal im Kreis herum, fuhr dann jedoch schnell weiter, weil sich inzwischen wahrscheinlich ein Schnellboot der NVA auf den Weg machte. Sie mußten unbedingt vorher die schwedische Yacht erreichen. Kristin hielt sich an zwei Gummischlaufen am Bootsboden fest, ihr Kopf war leer, es war alles so rasend schnell gegangen, daß sie sich des Geschehens nicht richtig bewußt war und weder wußte, wo sie im Augenblick war, noch, wie sie hier wieder rauskommen sollte.

Sie wußte nicht, wieviel Zeit verstrichen war, ob nur wenige Sekunden oder Minuten, als sie vom Bootsmann unsanft hochgezerrt wurde. Sie schrie auf, weil ihre Schulter schmerzte, und doch ließ sie sich von dem kräftigen Ruck des Mannes mitziehen. Kristin stand unter einem schweren Schock. Sie hätte sich überallhin ziehen lassen, sie war unfähig, sich zu bewegen. Sie ließ sich an Bord der Yacht heben. Die Küstenpatrouille der NVA hatte wieder abgedreht. Sie hatten es geschafft, aber Jürgen schwamm jetzt dort draußen im Wasser, und keiner wußte, ob er nur verletzt oder tödlich getroffen war. Es gab im Augenblick auch keine Chance, noch mal zurückzufahren, um nach ihm zu suchen. Die Küste war immer noch hell erleuchtet und voller Menschen und Hunde. Es gab absolut keine Möglichkeit, sich in deren Nähe zu wagen. Kristin setzte sich, schlug beide Hände vors Gesicht und zitterte am ganzen Körper. Es war kein normales Zittern, sondern ein unkontrolliertes Zittern, das den Bewegungsablauf der Muskeln und Gliedmaßen völlig durcheinanderbrachte. Sie hatte die letzte halbe Stunde nicht einen einzigen Ton herausgebracht und nur auf einen Fleck, auf ihre Füße, gestarrt.

Ein junger Mann auf dem Schiff legte eine Decke um sie, vorher verband er ihr mit einer Mullbinde die blutende

Schulter. Sie ließ alles mit sich geschehen, ohne ihre Haltung zu verändern. Der junge Mann wandte sich an den Bootsfahrer, während er Kristin den Verband auflegte.

»Sie ist ordentlich verletzt. Es ist wahrscheinlich die Kugel, die durch Jürgen durchgeschlagen ist!«

»Ist Jürgen tot?«

Kristin blickte mit versteinertem Gesicht zum Bootsmann. Es war seit nahezu vierzig Minuten das erste Mal, daß sie ihren Kopf hob.

»Warum machen die so was? Warum machen die so was?« wiederholte sie mechanisch.

»Ich weiß es nicht. Eine Kugel hat ihn mit solcher Wucht getroffen, daß er regelrecht über den Bootsrand geschleudert wurde. Er war… ich konnte ihn nicht mehr sehen. Es war einfach zu dunkel!« Der Mann, der auf der Yacht gewartet hatte, rollte wütend mit seinen Augen.

»Er ist mit Sicherheit tot. Sonst hätte er wohl gerufen. Aber wieso sind Sie hier? Das war überhaupt nicht vereinbart. Das Boot ist nicht für drei Leute!«

Er ging an die kleine Bordtheke, nahm einen Schluck Korn direkt aus der Flasche und knallte ärgerlich die Flasche auf den Tresen. Sein Kollege drehte sich mürrisch zu ihm um.

»Wolfgang, bitte, sie hat einen Schock und ist verletzt. Hier ist keiner schuld. Geschossen haben die anderen. Die müssen was geahnt haben, sonst sind die zu der Zeit nie an diesem Strandabschnitt. Ich hab's gesehen. Da haben mindestens fünf Leute geschossen. Das waren nicht nur zwei. Es ist ohnehin ein Wunder, daß nur…«

»Es war aber abgemacht. Wir können nicht für die Sicherheit der Leute garantieren, wenn zu viele Leute im Boot sind. Auf dem kleinen Schlauchboot können eben nicht zwei nebeneinander liegen.«

»Und Jürgen?«

»Er lag auf seiner Schwester. Hier, sieh dir das an«, er

zeigte auf Kristins Jacke. »Hier ist alles voller Blut. Die Kugel muß ihn von hinten getroffen haben und dann vorn an der Brust wieder raus sein und noch Kraft genug gehabt haben, um sie an der Schulter zu verletzen. Vielleicht hat er ja auch mehrere Schüsse abbekommen. Eine Suche da draußen wäre auch ohne den Grenztrupp sinnlos.« Kristin hatte über dem Gespräch der beiden Männer das Bewußtsein verloren. Die beiden legten sie behutsam in eine Kajüte und deckten sie zu.

ISABELLE MONTIGNON

Als Kristin wieder aufwachte, lag sie in einem hübschen, hellen Zimmer in einem französischen Bett. Links von ihr stand ein dreiflügeliger Spiegel, rechts ein blau gebeizter, alter Kleiderschrank. Vor dem Bett standen ein runder Tisch und zwei Korbsessel. Durch das rechteckige Fenster mit dem breiten Marmorsims und den hellgelben, hauchdünnen Gardinen drangen Sonnenstrahlen in den Raum und auch auf Kristins Bett. Kristin hatte einen Druckverband an der Schulter und trug einen kuscheligen, kurzärmeligen, hellgelben Schlafanzug mit Satinschleifen. Eine Frau, so um die Fünfzig, saß an ihrem Bett. Sie sprach sie auf deutsch mit französischem Akzent an.

»Herzlich willkommen, Christine. Sie wissen nicht, wo Sie sind, aber ich versichere Ihnen, Sie sind in den besten Händen. Sie können sich erinnern, was passiert ist?«

Kristin schluckte, und um ihre Mundwinkel zuckte es mehrmals: »Die Flucht! – Und dann wurde geschossen! Mehr weiß ich nicht!«

Die Frau nickte. Sie hatte große, freundliche Augen. Ein kleines Gesicht mit einem zarten, schon leicht runzeligen Teint. Ihre Haut wirkte fast transparent, so dünn schien sie zu sein. Die schmalen Lippen hatte sie mit einem rosafarbenen Lippenstift nachgezogen. Ihre blonden Locken, streng nach hinten gebürstet, waren sicherlich gefärbt. Insgesamt strahlte die Frau Wärme und Geborgenheit aus, auch wenn sie vom Aussehen her leicht verkitscht wirkte, fast wie eine italienische Keramikfigur.

»Ich bin Isabelle Montignon. Ich habe mich bereit erklärt, Sie bei mir aufzunehmen und mich um Sie zu kümmern. Ich lebe sowieso allein und habe Platz genug. Es ist eine große Freude für mich, Ihnen helfen zu dürfen. Wenn Sie wieder ein bißchen bei Kräften sind, werde ich Ihnen alles erklären. Ihre Kleider und Ihre persönlichen Gegenstände sind schon hier abgegeben worden. Die Leute von der Fluchtorganisation wollen anonym bleiben. Deshalb haben Sie ab jetzt nur noch mit mir Kontakt. Natürlich nur, wenn Sie wollen. Wenn Sie lieber woandershin möchten oder allein leben möchten, können wir später darüber sprechen. Auf alle Fälle haben Sie einen französischen Paß und können sich hier sicher fühlen. Es ist alles für Sie organisiert. In ein paar Tagen, wenn es Ihnen bessergeht, wird jemand vorbeikommen, Ihnen ein paar Fragen stellen und alles erklären.«

Die Frau reichte ihr selbstgemachten Kuchen mit Früchten aus dem eigenen Garten, wie sie betonte, und dazu Tee.

»Jetzt lassen Sie sich erst mal verwöhnen und kommen Sie zu Kräften!« Kristin bedankte sich höflich und trank vorsichtig schluckweise den ihr angebotenen Tee. Obwohl draußen die Sonne hochsommerlich schien, fror Kristin noch immer, als ob sie von einem Eismantel umgeben wäre. Es war alles so unwirklich.

»Sagen Sie«, fragte Kristin, »wissen Sie, was mit meinem Bruder geschehen ist?«

Die Frau zuckte die Schultern. »Er... er ist noch vermißt. Und der Mann vom Boot hat wohl gesehen, daß ihn mehrere Kugeln getroffen haben.«

Kristin schlug die Hände vors Gesicht. »Das ist alles

meine Schuld! Wäre ich nicht mitgekommen, hätte er flach im Boot liegen können. Es sind Spezialboote mit einer kugelsicheren Ummantelung, flach, schnell und sicher. Es hätte nicht sein müssen!« Kristin biß sich auf die Lippen, sie hatte die Situation heraufbeschworen. Und ihre Mutter! Was würde sie sich denken, wenn keiner antwortete. Sie mußte ja verzweifeln.

»Wie lange habe ich denn...«, wollte Kristin wissen.

»Drei Tage. Ab und zu sind Sie für einen kleinen Moment zu sich gekommen. Aber dann hat Sie die Schwäche wieder übermannt. Dr. Martin hat Ihnen ein Schlafmittel gegeben. Er sagte, das beruhigt die Nerven am besten. Ihre Verletzung ist wohl nicht so schlimm, aber der Schock hat Ihnen zu schaffen gemacht.«

Kristin, die seit drei Tagen nichts mehr gegessen hatte, lag der Kuchen wie ein Stein im Magen. Sie wollte nicht unhöflich sein, aber sie brachte das letzte Stück nicht mehr runter.

Kristin lagen Verzweiflung und Trauer wie ein Bleigewicht auf der Brust. Sie fühlte sich schuldig, und dieses Gefühl ließ sich nicht verdrängen. Was würde ihre Mutter sagen, wenn sie die Nachricht erhielt? Wie konnte sie Kontakt zu ihr aufnehmen, ohne sich selbst zu gefährden?

DIE PANNE

Es herrschte helle Aufregung in dem durch perfekte Sicherheitsvorkehrungen abgeriegelten Gelände bei Peenemünde. Major Priel saß hinter seinem wuchtigen antiken Schreibtisch in dem fensterlosen, unterirdischen, von der Außenwelt total abgeschirmten Gebäude des militärischen Sicherheitsdienstes der NVA. Er war einer der Leiter der FS-Truppe, jener Einheit, die menschliche »U-Boote« für innere und äußere Abwehr und Spionage einsetzte. Seine

Abteilung war zuständig für die Sicherung atomarer Forschungsprojekte. Die gesamte Truppe, etwa zweihundert Mann stark, war von Freund und Feind gleichermaßen gefürchtet. Wer in ihr Schußfeld geriet, verschwand meist spurlos und geräuschlos. Wer andererseits in den Genuß kam, von dieser Einheit geschützt zu werden, konnte sich auf deren Dienste nahezu hundertprozentig verlassen. In dieser Spezialeinheit wurden nur Männer für außergewöhnliche Arbeiten herangezogen. Männer, die alle eine Gemeinsamkeit hatten: Sie waren Waisen, seit ihrer Kindheit in speziellen Heimen aufgewachsen, und sie hatten in ihrer Erziehung nur einen Wert kennengelernt: Den Staat, der sie ernährte, sie bemutterte und bevaterte, zu lieben und zu verteidigen, als ob es um ihre eigene Familie ging. Wer in diesen Verhältnissen großgeworden war, hatte keinen Zweifel an seinem Leben, an seiner Identität. Dem Staat und dessen Wohl verpflichtet zu sein, war oberstes Gesetz, dem sich alles andere unterzuordnen hatte. Wer es wagte, dies in Frage zu stellen, mußte damit rechnen, eines Tages zu den Verschwundenen zu gehören, und da niemand von der Existenz dieser Menschen wußte, war es auch nicht möglich, deren Verschwinden zu registrieren. Es gehörte zum Prinzip dieser Spezialeinheit, daß jeder das Gefühl hatte, einer Elite anzugehören. Nur dadurch war die Motivation der Truppe am stärksten. Freiheit, Geborgenheit und Sicherheit herrschten innerhalb der eisernen Grenzen. Es gab allerdings für diejenigen, die einmal hier drinnen waren, kein Leben außerhalb dieser Grenzen. Wer es dennoch wagte auszubrechen, was selten genug vorkam, mußte damit rechnen, getötet zu werden. Major Priel war in seinem Bereich verantwortlich für die absolute Geheimhaltung militärischer Forschung. Er selbst war Chemiker, hatte eine Doktorarbeit über Schwefelsäureverbindungen mit Erfolg abgeschlossen, sich dann aber aufgrund seiner komplizierten Biografie für den geheimen Militärdienst verpflichtet.

Sein Vater hatte sich noch vor Kriegsende das Leben genommen, als er erfahren hatte, daß seine jüdische Frau im Konzentrationslager Sachsenhausen ums Leben gekommen war. Der kleine Johann Priel war danach von einem zum anderen gereicht worden, ehe man ihn ziemlich heruntergekommen im Keller eines Trümmerhauses entdeckt und mitgenommen hatte. Priel war in eine erzkommunistische Familie geraten, die ihn nach Kriegsende und mit Beginn der DDR in ein sozialistisches Erziehungsheim gesteckt hatte. Dem hochintelligenten Priel war ein Studium gestattet worden unter der Voraussetzung, daß er sein Wissen für die ihm später zugetragene Aufgabe verwende. Für Priel gab es diesbezüglich keine Zweifel. Er war von den Haarspitzen bis zu den Zehennägeln loyal und erwartete dies auch von seinen Mitarbeitern. Er hatte dem Staat alles zu verdanken und war bereit, diesem Staat auch alles zu geben. Ob er sich jemals Gedanken gemacht hatte, daß die Sache, für die er benutzt wurde, möglicherweise falsch war, verriet er keinem. Er hatte sein Aufgabenfeld, und mehr interessierte ihn nicht. Er war ein Einzelgänger, einer jene Männer, die es bevorzugten, Gefühle und Privates in dem hintersten Winkel der Seele zu deponieren. So, wie er benutzt wurde, so benutzte er auch andere.

Priel ließ immer wieder den quadratischen, lachsfarbenen Briefbeschwerer aus geschliffenem Marmorstein auf die Tischplatte donnern und hörte sich den Bericht von der Suche nach dem Ostsee-Vermißten an. Heute morgen habe man eine männliche Leiche an einem Strandabschnitt gleich hinter Karlshagen aus dem Wasser gefischt. Da die Person keine Brieftasche bei sich hatte, sei sie noch nicht identifiziert worden. Aber bis zum frühen Nachmittag seien sicherlich Ergebnisse zu erwarten.

»Das will ich hoffen!« sagte Priel. »Wir können erst dann entscheiden, ob wir die Polizeiorgane einschalten oder nicht!« Der Major lächelte: »Kraft, Sie wissen Bescheid, das ist Ihre Aufgabe!« Wie ein Offizier nach dreißig Dienstjahren gab Priel seine Anweisungen. Jeder Vorgang verlief nach Regeln und hatte Leute, die diese Regeln befolgten. Wäre man Priel ohne seine Uniform begegnet, hätte man ihn für einen gemütlichen Mitfünfziger mit grauem Bürstenhaar gehalten, der abends beim Fernsehen seine Pfeife raucht, mit seinen Enkeln spielt, am Wochenende in seiner Datscha lebt und im Schrebergarten arbeitet. Doch hinter dem freundlichen Gesicht steckte ein eiskalter Mann, der nichts und niemanden duldete, der nicht so wie er dachte oder fühlte. Dem Sieg der Partei, dem Sieg des Sozialismus, dem Sieg der Führermannschaft war alles andere unterzuordnen. Bedingungslos und zielstrebig.

Es klopfte. Ein untersetzter, junger Mann kam herein und schien ziemlich aufgeregt zu sein. Er hatte einen Bericht in der Hand, den er Major Priel zur Einsicht auf den Tisch legte.

»Wir haben herausgefunden, um wen es sich handelt!« sagte der Mann, Leutnant Breiner, in die gespannt blickende Männerrunde. »Es ist Dr. Klemenz von den Nuklearleuten. Es herrscht große Aufregung, weil angeblich keiner wußte, daß er Fluchtpläne hatte. Die MFG war uns unterstellt, und jetzt gibt's Ärger. Sie sollen sofort zu Generaloberst Lüders zu einem Vieraugengespräch kommen, es ist dringend!«

Priel war schon aufgestanden. »Wer hat ihn gefunden?«

»Zwei Streifenposten von der Brigade 4«, antwortete er. »Und es ist auszuschließen, daß irgendwelche Leute aus der Umgebung oder Fischer oder wer auch immer den Mann gesichtet haben und sich bemerkbar machen könnten.«

»Der Klemenz –«, sinnierte Priel laut vor sich hin. »Bei dem hätte ich das nie gedacht, der hatte doch wirklich alles. Was sind das für undankbare Menschen? Wir werden sofort eine Mannschaft zusammenstellen, die sich zu Hause bei Klemenz umsieht. Der Mutter erzählen Sie das Übliche: Von der See verschluckt! Sagen Sie, wer hat geschossen? Waren das unsere Leute?«

»Soviel ich weiß«, sagte der Untersetzte, »waren es welche von der Küstenpatrouille.«

»Merkwürdig«, sagte Priel, ehe er mit schnellen Schritten und hochaufgerichtet sein Büro verließ.

Generaloberst Lüders wartete schon ungeduldig auf ihn. Er hatte vor Aufregung rote Flecken im Gesicht. Gemeinsam gingen beide in einen kleinen Raum, in dem die streng geheimen Unterredungen stattfanden. Unterredungen also, über deren Inhalt noch nicht mal alle Leute der eigenen Truppe informiert werden durften.

Lüders, jünger als Priel, kratzte sich nervös im Gesicht. Der Fall Klemenz war für ihn die erste Panne seit Jahren, und das ausgerechnet in dem hochsensiblen Bereich der Nuklearforschung. »Sie kennen Dr. Klemenz näher?« fragte Lüders sein Gegenüber.

»Ja, natürlich«, erwiderte Priel.

»Sie wissen auch, an welchem Projekt er gearbeitet hat?«

»Im Bereich Material- oder Nuklearforschung. Um ihn wurde ja immer soviel Geheimniskrämerei gemacht. Details habe ich denen überlassen, die über mir sind.«

Das war eine Spitze gegen Lüders, der Priel immer nur dann kannte, wenn er ihn brauchte.

»Sie kennen die Sicherheitsvorschriften genausogut wie ich, das sind keine Einzelentscheidungen. Dr. Klemenz gehörte nun mal in den Sicherheitsbereich 1 plus. Es ist uns ein Rätsel, wie das passieren konnte. Es muß auf einer der beiden Auslandsreisen... Hier hatten wir ihn unter totaler Kontrolle.«

»Sie wollten mir sagen, um welches Projekt es sich handelt!« schaltete sich Priel ein.

»Red Mercury, wenn Ihnen das was sagt!«

»Dieses Isotopengemisch mit rotem Quecksilber, mit

dem man angeblich die kritische Masse auf weniger als ein Kilogramm runterfahren kann?«

Lüders nickte. »Es ist nie richtig gelungen, aber Klemenz war ganz nah dran… Ein Atom-Genie… General Grundert behauptete, daß es in Zukunft möglich sei, Atombomben in der Größe eines Tennisballs herzustellen, aber mit der Schlagkraft von mehreren Hiroshimabomben. Vielleicht ist das alles ein bißchen übertrieben«, räumte er ein, »aber im Prinzip wird es wohl eine wissenschaftliche Erklärung geben. Und die Amis sollen auf dem Gebiet Blinde sein, das haben uns sämtliche Außenposten bestätigt. Jetzt ist die Katastrophe natürlich perfekt. Wir haben zwar Klemenz, aber wir wissen nicht, wer dahintersteckt, und vor allem, was die bereits wissen. Alles läuft auf Hochtouren, wir brauchen jeden Mann! Auch Ihre Abteilung. Deshalb habe ich Sie hierhergebeten. Sie werden sich mit Ihren Leuten das Elternhaus vornehmen. Ich habe der Stasi und den Grenzern schon mitgeteilt, daß wir die Geschichte übernehmen. Im Alleingang! Es wäre nicht wünschenswert, wenn auch noch aus diesen Kreisen Personen in die Arbeiten involviert würden. Sie verstehen.«

Priel faltete seine Hände, innerlich schmunzelte er. So nervös hatte er Lüders noch nie erlebt, und das würde er zu nutzen wissen. Priel hatte schon immer behauptet, daß in die Führungsebene zur Überwachung der militärischen Forschungseinheiten Wissenschaftler wie er gehörten und nicht militärische Kader, die wie Lüders keine Ahnung von der Wissenschaft hatten und nur eine militärische Karriere nachweisen konnten. Jetzt war seine Chance gekommen, und mit einem Lächeln verabschiedete er sich von Lüders.

»Ich werde sofort eine geeignete Mannschaft für diese Operation aufstellen! Doch dazu müssen Sie mir Einblick in alle Unterlagen gewähren.«

Lüders räusperte sich schwerfällig, warf ihm einen mißtrauischen Blick zu, nickte dann aber zustimmend.

IN DER RUE ST. HELENE

Kristin konnte schon wieder aufstehen. Und Madame Montignon, die sie liebevoll Isabelle nennen durfte, ließ ihr kaum Zeit zum Nachdenken. Jeden Tag zeigte sie ihr eine neue Ecke von Straßburg und lernte mit ihr Französisch. Kristin mußte es akzeptieren, von jetzt an als Christine Clement zurechtzukommen. Laut ihrer neuen Lebensgeschichte war sie die uneheliche Tochter von Isabelle Montignons Halbschwester, die jung gestorben war. Christine sollte beim deutschen Vater aufgewachsen sein und durch Zufall entdeckt haben, daß sie noch eine französische Tante hat – Isabelle. Kristin fiel es schwer, mit dieser Identität zu leben. Doch sie hatte Angst, ihre Mutter und sich noch mehr in Gefahr zu bringen, wenn sie ihre Identität preisgab. Der Mann vom Schiff, der sich ihr gegenüber nicht zu erkennen gegeben hatte, hatte sie eindringlich genug gewarnt. Jürgen habe als Spitzenforscher zu den Geheimnisträgern gehört und seine Flucht würde als Hochverrat geahndet, und Kristin würde man als Mitwisserin verfolgen. Kristin nahm diese Argumente sehr ernst. Sie hatte am eigenen Leib erlebt, wie gefährlich die Lage war. Da man ihr versprochen hatte, sie mindestens einmal im Jahr mittels Kontaktleuten über das Wohlergehen ihrer Mutter zu informieren, erklärte sie sich einverstanden, mit dieser Legende zu leben. Es gab ja auch keine Alternative, zumal es ihr nirgendwo bessergehen konnte als bei Isabelle. Sie bot Kristin an, bei ihr zu bleiben; die Dachwohnung, zwei Zimmer, eine Kochecke, ein Bad und ein wunderschöner kleiner Balkon mit Blick über Straßburg stünde ohnehin schon seit Jahren leer.

Isabelle war seit drei Jahren Witwe. Ihr Mann und sie hatten in der Rue St. Helene ein Hutgeschäft betrieben, das jedoch immer schlechter gegangen war. Die Rue St. Helene gehörte seit Jahren nicht mehr zu den besseren Adressen.

Hier wohnte ein Sammelsurium an kuriosen Typen, also genau die richtige Gegend, um sich zu verstecken. Kuriose Häuser und kuriose Menschen. Hinter jedem Fenster steckte eine individuelle Geschichte. Es war die Straße der Künstler, der versteckten Etablissements, der Katzen, die aus allen möglichen Fensteröffnungen lugten, der Händler und ihrer Waren, die nicht immer ganz legal waren, und des alten Tante-Emma-Ladens St. Helene, der hieß wie die Straße. Zum Blickfang der Straße gehörte ein blaues Haus, das eine schwungvolle, reichlich verzierte, hölzerne Außentreppe hatte, die den gesamten Bau dominierte. Die ausladende Treppe hatte einen Baldachin, ebenfalls aus Holz, der wie ein Kunstwerk bunt angestrichen war. An diese geradezu frei schwebende Treppe schmiegte sich das extrem schmale, spitzgiebelige Haus an, das in der Breite nur über zwei Fensterreihen verfügte. Im Erdgeschoß stand an den Fenstern der Name der Besitzerin in roten Buchstaben geschrieben. »Ann-Marie. Künstlerin. Ton und Öl. Überzeugen Sie sich. Werktags von 10 bis 14 Uhr, sonntags von 14 bis 18 Uhr.« Dann zeigte ein Pfeil zur Treppe in den obersten Stock, wo augenscheinlich eine Verkaufsausstellung der Künstlerin zu besichtigen war. Isabelles Haus lag ziemlich am Ende der Rue St. Helene. Es war mit Abstand das hübscheste und gepflegteste Haus, hatte drei Stockwerke; im Erdgeschoß den Laden mit zwei Schaufenstern und einer Eingangstür, darüber zwei Stockwerke mit vier Fenstern in einer Reihe. Die beiden Stockwerke über dem Laden bewohnte Isabelle, darüber im quergiebeligen, hochgezogenen Dachgeschoß hatte jetzt Kristin Platz gefunden. Das Haus stammte aus der Gründerzeit, hatte einen gelblichen Anstrich, der schon verschiedentlich abblätterte, aber immer noch recht ansehnlich wirkte. Die Fenstersimse waren mit Ziergittern verkleidet, so daß man im Sommer die gesamte Fensterfassade mit kleinen Blumenstöcken schmücken konnte, in denen bunte Hängegeranien und violette Begonien den Blick des Betrachters magisch anzogen. Aber geradezu paradiesisch war der seitlich anschließende Garten, den Isabelle vor zwanzig Jahren von der Stadt gepachtet hatte und den sie pflegte wie einen Park. Kein Quadratmeter Erde blieb hier dem Zufall überlassen. Rabatten, Kräuterecke, Steingarten, umgrenzt mit zierlichem Buchs oder kräftigen Sträuchern, ließen diesen Flecken Grün mitten in der Stadt wie eine Oase erscheinen. Es war auch noch genug Platz für Früchte, Gemüse und Nüsse, die das ganze Jahr über dufteten. Früher hatte hier ein Kino gestanden. Die Mauer zur Straßenseite trug noch den Namen des Kinos, »Cinema cameo«. Das Reststück eines klassizistischen Kulturpalastes, der früher an den Wochenenden bis zu fünfhundert Menschen angezogen hatte. Isabelle hatte sich verpflichtet, die Mauer aus Denkmalschutzgründen nicht abreißen zu lassen, außerdem bot sie ihr Schutz für den Garten. In der Mitte des Gartens stand ein Pavillon, der im Sommer ihr Refugium war. Hier saß sie, erledigte Briefpost, schälte Obst oder las Bücher, ein Mühlsteinbrunnen neben dem Pavillon spendete Wasser. Sehr stolz war Isabelle auf ihre zwei Erdbeerbeete. Sie liebte Erdbeeren – als Eis, Kompott, auf dem Kuchen oder als Mark über einem frischen Vanillepudding. Kristin war von dem kleinen Park begeistert. Sie verstand, daß Isabelle ihn ihr kleines Paradies nannte – *mon petit paradis* –, Kristin saß am liebsten auf der kleinen weißen Marmorbank mit den rosa-weiß karierten Kissen, auf denen man so herrlich sitzen und die Füße in den Brunnen hängen lassen konnte. Es freute Isabelle, wenn sie sah, daß Kristin anfing, sich bei ihr wohl zu fühlen. Sie selbst hatte keine Kinder, und es machte ihr Spaß, helfen zu können. Sie war von einem jungen Mann aus der Nachbarschaft angesprochen worden, dessen Neffe bei einer Fluchthilfeorganisation mitwirkte. Sie hatte sofort zugesagt, als sie die verletzte Kristin zu Gesicht bekommen hatte, und Kristin hatte bei ihr bleiben wollen, und es freute sie, wieder einen Menschen bei sich zu haben. Obwohl Isabelle nie Kinder gehabt hatte, gehörte sie zu jenem fürsorglichen Frauentyp, der keine Gelegenheit ausläßt, um zu helfen. Außerdem hatte sie einen interessanten Job, der Kristin von Anfang an faszinierte. Isabelle führte in den ehemaligen Verkaufsräumen ihres Hauses eine Dauerausstellung über Memorialschmuck. Sie wurde vom Kulturdezernat bezuschußt, so daß sie ihre Exponatensammlung stets erweitern konnte. Sie hatte als Grundstock ihren eigenen Andenkenschmuck, den sie über Jahrzehnte gesammelt hatte, zur Verfügung gestellt. Das Museum war jeden Nachmittag außer montags von 15 bis 18 Uhr geöffnet, und viele Besucher, vor allem Touristen, drängten sich in den Räumen.

Kristin hatte sich gar nicht satt sehen können an den ausgefallenen Pretiosen, und Isabelle merkte gleich, daß Kristin Sachverstand mitbrachte und ebensoviel Geschick und Liebe, sorgsam mit diesen fragilen Stücken umzugehen. Kristin fragte sie nach Herkunft, Material und Datierung der Stücke, und mit der Zeit konnte sie in Isabelles Museum mitarbeiten. Es machte ihr Spaß und lenkte sie ab, den Besuchern alles zu erklären. Die beiden Frauen verstanden sich trotz des Altersunterschiedes prächtig, und Kristin schämte sich manchmal, daß sie immer weniger an das Schicksal ihrer Mutter dachte. Wenn sie ehrlich war, fühlte sie sich manchmal wohler, als sie es sich selbst zugestehen mochte. Natürlich hatte sie oft den Wunsch, ihrer Mutter zu schreiben, ihr ein Lebenszeichen zu geben. Doch sie mußte sich gedulden, warten, bis Gras über die Sache gewachsen war, so daß es die Fluchthelfer riskieren konnten, Kontakt aufzunehmen.

Kristin überlegte, ihre Mutter über eine andere Fluchthilfeorganisation rauszuschleusen, doch sie hatte genug bittere Erfahrungen hinter sich. Was, wenn es schiefging und ihre Mutter im Gefängnis landen würde? Wie sie es auch drehte und wendete, alle Lösungsansätze, mit ihrer Mutter Kontakt aufzunehmen, scheiterten bereits im gedanklichen Ansatz.

Was hatte Jürgen getan, daß sie wie eine Agentin geschützt werden mußte, daß ihre Mutter Tag und Nacht überwacht wurde? Niemand redete mit ihr darüber, was wirklich geschehen war. Soviel stand für sie fest: Jürgen war nicht nur aus persönlichen Gründen geflohen. Und jetzt mußte sie dieselben Sicherheitsvorkehrungen treffen, wie sie auch für Jürgen gegolten hätten.

Trotzdem, Kristin gab die Hoffnung nicht auf. Eines Tages würde ihre Mutter legal die DDR verlassen können, und dann würde die Freude um so größer sein. Bis dahin wollte sie unter Beweis stellen, daß sie auf eigenen Füßen stehen konnte. Und Isabelle lieferte dazu den Rahmen, sie war der Funken Glück im großen Unglück. Die Französin Christine Clement begann Schritt für Schritt die Deutsche Kristin Klemenz zu verdrängen, und das war ausschließlich Isabelles Verdienst. Nur manchmal, abends, wenn sie allein in ihrem Zimmer war und zu Bett gehen wollte, holte sie sich den Bernstein aus dem Schmuckkästchen. Er wurde zu ihrem Amulett, zu ihrem Schicksalsstein, in den sie eine ganz besondere Kraft hineindeutete. Oft legte sie den Bernstein in ihre Hand und umschloß ihn, bis er sich erwärmte. Isabelle hatte ihr erzählt, daß das »sonnige Innenleben« des Bernsteins schon im Mittelalter den Menschen diente, um Trübsinn zu vertreiben. Es hieß, daß der Träger eines Bernsteins die Kraft habe, die Welt mit fröhlicheren Augen zu sehen. Aberglaube, dachte Kristin, und doch hätte sie ihren Stein um nichts mehr in der Welt hergegeben. Es war das letzte Stück Erinnerung an ihre Familie, an ihren Bruder, an jenen Schicksalstag, an die Flucht.

EINE ERKLÄRUNG FÜR DIE MUTTER

Major Priel stellte sich als Oberleutnant Werner Schmidt vom Küstengrenzschutz vor. Er habe mit seinen Leuten schon viermal das Gelände abgesucht und keine Spuren gefunden, die auf Fluchtpläne oder Fluchthelfer hindeuteten.

»Sie haben immer noch keine Nachricht von Ihren Kindern?« fragte Priel alias Schmidt scheinheilig.

Martha Klemenz schüttelte den Kopf. Ihr Seelenzustand war ihr ins Gesicht geschrieben, es war hoffnungslos. Ihre strähnigen Haare hatte sie wie immer zu einem Nackenknoten zusammengesteckt. Ihre dünne Gestalt steckte in einer viel zu weiten, grau-schwarzen Kittelschürze.

»Warum beide? Ich kann das nicht begreifen. Ohne ein Wort, nur dieser Fetzen Papier. Habe ich das verdient? Schuld ist auch diese Mauer. Die jungen Leute wollen weg und ahnen die Gefahr nicht.«

»Frau Klemenz«, unterbrach »Schmidt«. »Ich denke, Ihr Sohn hatte keinen Grund, abzuhauen. Und Ihre Tochter auch nicht. Das war ein unnötiges Abenteuer. Und dann noch über die See, wo jährlich etliche umkommen. Das weiß man doch, und die beiden waren intelligente Leute.«

»Haben Sie denn gar nichts gefunden?« Martha Klemenz sah ihn hilfesuchend mit ihren dick verquollenen Augen an.

»Schmidt« zuckte die Achseln. »Nichts. Wie vom Erdboden verschluckt. Frau Klemenz, auch wenn Ihnen das jetzt weh tut, was ich Ihnen sage, aber Sie müssen die beiden in Ihrem Herzen begraben. Daß sie tot sind, ist mehr als wahrscheinlich. Und – eigentlich dürfte ich Ihnen das gar nicht sagen, aber auch unsere Leute, Sie wissen schon, im Westen, haben nichts von einer geglückten Flucht gehört. Sie sind auch nicht angekommen, Frau Klemenz, sonst hätten Sie wohl längst Post. Es tut mir leid, aber wir werden die Ermittlungen einstellen, weil wir davon ausgehen müssen, daß Ihre Kinder bei der Flucht tödlich verunglückt sind.«

»Jeden Tag kommt ein anderer und will was wissen! Lassen Sie mich doch in Ruhe. Ich will und kann nicht mehr! Die DDR hat meine Kinder auf dem Gewissen.« Sie blickte ihm direkt in die Augen. »Und ich werde das jedem sagen, laut und deutlich...«

»Frau Klemenz«, fuhr ihr »Schmidt« ins Wort. »Das ist ein böses Urteil. Auch wenn Sie in Trauer sind, können Sie nicht einfach solche Unwahrheiten verbreiten. Das kann Ihnen unter Umständen sehr leid tun. Es könnte Genossen geben, die meinen, Sie hätten Ihre Kinder zu solch einem Schritt überredet, um dann als Rentnerin...«

»Gehen Sie!« Martha Klemenz knallte ihm die Tür vor der Nase zu. Priel setzte sich seine Dienstmütze auf und ging tatsächlich. Er ahnte, daß in dieser Verfassung mit ihr kaum zu reden war. So jemanden konnte man nicht mehr drohen, da lief alles ins Leere.

Martha Klemenz schlurfte durch den langen Gang vor bis zur Küche. Sie hatte noch Gemüse und gekochtes Schweinefleisch vom gestrigen Tag auf dem Herd. Sie hob den Deckel, schaute kurz rein, um dann den Topf gleich wieder zu verschließen. Sie hatte keinen Appetit. Das Leben auf dem Hof, den sie früher so sehr geliebt hatte, war für sie zur Qual geworden. Vor fünf Jahren war ihr Mann an Bauchspeicheldrüsenkrebs gestorben, und jetzt die Kinder.

Sie war am Ende, physisch und psychisch. Wenn die Jungen vor den Alten gehen, stirbt alles ab. So hatte es früher immer geheißen. Martha Klemenz holte Körner aus dem Schuppen und fütterte die Hühner. Wenigstens sie und drei Schweine, die sie zu versorgen hatte, waren noch geblieben. Wie mechanisch rief sie ihr putt, putt, putt. Sie fühlte sich einsam, so entsetzlich einsam. Niemand kam sie besuchen, alle hatten Angst, daß ein Kontakt mit ihr dem eigenen Wohlbefinden schaden könnte. Nur der alte Pfarrer kam ab und zu vorbei und redete mit ihr von den alten Zeiten. Er hatte schon schlohweiße Haare, und ob Sommer oder Winter – immer trug er einen dunkelgrauen Anzug und dazu einen schwarzen Rollkragenpullover. Pfarrer Wagenknecht hatte die Familie Klemenz seit der Hochzeit begleitet, und er war der einzige in und rund um Grabenow, der regelmäßig nach Martha Klemenz sah und sich um sie kümmerte.

MASSNAHMEN

»Die Alte weiß nichts, wirklich nichts!« betonte Priel, als er über seine Ermittlungen mit Generaloberst Lüders sprach.

»Und das Mädchen?« fragte Lüders. »Es gibt bisher keine weibliche Leiche. Sie kann doch nicht ohne unser Wissen verschwunden sein. Das passiert uns doch nicht! Uns doch nicht!« wiederholte er nervös und ungeduldig.

Priel zuckte mit den Achseln und fuhr sich mit der Hand über seinen Bürstenhaarschnitt. »Die Ostsee gibt nicht jeden her, das wissen Sie!«

»Major Priel«, Lüders betonte den langgezogenen Vokal. »Da hat eine Yacht gewartet, mit der die Kleine verschwunden ist, und wir wissen nicht, wohin. Und was noch schlimmer ist, wir wissen nicht mal, was sie über ihren Bruder weiß und ob sie Informationen weitergeben kann. Wir wissen ja nicht mal, wer hinter dieser Flucht steckt. Tatsache ist, daß Red-Mercury-Proben fehlen: Genau zehn Gramm. Wir haben nachgemessen!«

Priel seufzte: »Die Klemenz ist nie in der BRD aufgetaucht, soviel steht fest. Wir haben da unsere Kontakte. Da wird jeder registriert, der von unserer Seite aufkreuzt. Aber nichts, niemand mit dieser Beschreibung. Sie wird, wenn sie lebt, wenn sie nicht auch Schußverletzungen hatte, irgendwo im Ausland versteckt gehalten. Wo wollen Sie da suchen? Ich bin mir sicher, die Kleine weiß nichts. Der Klemenz war doch nicht so dumm, seine Leute in seine Arbeit einzuweihen. Dazu war der zu intelligent. Die hat sich wahrscheinlich angehängt, hat mitgekriegt, was der vorhat. Bei den Eltern in Grabenow versauert ja so ein junges Ding. Die hat sich gedacht, nichts wie raus in die große Welt.«

Lüders biß sich auf die Lippen. »Ich hoffe, Sie haben recht. Da oben sind schon alle nervös. Wenn das auffliegt, dann Gnade uns Gott! Das mit dem Mädchen bleibt unter uns. Davon weiß der Mielke nichts, und das geht ihn auch nichts an«, zwinkerte Lüders Priel zu. »Möchte wissen, wie viele Dollar sie dem Jungen geboten haben! Der wollte bestimmt in die Staaten!«

Priel wollte gehen. »Sollen wir unsere Auslandsposten weiterhin aktiv halten wegen der Kleinen?«

Lüders zog die Augenbrauen hoch. »Nur nicht zuviel Wirbel. Das Ganze bleibt Chefsache. Wenn die Kleine wirklich Material hat und es weitergibt, kriegen wir das sowieso als erste mit. Und das genügt. Ich will keinen Wirbel. Das weckt nur alle auf, und dann hält keiner mehr dicht. Am besten, wir lassen alles ruhen und warten ab.« Er schaute von unten hoch zu Priel, der schon stand und gehen wollte.

»Wie Sie wollen«, sagte Priel nur und ging zur Tür.

»Einen Moment noch!« hielt ihn Lüders auf. »Sagen Sie, wußte der Klemenz von der geplanten Bernsteinmission in den Nahen Osten?«

Priel zuckte die Achseln. »Von mir nicht!« antwortete er fast gelangweilt, ehe er endgültig verschwand.

DIE ZEIT IN FRANKREICH

Isabelle hatte Kristin an diesem sonnigen frühherbstlichen Montagnachmittag ins Café Suzel eingeladen. Es lag mitten im touristischen petite France, jenem zauberhaften Viertel, in dem sich Wochenende für Wochenende die halbe Welt begegnete, um aus dem Staunen nicht mehr herauszukommen. Diese romantische Atmosphäre war vor allem für Jugendliche ein Anziehungspunkt, und im Sommer hatte man Mühe und Not, neben all den vielen Menschen noch ein Stück der Gegend wahrzunehmen. Montags ging es, da war nicht gar so viel los, und so hatten Isabelle und Kristin die Chance, einigermaßen ruhig ihre Tasse Tee und ihr Stückchen Kuchen zu sich nehmen zu können. Kristin war vom ersten Augenblick an verliebt in das Suzel. Sie hatte noch nie solch ein schmuckes Café gesehen, und ihr schien dieses Ambiente wie aus einer Märchenwelt. Allein der hellblau getünchte Putz an dem über Eck stehenden Fachwerkbau fiel ihr als etwas Außergewöhnliches sofort ins Auge. Dann die vielen zierlichen Fenster mit den Gitterkästen, hinter denen Steingutkrüge und Terrakottatöpfe ein buntes, fast italienisch anmutendes Ambiente zauberten. Zur Zierde und als Sonnenschutz hing über jedem Fenster eine eigene kleine Jalousie mit grün-weiß gestreiftem Baumwollbezug. Es war noch so heiß, daß es Isabelle und Kristin vorzogen, sich im Innern des Cafés ein Plätzchen zu suchen. Der rostbraune Steinboden mit den breiten, grauen Fugen gab dem Innenleben des Cafés einen nostalgischen Charme und kühlte den Raum. Die Holztische und Bänke waren mit elsässischen Decken und Kissen bestückt. Auf einem Kuchenbuffet, das auf zwei alten, zusammengeschobenen Küchenherden stand, stachen Kristin die leckersten Obstkuchen ins Auge, alle viereckig, mit viel Baisermasse verziert. Kristin, die Süßigkeiten nicht widerstehen konnte, fiel die Wahl schwer zwischen der Himbeertorte und dem Käse-Kirsch-Kuchen. Schließlich entschieden sich beide für die Himbeeren und ein Kännchen grünen Tee. Sie setzten sich an einen Tisch neben einem Fenster und hatten einen hübschen Blick auf die Fußgängerzone. Über ihnen dufteten Lavendel und andere Kräutersträußchen, die im ganzen Café zum Trocknen aufgehängt worden waren.

»Warum ist es nicht überall so schön? Ich meine, es muß ja nicht alles gleich sein, aber so liebevoll, so bunt, lässig und lebensfroh.«

Draußen spielte eine Studentin auf einer Geige ein paar elsässische Volkslieder. »Wenn Mama das sehen würde, sie würde nicht glauben, daß es so etwas gibt. Sie würde sagen: ›Kneif mich, bis es mir weh tut, damit ich weiß, daß ich nicht träume!‹«

Kristin mußte mit den Tränen kämpfen. Gerade weil hier alles so friedlich aussah und eine harmonische Stimmung verbreitete, verletzte es sie auf eine besondere Art und Weise.

»Christine!« Isabelle fiel es schwer, sie zu trösten, weil sie wußte, daß es nur ein verlogener Trost sein konnte. »Ein Zurück würde deiner Mutter nicht helfen, im Gegenteil! Dein Bruder hat sich da in was verstrickt, von dem wir keine Ahnung haben. Vielleicht ist es auch besser so. Aber du kannst den Leuten von der Fluchthilfe glauben, wenn sie dir sagen, daß er für den Osten eine sehr wichtige Person war. Vielleicht ändern sich ja mal die Zeiten. Wer weiß das schon. Aber wenn du dich jetzt verrätst, hilfst du niemandem.«

»Aber warum soll meine Mutter nicht wenigstens wissen, daß ich lebe? Das will mir nicht in den Kopf! Es muß doch eine Möglichkeit geben... so was gibt es doch nicht!«

Isabelle nahm Kristins Hand. »Wenn sie wüßte, daß es dich noch gibt, würde sie versuchen, zu erfahren, wo du bist, würde versuchen, dich zu sehen, dir zu schreiben. Sicher wird jeder ihrer Schritte diesbezüglich beobachtet. Es geht nicht, Christine. Der junge Mann hat recht. Man muß mindestens die nächsten drei, vier Jahre abwarten.«

»Es ist so grausam. Ich sitze hier, mir geht es gut, ich mag das alles, ich esse mein Stück Kuchen, während sie leidet und nicht weiß, was los ist. Sie weiß bestimmt noch nicht mal, daß Jürgen tot ist. So etwas verschweigen die immer.

Ich schäme mich, weil es mir bei dir so gutgeht und weil ich andere in ein Unglück gestürzt habe.«

Isabelle tröstete sie: »Mich machst du sehr glücklich, und eines Tages werden wir deine Mutter hierher einladen. Wir werden uns schon irgendeinen Trick ausdenken. In fünf Jahren ist sie Rentnerin, dann kann sie ausreisen, das geht schnell vorbei, bestimmt. Und du... du hast einen Job bei mir, eine Wohnung, und vielleicht lernst du eines Tages einen jungen netten Mann kennen, ja, das Leben beginnt jeden Tag neu, guck nach vorne sonst machst du dich kaputt! Du bist jung und hübsch, die ganze Welt liegt dir zu Füßen. Und du lebst! Jeder kann nur die Verantwortung für sein eigenes Leben übernehmen. Du hast niemanden erschossen, Christine, du hast keine Mauern gebaut und keine Menschen eingesperrt. Mach dich frei von dem Gedanken, schuldig zu sein. Die Schuld an deinem Schicksal tragen andere!«

Jetzt liefen Kristin unkontrolliert die Tränen über die Wangen. Sie setzte sich die Sonnenbrille auf, um ihren Schmerz vor den anderen im Lokal zu verbergen. Aber dieser Zwiespalt in ihr war wie ein schwelender innerer Brand, der immer wieder mal gelöscht werden konnte, um dann bei den kleinsten Erinnerungsfetzen, in den nebensächlichsten Augenblicken neu zu entfachen. Würde sie jemals wieder fröhlich und befreit lachen können? Würde sie jemals eine eigene Familie haben wollen? Würde sie jemals vergessen können, was sie erlebt hatte? Würde sie jemals ihre eigene Identität zurückhaben können und wieder Kristin Klemenz sein dürfen? Diese geliehene Existenz war so schön, wie sie es sich immer für ihre eigene gewünscht hatte. Aber es war eben nur eine geliehene, sie gehörte ihr nicht. Alles würde immer fremd bleiben, wie eine Reise in die schönsten Länder dieser Erde, aber ohne die Gewißheit, bei Bedarf nach Hause fahren zu können. Sie wußte, daß Isabelle sie verstand. Sie wußte aber auch, daß es Isabelles Pflicht und ihr Herzensbedürfnis war, sie zu trösten.

»Isabelle, wenn ich dich nicht hätte. Du bemutterst mich, bist wie eine Freundin und verlangst nichts dafür. Du bist der großartigste Mensch, den ich je kennengelernt habe, bestimmt. Das sage ich nicht so einfach! Trotzdem quält mich das alles furchtbar. Kannst du das verstehen?«

Isabelle lächelte. »Ich hatte nie Kinder, Christine, und ich freue mich, einen Menschen, noch dazu jemanden wie dich, glücklich zu machen. Nur eines mußt du mir versprechen. Fühl dich mir gegenüber nie verpflichtet, hörst du. Wenn ich etwas hasse, und es gibt nur weniges, was ich hasse, so sind es Menschen, die in ihren Gefühlen nicht ehrlich sind. Wenn du eines Tages das Bedürfnis hast, gehen zu wollen, bin ich dir nicht böse. Und ich erwarte nicht, daß du bei mir Händchen hältst. Christine, ältere Frauen werden manchmal schrullig, und wenn es mit mir soweit ist, mußt du mir das unbedingt sagen. Aber ich würde vor allem ungern auf deine Arbeitskraft verzichten. Du hast wirklich ein begabtes Händchen für die Kunst. Wie du die Vitrinen hergerichtet hast! Ich glaube, wir hatten seit deiner Neudekoration zweimal so viele Besucher. Ich habe übrigens eine Überraschung für dich!«

Kristin schmunzelte, das war Isabelle. Sie konnte die mieseste Stimmung mit sprühenden Gedanken verwandeln. »So?« antwortete Kristine und wischte sich mit dem Handrücken über die Augen. »Lohnt es sich, neugierig zu sein?«

»Ich denke schon!«

»Na dann!«

»Die Stadt will, daß wir unsere Exponate in einem Katalog vorstellen. Und ich denke, das wäre eine Aufgabe für dich. Christine Clement schreibt ein Buch über das Andenken- und Schmuckmuseum in der Rue St. Helene. Was hältst du davon? Du schreibst es in deutsch, und es wird dann ins Englische und Französische übersetzt!«

»Das ist ja riesig. Wann kann ich anfangen?«

»Sofort. Morgen kommt übrigens Monsieur Scriber vorbei. Er hat angeblich sehr wertvolle, tolle Stücke. Aber wir müssen aufpassen, der hat auch schon ›italienische Ware‹ gehabt: die wunderschönsten Gemmen auf mattschwarzem Jaspis, nur leider alles nachgemacht.« Wenn Isabelle die Sprache auf das Schmuckmuseum und die damit verbundene Arbeit brachte, war Kristin wie ausgewechselt. Sie war sehr ehrgeizig und hatte sich schon einiges Wissen über dieses spezielle Gebiet der Schmuckkunst angeeignet. Und wie alle Besucher des kleinen Museums war auch sie begeistert von den hübschen Geschichten, die diesen Andenkenschmuck begleiteten. Es waren Liebesgeschichten, Trauerspiele, ganze Dramen, sentimentale Familiengeschichten, die in den kleinen Ringen, Armreifen oder Medaillons verborgen lagen. Kristin mochte besonders die englischen Stücke aus dem beginnenden neunzehnten Jahrhundert. Geradezu verliebt hatte sie sich in jene Broschen, die hauptsächlich aus geflochtenen Haarteilen des oder der Geliebten bestanden. Sie hatte Freude an den vielen romantischen Geschichten, die in den einzelnen, teils sehr kostbaren Exponaten enthalten waren. Es war keine ganz leichte Aufgabe. Sie mußte viel schreiben, hatte zahlreiche Briefkontakte, aber die Arbeit war sehr abwechslungsreich und vor allem erfolgreich, denn alle, vor allem die Frauen, waren begeistert von der Ausstellung und den vielen Geschichten, die sich um diese Schmuckstücke rankten.

Und manchmal, wenn Isabelle sehr gut gelaunt war und die Sonne am Himmel strahlte, lud sie ihre Gäste zu sich ins kleine Paradies ein, und sie durften sich bei Tee und kleinen Patisserien in ihrem herrlichen Garten unterhalten. Das war dann ein lustiges Plaudern und Gelächter, und solche Abende wollten kein Ende nehmen. Kristin ging im Laufe der Zeit so in dieser Arbeit auf, daß sie für Isabelle unentbehrlich wurde.

Nach und nach hatte Kristin die elsässische Fröhlichkeit und Lebenslust zu lieben gelernt. Sie war jung und bereit, sich anstecken zu lassen. Kristin konnte schon sehr gut französisch sprechen und auch schreiben. Jeder Winkel in Straßburg war ihr mittlerweile vertraut, die Lokale, die Plätze, die Straßen, das rauhe Kopfsteinpflaster, die vielen Rosenbüsche an den Ufergärten. Sie lernte, französisch zu denken, zu essen und zu leben. Und doch war alles nur wie eine Seelenprothese, ein gut funktionierender Ersatz – aber eben ein Ersatz!

Ihre Wohnung hatte Kristin mit viel Holz und tonfarbenem Geschirr, Vasen und Töpfen eingerichtet. An den Fenstern hatte sie statt der Gardinen Pflanzen. Einen richtigen kleinen Kräutergarten mit Basilikum, Rosmarin und Thymian hatte sie sich über den Dächern von Straßburg angelegt. Oft ging sie ans Fenster, rieb an einem Basilikumblatt und atmete den würzigen Duft ein. Wenn dann die Sonne auf ihren kleinen Balkon schien und die Spitze des Münsters im Sommerlicht erstrahlte und Kristin in einem Liegestuhl lag und ein Buch las, konnte sie tatsächlich manchmal vergessen, was ihr das Leben Schreckliches angetan hatte. Doch es waren nur Stunden, und seit der Flucht war nicht ein Tag vergangen, an dem Kristin nicht in irgendeiner Form über ihr Schicksal, über Usedom, gestolpert wäre. Sie zeigte es nicht immer, und doch fraß es an ihr.

PLÄNE DER RUSSEN

Wassili Tscherenkow, inoffiziell Generalleutnant beim KGB und offiziell Oberst bei den Streitkräften der Roten Armee, stand, auf beide Hände aufgestützt, an dem Eichenschreibtisch seines deutschen Kollegen Major Priel und schob ihm sein breites slawisches Gesicht mit einem breiten Grinsen entgegen.

»Es ist eine Weisung von ganz oben. Sie wissen, was ich meine!«

Priel lehnte sich in seinem Stuhl so weit es ging zurück, um das KGB-Organ nicht zu dicht an sich heranzulassen.

»Ist das mit unseren Leuten abgestimmt?«

Der KGB-Generalleutnant stellte sich wieder aufrecht hin und zog an seiner Uniformjacke.

»Nein, wozu auch! Wir haben das gemeinsame wissenschaftlich-militärische Projekt aufgrund der Vorkommnisse in eurer Gruppe aufgekündigt und machen ab jetzt nur noch unter unserer eigenen Verantwortung weiter. Mit einer ganz kleinen Truppe. Dazu wäre das Klemenz-Grundstück hervorragend geeignet. Erstens ist es sehr abgelegen, zweitens ließe es sich hervorragend als kleineres Schulungszentrum mit Freizeitaktivitäten tarnen und drittens – der direkte Zugang zum Meer, zur Kurischen Nehrung. Ich habe von einem guten Bekannten der Stasi, Leutnant Breme, zugespielt bekommen, daß der Hof so gut wie verwaist ist.«

Er setzte sich breitbeinig hin, stützte sich mit seinen klobigen Händen auf den Knien ab und beugte sich zu Priel vor.

»Ich habe erst vor einem halben Jahr Genaueres über die Bernstein-Mission gehört. Wir können das Projekt nicht einfach sterben lassen, jetzt, wo es uns mehr als nützlich sein kann. Ich habe gute Kontakte zu einem Herrn namens Rhabani, heute nennt er sich Bahlevi, der sich für den Handel sehr interessiert und kaufkräftige Kunden hat. Sie verstehen?«

Priel war die ganze Zeit still geblieben, weil er noch nicht genau abschätzen konnte, ob es sich hier wirklich um die geheime Weiterführung des Projekts handelte oder ob dies nur ein mieser Trick war, um ihn zu testen.

»Hören Sie, wir werden dieses Außenprojekt im Rahmen der Armee weiterführen. Es gibt die einheitliche Rote Armee nicht mehr, wir befinden uns seit diesen Reformen in einem Zustand des Zerfalls.

Aber ein großer Teil der Leute will sich nicht einfach wie geschlagene Köter davonschleichen müssen. Wir werden die Armee in der UdSSR wieder zu dem machen, was sie einmal war, ein respektierter, aber auch gefürchteter Machtapparat! Das ist doch auch in Ihrem Interesse. Wo wollen Sie denn hin? Glauben Sie, mit Ihrer Biografie haben Sie irgendwo anders noch eine Chance? Bei uns machen Sie das weiter, was Sie bisher gemacht haben.«

Priel stand auf und ging zum Schrank, holte dort einen Aktenvermerk raus und wandte sich dann an Tscherenkow.

»Und als was werde ich eingesetzt und von wem bezahlt?«

Tscherenkow atmete erleichtert aus, riß dann urgewaltig seine Arme hoch. »Von uns! In Devisen. Sie müssen sich natürlich darüber im klaren sein, daß es ein einsamer Job ist. Es darf nach wie vor niemand von Ihrer Existenz wissen, außer den Leuten, die eingeweiht sind. Offiziell werden sie nicht in Erscheinung treten.«

Priel räusperte sich. »Und wie lange?«

»Zunächst einmal so lange, wie die Armee in Deutschland ist. Danach bekommen Sie eine Abfindung und ordentliche Papiere, mit denen Sie sich überall sehen lassen können. Ist das ein faires Angebot? Und – denken Sie daran, es ist für eine starke Sowjetunion!«

Er stand auf und reichte Priel die Hand.

»Wie Sie das machen, ist Ihre Sache. Und kein Wort zu Lüders oder den anderen. Wenn es geklappt hat, wird das nicht zu ihrem Schaden sein. Ich weiß, auf wen wir uns verlassen können und wem wir dann was schulden. Außerdem – Sie sind gewieft und intelligent, das kann man nicht von allen behaupten. Ich erwarte so etwa in vierzehn Tagen einen Bericht von Ihnen. Es eilt!«

Priel war es gar nicht recht, als Geheimnisträger und möglicherweise Intrigant für den KGB mißbraucht zu werden. Was sollte diese Maßnahme? Weshalb herrschte auf einmal dieses frostige Klima. Fehler konnten doch jedem mal passieren. Aber mit den Sowjets wollte er sich nicht anlegen. Ihr Wort hatte Gewicht, jedenfalls mehr Gewicht als das von Lüders und dem Rest. Lüders würde wegen der Klemenz-Geschichte ein paar Etagen tiefer fallen, zumal auch von dem Mädchen noch nicht die geringste Spur gefunden war, und jeder wußte, daß sie überlebt haben mußte. Es gab Zeugen, die beobachtet hatten, wie sie in das andere Boot gehievt worden war. Ihn müßte es normalerweise auch treffen, denn er war gleich nach Lüders verantwortlich für den Bereich militärische Forschung. Doch er sollte verschont werden, noch dazu... er hatte zu dienen, gab es da noch Zweifel? Befehl war Befehl, und die Sowjets immer noch die Machtträger, auch wenn es schmerzte und an der eigenen Majorsehre kratzte. Doch wie sollte er die alte Klemenz überreden, ihren Hof zu verlassen?

Lüders stürzte aufgeregt in sein Büro, ohne vorher anzuklopfen. Er war wieder übersät mit roten Flecken, selbst seine knollige Nase hatte Flecken.

»Was wollte Oberst Tscherenkow von Ihnen?«

Priel stand auf und machte Anstalten zu gehen. »Nichts! Er hatte nur ein paar belanglose Fragen zum Klemenz-Fall!«

»Und?« wollte Lüders wissen. »Was haben Sie ihm gesagt?«

»Ich denke nicht, daß ich Ihnen Rechenschaft schuldig bin«, antwortete Priel gereizt und ließ den verblüfften Lüders allein zurück.

GANZ ALLEIN

Der 14. Mai 1989 war für Kristin der schwärzeste Tag ihres Lebens seit ihrer Flucht. Sie hatte schon seit Wochen dem Termin mit einem der damaligen Fluchthelfer entgegengefiebert, um etwas über ihre Mutter zu erfahren. Doch das, was sie erfuhr, war mehr als ein Schicksalsschlag. Es war, als ob ihr jemand mit dem Hammer Nägel in die Seele klopfte. Nägel, an denen sie die Erinnerungen an ihre Kindheit für immer aufhängen durfte.

»Es tut mir leid, Kristin«, sagte der Mann, der ihr damals die Schulter verbunden hatte. Er war vorsichtig genug, nicht seinen Namen zu nennen. »Ihre Mutter ist vor zwei Monaten verstorben. An einem Gehirnschlag! Sie war nach dem ersten Schlaganfall noch drei Wochen in einem Krankenhaus, aber dann erlitt sie einen zweiten, den tödlichen.«

Kristin wiederholte diese Sätze innerlich wieder und wieder, und sie schmerzten jedesmal mehr. Sie trafen sie wie Faustschläge in den Magen. Sie sah den jungen Mann mit ungläubigen Blicken an. Ihre Mutter war noch nicht mal sechzig Jahre alt, das war ungerecht. Sie sterben zu lassen, ohne daß sie hatten miteinander reden können. Es gab keine Chance mehr, irgend etwas gutzumachen. Kristin wischte sich über die Stirn. In diesem Moment brachte sie keinen Ton heraus wie damals auf dem Boot.

»Ich bringe Ihnen etwas zu trinken«, bot der junge Mann an, wohl auch, um sich ihrem eindringlichen Blick zu entziehen. Wenig später kam er mit einem Glas Wasser wieder zurück.

»Ich weiß, es muß auf Sie wie ein Schock wirken. Es ist absurd, aber das Leben ist grausam.«

Das Wasser hatte Kristins Zunge ein wenig gelöst.

»Was wird mit dem Hof?« fragte sie.

Der Fluchthelfer zuckte seine schmalen Schultern, wobei er sie mit seinen großen braunen Augen ansah. Er sah aus wie ein Südfranzose, aber er sprach perfekt deutsch.

»Ehrlich gesagt, ich weiß es nicht! Haben Sie Verwandte?«

Kristin schüttelte den Kopf.

»Die beiden Brüder meines Vaters sind im Krieg gefallen,

und meine Mutter war Kriegswaise, ist in einem Heim aufgewachsen!« Kristin drehte sich um, verbarg ihr Gesicht hinter den Händen und schluchzte. »Das wollte ich alles nicht... niemals. Das ist nicht gerecht! Wenn ich das gewußt hätte, hätte ich wenigstens geschrieben, egal, was passiert. Warum? Warum muß ich immer alles falsch machen?«

Der Fluchthelfer setzte sich zu ihr, nahm ihre Hände und blickte ihr tief in die Augen.

»Sie hätten niemandem geholfen, wenn Sie ihr geschrieben hätten. Im Gegenteil! Das alles ist nicht Ihre Schuld. Es ist eine unglückselige Verkettung von...«, er wußte selbst nicht mehr, was er sagen sollte und wie er ihr helfen konnte.

Kristin stand plötzlich auf und ging ohne Abschied und ohne ein Wort zu Isabelle, umarmte sie und weinte sich an deren Schulter aus. Ein verlorenes Häufchen Mensch, das in diesem Augenblick das eigene Leben am liebsten wie einen Lumpen weggeschmissen hätte. Der Mann schlich sich auf den Wink von Isabelle aus dem Haus. Er hatte nur wenig gesagt, aber das war schon genug gewesen, um Kristin für Wochen aus dem Lot zu werfen.

Alles, was Kristin als Erinnerung an ihre Familie geblieben war, war der kleine Bernstein, den ihr Jürgen kurz vor der Flucht zugesteckt hatte. Dieser Uli würde für seine Freundin sicherlich einen anderen Bernstein finden, dachte sie wehmütig. Für sie war dieser Stein und das Foto ein Stück Familie, eine letzte kleine Brücke zu ihrer Identität, zu Jürgen, ihrem großen Bruder, zu Usedom, ihrem Zimmer, dem Hof, dem Meer. Doch das Leben ging weiter – wie überall. Kristin arbeitete noch mehr, sie hatte sich vorgenommen, in diesem Sommer im Museum mindestens drei Referate anzubieten. Ein Referat sollte die verwendeten Materialien des französischen Memorialschmucks behandeln, ein zweites die Votivbilder, ein drittes den geistigen Hintergrund dieser besonderen Schmuckepoche – Schmuck als Ausdruck des Zeitgeistes, als Ausdruck einer

Welt, in der zum ersten Mal so etwas wie Freundschaft zwischen Mann und Frau entstand.

So grausam dieser Schicksalsschlag für Kristin auch gewesen war, so hatte er doch auch etwas Befreiendes. Um Verstorbene brauchte man sich keine Sorgen zu machen, und Kristin hatte nach der schweren Trauerzeit, die sie durchlebt hatte, das Gefühl, jetzt wirklich ein neues Leben als Christine Clement beginnen zu können.

Sie ließ sich sogar auf eine flüchtige Männerbeziehung mit einem hübschen Kellner aus der Rue de L'aimant ein. Er arbeitete in einer Pizzeria, war Italiener, lebte aber schon seit zehn Jahren in Straßburg. Er sparte Geld, um irgendwann in fünf Jahren ein eigenes Lokal zu eröffnen. Kristin war in seinen Körper verliebt, intellektuell hatten sie sich nichts zu sagen. Es war beiden klar, daß ihre Beziehung nicht tief und glücklich enden würde, aber sie hatten trotzdem viel Spaß aneinander und mochten sich.

Vielleicht wäre es Kristin gelungen, ihre Vergangenheit ganz abzustreifen, wenn nicht eineinhalb Jahre später die politischen Ereignisse wie eine Bombe eingeschlagen hätten.

Hatte man in Frankreich und England schon lange vom Fall der Mauer gesprochen, ihn sogar bei Honecker eingeklagt, waren die Deutschen eigentlich immer mehr oder weniger überzeugt, daß ihr Land zweistaatlich bleiben würde und daß der laute Ruf nach der Einheit auch mit Unfrieden verbunden sei.

Als Kristin dann aber im Fernsehen die vielen Menschen mit Kerzen auf den Plätzen nach Freiheit rufen sah, die vielen Flüchtenden durch Ungarn und die Tschechoslowakei in Gedanken begleitete – bis zum bewegenden Fall der Mauer im November 1989 –, schwappte ihr zurückliegendes Leben wie eine Sturmflut über sie, sie konnte sich diesem Sog nicht entziehen! Und Isabelle wußte, daß keine Macht der Welt Kristin zurückhalten konnte, das zu tun, von dem sie glaubte, es tun zu müssen. Kristin wollte nur mal schauen, nur einmal, um dann für immer vergessen zu können. Und Isabelle machte ihr Mut!

Kristin hatte ein Jahr gebraucht und die Reise wieder und wieder verschoben. Wegen einer Arbeitsreise nach Italien, wegen einer schweren Grippe, wegen… es war, als ob sie das Schicksal mit aller Macht davon abhalten wollte, dorthin zurückzukehren.

Doch im Juli 1991 war es soweit. Kristin hatte ihren Minicooper gepackt und fuhr los. Sie wollte spätestens Anfang Oktober, wenn der Herbst kam, wieder zurück sein.

Isabelle hielt sie lange umschlungen, ehe sie ihre – Christine – ziehen ließ. »Paß auf dich auf, laß dich nicht unterkriegen, sieh zu, daß sie dir wenigstens den Hof zurückgeben, und schreib mal!« rief sie ihr hinterher und winkte mit ihren zerbrechlich wirkenden Armen, bis Kristin sie nicht mehr sehen konnte.

REISE IN DIE VERGANGENHEIT

Kristin hatte mittlerweile vier Jahre in Frankreich gelebt, als sie Richtung Osten aufbrach. Sie reiste offiziell in Isabelles Auftrag, so brauchte sie sich um die Spesen keine Sorgen zu machen. Sie sollte drei Monate in Berlin bleiben, um sich nach Memorialschmuck aus Osteuropa umzusehen, und sie durfte bis zu zweihunderttausend Mark ausgeben. Isabelle hatte viel Vertrauen zu ihr, da sie wußte, daß sich Kristin nichts andrehen ließ.

Kristin hatte geplant, schon bald das Haus und das Grab ihrer Eltern zu besuchen. Sie wollte genau wissen, was geschehen war und wer jetzt das Anwesen bewohnte, ob sie eine Chance hatte, ihren Besitz zurückzubekommen. Sie war überzeugt, daß sich der Staat nach dem Tod ihrer Mutter alles angeeignet hatte.

Zweimal hatte sie an die Gemeinde geschrieben, eine Anfrage wegen des Hofes geschickt, und nie eine Antwort erhalten. Aber nach dem Einigungsvertrag hatte sie vielleicht eine Chance, ihr Erbe anzutreten.

Hinfahren und wissen, das war die Lösung!

Hätte sie geahnt, daß sie abermals in einen abenteuerlichen Strudel gezogen würde, sie hätte wohl alles auf sich beruhen lassen. Auf der Suche nach der eigenen Geschichte, auf der Suche nach dem, was noch von ihrer Identität, von ihrer Familie übriggeblieben war, ließ sie sich auf ein noch größeres Abenteuer ein, als damals mit ihrer Entscheidung zur Flucht. Woher hätte sie dies wissen sollen? Doch Kristin hätte keine Ruhe gefunden, hätte sie nicht diesen Weg beschritten.

Es sah ja auch alles so friedlich aus. Die Menschen freuten sich, umarmten sich! Die Deutschen hatten jetzt einen gemeinsamen, freien Staat. Hätten sie oder ihr Bruder auch nur die leiseste Ahnung gehabt, daß sich der Lauf der Geschichte verändern würde, nie hätten sie die riskante Flucht auf sich genommen, sie hätten warten können!

Es war eine bittere Ironie des Schicksals, und jene, die unter Einsatz ihres Lebens die DDR hatten verlassen müssen, mußte dieser rasante Wandel, diese Tausende von Menschen, die jetzt so einfach von Ost nach West strömten, wie ein tiefer Stachel im Fleisch sitzen. Sie hatten alles aufgegeben und hätten doch nur ein bißchen warten müssen.

Aber wäre die Situation ohne die vielen Flüchtenden überhaupt jemals gekippt? Waren nicht sie es, die die Wende eingeläutet hatten mit ihrem absoluten Willen, dieses Regime zu verlassen! Das Ende der DDR war genauso grotesk wie ihr Beginn. Es war verrückt gewesen, einen Teil der Deutschen in den Wurmfortsatz der UdSSR zu zwängen und sie mit dem roten Stern auf der Stirn zu markieren. Und doch hatte dieser ganze Spuk immerhin zwei Generationen gefressen und vieles vielleicht für immer vergiftet.

Enttäuscht war Kristin über die sogenannten Intellektuellen, die diesen Ereignissen wie Außenseiter gegenüberstanden. Nur der Boulevardjournalismus griff das eine oder andere spektakuläre Opfer- oder Flüchtlingsschicksal heraus, alle anderen verkrochen sich kleinlaut in ihrem Überbau.

Wie sooft in diesem Jahrhundert hatten sie verpennt, was die Menschen auf der Straße bewegte. Sie klebten in ihren Zirkeln zusammen, hingen in ihren warmen Redaktionsstuben herum, tranken einen oder zwei über den Durst und staunten.

Da brüllten die Massen – »Wir sind das Volk!« –, und keiner wußte so recht was damit anzufangen. Die wenigsten der kulturbestimmenden Linksideologen verstanden, daß die Masse der Leute weder rechts noch links, sondern einfach geradeaus gehen wollte, daß ihnen ideologische Phrasen so egal waren wie einem Wurm die päpstliche Enzyklika! Es waren viel zu viele, die den politischen Schicksalen der Ostler nur mit Sarkasmus begegneten. Ein trauriges Kapitel deutscher Kulturgeschichte, das irgendwann einmal in all seiner Tristesse, in all seiner Zwiespältigkeit, hinterfragt werden würde. Die Deutschen, ein Volk widersprüchlicher Identität, ein Volk, das sich selbst überwinden lernen muß, um wieder zu sich selbst stehen zu können. Zu viele arme Seelen in zu vielen fetten Körpern!

So empfand es Kristin, als sie nach vier Jahren in Frankreich zum ersten Mal wieder deutsche Buchläden betrat oder sich durch die Fernsehprogramme zappte oder auf den Straßen Berlins das Gezänk verfolgte. Modrow, Schabowski, Wolf, Krenz und wie sie alle hießen, die noch vor ein paar Monaten die Errungenschaften der DDR mit Honecker gefeiert hatten, füllten die Schaufenster mit Rechtfertigungsbüchern. Nein, so habe man das alles nicht gemeint, und irgendwie habe man immer nur das Beste gewollt und erhofft, und es seien wohl Fehler passiert, und manches habe auch schlimme Folgen gehabt... schlimme Folgen, schlimme, tödliche Folgen. Ihre Narbe am Rücken fing wieder an zu brennen, als sie das las. Kristin machte fast an jedem Schaufenster der Buchhandlungen halt. Diejenigen, die das alles zu verantworten hatten, schrieben sich jetzt die Finger darüber wund, daß sie persönlich eigentlich keine Schuld treffe. Wie immer!

Sollte sie überhaupt nach Usedom fahren? Was würden die Leute sagen, die sie noch von früher kannten? Sie hatte Angst, ihrer eigenen Geschichte ins Auge blicken zu müssen. Straßburg war weit genug entfernt gewesen, um sich ablenken zu können.

Kristin holte sich aus einer der Buchhandlungen eine Straßenkarte von Usedom und kreiste die Grabenow-Höfe ein. Der in der Mitte, ganz dicht am Meer, war der Klemenz-Hof. Dort mußte sie hin.

ZU HAUSE

Kristin hatte ihren Minicooper auf dem seitlichen Grünstreifen eines asphaltierten Feldwegs geparkt. Sie war zu aufgeregt, um weiterzufahren. Die letzten dreihundert Meter wollte sie unbedingt zu Fuß gehen, und die Abkürzung durch das Waldstück war sie schon als Kind Tausende von Malen gegangen, und es sah alles noch so aus, als sei das Leben hier an diesem Ort stehengeblieben. Was wußten die alten Bäume schon von der Grausamkeit der Menschen? Von Grenzen, von Ideologien, von Machtblöcken, Angst und Gewalt?

Kristin war jetzt fast tausend Kilometer gefahren. Sie hatte sich extra eine kleine, vollautomatische Kamera gekauft, um alles aufnehmen zu können, was ihr sehenswert erschien. Wie sehr hatte sie dieser Reise entgegengefiebert, und wie sehr war sie die letzten Wochen auch von Zweifeln geplagt worden, ob es richtig war, hierher zurückzugehen. Wem nutzte es?

Doch es war eben keine Frage des Nutzens, der Vernunft, es war ein innerer Zwang, eine moralische Verpflichtung, ein Befehl ihrer Seele, dem sie gehorchen mußte. Die Welt hatte sich verändert, und sie mußte darauf reagieren, konnte sich nicht länger entziehen. Eine Reise in ihre Vergangenheit, die hier begraben lag. Begraben unter den vielen Erinnerungen ihrer Kindheit und Jugend. Das war der Ort, an dem ihr Schicksal seinen Lauf genommen hatte. Das war aber auch der Ort, an dem Jürgen und sie eine unbeschwerte Kindheit verbracht hatten.

Es war Frühsommer, und die Luft roch nach dem ersten Heuschnitt. Irgendwo in der Ferne gackerten Wildenten an einem der zahllosen Teiche und Seen, die dieser Landschaft ihren paradiesischen Reiz gaben. Vorpommern war ohnehin dünn besiedelt, aber bei Grabenow war es geradezu einsam, von einer erholsamen, beschaulichen Einsamkeit, die aber auch bedrohlich werden konnte und in der man ertrinken konnte.

Und trotzdem hatte Kristin das Gefühl, als ob sie dieses Land erst vor kurzem verlassen hätte, dabei waren es schon vier Jahre her. Vier unendlich lange Jahre, in denen sie nicht nur ihre gesamte Familie, sondern auch ihre Identität verloren hatte. Aus der Norddeutschen Kristin Klemenz war die Französin Christine Clement geworden. Eine junge Frau, die sich in ihrer Arbeit verkroch und in Isabelle eine Art Ersatzmutter gefunden hatte.

Doch hier roch sie die Luft der Kindheit, hier hatten sie gespielt, im Wasser getollt, hier waren sie und ihr Bruder in die Schule gegangen. Hier war alles so vertraut. Aber sie war allein und konnte ihre Gefühle mit niemandem mehr teilen. Sie kannte hier jeden Hügel, jedes Fleckchen Erde, wo im August die Pilze und die dicksten Heidelbeeren wuchsen. Wie oft hatte sie sich hier nasse Füsse geholt und Zecken!

Manchmal hatte sie in diesem dichten Gestrüpp bis zu fünf von diesen kleinen schwarzen Schmarotzern, die sich so gern in Hautfalten vergruben, nach Hause geschleppt. Ihre Mutter hatte sie dann mit Geduld, Öl und einer Pinzette herausgezogen. Von einer durch Zecken hervorgerufenen, schweren Infektion hatte man damals noch nichts gehört. Diese lästigen Parasiten gehörten zum Landleben wie Hühner, Kühe oder Grannenpusteln. Ihre Mutter! Und jetzt war sie tot! Wie hätte sie sich gefreut! Wie hätten ihre dünnen Nasenflügel gebebt vor Freude, ihre großen graugrünen, etwas zu dicht stehenden Augen, die Jürgen geerbt hatte, gestrahlt, wenn... ja wenn. Sie hätte sie an den Ohren gepackt, das tat sie immer, wenn sie jemandem besonders gut gesonnen war, und hätte ihr Gesicht festgehalten, ja wenn...

Kristins Schritte wurden schneller. Gleich hinter der Kurve mußte links die Zufahrt zum Haus und zu den Stallungen sein. Ein Hufeisengehöft mit einem außergewöhnlich weit heruntergezogenen Dach, das seine Bewohner vor Wind und Wetter schützte, und dessen dunkelrotes Gemäuer die Innenräume wie eine warme Mahlzeit umhüllte. Der mächtige Dachstuhl fiel schon von weitem auf und gab dem Haus seinen typischen Charakter. Die Grundmauern waren bereits einhundertfünfzig Jahre alt und in liebevoller Kleinarbeit von ihren Eltern renoviert worden. Außer ihrer Familie hatten hier, seit sie denken konnte, immer vier Angestellte auf dem Hof gelebt. Sie hatten den linken seitlichen Trakt bewohnt.

Kristin rechnete fest damit, daß jetzt fremde Leute das Haus bewohnen und die Landwirtschaft betreuen würden. Sicherlich war alles verpachtet. Kristin sah in ihrem braunen Leinenhosenrock und der lila-grün gepunkteten, um die Taille gebundenen Bluse wie eine Touristin aus der Stadt aus, die sich aufs Land verirrt hatte. Ihr lässig über die Schulter gehängter Fotoapparat verstärkte diese Wirkung.

Ihre braunen Haare trug sie in einem kurzen Nackenzopf, der von einer dunkelgrünen Satinschleife zusammengehalten wurde. Erschöpft von der Hitze, der Anspannung und der Anhöhe, die sie als Abkürzung benutzt hatte, atmete sie schwer. Für Sekunden schloß sie die Augen und wischte sich den Schweiß von der Stirn. Es konnten nur noch ein paar Meter sein, dann mußte die direkte Zufahrt kommen und dann... Doch was war das?

Schon von weitem sah Kristin ein großes weißes Schild, das früher hier nicht gestanden hatte. Als sie näher kam, erblickte sie neben dem Schild einen etwa zwei Meter hohen Stacheldrahtzaun, der oben nach außen gebogen war und jedem als Warnung dienen sollte, dieses Gelände nicht zu betreten. Auf dem Schild stand in großen schwarzen Buchstaben: »MILITÄRISCHER SICHERHEITSBEREICH DER SOWJETISCHEN STREITKRÄFTE! BETRETEN VERBOTEN! Bei Zuwiderhandlung darf von der Schußwaffe Gebrauch gemacht werden. Der Standortälteste.«

Angstvoll blickte sich Kristin um. Obwohl niemand da war, hatte sie das Gefühl, beobachtet zu werden. Schnell fotografierte sie und rannte dann eilig davon, als ob das Schild und der mächtige Zaun nach ihr greifen könnten. Erst als sie wieder in ihrem Auto saß, kam sie ein wenig zur Ruhe. Sie umklammerte das Lenkrad, setzte sich dann aufrecht in den Autositz und fühlte sich wie gelähmt. Die Bilder, diese scheußlichen Bilder ihrer Flucht, die Schüsse, ihr toter Bruder, an all das erinnerte sie sich. Sie schlug ihre Hände vors Gesicht, als ob sie so die Bilder auslöschen könnte. Ihre Wangen waren heiß und naß von den Tränen, die ihr aus den Augen quollen. Weshalb, um alles in der Welt, war das Gehöft samt dem Grundstück eingezäunt und zur militärischen Sicherheitszone erklärt worden?

Mit allem hatte sie gerechnet, aber was hatte die Armee, noch dazu die sowjetische, auf ihrem Grundstück zu suchen? Ihr Vater hatte nach dem Krieg diesen Hof offiziell erworben und war im Grundbuchamt eingetragen. Das konnte doch nicht wahr sein! Das war unmöglich. Wieso waren Soldaten auf dem Hof stationiert?

Mit sich selbst beschäftigt, hatte sie nicht bemerkt, daß ein Auto hinter ihr stehengeblieben war. Es durchfuhr sie wie ein Blitz, als ein Mann mit einer sowjetischen Armeemütze auf dem Kopf durch ihr rechtes Autofenster ins Wageninnere blickte.

Er war noch jung, hatte große blaue Augen und lächelte sie verlegen an, als er in ihr verweintes, erschrockenes Gesicht blickte.

»Probleme?« fragte er in gebrochenem Deutsch. Kristin versuchte hastig, ihr Auto anzulassen.

»Nein... No... Njet!... Je ne comprends pas!« kauderwelschte sie vor Aufregung in verschiedenen Sprachen.

»Liebeskummer?« versuchte der Russe erneut hinter das merkwürdige Verhalten dieser weinenden Frau zu kommen. Er grinste breit.

»Entschuldigen Sie, ich muß los!« Kristin hatte sich wieder gefangen, ließ den Fremden im ungewissen und fuhr ungehindert davon. Sie mußte wenden, um wieder auf die Hauptstraße zurückfahren zu können. Ihr fiel auf, daß in dem Auto, das hinter ihr geparkt hatte, zwei Männer saßen. Einer sah wie ein Araber aus, der andere trug eine Uniform wie der Fahrer. Der Fahrer winkte ihr noch zu, während die beiden anderen wie versteinert im Auto saßen und keine Miene verzogen.

Ehe Kristin in den Ort zurückfuhr, frischte sie erst mal ihr Make-up im Autospiegel auf und suchte ihre Sonnenbrille. Sie war noch ganz benommen von dem Erlebnis. Was hatten die Russen, noch dazu die Armee, hier in diesem gottverlassenen Nest zu suchen? Davon hatte ihr niemand berichtet. Ihr schien das so absurd, daß sie am liebsten sofort auf der Gemeinde nachgefragt hätte. Doch es war schon fast zwölf Uhr und das Amt vermutlich geschlossen. So fuhr

Kristin zum Friedhof. Sie hatte eine Schale mit gelben Stiefmütterchen und Geranien im Auto. Es war das erste Mal, daß sie das Grab ihrer Mutter besuchen konnte.

Es war ein kleines Grab, gleich hinter der Friedhofsmauer. Außer Efeu, das wild den Grabhügel überwucherte, waren keine Blumen oder Spuren frischer Grabpflege zu entdecken. Auf einem schlichten Holzkreuz, das halb schief am Grabende in die Höhe ragte, waren rechts die Geburts- und Sterbedaten ihres Vaters und links die ihrer Mutter in schwarzer, verschnörkelter Schrift aufgemalt.

Martha Klemenz, geb. Budowski, * am 4.7. 1939, † am 3.4. 1989

Wilhelm Klemenz, * am 17.6. 1928, † am 29.3. 1982

Ob ihre Mutter jemals erfahren hatte, was wirklich mit Jürgen geschehen war? Kristin zweifelte daran, weil sie nirgends das Grab ihres Bruders entdeckte.

Wie sehr mochte sie sich gegrämt haben? Sie hatte ja nicht geahnt, daß die Kinder abhauen wollten, denn es wäre viel zu gefährlich gewesen, darüber zu sprechen. Und jetzt waren sie alle tot. Alle drei. Und Jürgen hatte noch nicht mal ein Grab.

»Sind Sie es wirklich?« hörte sie plötzlich eine Stimme hinter sich. Langsam drehte sie sich um. Sie blickte in ein etwas abgeschlafftes Frauengesicht, das ihr vertraut und bekannt vorkam, das sie aber nicht sofort einordnen konnte.

»Kristin!« rief die Frau und lächelte sie an. »Mein Gott, das darf doch nicht wahr sein! Wir haben hier alle geglaubt, dich gibt es nicht mehr.« Kristin war die Situation peinlich. Sie erkannte diese Frau noch immer nicht. Die Frau hob ihre halblangen Haare hoch und hielt sie nach hinten. »Na, macht es jetzt klick?« fragte sie verschmitzt.

»Friederike?« Die Frau ließ ihre Haare wieder fallen und nickte. Obwohl sie weiterhin lächelte, liefen ihr dicke Tränen die Wangen herunter. Sie bemühte sich, die Tränen mit dem Handrücken wegzuwischen.

»Entschuldige«, sagte sie, »es ist die Erinnerung. Du weißt doch noch, dein Bruder und ich –«, sie stockte, »aber er hatte andere Pläne, wollte mit so einer Landpomeranze wie mir nichts zu tun haben.«

Kristin zuckte verlegen die Schultern.

»Mit mir hat er nie darüber gesprochen. Ich nehme an, du hast einen anderen geheiratet!«

»Ja, und drei Kinder. So, so und so«, zeigte sie mit einer Handbewegung die Größe ihrer Kinder an.

»Auf einmal wart ihr weg, und kein Mensch hatte etwas gewußt. Deine Mutter hat ganz schön gelitten! Aber – die Zeiten sind ja jetzt, Gott sei Dank, vorbei. Was macht Jürgen? Ist er auch hier?«

Kristin erschrak. Offensichtlich wußte wirklich niemand, was geschehen war. Sie senkte ihren Blick.

»Du weißt es wirklich nicht?«

»Was? Erzähl schon! Ist er auch verheiratet? Das ganze Dorf war ja immer mächtig stolz auf ihn. Einer der jüngsten Doktoren im Land! Und dann abhauen, sich aus dem Staub machen, in die große Welt. Verstanden hat das hier keiner!«

»Jürgen ist tot. Erschossen. Bei der Flucht damals.«

Friederike stand auf einmal so steif da, als ob sie einen Stock verschluckt hätte.

»Mein Gott, das ist ja furchtbar...«, stammelte sie. Sie schluckte ein paarmal und machte ein Gesicht, als ob sie keine Luft mehr bekommen würde. Die schulterlangen strähnigen Haare wehten ihr ins Gesicht. »Ich muß dann jetzt los zu den Kindern«, sagte sie hastig. Sie wirkte auf einmal sehr gehetzt, so als ob sie sich schon viel zu lange aufgehalten hätte.

»Übrigens, die Russen sind auf eurem Hof«, sagte sie noch, während sie fast verstört in die entgegengesetzte Richtung lief. Die schwarzen Gummistiefel über dem grauen Trainingsanzug waren viel zu groß und wirkten plump. Gummistiefel im Sommer, dachte Kristin, sie schwitzte schon in ihren Leinensandaletten. Kristin sah ihr wehmütig nach. Die alten Zeiten und die alten Gesichter holten sie schmerzlich ein. Sie zupfte am Grab das Efeu zurecht, beseitigte die gelben Blätter und wässerte die verdorrten Pflanzen. Die Schale mit frischen Blumen machte sich gut auf der trostlosen Fläche. Dann bekreuzigte sie sich und betete ein Vaterunser. Es war schon eine Ewigkeit her, seit sie gebetet hatte. Ihre Mutter hätte es sich gewünscht, und deshalb kam es ihr auch überhaupt nicht albern vor, im Gegenteil. Vielleicht gab es ja doch eine Zukunft da oben, und vielleicht würden sie sich dann alle wiedersehen. Ein Trost wäre es schon.

Als Kristin im Gemeindehaus das Zimmer betrat, in dem die Grundbucheintragungen und alle Notarangelegenheiten bearbeitet wurden, starrte die Beamtin sie an, als ob sie einen Geist vor sich habe. Sie war klein, hatte einen kurzgeschnittenen Lockenkopf und feuerrot bemalte, dicke Lippen. Diese Lippen gaben ihr eine absolut einmalige Note. In dem verwaschenen, apricotfarbenen Jeanskostüm glich sie einem Karamelbonbon mit einem roten Fleck und paßte in dieses triste Büro wie eine grellbunte chinesische Vase in einen Grubenschacht. Diese Frau war zum Schreien komisch, und Kristin hatte Mühe, sich auf ihre Angelegenheit zu konzentrieren.

»Ja bitte!« sagte die Beamtin knapp zu ihr. Kristin nahm ihre Sonnenbrille ab. »Mein Name ist Kristin Klemenz, ich habe früher hier gelebt, meine Eltern heißen Wilhelm und Martha Klemenz. Wir haben«, sie drehte sich um und zeigte nach Osten, »wir haben dort oben einen Hof gehabt. Ich wollte mir das jetzt mal ansehen, aber das ganze Gebäude ist abgesperrt von den Sowjets. Ich kann mir das alles nicht erklären und wollte wissen, ob Sie mir dazu Auskunft geben könnten!«

»Klemenz«, überlegte die Frau. »Dieser einsame Hof in Richtung Grabenow?«

Kristin nickte. Die Sachbearbeiterin nagte an ihrer roten Lippe.

»Da soll doch die ganze Familie verstorben sein, wenn mich nicht alles täuscht.« Sie stockte. »Und Sie sagen, Sie seien die Tochter? Ausgereist?«

»Ja.«

»Sie haben Ihre Papiere hier?«

Kristin kramte in ihrer Handtasche herum.

»Ja, selbstverständlich.« Sie zeigte ihren Paß.

»Sie haben einen französischen Paß?«

»Ja, ich wohne und arbeite seit vier Jahren in Straßburg. Mein Name ist im Paß auf französisch eingetragen!«

»Warten Sie... ich habe hier auch den alten... hier.« Kristin zeigte den roten DDR-Ausweis. Die Blonde nahm die beiden Dokumente und sah sie sich genau an.

»Einen Moment«, vertröstete sie Kristin. Dann verließ sie mit dem Paß den Raum und ließ Kristin stehen. Der Raum roch wie früher nach Desinfektionsmittel, ein wenig durchsetzt vom Duft eines süßen Parfüms. Je länger man sich in solch einem Raum aufhielt, desto mehr stach es in der Nase. Honeckers Bild war schon abgehängt und hatte nur einen hellen Fleck an der Wand hinterlassen, denn ein neuer Anstrich oder eine neue Tapete hatten hier noch nicht vorbeigeschaut. Die Tür öffnete sich, und die Frau kam mit einem Begleiter zurück, der einen Brief in der Hand hielt. Ein großer, schlanker, noch recht junger Mann mit einer stoppeligen Frisur und dem dazu passenden Igelgesicht. Er hatte auffallend schlanke, lange Hände, die an den Armen hingen, als seien sie nur an einem Haken befestigt.

»Guten Tag, Frau Klemenz, mein Name ist Scherer. Ich bin der Amtsleiter.« Er reichte ihr freundlich, aber kraftlos die Hand. Dann blickte er abwechselnd zu seiner Kollegin und wieder zu Kristin. »Es fällt mir etwas schwer, darüber zu reden, zumal ich Sie ja nun so gesund vor mir sehe, aber Ihre Mutter ging davon aus, daß Sie und Ihr Bruder vor oder nach der Flucht verunglückt sein müssen. Deshalb hat sie kurz vor ihrem Tod das Grundstück samt Haus an die Gemeinde verkauft. Die Gemeinde hat sich dafür verpflichtet, die Beerdigungskosten zu übernehmen und Grabpflege zu betreiben. Die Sowjets hatten Interesse angemeldet, und wir haben das Gelände dann verpachtet. Es tut mir leid, aber das ist alles ganz rechtsmäßig. Sie können gerne in die Unterlagen Einsicht nehmen.« Seine Stimme hatte einen betont hochdeutschen korrekten Tonfall.

Beide sahen Kristin an, als ob sie bei irgend etwas ertappt worden seien, und Kristin wurde das Gefühl nicht los, als ob hier einiges vertuscht werden sollte.

»Ja, gern«, sagte sie betont höflich.

»Bitte!« Scherer legte die Akte auf den Tisch und zeigte ihr das Testament.

Kristin las, ohne einmal aufzublicken. Es war deutlich die Handschrift ihrer Mutter, klein und rund.

»...da ich nicht weiß, wo meine Kinder sind, und ich davon ausgehen muß, daß sie verunglückt und tot sind, verkaufe ich mein Haus an die Gemeinde. Die Gemeinde verpflichtet sich im Gegenzug, meine Beerdigung zu übernehmen und für die Grabpflege aufzukommen.« Sie beschrieb noch im einzelnen, wie sie sich ihre Beerdigung und die Grabpflege vorstellte. Das Testament war in der Klinik Greifswald aufgesetzt und unterschrieben worden, zwei Wochen vor ihrem Tod.

»Wie Sie sehen«, bemerkte der Amtsleiter, »ist dieses Testament von einem Notar unterzeichnet worden und damit rechtskräftig.« Er sah sie eindringlich an. »Sie können uns glauben, hätten wir oder Ihre Mutter gewußt... Es waren eben ganz andere Zeiten.«

Kristin wurde das Gefühl nicht los, als ob er sich für irgend etwas entschuldigen wollte.

»Sagen Sie«, fragte er leise, »wo lebt denn Ihr Bruder?«

»Mein Bruder ist tot!« Kristin sah ihn herausfordernd

an. Sie erhoffte, aus seinem Gesicht ablesen zu können, ob er wußte, was geschehen war.

Scherer räusperte sich. »Oh, das tut mir leid! Ich dachte, wenn Sie... dann ist vielleicht auch Ihr Bruder noch am Leben.«

»Er ist bei der Flucht erschossen worden! Von hinten! In den Rücken!«

»Ein Grenzunfall?« schaltete sich die Frau ein, die die ganze Zeit stumm zugesehen hatte.

»Es war Mord!« antwortete Kristin laut. »Kein Unfall!«

»Ja, ja«, versuchte der Amtsleiter abzulenken, »die Zeiten haben sich eben geändert! Das ist ja schlimm mit Ihrem Bruder, und wir haben davon gar nichts gewußt. Sie waren beide verschwunden, und irgendwie haben wir uns dann auch keine Gedanken mehr gemacht. So ist alles gekommen. Aber die Zeiten... die Geschichte der Menschen und vor allem der Politik ist ein einziges Kuriosum. Es läßt sich im nachhinein so vieles so schwer begreifen«, stotterte er herum, wobei seine schmalen spitzen Lippen einen nassen Glanz bekamen.

»Sagen Sie, kann ich mir von den Schriftstücken Kopien machen?«

»Ja, natürlich, geben Sie her, ich habe hinten einen nagelneuen Kopierer, von unserer Patengemeinde aus dem Westen, aus Westfalen.«

»Ach, wissen Sie vielleicht, warum die Gemeinde das Gelände den Russen, den Sowjets, übergeben hat?«

Die Beamtin schüttelte ihren blonden Lockenkopf.

»Keine Ahnung. Die haben uns gefragt, und wir haben es ihnen gegeben. Sie wissen ja, wie das ging. Die Rote Armee hat alles ganz offiziell für fünfundzwanzig Jahre gepachtet. Das war so üblich. Wollen Sie das Gelände denn wiederhaben?« säuselte sie betont freundlich.

»Darüber hatte ich mir noch keine Gedanken gemacht. Ich wollte eigentlich nur mal reinschauen. Aber das ist wohl unmöglich.«

»Sie wissen, wie das ist. Keine Armee der Welt läßt bei sich reingucken! Die großen Jungs mit den Uniformen spielen doch auf der ganzen Welt Verstecken«, kicherte sie.

Der Amtsleiter gab Kristin die Kopien.

»Tut mir leid, mehr können wir nicht für Sie tun. Ach ja«, sagte er dann, »vielleicht lassen Sie Ihre Anschrift hier. Ich werde mich mal umhorchen… man weiß ja nie, wenn ich etwas erfahre, gebe ich Ihnen Bescheid.«

Kristin gab ihm ihre Berliner Hoteladresse.

»Sie wissen dann wohl auch nicht, wo man meinen Bruder beerdigt hat?«

»Nein, wir wußten ja noch nicht mal, daß er tot ist! Vermißt, verschwunden, aber tot! Hier hat keiner was gewußt. Es gab nur Spekulationen, wie das so ist bei so einem Ereignis.«

Die beiden Beamten sahen sich fragend an. Kristin bedankte sich höflich, packte die Kopien in ihre Tasche und verschwand. Sie war sich ganz sicher, daß ihre Mutter unter Druck gesetzt worden war, das Anwesen zu verkaufen. Nie hätte sie es hergegeben, niemals. Hier war etwas faul, und Kristin wollte dem nachgehen. Das war sie als einzig Überlebende ihrer Familie und auch sich selbst schuldig.

Kristin hatte kaum den Raum verlassen, da griff der Amtsleiter zum Telefon und wählte mit seinen langen Fingern eine ihm wohlvertraute Nummer. Er flüsterte eine Nachricht in den Hörer: Es war alles noch so wie früher.

IN DER PFARREI

Es war gegen vierzehn Uhr, als Kristin die Pfarrei aufsuchte. Hinter der spitzgiebeligen Kirche aus rotem Backstein und den schmalen bunten Fenstern mit runden Butzenscheiben lag ein üppiger Garten, an dessen Ende sich ein kleines, altes Haus anschloß, das ebenfalls aus roten Ziegeln bestand, die man aber kaum mehr sah, da die Wände dicht mit Efeu bewachsen waren. Es war bekannt, daß Pfarrer Wagenknecht neben seinem Amt die Gartenarbeit und alles, was mit Bäumen und Pflanzen zusammenhing, liebte. Strohhut, Stirn und Augen lugten gerade hinter einer dichten Haselnußhecke hervor, als Kristin ihn ansprach. »Guten Tag, Herr Pfarrer«, rief sie ihm über die Hecke zu.

Die große Schere noch offen in der Hand haltend, richtete er sich auf und blickte direkt in Kristins Gesicht. Seine Augen blinzelten im Schatten der Hutkrempe, sein Gesicht verriet seine Gedanken. Ist sie's oder ist sie's nicht? Noch ehe er fragen konnte, stellte sich Kristin vor und reichte ihm über die Hecke die Hand.

»Ich bin Kristin Klemenz. Vielleicht erinnern Sie sich noch an mich. Wir waren ja fast jeden Sonntag in der…«

»Kristin, ich habe dich gleich erkannt, ich darf doch du sagen…« Kristin nickte zustimmend.

»Sofort hab ich dich erkannt, auch wenn du andere Haare hast und nicht mehr das Mädchen… aber ich hab's – ehrlich gesagt – nicht glauben können. Es hieß doch immer, du und dein Bruder seid bei diesem Fluchtversuch ertrunken. Ich kann's nicht fassen! Komm rein. Wir schnacken ein bißchen auf der Terrasse, oder bist du in Eile?«

Kristin lächelte und ging die Hecke entlang bis vor zum Eingang. »Nein, ich bin extra gekommen, um Ihnen ein paar Fragen zu stellen.«

Kristin ging durch die grüne Eisentür, die von einem Rosenbogen umkränzt war. Sie mußte unwillkürlich an Isabelle denken. Ihr würde es hier bei Pfarrer Wagenknecht in diesem prächtigen Bauerngarten gefallen. Kristin ließ sich zur Terrasse bringen, und die beiden setzten sich unter einen großen Schirm. Die Sonne brannte, aber an diesem schattigen Plätzchen ließ es sich gut aushalten.

»Kristin Klemenz…«, der Pfarrer sah sie immer noch ungläubig an. »Du und dein Bruder habt die ganze Gegend um

Grabenow in Aufregung versetzt. Das war eine schlimme, schlimme Sache damals. Und heute«, er schüttelte den Kopf, »ist alles so einfach. Die Roten haben uns das Leben ganz schön schwergemacht, was...? Aber erzähl, wie ist es dir ergangen? Ich bin so neugierig.«

Während der Pfarrer einen Saft holte und Kristin die Gläser trug, berichtete sie ihm in kurzen Worten, was vorgefallen war.

»In Straßburg?« sagte der Pfarrer. »Französin? Das ist ja richtig aufregend. Und das alles wegen der Politik.«

Er schenkte ihr noch ein zweites Glas Holundersaft mit Zitrone ein, und zum ersten Mal hatte Kristin das Gefühl, die Wahrheit über das, was seit der Flucht mit ihrer Familie geschehen war, zu hören.

»Die Fluchthelfer hatten recht mit ihren Warnungen. Die Stasi hat deine Mutter nach dem Vorfall nicht mehr in Ruhe gelassen. Einen jungen Mann haben sie sogar verhaftet, weil er angeblich in die Fluchtpläne eingeweiht gewesen sein soll. Weißt du, weshalb Jürgen damals geflohen ist?«

Kristin schüttelte den Kopf.

»Nein, ich bin erst seit wenigen Tagen in Deutschland und gerade dabei, alles zu erkunden. Ich war vorhin beim Hof und bin ziemlich entsetzt über das, was dort los ist. Man kommt noch nicht mal mehr ran, alles ist weiträumig eingezäunt.«

Der Pfarrer wischte sich mit dem Ärmel seiner dunkelgrauen Leinenjacke über die Stirn.

»Ja, die Russen, seit etwa drei Jahren, kurz nachdem das mit deiner Mutter passiert ist, sind sie hier aufgekreuzt.«

Kristin senkte den Blick.

»Meine Mutter«, begann sie, »es tut mir alles so schrecklich leid, hauptsächlich wegen ihr. Haben Sie meine Mutter damals gesprochen?«

Der Pfarrer nickte mit einem Seufzer und einem nachdenklichen Blick. »Deine Mutter war völlig verzweifelt und kaum mehr ansprechbar. Sie mußte ja nach allem, was geschehen war, davon ausgehen, daß ihr tot seid. Dann diese vielen Befragungen seitens der Stasi. Sie hatten wohl immer angenommen, deine Mutter wisse etwas. Heute wird mir manches klar. Sie wußten nicht, wo du abgeblieben bist, und wollten rausbekommen, ob du den Kontakt zu deiner Mutter suchst. Deshalb haben sie sie nie in Ruhe gelassen. Ich komme gleich wieder.« Er stand auf und verschwand im Haus.

Kristin sah sich um und genoß die Farbenpracht in dem üppigen Garten.

»Schön haben Sie's hier. Sie sind ein Gartenliebhaber, das sieht man auf den ersten Blick«, lobte Kristin den Pfarrer, als er mit zwei Fotos in der Hand zurückkam. Wohlwollend blickte er sich um.

»Da steckt überall die Schöpfung drin, in jedem noch so winzigen Halm. Wer das nicht liebt, hat kein Herz. Sieh mal...«, zeigte er auf eine Rabatte, die sich gleich hinter der Terrasse in Richtung Weg anschloß. »Die Mittagsblümchen. Ein Sonnenstrahl, und sie lachen, als ob sie Gesichter hätten.«

»Was sind das für Fotos?« wollte Kristin wissen. Der Pfarrer reichte sie ihr. Kristin lächelte. Das waren ja ihre Konfirmationsfotos, eins von Jürgen und eins von ihr.

»Hübsch«, sagte sie mit bewegter Stimme. Sie stand auf dem Foto da wie eine Säule, in dem schwarzen schlichten Kostüm, der weißen Bluse mit Bubikragen und dem Gebetbuch in den Händen. Das Foto mit ihrem Bruder war wesentlich älter. Es war noch kleinformatig mit einem gezackten Rand. Auch er blickte auf dem Foto wie in Trance. Jürgen stand mit seinem Gebetbuch neben einer Art Altartisch, auf dem seine Taufkerze stand.

»Sie sind nur schwarzweiß, aber wenn du magst, kannst du sie mitnehmen.«

Kristin nickte.

»Das ist sehr nett von Ihnen.« Sie steckte die Bilder in ihre Tasche. »Sagen Sie«, wollte Kristin wissen, »haben Sie gewußt, daß meine Mutter ein Testament zugunsten der Gemeinde gemacht hat?«

Der Pfarrer räusperte sich.

»Nein, davon ist mir nichts bekannt. Ich habe mich allerdings auch nicht darum gekümmert, nachdem das mit deiner Mutter passiert war. Es war ohnehin alles schlimm genug. Sie ist ganz plötzlich ins Krankenhaus gekommen, nach Greifswald, und kurze Zeit später war sie schon tot. Sie soll an einem Hirnschlag gestorben sein. Ich wollte sie besuchen, aber es wurde mir nicht gestattet.«

Er zuckte mit den Schultern und sah sie mit seinen dunklen Augen merkwürdig an.

»Wieso nicht gestattet?« fragte Kristin erstaunt. Schließlich war es bekannt, daß ihre Mutter religiös war, und es war doch selbstverständlich, daß sie in ihrer Lage einen Pfarrer...

»Tja, wieso... das habe ich mich auch gefragt. Ihr Krankenzimmer war genauso bewacht wie ihr Zuhause.« Er holte tief Luft, als müsse er sich genau überlegen, ob er weitersprechen sollte. »Man macht sich manchmal so seine Gedanken. Es war eine Urnenbestattung...«

»Verbrannt... sie ließ sich verbrennen?« Kristin schüttelte den Kopf. »Aber Mama hatte das immer abgelehnt, das weiß ich genau, das wollte sie nie. Und das Grab... es ist kein Urnengrab...«

Er nahm ihre Hand.

»Kristin, reg dich nicht auf. Es ist ja alles schon lange her. Deine Mutter ist in einer Urne neben dem Sarg deines Vaters bestattet worden. Es ist so.« Er hielt einen Moment inne. »Du warst also schon drüben am Grab?«

Kristin nickte.

»Es war alles so... du weißt, was ich meine, eben nicht offen. Ein Häufchen Asche...«

Kristin hielt inne und sah ihn direkt an. Sie begann zu ahnen, was er meinte.

»Aber es muß doch einen Totenschein geben?«

»Frag mal bei der Friedhofsverwaltung nach. Als Tochter hast du ja das Recht, dich zu informieren. Da müßte dann ja auch der Name des Arztes drauf stehen, der den Tod bestätigt hat.«

Kristin warf einen Blick auf die Uhr. Sie wollte sowieso noch ins Krankenhaus, dann könnte sie das auf einmal erledigen. Sie stand auf und streckte dem Pfarrer zum Abschied die Hand hin.

»Vielen Dank für das Getränk, die Fotos und das Gespräch. Bleiben Sie ruhig sitzen, ich finde allein hinaus.«

Schon auf dem Weg, drehte sie sich nochmals um.

»Von Jürgen haben Sie sicher auch nichts gehört?«

Der Pfarrer schüttelte den Kopf.

»Er gilt als verschollen, genau wie du all die Jahre.«

»Es gibt also kein Grab hier in der Nähe?«

»Nichts... ihr wart beide spurlos verschwunden.«

Kristin winkte ihm noch zu, ehe sie endgültig ging.

IN BERLIN

Kristin saß in ihrem Berliner Hotelzimmer – es war schon später Abend – und kam nicht zur Ruhe. Wenn sie mit allem gerechnet hätte, aber daß sowjetisches Militär ihr Zuhause in Besitz genommen hatte, war absurd. Es konnte sein, daß ihre Mutter verbittert gewesen war. Es konnte sein, daß sie Leute gesucht hatte, die sich kümmern sollten, wenn sie mal verstorben war, zumal sämtliche Kontakte zu Bekannten distanziert bis eisig waren, aber daß sie den Staat, ausgerechnet den Staat beauftragt haben sollte – niemals, nicht ihre Mutter. Der Kirche hätte sie es vermacht, vielleicht, aber niemals dem Staat und schon dreimal nicht den Sowjets. Da war vieles faul, dessen war sich Kristin hundertprozentig sicher. Doch an wen sollte sie sich wenden? Sollte sie sich einen Rechtsanwalt nehmen oder erst mal mit Isabelle sprechen? Oder auf eigene Faust herumhorchen? Oder gar nichts tun? Kristin war verunsichert. Dieses Berlin und der Osten bereiteten ihr trotz der Wende neue Schwierigkeiten. Für den nächsten Tag wollte sie sich erst mal umsehen, was der Antikmarkt zu bieten hatte. Sie wollte für Isabelle und das Museum einkaufen.

Kristin legte sich angezogen auf ihr Bett, verschränkte die Hände hinter dem Kopf und starrte zur Decke. Es war ein altes Hotel, in dem sie untergekommen war. Die Räume waren hoch, die Decken und Ecken mit Stuck verziert. Früher hatte der Raum, der mindestens fünfzehn Quadratmeter groß war, noch kein eigenes Bad gehabt. Jetzt hatte man einfach in einer Ecke vier Wände mit einer Tür eingezogen und die sanitären Einrichtungen angebracht. Die Versorgungsrohre liefen alle über Putz und paßten nicht zu dem sonst so nostalgischen Ambiente. Der Raum hatte zur Straße hin einen viereckigen Fenstererker mit Gardinen und schweren gelben Stores. Hier standen zwei grüne Sessel mit auberginefarbenen Kissen und ein Nierentisch. Daneben eine Stehlampe mit Pergamentschirm und dicken goldenen Fransen am unteren Rand. Das Bett, auf dem Kristin lag, war so neu wie die Naßzelle. Ein vergoldetes Metallgestell mit grüner Tagesdecke, passend zu den Sesseln. Kristin registrierte nur, ohne zu bewerten. Sie war froh, in Berlin für die nächsten drei Monate eine Unterkunft bekommen zu haben, und da nahm sie es nicht so genau mit den Details. Frühstück gab es jeden Morgen in der Glasveranda, eine Art Wintergarten, die zum Innenhof hin gelegen war. Während Kristin so vor sich hin sinnierte und den Geräuschen auf der Straße lauschte, verfingen sich ihre Blicke in den Stores, in den Reflexen der Lichtreklame vom gegenüberliegenden Chinarestaurant, und darüber schlief sie ein, bis sie am nächsten Morgen gegen sechs Uhr vom Straßenlärm, der durch die geschlossenen Fenster dröhnte und die Scheiben zum Vibrieren brachte, aufwachte. Sie duschte, zog sich um und ging frühstücken.

Der schmale, hohe fensterlose Flur war mit roter Teppichware ausgelegt und machte zweimal einen Knick, ehe Kristin auf den Etagenflur kam und von dort aus mittels eines Pfeils nach links zum Frühstücksraum gelenkt wurde. Als Kristin den Raum betrat, glaubte sie in eine Versammlung von Männern geraten zu sein. Die meisten saßen allein an einem Tisch, manche zu mehreren. Kristin hatte das Gefühl, daß mindestens zwanzig Augenpaare sie anstarrten, als sie den Raum betrat. Es waren junge, alte, dicke, dünne, mit und ohne Glatze, viele mit Krawatte, wahrscheinlich alles Geschäftsleute oder Vertreter, die sich hier einquartiert hatten. Aber nicht eine einzige Frau. Doch, da kam eine! Sie wechselte am Büfett die Pumpkannen mit Tee und Kaffee aus und brachte eine neue Käseplatte. Kristin wäre am liebsten wieder gegangen, doch sie hatte Hunger und gab sich einen Ruck. An der holzgetäfelten Wandseite, gleich neben dem dicken Gummibaum, war noch ein Zweiertisch frei, die Verandaplätze waren schon alle besetzt. Sie setzte sich so hin, daß sie den ganzen Raum überblicken konnte. Die Frau vom Büfett erklärte ihr, daß sie sich auch den Kaffee selber holen müsse. Da sie viele Dauergäste hätten, sei alles auf Selbstbedienung umgestellt worden.

Kristin holte sich Kaffee mit Milch, einen Zitronenjoghurt und eine Scheibe Vollkornbrot mit Käse. Wurst mochte sie nicht und schon gar nicht morgens, und auf Brötchen mit Honig hatte sie im Moment auch keinen Appetit.

»Einkauf oder Verkauf?« fragte sie ein junger Kerl, so um die Dreißig, mit einem dreisten Grinsen und pfiffigen Augen.

»Einkauf!« antwortete Kristin wahrheitsgemäß.

»Toll, man sieht sich ja bestimmt noch«, nickte er ihr zu und verschwand eilig.

Mehr um beschäftigt zu sein, las Kristin eine Berliner Illustrierte, eine von den vielen Blättern, die im Rausch der Einheit kamen und gingen. Die Zeitschriften lagen offen auf einem der Frühstückstische herum.

Auf Seite drei stockte sie und vertiefte sich in einen Artikel über die »ZERV« – Zentrale Ermittlungsstelle für Regierungs- und Vereinigungskriminalität. Das Amt war offensichtlich recht neu und hatte sich zur Aufgabe gemacht, die Verbrechen zu verfolgen, die zu DDR-Zeiten begangen worden waren, oder die Delikte, die im Rahmen der Wiedervereinigung begangen wurden. Bei Tauschgeschäften, Unterschlagungen, Verbrechen im Rahmen der Privatisierungsaktionen der verstaatlichten Industrie, Untreue im Treuhandgeschäft, und – da stand es schwarz auf weiß – ungeklärte Immobilienansprüche zwischen Ost und West.

Genau! Das war die Stelle, an die sie sich wenden mußte. Sie zog einen Kugelschreiber aus ihrer Handtasche und schrieb sich die genaue Bezeichnung des Amtes und einige Namen auf eine Serviette. Dem wollte sie nachgehen.

Doch erst wollte sie noch ein bißchen in der Umgebung bei Antikläden herumschnüffeln und die Berliner Atmosphäre genießen. Der laute Ku'damm und die Reste der Mauer – mein Gott, diese bunte Mauer, an der soviel Blut klebte, die völlig sinnlos eine Stadt geteilt hatte. Jetzt liefen die Leute von hüben nach drüben, als sei das schon immer so gewesen. Hätten ihr Bruder und sie zwei Jahre Geduld gehabt – was sind schon zwei Jahre –, doch wer hätte das ahnen können? Wer hätte ahnen können, daß alles so einfach werden würde? Aber was mochten jene fühlen, die auf wehrlose Menschen geschossen hatten, sie getötet hatten wegen einer Sache, die jetzt so mir nichts, dir nichts über die Autobahn der Geschichte rollte? Was mochten jene vielen Menschen denken und fühlen, die sich als Profiteure des SED-Staates ihr Geld damit verdient hatten, ihre Mitmenschen zu unterdrücken? Sie mußten diese Entwicklung hassen, denn sie mußten Angst haben, daß man sie eines Tages dafür zur Verantwortung ziehen würde. Ob es auch eine Akte von Jürgen und seinen Mördern gab?

In Kristin arbeitete und gärte es, in ihrem Kopf brauste der Sturm der Geschichte, die auch ihre eigene Geschichte war. Dieses Berlin, dieses geteilte Land, die zwei Staaten und die Zerrissenheit der Menschen, der Gedanken, der Weltanschauungen. Die Menschen im Osten waren es gewöhnt, in einem unflexiblen Versorgungssystem mit dem Nötigsten auszukommen. Sie mußten sich nie entscheiden, das taten andere für sie; es war sogar gefährlich, sich zu entscheiden. Und jetzt? Jetzt mußten sie sich pausenlos entscheiden. Ihre Zukunft verplante nicht mehr der Staat, sondern sie selbst waren gefordert. Wie würden sie damit zurechtkommen? Kristin hatte Bedenken, denn sie kannte die Trägheit des sozialistischen Alltags.

Kristin bummelte ziellos über den Ku'damm, vorbei an den Freßburgen, an den Kaufhäusern, an der Buntheit, die sie immer so geliebt hatte, an allem, was sie sich unter dem Westen vorgestellt hatte. An einer Bushaltestelle entschied sie sich für eine Fahrt durch Berlin für fünfundzwanzig Mark. Zwei Stunden City pur! Das gönnte sie sich.

Außer ihr waren nur noch zwei Familien in dem großen Doppeldeckerbus. Sie setzte sich in die erste Reihe und preßte sich die Kopfhörer an die Ohren und ließ sich alles erklären. Berlin und seine wichtigsten Stationen. Die wiedervereinigte und doch noch geteilte Stadt. Sie war so aufgeregt und wollte sich eigentlich beherrschen, doch Gefühle sind wie das Wetter: Sie ziehen über die Seele, und man weiß nie genau, ob sie Sturm, Regen, Sonne oder Wolken und Nebel bringen. In Kristin herrschte Umbruchstimmung. Sie hatte die Ereignisse bisher nur am Bildschirm verfolgt, und jetzt saß und lebte sie mittendrin in einer Zeit, die so vieles in sich vereinte: Trauer, Hoffnung, Zukunft, Freude, aber auch Erinnerungen und Haß, Wut und Tränen. Und die Zukunft? Noch nie hatte es etwas Vergleichbares gegeben. Würde es halten? Es war schon jetzt abzusehen, daß der Rechtsstaat unter diesen Bedingungen gelitten hatte. Würden sich die früheren Machthaber erneut behaupten können? Viele beklagten dies in Zeitungen, in Interviews. Doch Tatsache blieb, daß die neuen Kapitalisten in der ehemaligen DDR sich zu einem hohen Prozentsatz aus den alten Machtstrukturen herausschälten. Zufall oder Planung? Auf Kristin wirkte alles noch ziemlich chaotisch und verlogen. Berlin. Einmal im Jahr waren sie hierhergefahren, meistens im Mai oder Juni. In die Hauptstadt der DDR. Ihr war es immer wie Klein-New York vorgekommen. Nach dem Einkaufen, wenn alles im Auto verstaut war, ging es dann zum Alex und rauf auf den Fernsehturm: Mauer kieken! Man hatte über den antiimperialistischen Schutzwall gewitzelt und ihn nie so bewußt wahrgenommen. Man hatte zu tun gehabt, die Westler zu bestaunen, für die der Fernsehturm auch stets ein Anziehungspunkt war. Von oben hatte das geteilte Berlin gar nicht so häßlich ausgesehen, viel friedlicher und offener.

Und jetzt fuhr sie durch die ungeteilte Stadt, in einem Bus. Die Errungenschaften der DDR wurden als historisch-touristische Etappenpunkte mit einbezogen: Alexanderplatz, Unter den Linden, Humboldt-Universität, Palast der Republik, Friedrichstraße, Checkpoint Charlie, na, und neuerdings die Treuhandanstalt – die Stationen der Besichtigungstour zogen an ihr wie an jedem Touristen vorüber. Bis auf eine.

Als sie sich dem Reichstag näherten und sie seitlich im Vorbeifahren die vielen Kreuze sah, die in Reih und Glied Hunderte mißglückter Fluchtversuche anmahnten, krampfte sich ihr Herz zusammen, und die Tränen liefen ihr über ihre Wangen. Da sie oben ganz vorne saß, fühlte sie sich wenigstens unbeobachtet. Jürgen hat noch nicht mal ein Mahnkreuz, er ist einfach verschwunden; als ob es ihn nie gegeben hätte, ausgelöscht.

Spätestens hier hatte sie ihre eigene Geschichte eingeholt, und Christine Clement war wieder Kristin Klemenz: die Ostdeutsche mit dem Fluchtversuch; die Eingesperrte, die versucht hatte, rauszukommen; die Schwester, die zusehen mußte, wie sie ihren Bruder erschossen hatten. Sie wußte, daß ihre Biografie eine besondere Biografie war, die sich nicht mit anderen vergleichen ließ. Ihr war klar, daß ihre Gefühle stärker waren als die der meisten anderen Menschen. Ihr war aber nach dieser aufregenden Fahrt auch klar, daß sie als einzige Überlebende die Verantwortung hatte, das, was ihrer Familie geschehen war, aufzuklären. Nicht aus Rache, sondern weil es ohne diesen Weg für Kristin nicht möglich gewesen wäre, frei und unbeschwert in Deutschland zu leben. Sie mußte die Last, die Bürde, erst erkennen, um sich von ihr befreien zu können. Noch lag sie wie ein versiegeltes Gewicht auf ihrer Seele und beeinträchtigte ihr ganzes Leben, versperrte ihr den Weg zu ihrer eigenen Identität. Sie stieg aus dem Bus und versuchte wenigstens für einen Moment, alles zu verdrängen.

In einer kleinen Seitenstraße nahe dem Breslauer Platz entdeckte sie einen Antiquitätenladen. Der Inhaber mußte ein waschechter Berliner sein: Auf einem weißen Emailleschild über der Eingangstür stand in schwarzen, einfachen breiten Lettern: Emil Pfeiffer – Antikes aus aller Welt für wenig Geld.

Die beiden Schaufenster, an deren Auslagen sich Kristin fürs erste orientierte, waren vollgestopft mit allem möglichen Kram: bunte Nachttöpfe aus Porzellan, Gläser, Vasen, Bestecke mit Gravuren, gestickte Deckchen für die Küche und vor allem Orden, Orden und nochmals Orden aus Osteuropa und der ehemaligen DDR. Hier wurde man für fünf Mark zum Helden der Arbeit, konnte sich für fünfunddreißig Mark mit einer russischen Offiziersmütze schmücken oder alte sowjetische Armeeuhren erwerben mit dem roten Stern als Ziffernblatt. Kristins Augen blieben an einem schwarzen Kästchen hängen, in dem einige Schmuckstücke lagen, meist irgendwelche straßbestückte Anhänger oder Ringe.

Sie ging hinein. Ein kleines Glöckchen läutete, als sie die Tür öffnete. Hinter einem Schrank trat ihr ein Verkäufer entgegen, ein etwas älterer Herr mit grauen Haaren und Schnurrbart. Trotz des Sommers trug er eine dicke Strickjacke und wirkte immer noch ein bißchen verfroren oder nur schlecht gelaunt.

»Sie wünschen?« fragte er in dem singenden Berliner Dialekt.

Kristin zupfte sich verlegen am Ohr. Irgendwie kam sie sich in dem Laden wie ein Störenfried vor.

»Ich suche alten Memorialschmuck, möglichst osteuropäischer Herkunft!« Der Alte schnaufte ein »auch das noch«, ohne es zu artikulieren, dann verschwand er hinter dem Tresen, bückte sich und zog eine Schublade heraus.

»Meine Enkelin ist im Augenblick nicht da, und ich kenne mich nicht aus, offen gesagt. Aber der ganze Schmuck, den wir haben, ist in diesen beiden Kisten. Vielleicht finden Sie ja das, was Sie suchen. Und wenn dann auch noch ein Preis dabei ist, dann werden wir uns schon einig. Wie gesagt, meine Enkelin ist mit ihrem Kleinen zum Arzt, und ich helfe aus bei dem ollen Krempel. Sie hat wohl gedacht, ich Oller passe da gut hin!«

Jetzt lachte er aus vollem Hals, krächzend über seinen Witz, und Kristin lächelte aus Höflichkeit. Dann wühlte sie in den Kisten in den Anhängern und dem anderen Zeug herum. Das meiste war unbrauchbar: Blechdosen als Medaillons, darin Opas mit Rauschebart, meist Männer, seltener Frauen. Das war zwar im weitesten Sinn auch Memorialschmuck, aber Kristin brauchte für ihr Museum außergewöhnliche, seltene Schmuckstücke. Sie betrachtete zwei Gemmen. Das Grundmaterial bestand aus rotem Karneol, in einen schwarzen Jaspisrand eingefaßt, mit einem aufgesetzten Frauen- und Männerporträt aus elfenbeinfarbenem Porzellan. Sie sahen sehr hübsch aus, und die Porträts deuteten auf jugendliche Gesichter hin. Auf der Rückseite stand bei beiden etwas in kyrillischer Schrift. Obwohl Kristin Russisch gelernt hatte, hatte sie zunächst Schwierigkeiten, die Schrift zu entziffern. Sie bat um eine Lupe.

»Wassilij und Marija.« So hießen die beiden also. Leider war nirgendwo ein Datum zu erkennen. Aber Kristin schätzte, daß diese Stücke etwa einhundert Jahre alt waren.

»Was kosten die beiden?« fragte Kristin den Alten.

Er zuckte mit den Schultern, schnaubte wieder und verzog seinen Mund. »Wenn nichts drauf steht, weiß ich es nicht.«

»Denken Sie, einhundert Mark ist genug?« fragte Kristin.

»Für beide?«

»Nein, für eines, für beide zweihundert. Mehr würde ich ohnehin nicht ausgeben«, versuchte sie zu handeln.

»Herrje, das ist ein Ding. So viele Sachen, und ausgerechnet die, die nicht ausgezeichnet sind. Hm, was mach ich jetzt?«

Der alte Mann schien in einer Entscheidungskrise zu stecken. Dann hob er seine Hände und schlug sich auf die Oberschenkel.

»Stecken Sie's weg!« sagte er. »Wenn sie meckert, soll sie. Muß ich was verpacken?«

Kristin wehrte mit beiden Händen ab. »Nein, nein, das geht schon so.«

Sie holte aus ihrem Geldbeutel die zweihundert Mark und reichte sie dem alten Mann.

»Ach, was ich noch wissen wollte«, fragte sie schon

während des Gehens. »Wissen Sie, wo der Platz der Luftbrücke ist?«

»Klar, denn kennt jeder alte Berliner. Aber da müssen Sie noch ein Stückchen rennen!«

Er erklärte ihr – zweimal rechts, dann links, dort an der Ampel geradeaus, über die große Kreuzung – und dann immer rechts bis zum Platz.

DIE ZERV

Kast saß an seinem Computer und versuchte die Decknamen eines iranischen Import-Export-Händlers zu eruieren. Kast war sich ziemlich sicher, daß Bahlevi früher im Frenzel-Kreis Waffengeschäfte in den Nahen Osten transferiert hatte, und jetzt besaß er die Frechheit, unter neuem Namen in Berlin zu investieren, in Grundstücke, Immobilien und in den Teppichhandel.

»An diese Kröte ist nicht ranzukommen«, wandte er sich an seinen Kollegen. »Alles legal – nur mit welchem Geld? Ich bin mir sicher, daß der hier Scheingeschäfte macht. Schau dir dieses alte Foto an«, zeigte er seinem Kollegen das Foto, das in einem Rostocker Interhotel 1986 von Bahlevi und Frenzel geschossen worden war.

»Das ist Bahlevi, da gibt es gar keinen Zweifel. Aber hier nennt er sich noch Rhabani. Er ist der ›Khomeni Kalaschnikow‹, da bin ich mir ganz sicher. Der hat überall im Nahen Osten mitgemischt, und die Sowjets haben geliefert, und die DDR zwischengelagert und gehandelt. Und jetzt kauft diese Wanze halbe Straßenzüge. Und über eines bin ich mir sicher: Der handelt heute mit N-Waffen. Die Frage ist nur – Wo? Wann und mit wem? Soweit mir bekannt ist, hat der Bursche die Hamas-Typen ausgerüstet, mit Waffen und Ausbildungslagern. Und wenn der heute noch im Geschäft ist, dann möchte ich nicht in Israel leben!«

Kast war wie immer genervt, wenn ihn sein Jagdfieber auf die richtige Spur geführt hatte, er dann aber vor unüberwindbaren Barrieren stand. »Wir brauchen stichhaltige Beweise – und die möglichst doppelt«, erinnerte ihn sein Kollege. »Du kennst die Herren vom Gericht. Und bei Ausländern, noch dazu aus dem Iran, führen sie sich noch beschissener auf.«

Das Telefon klingelte. Kast hob ab.

»Ja… Ja… das ist richtig… Das kann ich erst nach unserem ersten Gespräch entscheiden… Ja, wann? …Von mir aus morgen nachmittag gegen vierzehn Uhr. …Im dritten Stock Zimmer 312, da wo Kast/Kunert steht. Aber Sie müssen sich ja sowieso erst unten anmelden, und ich hole Sie dann an der Pforte ab… Gut… Ja… Ausweis und was Sie sonst noch an wichtigen Papieren zur Sache haben. Ja, einen Kopierer haben wir. Gut, gegen vierzehn Uhr, auf Wiederhören!«

Kunert blickte über seinen Brillenrand rüber zu Kast.

»Verabredung?«

»Hm, hm! Eine Frau mit blonder weicher Stimme. Für mich, Kollege. Grundstücksfrage nach irgend so einer Fluchtgeschichte.«

»Vorsicht – frisch geschieden! Du solltest dir vor jedem Gespräch mit einer Frau so ein Plakat umhängen«, frotzelte Kunert, wobei er sich seinen leicht angegrauten Kinnbart kraulte.

»Du bist doch nur neidisch, daß ich wieder frei bin!« gab Kast zurück. Dann schnappte er sich seine beiden Akten zu Bahlevi und ging rüber in die Abteilung, die sich mit Ausländern beschäftigt. Vielleicht hatten die was unter dem Namen gespeichert.

»Übrigens, wegen der N-Waffen!« bemerkte Kunert. »Ich hab so das Gefühl, der Chef mag es nicht, wenn wir uns mit dem Thema befassen. Ich finde, der lenkt da immer ab. Wie neulich mit diesem ehemaligen NVA-Oberst und seinem komischen Gesprächspartner aus der Ukraine. Der war früher Leiter eines Forschungsprojektes, hatte eine Professur auf dem Gebiet der spaltbaren Elemente. Sein Schwiegersohn ist noch heute ein hohes Tier bei der Roten Armee. Gewendet oder nicht. Die beiden zusammen im Kreis dieser NVA-Fritzen sind hochexplosiv! Aber der Chef hat alles abgewürgt, hat das ganze Material zum BND geschickt.«

Kast zuckte die Schultern, während er ungeduldig an der Tür stand.

»Abwarten. Vielleicht sind wir noch zu jung und zu klein! Ich muß jetzt los!«

DER ERSTE KONTAKT

Kristin hatte sich ihr dunkelrotes Lieblingskostüm angezogen. Dazu eine schlichte beigefarbene Seidenbluse mit einem dezenten Ausschnitt und einem doppelten Schwalbenkragen, über den sie den Bernsteinanhänger trug. Ihre Haare hatte sie zu einem Zopf gebunden und im Nacken mit einer ebenfalls dunkelroten Rosette aus Krepp verziert. Sie wollte unbedingt einen seriösen Eindruck machen. Ihre Geschichte war sonderbar genug, da mußte sie nicht noch durch extravagante Kleidung auffallen.

Okay! Jetzt stand sie vor dem Gebäude, eine Viertelstunde zu früh. Sie überlegte, ob sie schon hineingehen sollte oder nicht, aber sie war zu nervös, um noch länger zu warten. Ihr war klar, daß alles, was sie jetzt sozusagen offiziell anleiern würde, Konsequenzen haben würde. So oder so. Sie könnte jetzt einfach gehen und sich in Luft auflösen, oder sie ging dort hinein und brachte den Stein ins Rollen. Kristin konnte sich in solchen Situationen selbst nicht leiden. Immer wenn es schwierig wurde, wenn eine Entscheidung anstand, versuchte sie zu kneifen und lieferte sich auch noch selbst Argumente dafür. Doch wie sooft in ihrem Leben entschied sich Kristin für den einmal gewählten Weg. Sie stolperte die abgetretenen Steintreppen hinauf zum Eingang und meldete sich an der Pforte an. Sie nannte ihren Gesprächspartner. Der Pförtner telefonierte, und Kast kam innerhalb von zwei Minuten herunter. Er hatte bereits auf seinen Gast gewartet.

»Sie sind Frau Klemenz«, kam er auf sie zu.

Kristin nickte.

»Thomas Karl Kast, die meisten nennen mich Charlie, und für wen ich arbeite, wissen Sie ja!«

Er stockte für einen Moment und sah sie an. Diese Frau kam ihm irgendwie bekannt vor. Dieses Gesicht, diese Haltung weckten in ihm Erinnerungen. Sie hatte etwas Besonderes, etwas, das ihn faszinierte. Er hatte schon lange keine Frau mehr kennengelernt, die ihn auf den ersten Blick fesselte.

Er reichte Kristin die Hand. Sie erwiderte knapp seinen Gruß. Ihre Hand war schmal und ihr Händedruck kühl und schüchtern.

»Bitte, wenn Sie mir folgen!« forderte er sie auf. Jetzt glaubte er zu wissen, was ihn so an ihr faszinierte. Sie erinnerte ihn an eine Klassenkameradin, in die er sich mal flüchtig verliebt hatte. Aber vielleicht war das auch nur wegen der Frisur.

»Frau Klemenz«, drehte er sich zu Kristin um. »Wir gehen rüber ins Besprechungszimmer. Ich hole nur eben meine Unterlagen. Da sind wir ungestörter, hier läutet jede Sekunde das Telefon.«

Kunert zog die Augenbrauen hoch.

»Wie lange soll ich dich abmelden?«

Kast zuckte mit den Schultern. »Eine halbe Stunde, schätze ich!«

Sie gingen am Ende des Ganges in ein Zimmer, in dem nur ein Büroschrank, ein Tisch und acht Stühle standen. Kast bot ihr einen Platz an und setzte sich ihr gegenüber.

»Sie deuteten ja schon am Telefon an«, begann Kast, »daß es sich um eine Grundstücksgeschichte oben an der Ostküste handelt. In Verbindung mit einer Flucht aus dem Jahr '87«, las er von dem Zettel ab, auf den er sich während des Telefonats einige Notizen gemacht hatte. »Ehe wir jetzt näher auf die Umstände zu sprechen kommen, weshalb Sie uns aufgesucht haben oder weshalb Sie möchten, daß wir ermitteln, möchte ich Sie bitten, mir einige Daten über Sie notieren zu dürfen. Name, Alter, Wohnsitz, Beruf, das wäre das wesentliche.« Kast holte dazu ein Formular aus seiner Mappe und wollte mit dem Eintrag beginnen. Kristin saß nervös da. Sie fühlte sich irgendwie steif in dieser doch sehr bürokratischen Atmosphäre.

»Name?« fragte Kast.

Welchen sollte sie sagen, den französischen oder den deutschen? Sie zögerte. Kast hob den Kopf und warf ihr einen verwunderten Blick zu. »Haben Sie Ihren Namen vergessen?« fragte er mit einem leicht ironischen Unterton. Kristin wurde rot. Es war ihr peinlich, bei solch einer simplen Frage mit der Antwort zu zögern.

»Nein. Es ist in meinem Fall nur etwas komplizierter. Ich bin zwar Deutsche, habe aber nur einen französischen Paß und den alten DDR-Ausweis. Mein Wohnort ist Frankreich. Ich führe eine sogenannte ›no name‹-Existenz, falls Ihnen das ein Begriff ist.«

Kast stutzte. »Sie sind Agentin?« fragte er sehr direkt.

Kristin schüttelte den Kopf. »Nein, ich mußte nach dieser Flucht untertauchen, zumindest wurde mir das von den Fluchthelfern geraten. Und ich hatte natürlich Angst. Ich habe es ja selbst miterlebt, zu was die fähig waren. Ich habe erlebt, wie mein Bruder erschossen wurde«, sprudelte es aus Kristin hervor. Jetzt war sie schon mitten in der Geschichte.

»Langsam«, schaltete sich Kast ein. »Wir erledigen jetzt schnell die Formalitäten und kommen dann zur Sache, okay? Wenn ich es recht verstanden habe, leben Sie zur Zeit offiziell unter einem inoffiziellen Decknamen, mit dem Sie aber überall identifizierbar sind. Ist das richtig so?«

Kristin lächelte. »Ja!«

»Dann nennen Sie mir bitte den französischen Namen, und ich notiere mir in Klammern Ihren ursprünglichen Namen dazu. Ich lege einfach zwei Akten an, dann haben wir alles. Also zunächst der französische, haben Sie den Paß dabei?«

Kristin holte beide Ausweise aus ihrer Tasche und legte sie ihm hin.

»Prima!« Kast klemmte den geöffneten Ausweis in eine Halterung und brauchte nur noch abzuschreiben. »Christine Clement«, bemühte er sich zu näseln. »Rue St. Helene in Straßburg. Und Kristin Klemenz, geboren in Grabenow auf der Insel Usedom. Alter: 24 Jahre, Beruf: Kunstreferentin, ist das richtig?«

Kristin nickte.

»Sie wohnen zur Zeit hier in Berlin?«

»Ja, im Hotel Eremitage.«

»Länger?«

»Voraussichtlich drei Monate.«

»Gut, dann haben wir soweit alles zusammen, und nun können Sie mir ja mal von Anfang an Ihre Geschichte erzählen. Ich werde ein paar Notizen machen. Einen Augenblick.«

Er ging an den Büroschrank. Aus einem integrierten Kühlfach holte er eine Flasche Mineralwasser, dazu zwei Gläser. »Damit Sie nicht sagen, man habe Sie verdursten lassen.«

Kristin bedankte sich höflich, während Kast das Wasser einschenkte.

»Oder hätten Sie lieber einen Kaffee gehabt?«

»Nein, nein, das ist völlig egal!«

Kristin berichtete ihm detailliert von den Ereignissen der

Flucht, von dem Aufenthalt in Frankreich und ihren jüngsten Erlebnissen auf Usedom. Kast hörte geduldig zu, ohne sie zu unterbrechen. Doch eine Frage brannte ihm auf der Zunge.

»Sagen Sie, wissen Sie vielleicht, an was oder mit wem Ihr Bruder geforscht hat?«

Kristin schüttelte den Kopf. »Ich war damals noch Schülerin, ich weiß nur, daß er Physiker war, ich glaube Nuklearforschung... Er fuhr jede Woche nach Greifswald. Aber welche Gruppe? Ich kannte auch keinen seiner Studienkollegen! Er hat nie viel über seine Arbeit berichtet. Es war, glaube ich, eine geheime Sache!«

»Militärisch?«

»Ehrlich gesagt, ich weiß es nicht. Er war zweimal in den USA. Jürgen war immer ein hervorragender Schüler gewesen, und jeder schätzte ihn. Er hatte mit dreiundzwanzig schon seine Doktorarbeit in der Tasche, da fangen die meisten erst an.«

»Hm...«, Kast überlegte. »Für mich steht jedenfalls schon jetzt fest, wenn die Sowjets das Gelände zur Sperrzone erklärt haben, dann hat das was mit Ihrem Bruder zu tun.«

»Sie meinen, mein Bruder hat für die Sowjets gearbeitet?«

»Ich glaube nicht, daß diese Sache ein Zufall ist! Woher hätten die Sowjets von diesem Hof wissen sollen, wenn nicht über Ihren Bruder? Wissen Sie genau, daß Ihr Bruder tot ist?«

»Nein, genau nicht. Es war damals alles sehr schnell gegangen. Aber niemand hatte Hoffnung, daß er überlebt haben könnte. Ein Grab gibt es allerdings auch nicht. Zumindest nicht auf dem Friedhof, auf dem meine Eltern begraben sind.«

»Gut. Sicherlich werden uns die Akten darüber Aufschluß geben können.« Kast verlangte von Kristin genaue Daten von ihrem Bruder, dessen Freunden und die genauen

Daten der Flucht. Er versprach ihr, die ihm zur Verfügung stehenden Mittel einzusetzen, um herauszufinden, was hinter der Sache steckt.

»Ich kann Ihnen natürlich nicht versprechen, daß wir das Grundstück samt Haus zurückbekommen. Wenn das Testament Ihrer Mutter rechtlich einwandfrei ist, läuft das in letzter Konsequenz auf einen Rechtsstreit hinaus, wenn Sie eigene Ansprüche geltend machen wollen. Aber irgendwas ist faul an der Sache. Bei uns ist leider im Moment die Hölle los, und deshalb kann ich Ihnen nicht versprechen, Ihre Sache sofort zu bearbeiten. Aber wenn Sie in zwei Wochen noch mal anrufen, dann weiß ich vielleicht schon mehr, und wir können uns noch mal treffen. Ist das auch für Sie in Ordnung?«

Kristin stand auf, bedankte sich und streckte Kast die Hand hin. Er erwiderte den Gruß und sah ihr dabei einen Augenblick länger, als er es gewöhnlich tat, in die Augen. Unter anderen Umständen hätte er sie jetzt gebeten, ihn abends zu treffen, aber im Dienst...

»Ach so...« Kast hielt sie zurück, während er etwas auf einen Notizblockzettel kritzelte.

»Hier die Adresse und Telefonnummer von der Gauck-Behörde«, reichte er ihr das Blatt. »Melden Sie sich bitte bei Frau Betram. Sie bearbeitet alle Fluchtfälle. Vielleicht kann sie Ihnen weiterhelfen. Sie hat bestimmt Akten von Ihrer Familie.«

Kristin bedankte sich und steckte den Zettel in ihre Jackentasche.

Gauck-Behörde. Davon hatte sie in letzter Zeit oft gehört und gelesen. Diese Stasiakten-Sammelstelle. Sicherlich war hier einiges über den Klemenz-Fall gespeichert.

»Etwas jungfräulich angezogen für meinen Geschmack, aber drunter sicher flott«, bemerkte Kunert, als Kast zurückkam. Er fing sich einen bitterbösen Blick ein. »Ich mein ja nur. Man kann ja mal seine Meinung sagen. Hat sie ein Problem oder nur ein Problemchen?« lugte er hinter seinen halben Brillengläsern hervor, wobei sich seine buschigen Augenbrauen wie von selbst nach oben schoben.

Kast zuckte mit den Schultern. »Was weiß ich? Das wird sich zeigen. Sei doch nicht immer so neugierig! Hast du zuwenig zu tun?« reagierte er ungewöhnlich ärgerlich auf die flapsigen Bemerkungen seines Kollegen. »Ich hab übrigens vorhin nach dem Gespräch mit der Klemenz eine halbe Stunde im Archiv gewühlt. Da ist ja noch immer alles durcheinander. Weißt du, ob wir schon alle als geheim einstuften, wissenschaftliche Arbeiten der östlichen Forscherelite gespeichert haben?«

Kunert wehrte ab. »Da gibt es einen ganzen Berg. Alles Mist. Die haben jede zehnte Doktorarbeit für so wichtig gehalten, daß sie sie als geheim oder sehr geheim eingestuft haben. Zu gebrauchen ist davon nichts. Da gibt es Untersuchungen über die Magen- und Darmfunktionen der Angehörigen der Volksarmee, dann Erfindungen wie automatisierte Eggen für den Kolchosebetrieb und lauter so 'n Quatsch.«

»Und die militärische Forschung, da gab es doch sicherlich gemeinsame Projekte von Sowjets und DDR-Wissenschaftlern?«

»Keine Ahnung. Mir nichts bekannt. Ich weiß nur, daß die vielen tausend Schriften, die sie bisher gefunden haben, für die Katz sind. Angeblich sollen alle militärischen Projekte direkt zur NATO weitergeleitet worden sein, sogar an Bonn vorbei. Ich habe übrigens vorhin einen Anruf gehabt, anonym. Da hat einer behauptet, über dieser komischen Eisdiele im Bezirk Wedding, wo schon mal 'ne Rauschgiftrazzia war, werde mit Uran in kleinen Mengen gehandelt. Und mit Plutonium. Interessiert dich vielleicht wegen diesem Bahlevi!«

»Und warum kommt der zu uns und nicht zur Polizei?«

»Der hat einen Verfolgungswahn, hat Angst vor korrupten Beamten. Nur uns traue er. Die Justiz sei längst bestochen und unterwandert, und die Polizei und die Gerichte auch. Auch dafür habe er Beweise.«

»Ein Spinner, oder?«

»Einer, der Geld will, er hält seine Informationen für so wertvoll, daß er dafür zehntausend Mark haben will, oder er mache die Presse mobil.«

»Und was sagt der Chef?«

»Er schickt den Kolbe. Der soll sich den oder die Burschen mal näher ansehen. Vielleicht nur Windmacher, die für Sturm kassieren wollen.« Kast überlegte. »Wahrscheinlich, denn mit dem Zeug kann man gutes Geld verdienen! Wer da bei den Sowjets an der Quelle saß und noch sitzt, der hat doch alle Möglichkeiten. Das ist verdammt ungut, daß sich alles so unkontrolliert auflöst. Da kommt noch ’ne Menge Arbeit auf uns zu!«

Das Telefon läutete. Kunert nahm ab.

»Klemenz... den Kast... einen Augenblick!«

Kunert drückte seine Hand auf die Sprechmuschel. »Die Hübsche von vorhin, sie will dich...«, grinste er breit.

Kast nahm ihm abrupt den Telefonhörer aus der Hand.

»Ja! Du lieber Himmel! ...Nein, ich komme sofort. Ist da ein Lokal in der Nähe des Hotels?... Gut, im Chinesen, in einer, sagen wir, spätestens halben Stunde.«

»O la la, so eilig!«

»Das Mädchen ist erst seit ein paar Tagen in Berlin, hat eine interessante Story, erzähl ich dir später, und jetzt der Einbruch. Das hängt zusammen!«

»Mußt du da nicht die Polizei...?«

»Ich schau’s mir erst mal an. Kein Wort zum Chef! Ich bin auf Außentour, okay? Du weißt, der hat das nicht gern, wenn man sich wo einmischt, wo er seine Nase noch nicht reingehängt hat.«

»Logisch.«

UMZUG

Der Suppenlöffel zitterte in Kristins Händen, als sie allein in dem gerade erst geöffneten Chinarestaurant vor einer Hühnerbrühe saß. Sie hatte absolut keinen Hunger, würgte ein paar Löffel Suppe hinunter und wartete auf Kast. Der Einbruch wäre ihr auf den ersten Blick fast nicht aufgefallen. Erst als sie schon im Zimmer war, hatte sie neben dem Bett ihre Kleider und den Inhalt der Koffer entdeckt. Die Tür war verschlossen wie immer. Der Einbrecher mußte ihre Zimmernummer gekannt und sie beobachtet haben, mußte ihre Registrierung im Hotel kennen. Aber was hatte er gesucht? Alle Wertstücke, einschließlich Fotoapparat und Scheckkarten, waren noch da. Es fehlte nichts. Es war lediglich etwas gesucht worden. Auch kein Hinweis oder eine Drohung. Kristin schaute sich immer wieder um. Es war ein Gefühl der Ohnmacht, nicht zu wissen, von wem oder weshalb man beobachtet wurde. Es konnte nur im Zusammenhang mit ihren Nachforschungen auf Usedom stehen.

Vielleicht hatte sie jemand mit seinem Fahrzeug verfolgt, ohne daß sie davon wußte, oder…

Endlich kam Kast zur Tür herein. Kristin hatte zu ihm intuitiv Vertrauen, und seine Nähe beruhigte sie.

»Na, so was«, begrüßte er sie. »Ich hoffe, das Ganze entpuppt sich als ein dummer Zufall, und es war nur einer der Hoteldiebe, die wieder mal zugeschlagen haben.«

»Aber warum hat er dann keine Wertgegenstände mitgenommen?«

»Auf alle Fälle brauchen Sie ein neues Hotel. Ich kenne eine Pension, nicht so groß, ganz in der Nähe. Ich telefoniere mal eben. Es ist Ihnen doch recht?«

Ein Münzautomat stand gleich neben der Garderobe. Kristin war noch viel zu aufgeregt, um widersprechen zu können. Es dauerte nur eine kurze Zeit, bis Kast zurückkam.

»Haben Sie schon im Hotel Bescheid gesagt?« fragte er sie.

»Nein. Ich habe sofort Sie angerufen!«

»Gut, dann lassen Sie sich die Rechnung geben. Erfinden Sie die todkranke Oma oder was weiß ich, und dann können Sie Ihr neues Zimmer beziehen. Es wird die Täter mächtig verunsichern, wenn keine Reaktionen kommen. Sagen Sie, ist Ihnen jemand gefolgt, als Sie von Usedom hierherkamen?«

Kristin schob ihre Suppe zur Seite, machte Anstalten, zu zahlen, und schüttelte dabei den Kopf.

»Ich habe schon die ganze Zeit, während ich auf Sie wartete, darüber nachgedacht. Aber nichts! Möglich und auch nicht möglich. Ich habe nicht darauf geachtet. Es waren nur diese Leute vom Amt in Grabenow. Ich hatte den Eindruck, die wissen alles und sagen nichts. Sie waren irgendwie so... wie soll ich sagen... übereifrig und so... aber das ist vielleicht nur ein Gefühl!... Dummerweise habe ich ihnen meine Hoteladresse gegeben.«

Sie gingen beide rüber ins Hotel. Kristin hatte den Schlüssel in ihrer Tasche. Es lag noch alles so da, wie sie es verlassen hatte, alle Sachen waren neben dem Bett gestapelt.

Für Kast gab es keine Zweifel, dies war kein räuberischer Einbruch, sondern eine Suchaktion. Aber wonach? Weder er noch Kristin konnten sich darauf einen Reim machen.

Kristin packte schnell ihre beiden Koffer und erzählte dem Empfang die Geschichte von der Oma. Sie mußte trotzdem eine Stornogebühr in Höhe von fünfhundert Mark bezahlen. Aber das war ihr lieber, als wenn sie den Einbruch zugegeben und eine Polizeiaktion heraufbeschworen hätte.

Ihr neues Zuhause lag nur ein paar Straßenzüge weiter und es war moderner. Ein richtiges kleines Apartment mit zweckmäßiger Möblierung, einem kleinen Bad und einer Kochnische. Eine Pension mit zehn kleinen und fünf großen Wohnungen. Kristin mietete sich gleich für zwei Monate ein. Kast half ihr, die Sachen hochzutragen.

»Geht es wieder?« Kast sah Kristin an, daß sie noch etwas unsicher war. Er reichte ihr sein Kärtchen mit seiner Privatadresse und Telefonnummer.

»Hier...«, er stockte, ihre Blicke begegneten sich kurz, aber intensiv, »...wenn irgendwas ist, können Sie mich auch privat anrufen. Ich werde der Sache nachgehen. Warum haben Sie eigentlich nicht die Polizei gerufen?«

Sie zuckte die Schultern.

»Ich weiß nicht... Sie sind doch bei der Polizei. Ich will wissen, weshalb Jürgen sterben mußte, weshalb das Haus meiner Eltern auf einmal ein militärischer Stützpunkt wird. Ich denke, da ist die übliche Polizei nicht der richtige Ansprechpartner. Sie wissen ja schon ein bißchen, worum es geht! Sagen Sie, wie lange sind Sie bei dieser Abteilung?«

Kast schmunzelte. »Die ZERV gibt es ja erst seit einem halben Jahr, aber ich bin schon seit fünfzehn Jahren bei der Polizei, immer im Soko-Einsatz. Ich war jahrelang Terroristenfahnder. Ein bißchen kenne ich die Branche.«

Kristin begleitete ihn noch zur Tür. Bevor er ging, gab er ihr eine kleine Spraydose. Maximal zehn Zentimeter hoch, so daß man sie bequem in der Hand halten und verstecken konnte.

»Aus den USA! Pfefferspray! Soll phänomenal wirken! Wenn Sie jemand angreift, einfach gegen das Gesicht halten. Ihr Gegner ist mindestens für eine halbe Stunde blind und mit sich selbst beschäftigt. Nehmen Sie's ruhig! Wir haben ein paar Proben bekommen!«

Kristin sah das Spray skeptisch an, steckte es aber doch in ihre Jackentasche.

»Danke!« erwiderte sie knapp. »Eigentlich will ich mich gar nicht verteidigen müssen!«

»Kristin, auch wenn Sie Angst haben oder nur vermuten, daß irgend etwas ist, können Sie mich jederzeit anrufen. Bestimmt. Ich bin geschieden und sowieso die meiste Zeit allein, da stören Sie nicht. Das wollte ich nur sagen.«

Kristin lächelte und streckte ihm wieder die Hand entgegen.

»Danke, das ist sehr freundlich. Ich hoffe allerdings, ich brauche Ihr Angebot nicht anzunehmen. Ansonsten bleibt es wie abgemacht. Wenn Sie Näheres wissen, rufen Sie mich an. Tschüs!«

Kristin ging in ihr Apartment zurück. Es war mittlerweile schon neun Uhr abends. Sie schaltete das Fernsehgerät ein, um ein paar Stimmen zu hören. Das gab ihr ein Gefühl der Sicherheit. Sie packte ihre Koffer aus und trank anschließend ein Glas Limonade. Das Apartment war fast wie ein Jugendzimmer eingerichtet, mit heller Einbauwand, Schreibtisch am Fenster, Wandbett und einem Tisch mit vier Polsterstühlen. Über dem Tisch hing eine cremefarbene Glockenleuchte, und am Bett stand eine Nachttischlampe. Es war alles einfach, aber praktisch!

Ins Bad gelangte man über einen kleinen Flur. Es war mit Sitzbadewanne, Dusche und WC ausgestattet und mit neuen, fast weißen Kacheln. Kristin dachte ernsthaft darüber nach, abzuhauen und in Straßburg wieder einzutauchen in die Rue St. Helene. Dieser Einbruch war kein Zufall, irgend jemand beobachtete sie, und wer weiß, was noch auf sie zukommen würde. Sie könnte sich einfach in ihr Auto setzen und wegfahren! Isabelle würde es verstehen. Doch da war diese andere, starke Seite in ihr, Neugierde! Dieser Kast sah seriös aus wie ein Arbeitstier. Er würde bestimmt nach seinen Ermittlungen einige Erklärungen abgeben können. Kristin zog sich ihren gelbgestreiften Seidenpyjama an und legte sich ins Bett. Sie wollte nicht noch mal in Straßenkleidung einschlafen. Ihre Beine, eigentlich ihr ganzer Körper, waren müde, doch sie wälzte sich hin und her, wollte das Licht ihrer Nachttischlampe nicht löschen. Immer wieder ging ihr die Frage im Kopf herum: Wer hatte warum nach was gesucht? Ihr Blick blieb an den orangegelben Punkten der Tapete hängen. War es möglich, daß ihr Bruder ein Agent gewesen war? Daß deshalb alle so komisch reagierten, und die Sowjets... sie konnte die Geschichte drehen und wenden, wie sie wollte, es würde doch nur bei Spekulationen bleiben. Dieser Kast war ein Profischnüffler, das sah man ihm an. Er war engagiert bis in die Knochen, das war bestimmt nicht nur beruflicher Ehrgeiz. Kast war kein Karrierist, aber ein Pedant, für solche Leute glaubte Kristin eine Nase zu haben. Seine T-Shirts waren gebügelt, nicht einfach aus der Waschmaschine gezogen und glattgezogen. Und wenn er geschieden war, sorgte er sicherlich selbst für seine Wäsche, also war er pingelig. Er war auch weich rasiert und hatte einen Haarschnitt wie ein männliches Model, war aber leider auch ebenso unnahbar. Nicht wirklich cool oder das, was man darunter verstand, sondern einfach unnahbar, so als ob seine Gefühle unter Tage geblieben waren und man schon mit einem Meißel an ihm arbeiten mußte, um weiterzukommen. Aber vielleicht lag das auch an der Scheidung. Ob er Kinder hatte? Ach, was ging sie dieser Typ an!? Er sollte seinen Job machen und fertig. In zwei Monaten würde sie wieder in Frankreich sein, und wahrscheinlich würde sie sogar Christine Clement bleiben, ihre französische Identität behalten. Bisher hatte sie ihr nicht geschadet. Hätte sie geheiratet, sie hätte möglicherweise einen noch viel fremderen Namen annehmen und in eine ihr noch viel fremdere Identität schlüpfen müssen. Ihre Familie war tot, und Isabelle lebte.

Sie setzte sich an den kleinen Schreibtisch am Fenster und begann einen Brief zu schreiben.

Liebe Isabelle,
endlich komme ich dazu, Dir zu schreiben. Du kannst Dir nicht vorstellen, was ich in den wenigen Tagen schon erlebt habe. Leider ist das meiste nicht so gut, aber ich fange

mit den positiven Sachen an: In Berlin gibt es sehr viele, sehr gut bestückte Antiquitätenläden. Habe schon drei ausgefallene Memorialschmuckstücke gekauft – zwei Ringe und eine Brosche. Ich schicke Dir am besten jede Woche ein Wertpaket, dann habe ich nicht so viel teuren Schmuck im Hotel liegen, denn hier geschehen seltsame Dinge.
Bei mir ist im Hotelzimmer eingebrochen worden, deshalb mußte ich umziehen – siehe neuer Absender. Es ist allerdings nichts gestohlen worden. Es sah so aus, dies meinte auch ein Polizist, als ob der Dieb irgend etwas Spezielles gesucht habe. Aber was? Vielleicht hat er sich auch nur im Zimmer geirrt!
Dann meine Fahrt nach Hause, nach Usedom! Es ist alles so schrecklich, ich habe noch nicht mal den Hof sehen können. Stell Dir vor, das ganze Gelände ist umzäunt. Du wirst es nicht glauben, aber es ist wahr. Auf unserem Hof hat sich sowjetisches Militär eingerichtet. Meine Mutter hat kurz vor ihrem Tod ein Testament aufgesetzt, in dem sie verfügt hat, daß die Gemeinde alles erbt und sich dafür verpflichtet, für fünfundzwanzig Jahre die Grabpflege zu übernehmen. Ja – und die Gemeinde hat dann alles an die Russen verpachtet. Ich war auch auf dem Friedhof. Das hat mir sehr weh getan, wie Du Dir denken kannst. Stell Dir vor, meine Mutter hat sich einäschern lassen, das hat mir der Pfarrer erzählt. Aber er tat so merkwürdig, als ob mit dem Tod meiner Mutter etwas nicht in Ordnung sei. Die Fluchthelfer hatten übrigens recht: Meine Mutter ist bis zum Schluß beschattet worden. Von Jürgen gibt es keine Spur, kein Grab, nichts! Und niemand scheint etwas zu wissen.
Aber alle verhalten sich so eigenartig oder bilde ich mir das nur ein? Vielleicht bin ich schon zu lange in Straßburg und kann die Mentalität der Usedomer nicht mehr richtig verstehen. Jedenfalls war ich jetzt hier in Berlin bei

einer Behörde, die sich mit ungeklärten Ost-West-Fällen beschäftigt. ZERV heißt die, und da gibt es einen netten jungen Polizisten, der alles aufgenommen hat und Nachforschungen anstellen will. Irgendwie will es mir nicht in den Kopf, wieso der Hof meiner Eltern jetzt anderen gehören soll, und dann auch noch dem Militär. Das ist absurd. Das hat Mama bestimmt nie so gewollt. Was wollen die dort, auf dem total abgelegenen Gelände? Es kam mir jetzt alles noch viel einsamer vor als früher. Es ist einerseits wunderschön, wirklich traumhaft, aber andererseits macht es einem Angst. Aber die Felder – das hättest Du sehen sollen! Alles voller blauer Kornblumen und diesen roten, fasrigen Pflanzen, von denen ich schon erzählt habe. Und Störche – ich glaube, das sind noch dieselben wie früher.

Ach, Isabelle, warum muß immer alles so kompliziert sein? Ich hatte mich wirklich gefreut auf Usedom, es wäre mir auch egal gewesen, wenn sie den Hof an Bauern verpachtet hätten, aber diese Umzäunung und diese Verbotsschilder überall – das ist wirklich verletzend. Und ich habe mir vorgenommen, dagegen zu kämpfen. Das kann nicht mit rechten Dingen geschehen sein! Irgendwas ist faul, das spüre ich, und ich will wissen, was! Jahrelang habe ich mich versteckt. Jetzt, wo die Grenzen offen sind, will ich wissen, was wirklich geschehen ist. Auch wenn es meiner Mutter und Jürgen nicht mehr hilft... Auf alle Fälle will ich die Zeit in Berlin nutzen, um alles rauszukriegen. Es ist schon komisch, erst war ich völlig aufgelöst, als ich vor dem Stacheldrahtzaun stand, ich hatte richtig Angst. Die Bilder der Flucht, all das Schreckliche kam ins Gedächtnis zurück, und ich wollte nur weg und nie wieder dorthin. Ich wollte all diese Erinnerungen so schnell wie möglich hinter mir lassen. Doch schon ein paar Stunden später, auf der Rückfahrt nach Berlin, nach dem aufmunternden Gespräch mit dem Pfarrer, hat es mich gepackt. Ich war wütend und empfand es als Riesenunrecht, was da geschehen war und noch geschieht. Und ich werde mich wehren! Ich habe genug erlebt, um mir nicht auch noch das bieten zu lassen. Ich will den Hof zurückhaben, und ich werde meinen Mund nicht mehr halten, Isabelle. Und dieser Entschluß, den ich auf der Autofahrt getroffen habe, hat mich innerlich richtig befreit. Ich weiß nicht, ob Du das verstehen kannst. Ich bin es meiner eigenen Geschichte schuldig, nicht aus Trotz oder Ärger, sondern weil ich es mir ganz tief in meinem Herzen wünsche. Ich will nicht, daß ausgerechnet Uniformröcke unseren Hof bevölkern. Das ist eine Beleidigung gegenüber unserer Familie und ganz Usedom. Diese blöden Militärmützen sollen verschwinden! Von dem Ort, an dem ich gelebt habe, wo ich aufgewachsen bin, wo ich die vielen kleinen Hühner- und Entenküken Jahr für Jahr aufgezogen habe, wo wir im Schatten von unserem riesigen Kirschbaum im Sommer gespielt haben. Und ich weiß, es wird mir gelingen. Jetzt habe ich soviel über mich geredet – ich hoffe natürlich, daß es Dir gutgeht, daß Du immer schön am Abend Deinen Brennesseltee trinkst, und Du wirst sehen, nach den drei Monaten werden wir das Museum ordentlich bestückt haben. Drück mir bitte die Daumen, daß ich noch einiges erfahre, was hier gelaufen ist. Übrigens der Pfarrer, von dem ich vorhin erzählt habe, wäre ein hervorragender Gesprächspartner für Dich. Er liebt die Gärtnerei, hat einen traumhaften Bauerngarten und ist stolz auf seine selbstgemachten Säfte und Gelees.

Ich bin jetzt müde und falle gleich ins Bett. Verliebt habe ich mich noch nicht, wie Du es mir prophezeit hast, aber ich halte die Augen offen...

Ich drücke und umarme Dich,
Deine Christine

Kast war rührig wie immer. Innerhalb von zwei Tagen hatte er die Personalakte von Dr. Klemenz vor sich und seinen Chef gebeten, über die Ämter herausfinden zu lassen, was die Sowjets auf dem Gelände der Familie Klemenz treiben. Stutzig machte ihn, daß in der Akte nichts davon erwähnt wird, daß Jürgen Klemenz bei der Flucht erschossen wurde. Er hatte lediglich den Vermerk gefunden, nach versuchter Republikflucht über die Ostsee mit seiner Schwester Kristin Klemenz – vermißt. Die Akte bestätigte auch, daß er an der Uni Greifswald tätig war, jedoch stand in Klammern ein Vermerk: »Seit Febr. '84 abgezogen für das Projekt Fieberphase Abteilung I des MSD SU/SARM 1010.«

Kast machte sich eine Kopie und markierte diese in Klammern stehende Bemerkung. Im übrigen gab es keinen Hinweis, daß Dr. Klemenz irgendwie für die Stasi angeworben worden war. Klemenz war also kein Schnüffler im üblichen Sinn, da mußte etwas anderes dahinterstecken, denn über den Doktor der Physik las man nur das Beste. Er hatte – offensichtlich wegen seiner Begabung – mehr Vergünstigungen als andere gehabt, obwohl er kein Parteimitglied gewesen war, sonst nur das Übliche: FDJ und Mitglied der deutsch-sowjetischen Freundschaft.

Sonderbar, dachte Kast. Es sieht alles so »normal« aus. Er rief in seinem Computer die Datei auf, in der er alle möglichen Sonderabteilungen gespeichert hatte, und gab den Klammervermerk als Suchbegriff ein. Doch seine Behörde war noch zu jung, um über ein umfangreiches Recherchenmaterial zu verfügen. Es war nichts unter diesem Zeichen gespeichert, nicht der kleinste Vermerk. Das bedeutete Arbeit, nachfragen bei Behörden, den internen Informationsapparat bemühen. Es gab einige Leute von den ehemaligen Behörden, die gegen ein Entgelt ihre Erinnerungen ausplauderten. Kast wußte auch schon, an wen er sich wenden würde. Horst Fries, ehemaliger Oberleutnant der Stasi in Berlin-Strausberg, war einer der besten Plauderer, und seine Auskünfte hatten meist Hand und Fuß. Er war erst fünfundvierzig Jahre alt und genoß es, Geld für Informationen am Fiskus vorbei zu erhalten. Er war und blieb ein Spitzel und diente demjenigen, der ihn am besten fütterte. Aber es war Verlaß auf ihn, für sein Geld lieferte er gute Arbeit, das war Ehrensache.

4-5-7-6-9-1. Kast wählte seine Nummer, um mit ihm ein Treffen zu vereinbaren. Sie trafen sich meist beim Italiener oder beim Jugoslawen, denn Fries aß gerne gut auf Kosten des Staates. Im Moment war er arbeitslos, aber mit Sicherheit lebte er hervorragend von seinen Plaudereien. Er stellte allerdings immer wieder eine Bedingung: Keine Öffentlichkeit und keine Quellenangaben bezüglich seiner Person. Er hatte Angst, von seinen ehemaligen Freunden auf die Verräterliste gesetzt zu weden. Manchmal schwafelte er auch davon, Berlin bald verlassen zu wollen. Er wollte irgendwo auf einer Insel eine Kneipe aufmachen, das war sein Herzenswunsch, mit seiner Freundin Eva. Doch dazu fehlten ihm noch ein paar Aufträge.

»Hallo, Kast von der ZERV!«

»Hallo«, antwortete er laut in den Hörer. »Wo?« kam er gleich zur Sache.

»Da, wo man mit Messer und Gabel ißt«, konterte Kast. Sie hatten sich diesen Code für den Argentinier am Ku'damm ausgesucht. »Fragen an der Curry-Bude!« Dort befand sich der tote Briefkasten für die Aufträge. Das war noch ein Relikt aus früheren Zeiten, und Fries wollte entweder aus Nostalgie oder aus Gewohnheit diesen Brauch nicht aufgeben. Jedes ihrer drei Treff-Lokale hatte einen anderen Code. Die Uhrzeit brauchten sie nicht am Telefon zu nennen, es war immer gegen einundzwanzig Uhr, und es war außerdem ausgemacht, daß es sich immer um einen Tag später handelte. Man wollte am Telefon sowenig Informationen wie möglich austauschen. Fries war sich sicher, daß einige seiner ehemaligen Kollegen immer noch sehr rührig waren, was den Telefonabhördienst anging. Und er wollte, wenn möglich, jedes Risiko für seine Gesundheit ausschalten.

Für Kast war das Ganze eine Routinegeschichte, und er war sich sicher, innerhalb von spätestens zwei Wochen über alles Bescheid zu wissen. Er war an Erfolge gewöhnt, denn seine Ermittlungen führten fast immer zum Ziel. Die Arbeit bedeutete ihm mehr als nur ein Job.

Er war ein zutiefst politischer Mensch, ließ keine Nachrichtensendung aus, hatte was gegen jede Sorte von Ideologen oder religiösen Eiferern und war ein absoluter Verfechter des demokratischen Rechtsstaates. Sachbezogen, eher konservativ, mit einem leichten Hang zum Patriotismus, sah er es als seine Aufgabe und Pflicht an, den deutschen Rechtsstaat vor allen Angriffen von innen und außen zu schützen. Das hatte in seiner Familie Tradition, schon sein Vater war Polizist gewesen, allerdings nicht wie Thomas Kast mit besonderen Aufgaben, sondern ein ganz normaler Dorfpolizist, der ausgerechnet während eines Einsatzes mit seinem Motorrad tödlich verunglückt war. Seine Mutter lebte bei seinem jüngeren Bruder, der nach Kanada ausgewandert war und dort ein kleines Unternehmen als Kaminbauer gegründet hatte. Kasts Einzelgängerstatus – vor allem seit er sich vor zwei Jahren hatte scheiden lassen – war für diesen Job hervorragend. Doch bei seinen Kollegen war Kast nicht sehr beliebt. Man warf ihm Rechthaberei, Pedanterie und einen viel zu großen Arbeitseifer vor, den die anderen so nicht aufbringen wollten. Es lag ihm nicht, moderat zu sein, und umgänglich schon gar nicht. Mit Kunert, seinem Zimmerkollegen, gab es keine Schwierigkeiten, aber auch keine große Freundschaft. Maximal einmal im Monat gingen sie auf ein Bier miteinander weg, sonst ging jeder seinen eigenen Weg. Kast schloß die Klemenz-Akte in seinem Schreibtisch ein, warf einen Blick auf die Telefonnummer von Kristin. Er hätte sie gerne angerufen, sich erkundigt, wie es ihr ging, vielleicht sogar... doch er steckte den Zettel schnell wieder in seine Brieftasche. Er hatte Angst, daß Kristin seinen Anruf als Belästigung empfinden könnte, und das wollte er nicht. Schließlich ging ihn diese Frau ja eigentlich nichts an, und von Frauen hatte er sowieso erst mal die Nase voll. Seine fast dreijährige, kinderlose Ehe mit Elli hatte ihm gereicht. Nach der Scheidung hatte er sich geschworen, sich nie wieder zu verlieben, und Sex bekam er auch so. Aber auch dieser Appetit war ihm irgendwie vergangen. Was er wirklich liebte, waren Reisen, möglichst an Orte, von denen man glauben konnte, sie habe noch nie einer erkundet. Er war ein Abenteurer, kein lauter mit Gebrüll, aber einer, der still für sich ausprobieren wollte, wo seine Grenzen waren.

Früher war er Leistungssportler gewesen, war locker über sieben Meter gesprungen, hatte die hundert Meter unter elf Sekunden geschafft und konnte tauchen wie ein Delphin. Doch heute liebte er es, seinen Geländewagen über die Piste zu jagen, immer auf der Suche nach dem kleinen Kick. Einmal alle zwei Jahre verbrachte er seinen Urlaub in Kanada, drei Wochen bei seinem Bruder und seiner Mutter und den Rest irgendwo in der Wildnis.

Kunert stürmte ins Büro. »Charlie, du hattest – wie meistens – recht!« Er stellte sich vor Kasts Schreibtisch, stützte sich mit beiden Armen ab und grinste über das ganze Gesicht. »Dein Riecher war wieder mal der totale Erfolg. Die Razzia bei diesem Gehring der Hit! Die Staatsanwaltschaft hat es schon anklingen lassen: achtundvierzig Millionen vor dem Verschieben gerettet. Toll!«

Kast lehnte sich zurück. Solche Nachrichten waren Balsam für sein Wohlbefinden.

»Und wohin sollte das Zeug verschoben werden?«

»Erst mal in die Schweiz und nach Österreich und von

da an in die Reise- und Kunstconnection. Wir haben nicht nur ehemaliges SED-Geld gerettet, wir haben nebenbei auch die Personen kennengelernt, dieser griechische Schriftsteller mit dem sozialen Touch ist einer von ihnen. Dann der italienische Verleger Mandini, zwei Journalisten von RAI und zwei griechische Hoteliers, einer auf Rhodos, der andere auf Kreta. Ein richtiger Verteilerzirkel. Die passen im Ausland aufs Geld auf, bekommen dafür Prozente und bringen die sozialistischen Programme als Journalisten und Künstler unters Volk. Ist das was?«

»Typische U-Boot-Politik. Es hat sich nichts geändert.«

Kast stand auf und schlug Kunert kumpelhaft mit der Faust gegen dessen rechten Oberarm. »Ich bin mir sicher – insgesamt geht es um Milliarden. Wetten?«

»Mit dir nie!« konterte Kunert.

»Was ist eigentlich aus dieser Russenlinie geworden? Dieser Kofferträger von den roten Socken kann unmöglich sauber sein«, hakte Kast nach. »Er ist Mitinvestor bei zwei Spielbanken und Nachtbars in Moskau. Aber man kann ihm keinerlei Unterschlagung nachweisen. Kein Mensch weiß, was er den Russen gegeben hat und wie dort die Verhältnisse aussehen. Der ist nicht so doof, über Banken zu gehen. Da läuft alles nach dem alten Muster: Geldtransfer beim Händeschütteln. Aber oberfaul ist der allemal! Und Mädels hat dieser Fettlappen! Da kriegt unsereins solche Augen! Und du hast immer das Gefühl, die können's nicht erwarten, dem den Bauch zu kraulen. Die Videos mußt du dir mal angucken. Der zieht vielleicht eine Show ab! Aber astrein. Nichts, weshalb man den festnageln könnte.«

»Das kommt noch!« Kast warf einen Blick auf die Uhr. Er mußte noch rüber zur Gauck-Behörde, hatte noch ein Fax loszuschicken und mußte heute nachmittag beim Chef wegen einer Besprechung antanzen.

»Du bleibst die nächste Zeit hier?« fragte Kast.

Kunert nickte.

»Falls die Frau von gestern anruft, sag ihr, daß ich dran bin, okay?«

»Aber klar... Gibt es da schon was?«

»Vage... noch ziemlich undurchsichtig, nichts mit Geld oder Schiebereien, eigentlich... na ja, etwas komisch, erzähl ich dir später, wenn ich was weiß.«

IM BUNKER

»Die Schwester von unserem Red-Mercury-Doktor ist in Berlin. Sie hat schon in Grabenow herumgeschnüffelt. Will wissen, was da los ist. Sollen wir eingreifen?«

Priel saß wie immer steif hinter seinem Schreibtisch.

»Also lebt sie doch! Wo kommt sie denn auf einmal her?«

Weber kratzte sich am Kopf. »Keine Ahnung. Wir haben kurz in ihr Hotelzimmer reingeguckt. Aber da war nur eine Adresse von irgendeinem Schmuckmuseum in Straßburg. Frauen, die interessieren sich ja für so was.«

»Keine Adressen, keine Dokumente, nichts?« Priel konnte es kaum fassen.

»Keine Spuren hinterlassen, absolut nichts! Wir sind nicht mehr ganz so abgeschottet wie früher. Aber, Weber, eines sage ich Ihnen, niemand darf etwas über unsere Arbeit rausbekommen! Und wenn die uns in die Quere kommt, dann... ich hab da eine Idee. Eine gute Idee!«

Priel winkte Weber zu sich ran, als ob sie jemand belauschen könnte. Dann sah er ihn scharf an, direkt in die Augen, und als ob er darin etwas gelesen hätte, was ihn störte, holte er einmal tief Atem und sagte dann: »War doch nicht so gut! Ich werde noch mal drüber nachdenken und Ihnen dann Bescheid sagen. Vorläufig beschränken Sie sich auf eine Beobachtung aus der Distanz. Sie wissen schon!«

Weber zuckte mit den Augenbrauen und räusperte sich. »Da ist nur ein Problem.«

»Ja?«

»Wir haben sie für einen Augenblick aus den Augen verloren. Sie muß das Hotel verlassen haben, ohne der Polizei Bescheid zu geben.«

Priel tobte. »Dann hat sie euch ausgetrickst. Das heißt aber, daß sie möglicherweise doch ein Profi ist. Trommeln Sie für heute abend die anderen zusammen. Wir werden gemeinsam einen Plan entwickeln. Treffpunkt hier bei mir unten – gegen acht. Und kein Sterbenswörtchen nach außen!«

ABMAHNUNG

Dr. Michael Bäurich, Abteilungsleiter der ZERV, bot Kast einen starken Kaffee an, als dieser sich zur verabredeten Zeit bei ihm einfand. Kast nahm das Angebot an, und Bäurich schenkte ein.

»Ich hoffe, ich verschütte nichts«, grinste er Kast an. »An dieses do it yourself muß man sich erst gewöhnen! Früher haben das die Sekretärinnen gemacht, aber heutzutage kriegen sie ihren Hintern vom Drehstuhl nicht mehr hoch!«

Kast grinste innerlich. Dr. Bäurich, der seine Doktorarbeit über sexuelle Belästigung am Arbeitsplatz geschrieben hatte, machte wirklich eine komische Figur mit der Kaffeekanne in der Hand. Er trug eine Brille – und offensichtlich hatte er einige Schwierigkeiten, den Schnabel der Kanne genau über die Tasse zu halten. Es war richtig spannend zu beobachten, ob der Kaffee über den Tassenrand schwappte oder nicht.

»Milch oder Zucker«, zeigte er auf zwei Döschen, die auf dem Tisch standen, »nehmen Sie bitte selbst!«

Dann nippte er an seinem Kaffee und kam gleich zur Sache.

»Erst mal möchte ich Sie wegen des Erfolges beim Millionendeal beglückwünschen. Das hebt unseren Stellenwert doch mächtig, und die Medien können auch nicht mehr so laut schreien, daß wir nur nach verbrauchter Luft ermitteln. Ich habe allerdings eine kleine Bitte, weshalb ich Sie auch unbedingt sprechen wollte«, hob er seine Stimme, um dem Satz Nachdruck zu verleihen. Er strich sich mit der rechten Hand über seine Halbglatze und schürzte die Lippen.

»Es ist wegen dieser Frau aus Usedom. Eine eigentlich belanglose kleine Geschichte um dieses Haus mit Grundstück, ein Bauernhof ist es, glaube ich, aber da gibt es trotzdem Probleme.«

Kast stutzte.

»Sie meinen den Klemenz-Fall?«

Bäurich nickte. »Ich habe heute vormittag, kurz bevor ich Sie zu mir bat, einen Anruf direkt vom BND erhalten. Ein Reichel war am Apparat. Der erklärte mir umständlich, daß er wegen der Klemenz-Geschichte einen Termin mit dem Auswärtigen Amt hätte, mit dem Leiter der Abteilung Koordinierung der Geheimdienste im Rahmen diplomatischer Beziehungen in der Außenpolitik. Sie wissen schon, im Rang eines Staatsministers. Also von ganz oben!«

»Der Fuchs?«

»Ja, ja, genau der!« bestätigte Bäurich. »Reichel war sehr freundlich, bat mich jedoch, den Fall an den BND abzugeben. Dort seien schon Informationen aufgelaufen, und im Grunde sei dies keine Angelegenheit unserer Behörde. Die Sowjets hätten wohl protestiert, weil angeblich Zweifel an ihrem Pachtvertrag für das Gelände bestünden und weil sie sich belästigt fühlten. Sie wissen, die Situation ist im Moment noch immer recht angespannt. Etwa dreihundertfünfzigtausend sowjetische Soldaten werden bis Mitte '94 Deutschland verlassen haben, aber bis dahin sind die Sowjets noch sehr empfindlich und wollen sich nicht beobachtet fühlen. Das Auswärtige Amt wollte die Sache im Alleingang klären. Er ermahnte mich freundlich aber eindringlich, daß unsere Aufgabe nach innen gerichtet sei und unter keinen Umständen die zaghaften ersten Beziehungen zu den Sowjets stören dürfte. Jetzt meine Frage: Haben Sie in dieser Sache schon was unternommen, oder können wir das einfach geschlossen abgeben?«

Kast trank seinen Kaffee aus und spielte mit einem in Papier eingewickelten Zuckerwürfel herum. Er konnte zwar nicht begreifen, weshalb sich BND und Auswärtiges Amt mit einer Grundstücksangelegenheit befassen wollten, beschloß aber, gegenüber Bäurich seinen Unmut nicht zu zeigen, er tat eher gelangweilt.

»Wenn die vom Außendienst meinen, noch ein bißchen Arbeit zu benötigen, wir haben in unserer Abteilung auch so genug zu tun. Ich habe jetzt schon zwei oder drei Anfragen bezüglich der Geschichte laufen, aber ich denke, das kann man verantworten und dann das Material an den BND weiterleiten. Gut... War's das?«

»Im Prinzip... ja«, antwortete Bäurich.

Die beiden Männer verabschiedeten sich kurz und förmlich. Kast half noch dabei, die Kaffeetassen in die kleine Flurküche zu bringen.

Ausgerechnet jetzt begegnete ihnen Marion Feld, eine kesse junge Beamtin, zuständig für Berliner Lokalgeschichten.

»Nüscht fallen lassen!« grinste sie den beiden quer über den Flur zu. Sie hatte kurze rotblonde Haare mit einem gegelten Fransenpony und die frechsten blauen Augen von ganz Berlin.

Die beiden grinsten verlegen zurück.

»Frauen«, bemerkte Bäurich. »Man darf heutzutage noch nicht mal hingucken. Ernsthaft. Kast, wir müssen aufpassen, daß die uns nicht eines Tages 'nen Schleier umhängen!«

Jetzt lachte Kast aus vollem Hals. Die Vorstellung, Bäurich verschleiert zu sehen, war einfach zu komisch. Außerdem sagte er solche Sätze immer in einem clownesken, trockenen Tonfall. Bäurich war ein jovialer Typ, jemand, der es allen recht machen wollte und dabei immer wieder in die Enge geriet. Er war ganz nett, aber nicht sehr durchsetzungsfreudig. Außerdem wußte man nie, was er wirklich meinte. Er versteckte sich gern hinter den Argumenten derjenigen, die über ihm standen, um selbst keine Angriffsflächen zu bieten. Kast erzählte ihm erst gar nicht, daß er ein Treffen mit Fries ausgemacht hatte, das hätte nur Ärger gebracht und niemandem genutzt. Daß sich der BND für den Klemenz interessierte, leuchtete ihm nicht ein. Klemenz war Wissenschaftler, aber kein Agent. Zumindest hatte er noch kein Schreiben gefunden, das darauf hingedeutet hätte. Und auch Kristin Klemenz hatte jede Vermutung dieser Art heftig bestritten. Was konnte bloß dahinterstecken? Kast wurde neugierig, und wenn er einmal auf etwas neugierig war, würde er seine Hände nicht mehr davonlassen. Er hatte jede Menge Informationskanäle zur Verfügung und konnte zumindest herumschnüffeln, um was es bei der Geschichte ging. Wenn er einmal heiß war auf eine Spur, ihn sein sprichwörtliches Jagdfieber erfaßt hatte und ihn nicht mehr losließ, widersetzte er sich allen Anweisungen. Was ging ihn dieses Auswärtige Amt an und die hohe Politik? Und erst recht die Sensibilität der Sowjets! Er hatte den BND sowieso auf dem Kieker. Die hatten ihn als Terroristenfahnder jahrelang auflaufen lassen, hatten ihn und andere an der Nase herumgeführt. Obwohl sie mit ihren drei Spitzeln in der DDR längst wußten, daß sich die Terroristen reihenweise in den Osten abgesetzt hatten, ließen sie Leute wie ihn sinnlos herumsuchen, mit Fahndungsaufrufen, Einsatzbefehlen, Leuteverdummung der höchsten Güte. Als er vor wenigen Wochen im Rahmen seiner ZERV-Arbeit davon gehört hatte, hätte er im Dreieck springen mögen. Daß ausgerechnet ihm so etwas passiert war! Und dann auch noch von den eigenen, na ja, quasi

Kollegen reingelegt, seitdem mochte er den BND nicht mehr. Außerdem glaubte er fest daran, daß der BND der absolut schlechteste Geheimdienst der Welt war. Durchsetzt von Spitzeln und Gegenagenten wie kaum ein anderer Geheimdienst. Aber mit seinen fünfunddreißig Jahren war er noch zu jung, um Ratschläge zu erteilen. Trotzdem drängte es ihn förmlich danach, denen ein Schnippchen zu schlagen, und vielleicht bot ja dieser Fall die Gelegenheit dazu. Sicherlich steckte wieder dieser Reichel dahinter. Der hatte beim BND viel zu sagen, und Kast mochte diesen arroganten Schnösel nicht, der seine Säzte grundsätzlich damit anfing: »Das Auswärtige Amt und ich haben entschieden...«

DER FUCHS

Dr. Friedrich Fuchs, verheiratet, zwei Kinder, mit Bilderbuchehe an maximal zehn Wochenenden im Jahr, lehnte sich in seinen schwarzen Ledersessel zurück und betrachtete sich genüßlich den neuesten erotischen Kalender von Newton.

»Wie findest du das?« fragte er seine Sekretärin, »aber nicht, daß du denkst, ich will dich hier mit so was konfrontieren. Mich würde nur deine ehrliche Meinung interessieren. Was hältst du davon?«

Melanie Grübner, seit vier Jahren Terminkalenderverwalterin, Briefeschreiberin und Übersetzerin des Mannes, der die Bundesrepublik nach außen diplomatisch und ohne Presse verbal schützte und verteidigte, zwischen den höchsten Politikern vermittelte und schlechte Launen abfing, sprach perfekt sechs Sprachen und bot Fuchs alles, was eine gute Sekretärin zu bieten hatte. Sie hatte immer Zeit, sah immer gut aus, schirmte ihn immer ab und hatte immer Lust. So nahm sie auch diesmal den Kalender zur Hand, und versuchte, ihn so ehrlich wie möglich zu beurteilen.

»Da verkauft einer Porno als Kunst, der hat seinen Spaß und verarscht die Pseudointellektuellen, wie sooft in dieser Branche«, sagte sie mit lässiger, rauchiger Stimme. Fuchs lachte, das war seine Melanie, seine gute Fee. Immer ein ironisches Wässerchen auf der Zunge wie er. Sie gab ihm den Kalender zurück. »Und du? Was meinst du?«

»Ähnliches. Der Junge versteht was von Marketing. Hätte Politiker werden sollen. Aber es macht an... Doch, es macht an!«

Er warf einen Blick auf ihre roten Stöckelschuhe mit den schwarzen Lackkappen. »Du trägst das Zeug doch auch nur, weil du weißt, daß es mir gefällt. Bequem kann das nicht sein!«

»Natürlich, nur!« lächelte sie. Sie hatte etwas von der Deneuve, gemischt mit dem frivolen Touch der Adjani. Fuchs verglich immer alle Frauen mit Filmschauspielerinnen, das war einer seiner vielen Ticks.

Melanie wußte, daß sie nicht »die« Geliebte ihres Geliebten war. Fuchs gehörte zu jener Sorte Männer, die sich dort bedienten, wo es ging, und davon die Finger ließen, wo es nicht ging. So verbrannte er sich nie und hatte doch genug feurige Erlebnisse, die ihm das Alltagsgeschäft in der Diplomatie erträglicher machten.

Im Moment hatte er besonders viel zu tun, denn überall kriselte es. Vor allem der Osten und der Nahe Osten waren mit Samthandschuhen anzufassen. In Aufbruchstimmungen, wie sie in der ehemaligen UdSSR und in Osteuropa herrschten, war immer auch die Chance der Hasardeure am größten, Macht und Einfluß zu gewinnen. Fuchs mußte vermitteln, mußte aufpassen, was sich hinter der offiziellen politischen Fassade tat, was noch toleriert werden konnte und wann Gespräche erforderlich waren. Immer das pragmatische Ziel und sonst nichts vor Augen, war Fuchs hervorragend geeignet für den Job. Er gab, wenn es sein mußte, jedem recht, solange seine Aufgabenstellung nicht von

Problemen tangiert war. Moral und Ethik in der Politik waren für ihn unerreichbarer Luxus, und er empfand es als Energieverschwendung, darüber überhaupt zu reden. Sachverhalte klar abstecken, Ziele haben, Kompromisse von vornherein einkalkulieren, aber nicht gleich benennen, das war seine Strategie und Taktik, im Beruf genauso wie im Alltag und im Liebesleben. Bei allem war er so charmant, so höflich, so gebildet und kultiviert, daß ihm niemand diese Art übelnahm. Er war so und legte nicht den geringsten Wert darauf, sich zu ändern. Außerdem war er ein Spiegel-Mann! Mindestens einmal am Tag betrachtete er sich ausgiebig und zog Bilanz, ob er das, was er da sah, mit der Bürste, mit einer neuen Brille, mit dem Rasierapparat verbessern mußte oder nicht. Er war nicht ausgesprochen männlich schön, neigte zu einem gewissen Fettansatz an einigen Stellen, aber er strahlte Souveränität und Sicherheit aus. Eine gelungene Mischung aus Väterlichkeit, Abenteurer, ehemaliger Sportler und Manager. Schmale Lippen mit nach oben gezogenen Mundwinkeln, graublaue Augen, immer leicht gebräunt – keine Solariumbräune, sondern Kennzeichen seiner vielen Auslandsreisen in die nahöstlichen und afrikanischen Krisenregionen dieser Welt. Er war erst seit drei Jahren auf diesem Posten, aber sein Geschick war in den Bonner Kreisen und darüber hinaus bekannt. Ihn zu kennen und als Freund zu haben, war die halbe Miete im politischen Geschäft, zumal, wenn es um Auslandskontakte ging.

Er durfte sich allerdings keine Fehler leisten. Als politischer Mittelsmann zwischen den Geheimdiensten seinen Weg zu finden war nicht nur ein interessanter, es war auch ein gefährlicher Job.

»Hast du in dieser Geschichte mit den Sowjets, da oben in Pommern, schon einen Termin mit der jungen Frau?« fragte er seine Sekretärin. Sie nickte und zeigte ihm den Terminplan für den Dienstag kommender Woche. Er sei ohnehin in Berlin wegen dieses Attentats auf ein türkisches Reisebüro, da ließe sich das am Abend gut arrangieren. Sie habe in einem guten Lokal in der Nähe des »Kempinski« einen Tisch für zwei Personen reservieren lassen. Ab zwanzig Uhr.

Fuchs blinzelte Melanie zu. »Du bist perfekt. Ich habe wirklich Glück!«

»Das Lokal liegt nur zehn Gehminuten vom Hotel entfernt, falls es dir gelingt, nach dem Menü...«, sie lächelte verschmitzt. »Na, du weißt schon!«

»Ich sage es ja, perfekt, du denkst an alles... Eifersüchtig?«

Melanie zog die Augenbrauen hoch. »Ich... niemals, mein Lieber. Wir zwei verstehen uns so gut, weil wir uns ähnlich sind. Wir sind beide doch zuallererst in uns selbst verliebt, dann lieben wir unsere Freiheit und danach kommt lange nichts... und wir lauern auf neue gute Gelegenheiten. Hm... mach dir wegen mir keine Sorgen. Wenn ich was brauche, dann hole ich es mir und kriege es auch meistens... Eifersüchtig?«

Nun zog auch er die Augenbrauen hoch. »Ich... nein! Ich erwarte keine Treue von meiner Partnerin. Ich könnte diese Verantwortung, dieses Pflichtbewußtsein, das wie ein Stein an der Treue hängt, nicht aushalten. Dann würde der erotische Vulkan in mir zu einem rußigen Kohlehaufen zusammenstürzen. Melanie, stell dir das mal vor...! Wo waren wir stehengeblieben?«

»Bei dem Berlin-Termin am Dienstag.«

»Wann fliegen wir nach Dubai?«

»In vier Wochen.«

»Gut. Und die Einladung beim Außenminister?«

»Am kommenden Freitag. Du sollst ihm den Bericht über die Ukraine mitbringen. Wegen der Flotte und vor allem, was es mit der atomaren Verseuchung bei Troizk auf sich hat. Ob das Gerüchte sind oder ob da was dran ist.«

»Gut. Das war's dann. Ich muß los, die Meute wartet schon. Und vergiß bitte nicht, mich spätestens in einer halben Stunde da rauszuholen. Ich erwarte doch nachher noch den Reichel und, und, und…«

Im kleinen Konferenzraum, eine Etage über seinem Büro, warteten bereits die außenpolitischen Sprecher der verschiedenen Parteien, zehn Männer und eine Frau. Das Thema war brisant wie immer. Es ging um die Verstrickung der bundesdeutschen Industrie mit dem internationalen Waffenhandel. Eigentlich hatte Fuchs seinen Referenten Dr. Friedel geschickt, doch um die Wogen zu glätten, wollte er auch mal persönlich erscheinen. Sonst hätte er sich nur noch mehr verdächtig gemacht, und das widersprach seinem diplomatischen Feingefühl. Als Fuchs den Raum betrat, wurde wie immer getuschelt. Vor allem die Mohr, Gerlinde Mohr von den Grünen, beäugte ihn mißtrauisch. Von ihr hatte er immr die schärfsten Fragen zu erwarten. Er mochte dieses rothaarige Weib mit der Haspelstimme nicht, nicht nur aus politischen Gründen, sondern auch als Frau. Sie war ihm zu unweiblich, zu wenig erotisch. Aber ausgerechnet mit ihr mußte er sich ständig auseinandersetzen. Sie war es auch, die die Fragerunde eröffnete.

»Sie haben doch sicher diese ARD-Reportage gesehen«, begann sie, »in der behauptet wird, daß die Bundesregierung alte Waffenbestände der NVA über ehemalige hochkarätige Waffenhändler… warten Sie mal«, sie schaute in ihren Unterlagen nach, »es wird ein Herr Bahlevi genannt, an kriegsführende Nationen verkauft. Dieser Vorwurf kommt nicht zum ersten Mal, und es ist Ihre Aufgabe, das abzustellen. Wie lange müssen wir denn noch warten, bis etwas unternommen wird?«

Ein Brillenträger aus der SPD unterstützte sie mit einem Zwischenruf: »Frau Mohr hat recht. Dieser Journalist, Konrad Peters heißt der wohl, will demnächst sogar ein Buch zu diesem Thema veröffentlichen. Wenn es sich bewahrheitet, was da behauptet wird, werden wir einen Untersuchungsausschuß beantragen. Das sind wir der Öffentlichkeit schuldig.«

Fuchs holte tief Luft, ehe er zur Antwort ansetzte.

»Mein lieber Bachmann«, wandte er sich an den Redner, »Sie benutzen Untersuchungsausschüse doch nur, um sich zu profilieren. Hat Herr Bachmann initiiert, das kennen wir doch. Der wievielte ist das denn schon in Ihrer politischen Laufbahn?«

Bachmann plusterte sich auf, wollte dagegenhalten, doch Fuchs winkte ab.

»Jetzt bin ich erst mal dran! Was die Bemerkung von Frau Mohr angeht«, er stockte, »Journalistengeschwätz! Billiges Journalistengeschwätz. Die Leute wollen auch leben, und an guten Meldungen kann man nichts verdienen. Liebe Frau Mohr, liebe Kollegen, Sie sind doch nicht erst seit gestern in der Politik. Soll ich wirklich wegen jedem Artikel, der in diesem Land gedruckt wird, oder um jede Sendung, die irgend so ein Pressefuzzi rausläßt, einen Krisenstab einberufen? Seitdem diese Republik existiert, versuchen einige Journalisten, ihren Lebensunterhalt damit zu verdienen, die Regierung mies zu machen. Was weiß ich, wo die ihre Informationen fälschen lassen!« Er hob seine Stimme und blickte direkt zu Frau Mohr. »Aber daß Sie darauf reinfallen, das ist bedenklich, äußerst bedenklich!« Er betonte jedes Wort.

Gerlinde Mohr verdrehte ihre Augen und trommelte ungeduldig mit den Fingern auf ihren Unterlagen herum.

»Bitte konkret, Herr Fuchs. Ihren Standpunkt zur Presse kennen wir mittlerweile zur Genüge. Wenn es nach Ihnen ginge, würden Sie nur noch Hofberichtschreiber zulassen. Was uns hier und jetzt interessiert – ist dieser Bericht wahr oder nicht! Werden NVA-Waffen über alte DDR-Seilschaften gegen Billigpreise in Konfliktzonen verschoben oder nicht?«

Fuchs, der sich geschäftig einige Notizen machte, zuckte mit den Schultern.

»Ich weiß davon nichts!« sagte er langsam und deutlich.

»Das heißt, es könnte sein!« entgegnete die Mohr bissig. Fuchs warf ihr einen wütenden Blick zu.

»Liebe Frau Mohr«, begann er betont höflich, ehe er schneller fortfuhr, »wir haben fast achtzig Millionen Bürger in der Republik. Glauben Sie, ich kann da hinter jedem stehen und mich für alles verbürgen? Steigen wir den Leuten aus den neuen Bundesländern zu sehr auf die Füße, heißt es, wir gängeln sie, sagen wir nichts, heißt es, wir vertuschen alles. Ja, du lieber Himmel...!«

Er hob seine Arme hoch, als wolle er dieses Thema endgültig beenden.

»Danke!« konterte die Mohr mit spitzer Stimme.

»Wir werden dem nachgehen«, beschwichtigte Fuchs die aufgeheizte Debatte, »und gegebenenfalls handeln. Mehr kann ich dazu wirklich nicht sagen.«

Es klopfte. Die Sekretärin kam, wie abgesprochen, herein, entschuldigte in der Runde die Störung, ging auf Fuchs zu und sagte: »Bitte, Herr Staatssekretär, Sie werden schon seit einer Viertelstunde erwartet.«

Mit einer Geste des Bedauerns blickte er in die Runde. »Sie sehen, ich habe auch noch andere Verpflichtungen. Übervolle Terminkalender sind unser Los, aber Sie kennen das ja. Mein Kollege«, verwies er auf Friedel, »wird Ihnen alle restlichen Fragen beantworten.«

Fuchs stand auf und ging mit schnellen Schritten hinter seiner Sekretärin her.

»Danke!« flüsterte er ihr draußen zu.

Im Büro wartete schon der BND-Mitarbeiter Klaus Reichel auf ihn. Er war gerade damit beschäftigt, die Blätter einer Palme mit einem feuchten Tuch abzuwischen.

»Hallo, mein Lieber...«, begrüßte ihn Fuchs, als er sein Büro betrat.

»Das war wieder ein Theater«, beschwerte er sich, während er zum Schreibtisch eilte und die Post überflog.

»Die Wächter der Nationen haben zur moralischen Aufrüstung geblasen, es ist immer dasselbe. Diese Flaschen! Diese Mohr von den Grünen geht mir vielleicht auf den Keks. Ständig gräbt die was aus. Da piepst irgendwo irgendein Journalist, und die beschafft dem auch noch einen Lautsprecher, um eine Staatsaffäre daraus zu machen. Manchmal frage ich mich, warum ich nicht Koch auf irgendeinem Mittelmeerdampfer geworden bin. Erstens esse ich gern, zweitens liebe ich die Sonne und das Wasser, und drittens könnte man auf jeder Insel eine hübsche Frau glücklich machen. Na ja…«, er blickte über seine Lesebrille zu dem stillen Reichel und wunderte sich, was dieser mit der Palme veranstaltete.

»Was machen Sie da eigentlich?«

Reichel drehte sich zu ihm um.

»Ich…? Ich gieße Ihre Pflanzen. Bei der Sonneneinstrahlung so direkt am Fenster brauchen auch die Blätter Wasser, nicht nur die Wurzeln.«

Fuchs lachte auf.

»Womit sich der BND nicht alles beschäftigt…«

Reichel setzte sich zu ihm an den Schreibtisch.

»Worum ging's eigentlich bei der Konferenz?«

»Das ewige Lied: illegale Waffengeschäfte. Dieser Bahlevi«, antwortete Fuchs mit einem lässigen Tonfall.

»Sie wissen schon. Der hat früher bei der KOKO, kommerzielle Koordinierung… Jetzt macht er auf Geschäftsmann, ganz legal. Aber im Grunde verschiebt der wie immer. Ein Scheißtyp, aber unentbehrlich. Der kennt Hinz und Kunz im Nahen Osten. Ohne den können wir den diplomatischen Laden im Morgenland dichtmachen. Fragen Sie mal Ihre Kollegen von der IIa.«

»Und was ist das Problem?« wollte der BND-Mann wissen.

Fuchs, der nebenher unliebsame Briefe in einen Aktenvernichter steckte, warf ihm einen eindringlichen Blick zu.

»Sagen Sie Ihren Leuten, daß wir in Zukunft nur noch verdeckt verhandeln – über Ihre Abteilung.«

»Und die SEM-Filiale in Schweden?«

»Schließen! Wenn das rauskommt, womit die dort wirklich handeln, und noch dazu mit einer offiziellen Genehmigung, richtet das mehr Schaden als Nutzen an. Das können wir uns nicht mehr leisten!«

»Sagen Sie mal«, lenkte Reichel das Gespräch auf ein anderes Thema. »Kennen Sie einen Oberst Wassili Tscherenkow?«

Fuchs überlegte einen Augenblick, ehe es ihm zu dämmern schien.

»Sie meinen den mit dem Fladengesicht? Klar, den kenn ich. Nicht gut, aber man ist sich schon mal begegnet. Und? Hat der was?«

Reichel lächelte über die Ausdrucksweise seines Chefs.

»Ja. Eine Beschwerde.«

»Na, was denn sonst«, erwiderte Fuchs gelangweilt.

»Wenn die erst mal weg sind... Was macht der eigentlich?«

»Der hockt in Wünsdorf, leitet da so ein Kommando, das sich damit beschäftigt, den gesamten militärischen Forschungskomplex der Russen auf deutschem Boden abzuwickeln.«

Fuchs grinste.

»Na, ist doch prima. Die Worte ›abwickeln und auflösen‹ in Zusammenhang mit russischen Truppen höre ich immer gern. Sagen Sie ihm einen schönen Gruß, und wenn er sich beeilt, spendier ich ihm zehn Kisten Wodka. Wenn nicht, kriegt er einen Fußtritt!«

Er stockte.

»Will der etwa Geld?«

Reichel schüttelte den Kopf.

»Nein, eigentlich eine ganz banale Geschichte. Irgend so ein ZERV-Beamter versucht angeblich, auf einem ihrer Außengelände rumzuschnüffeln!«

Fuchs wurde aufmerksam.

»Und weshalb?«

»Es geht um einen verlassenen Hof oben an der Küste von Usedom. Der Hof war wohl verwaist, die Sowjets haben da seit Mitte '88 eine kleine Schulungsstätte eingerichtet, und jetzt taucht eine verschollen geglaubte Erbin auf und will alles zurück... ich weiß nicht genau... Fluchtschicksal steckt wohl dahinter... Tscherenkow hat jedenfalls Papiere dazugelegt. Es sieht alles so aus, als sei er im Recht, de jure. De fakto ist das ja derzeit bei den Grundstücksangelegenheiten so eine Sache.«

Fuchs stöhnte auf. Zum einen war er es nicht gewöhnt, daß andere auch lange reden konnten, zum anderen ging ihm dieser Kleinkram auf die Nerven.

»Diese Kinkerlitzchen soll ich jetzt auch noch übernehmen? Was will er denn?«

»Daß wir den ZERV-Mann stoppen!« erwiderte Reichel. »Tscherenkow, ich habe ihn diesbezüglich auch schon telefonisch gesprochen, war ziemlich aufgebracht. Die sind im Moment alle sehr sensibel. Störfälle dieser Art könnten zu Verzögerungen...«

»Das alte Lied...«, fuhr ihm Fuchs ins Wort. »Erpressung auf die feine Art. Arbeiten Sie was aus! Schauen Sie sich alles an. Entschädigung oder was weiß ich! Jedenfalls keine Komplikationen! Die Russen machen es wahr und nutzen jeden Anlaß, um zu bleiben. Sie geben mir Bescheid, gut«, warf er einen Blick auf die Uhr, um Reichel zum Gehen zu bewegen.

Reichel verstand den Wink, stand auf und verabschiedete sich. An der Tür hielt ihn Fuchs nochmals zurück.

»Sagen Sie mal, ist das der Klemenz-Fall?«

»Ja. Woher wissen Sie das?«

»Bin ich dran. Da kam schon vorige Woche was, direkt aus Usedom. Jede noch so geringfügige Korrespondenz mit den Russen ist als Verschlußsache zu behandeln. Klar? Ich will das nicht morgen im Fernsehen sehen. Und, mein lieber Reichel«, setzte er seinen Monolog mit zwingender Stimme fort, »die Einhaltung des Termins, was den Abzug der russischen Truppen angeht, hat vor allem anderen Vorrang. Das liegt mir sehr am Herzen. Wir wissen nicht, wie die Politik im Kreml morgen aussieht. Wir können es uns unter keinen Umständen leisten, da was zu riskieren. Die Iwans in unserem Land, die müssen weg. Ob die in Wünsdorf Autos verschieben, Gold, Mädchen, Teegeschirr oder auf Grundstücken brüten, die ihnen nicht gehören, ist mir scheißegal. August '94 will ich hier keinen roten Stern mehr sehen, höchstens auf dem Flohmarkt. Und dafür ist Ihre Firma verantwortlich... Adieu!«

Reichel verabschiedete sich nach dieser Tirade nur noch mit einem knappen Handzeichen.

DAS AUSWÄRTIGE AMT SCHALTET SICH EIN

Grundstücksregelung Bauerngehöft Grabenow 2

Sehr geehrte Frau Klemenz,

durch die zentrale Ermittlungsstelle für Regierungs- und Vereinigungskriminalität wurden wir auf Ihr Anliegen aufmerksam gemacht. Sie erheben offenbar Einspruch auf ein Grundstück mit Haus, das sich durch tragische Verwicklungen, die in den Lebensumständen Ihrer Familie liegen, nicht mehr im Besitz Ihrer Familie befindet, sondern von der sowjetischen Armee für fünfundzwanzig Jahre angemietet wurde. Da dieser Vertrag rechtskräftig ist, werde ich mich bemühen, gemeinsam mit Ihnen zu

einer Lösung zu kommen, die allen Seiten gerecht wird. Dazu möchte ich Sie am Dienstag, dem 5. 8., gegen 20 Uhr zum »Philosophen«, Kantstr. 18, zu einem Essen einladen. Es würde mich sehr freuen, Sie kennenzulernen. Bitte bestätigen Sie telefonisch oder schriftlich den von mir vorgeschlagenen Zeitpunkt und Ort.
Selbstverständlich darf ich Sie als Gast erwarten. Ich hoffe, ich kann bei diesem Treffen alle Mißverständnisse aus dem Weg räumen. Kurz zum Treffpunkt: Wenn Sie das Lokal betreten, fragen Sie bitte nach der Reservierung durch das Auswärtige Amt, dann wird man Sie an den richtigen Tisch führen.

Hochachtungsvoll Staatsminister
Dr. Friedrich Fuchs

Kristin konnte sich vor Aufregung kaum beruhigen.

Es war das erste Mal, daß sie mit einem Politiker dieses Ranges zu tun hatte. Konnte er Licht in ihre Vergangenheit bringen? Was sollte sie sagen? Würde sie auch nichts Wichtiges vergessen? Kristin steckte den Brief ein und bestellte sich ein Taxi. Sie war gespannt und hatte eine Menge Fragen, die sie sich alle an diesem Abend beantworten lassen wollte.

Das Lokal war nicht sehr groß, sah von außen auch nicht besonders teuer aus, eher wie eine gemütliche Weinkneipe. Doch es gab einen Empfangskellner, der jeden Gast persönlich begrüßte. Als Kristin ihn nach dem Tisch vom Auswärtigen Amt fragte, wußte er sofort Bescheid, als habe er solche Verabredungen schon Dutzende Male arrangiert. Er führte Kristin durchs ganze Lokal in einen etwas abseits gelegenen Raum, dessen Tische durch Blumenfenster voneinander getrennt waren und so weit auseinander standen, daß man hier ungestört reden konnte. In der Mitte des Raumes plätscherte ein großer Javabrunnen. An der hintersten Ecke stand ein breiter Kachelofen mit ockerfarbenen, groben

Kacheln und viel weißem Rauhputz, der Raum hatte eine angenehme Atmosphäre.

Ein gutaussehender, leicht ergrauter Mann mittleren Alters mit einem kräftigen Körperbau saß bereits an dem vereinbarten Tisch und stand sofort auf, als der Empfangskellner Kristin zu ihm führte. Er überragte sie mindestens um einen Kopf und begrüßte sie mit einem kräftigen Händedruck. »Fuchs vom Auswärtigen Amt«, sagte er höflich in einem tiefen, warmen Tonfall. »Sie sind wohl Kristin Klemenz?«

Kristin räusperte sich kurz und nickte dann verlegen. Dieser mächtige, so selbstbewußt wirkende Mann hatte sie für einen Augenblick in seinen Bann gezogen. Er war weder schön noch ausgesprochen männlich, hatte aber das gewisse Etwas, diese bestimmte Aura, diesen Magnetismus im Blick.

Der Kellner war wieder unauffällig verschwunden.

»Setzen wir uns doch«, lächelte Fuchs ihr zu. Kristin wußte im Moment nicht, was sie sagen sollte. Sie setzte sich einfach hin und suchte nach ein paar belanglosen Worten.

»Ich möchte mich erst mal recht herzlich für die Einladung bedanken«, begann sie. »Und ich hoffe, nachher nicht nur satt, sondern auch klüger das Lokal verlassen zu können.«

Unaufdringlich brachte ihnen der Tischkellner einen Aperitif.

»Ganz sicher, das verspreche ich Ihnen«, nickte Fuchs. »Doch vorher sollten wir es nicht versäumen, auf die Speisekarte zu schauen. Ehrlich gesagt, die haben hier ein hervorragendes Angebot!«

Sie stießen vorsichtig mit ihren gefüllten Gläsern an. Für den Bruchteil einer Sekunde blickten sie sich direkt in die Augen. Kristin nippte nur kurz, stellte dann ihr Glas wieder ab, um aus der Speisekarte auszuwählen. Sie hatte Hunger, und sie hatte Lust, mal wieder in Gesellschaft zu essen, denn die letzten Tage war sie doch recht einsam gewesen. Sie wählte als Vorspeise gefüllte Auberginenröllchen und als Hauptgericht gratinierte Krabben auf Gemüse. Den Nachtisch wollte sie erst später, wenn überhaupt, wählen. Fuchs nahm als Vorspeise Spaghetti mit kalter Spinat-Knoblauch-Soße und als Hauptgericht Lammrücken mit Kiwi und Minze. Beide bestellten sich einen trockenen Weißwein aus dem Rheingau. Kristin warf einen Blick über den gedeckten Tisch: Es war alles wunderschön arrangiert. Eine lachsfarbene, leicht marmorierte Tischdecke, dazu hellbraunes, eher grob gehaltenes Steingutgeschirr und Weingläser aus hauchdünnem Glas mit einem langen Stiel. Die Stoffservietten hatten dieselbe Farbe wie die Tischdecke. Ein silberner Kerzenständer mit einer lachsfarbenen marmorierten Kerze rundete das harmonische Bild ab. Man hätte meinen mögen, die beiden würden hier aus anderen Gründen feiern und nicht zu solch einem ernsten Gespräch zusammengekommen sein.

»Sie haben einen wunderschönen Bernsteinanhänger. Eine ganz außergewöhnliche Form«, Fuchs blickte auf ihr braunes dünnes T-Shirt, von dem sich der Anhänger wie ein Relief abhob. »Er ist noch rauh, nicht geschliffen oder irgendwie verarbeitet, nicht wahr?« fragte er sachkundig.

»Ja, es ist ein Erinnerungsstück an meine Heimat. Mein Bruder und ich haben öfter mal Steine an der Küste Usedoms gefunden. Aber der hier ist wirklich besonders schön. Im Sommer haben wir früher als Kinder die Steine verhökert und uns dann Süßigkeiten oder sonstwas zum Spielen gekauft. Das hat Spaß gemacht, war lustig. Heute ist dieser Stein«, sie nahm den Anhänger in ihre rechte Hand und drehte ihn hin und her, »ein Symbol für mich wie eine Brücke zu meiner Familie, zu meiner Kindheit... Jugend.«

Fuchs räusperte sich und nahm noch einen Schluck von seinem Aperitif. »Ich weiß, Sie sind jetzt Französin, ich habe mir Ihre Geschichte angelesen und mir Informationen besorgt. Schrecklich, was Sie und vor allem Ihr Bruder mitgemacht haben müssen. Das Schicksal treibt es einfach bei manchen zu bunt.«

Kristin schwenkte ihr Glas hin und her.

»Wir sind Opfer einer Politik«, entgegnete Kristin barsch, »die Menschen verbieten wollte, auf eigenen Füßen zu stehen. Das ist kein Schicksal, das ist Willkür!« Immer wieder hörte sie, daß andere ihre Erfahrungen wie Schicksalsschläge abqualifizierten. Sie konnte und wollte das nicht so sehen. Schüsse waren schließlich keine Naturkatastrophe.

»Ja, ja«, pflichtete ihr Fuchs bei, »ich meine auch mehr das politische Schicksal. Es wird zwar von Menschen gemacht, läßt sich aber genausowenig beeinflussen wie Stürme oder Gewitter. Insofern ist der Vergleich vielleicht doch nicht so weit hergeholt!« Inzwischen wurde das Essen auf einem Beistelltisch serviert. Es waren kleine Portionen, und sie rochen lecker und sahen sehr appetitlich aus. Die drei gefüllten Auberginenröllchen mit einem Hauch Käse überzogen sahen aus – wie auf einem Plakat. Kristin und Fuchs wünschten sich einen »guten Appetit«.

»Weshalb wir uns in die ganze Geschichte einmischen«, begann Fuchs, ohne Kristins Fragen abzuwarten, »hat folgenden Grund: Die Sowjets haben sich beschwert, daß man sich in ihre Angelegenheiten einmische und sie belästige, mit der Konsequenz... na... Sie wissen schon! Es gäbe Verträge, ganz klare Formulierungen... Wir haben nun die nette Aufgabe, alles zu bereinigen. Wenn es sich um eine deutsch-deutsche Geschichte handeln würde, wäre alles nicht so kompliziert. Aber hier sind die Russen mit drin und dann auch noch das Militär. Und Sie wissen, unter uns gesagt, die Uniformröcke sind immer ein bißchen was Besonderes. Die geben nie nach oder gehen nie einen Zentimeter zurück. Für die ist Vertrag Vertrag, und wir können sehen, wie wir damit fertig werden. Außerdem nehmen sie sich ungeheuer wichtig!«

Kristin hörte geduldig zu, während sie in ihrem Essen herumstocherte. Es sah alles hervorragend und gut aus, aber nach dem ersten Heißhunger war ihr Magen wieder wie zugeschnürt.

»Ist das ein Grund, mein Hotelzimmer zu durchwühlen?«

Kristin sah Fuchs direkt an und versuchte, aus seiner ersten Reaktion etwas ablesen zu können. Fuchs blickte erschrocken auf. Er schien nichts davon gewußt zu haben, obwohl er sich doch angeblich so gut informiert hatte.

»Das ist das Neueste, was ich höre. Die Burschen sind wahrscheinlich supervorsichtig, wittern hinter jedem eine Person, die sie ausspionieren will. Ich würde das an Ihrer Stelle nicht so ernst nehmen. Aber es wäre doch Grund genug, sich das Angebot durch den Kopf gehen zu lassen. Ich möchte Ihnen, ehrlich gesagt, eine Abfindung anbieten. Eine Abfindung in einer Größenordnung, die Grundstück und Haus umfassen und eine Entschädigung bedeuten soll.« Er schenkte Wein nach, während er weiterredete. »Sie sollen sich im Gegenzug verpflichten, niemanden von diesem Abkommen zu berichten und das Ganze als vertrauliche Maßnahme zu behandeln. Sonst kommen noch mehr Leute, und die Forderungen nehmen kein Ende. Wir haben das in die Hand genommen, weil es, wie gesagt, hier auch um ein außenpolitisches Anliegen geht. Wir wollen, daß die Russen gehen, und deshalb müssen wir mit ihnen die nächste Zeit einigermaßen kooperieren. Da wäre jedes bißchen Ärger unter Umständen unangenehm bei politischen Verhandlungen. Der Staat, die großen Interessen, haben hier Vorrang. Nehmen Sie unser Angebot an! An das Grundstück kommen Sie sowieso nicht heran, solange die Russen nicht wollen!« Er sah sie merkwürdig herausfordernd an. »Und dann hätten Sie gar nichts!«

Kristin war verblüfft, ein finanzielles Entschädigungsangebot zu erhalten. An Geld hatte sie nie gedacht. Sie verdiente bei Isabelle genug. Sie wollte einfach wissen, was in der Zeit nach der Flucht geschehen war, ja, und wenn es möglich sein sollte, hätte sie auch gern den Hof zurückbekommen.

»Warum haben die Sowjets das Gelände abgeriegelt? Was kann man auf so einem abgelegenen Hof anfangen? Wissen Sie das?«

Fuchs schüttelte den Kopf. »Die Sowjets haben in der ganzen ehemaligen DDR, aber besonders in einsamen Gebieten, solche Grundstücke. Weiß der Teufel, warum. Vielleicht weiß es der eine oder andere Geheimdienstmann, vielleicht ist es auch besser, wenn man es nicht weiß. Ich verstehe, daß Sie das interessiert, aber dazu kann ich Ihnen keine Auskunft geben. Das ist Hoheitsgebiet der Sowjets, da haben wir nichts zu suchen. Höhere Politik! Alle Militärs sind da übrigens gleich empfindlich und paranoid.«

Kristin bestellte sich doch noch eine Karamelcreme und Fuchs eine Mascarponecreme zum Nachtisch. Mit einem Cappucchino wollten sie das Menü beenden. Fuchs sah Kristin an, daß ihr dieses Angebot zu schaffen machte.

»Sie müssen sich ja nicht heute abend entscheiden«, sagte er. »Aber doch recht bald. Wir würden das gerne über die Bühne bringen – na, sagen wir, im Laufe der nächsten Woche. Und bitte, kein Wort zu irgend jemandem, das ist unsere Bedingung. Sonst lohnt sich für uns das – wenn Sie so wollen – diplomatische Geschäft nicht. Die Presse schreibt ohnehin viel zuviel Unsinn und zerschlägt Porzellan. Und Ihre Story würden Journalisten in alle Richtungen ausschlachten, was Ihnen nicht helfen würde!«

Kristin zuckte die Schultern. »Ich weiß es nicht«, sagte sie ehrlich. »Es kommt alles so plötzlich, es stürzt einfach alles auf mich ein. Und ich weiß nicht, wie ich reagieren soll. Ich kann doch nicht sagen, ich nehme das Geld und vergesse alles und tue so, als sei nichts passiert. Da komme ich mir irgendwie wie ein Verräter gegenüber meiner Familie vor. Ich bin mir nämlich ganz sicher, daß dieser Pachtvertrag mit den Russen nicht auf solch legalem Weg, wie Sie das eben beschrieben haben, entstanden ist. Da ist irgendwas faul, das spüre ich! Dann die Geschichte mit meinem Bruder. Er ist vermißt, aber… niemand weiß, wo, ob und wer ihn gefunden hat.«

Kristin nestelte an ihrer Serviette herum und sah ihm ab und zu in die Augen. Fuchs betrachtete sie ausgiebig. Diese Augen, dachte er, diese wunderschönen Augen. Im Schein der Kerze schimmerten sie warm und weich. Nicht katzenhaft oder frech, sondern tief und geheimnisvoll. Sie strahlten genau das aus, was er so an Frauen liebte: eine gewisse Unerreichbarkeit, diese neugierig machende Fremdheit.

»Sind Sie verheiratet?« fragte er vorsichtig.

»Nein!« Kristin lächelte selbstbewußt.

»Das klingt, als ob Sie darüber erleichtert wären.«

»Bin ich auch«, erwiderte Kristin überzeugt. »Mir genügt eine Namensänderung. Ich lebe in Straßburg, habe dort einen interessanten Beruf, Freunde, ich bin unabhängig und will es auch bleiben. Wenn man die Identität seiner eigenen Familie verloren hat, mag man keine neue Sippe gründen. Früher hatte ich wie viele davon geträumt, ein Häuschen mit Garten, Mann und zwei Kinder zu haben. Doch das ist alles wie weggewischt. Seit dieser Geschichte habe ich andere Ziele und Wünsche.« Sie blickte ihm erneut direkt in die Augen. Ihre Blicke trafen sich und sprachen eine andere Sprache als ihre Worte.

»Und Sie? Sind Sie verheiratet?«

Fuchs betrachtete seine ringlosen Hände.

»Auf dem Papier, ja. Aber mein Beruf ist ehefeindlich. Ich bin immer unterwegs, viel im Ausland. Da lebt man sich auseinander. Das passiert, ohne daß es einem weh tun würde. Meine Frau und ich sehen uns nur noch wegen der Kinder. Eine Scheidung ist uns zu lästig, aber sonst geht jeder seine Wege. Sie wissen, was ich meine.« Er suchte erneut ihren Blick. Kristin blieb es nicht verborgen, wie er sie ansah, und sie genoß es.

Während er sich die Rechnung bringen ließ, beobachtete sie ihn ein wenig und versuchte ihre Gefühle zu ordnen. Der Wein, die Atmosphäre des Lokals, seine warme Stimme, wenn er wollte, würde sie... ja sagen? Oder würde sie nicht? Hatte sie sich etwa verliebt? So ganz plötzlich, ohne Vorwarnung. So was sollte es ja geben, aber ihr war es noch nie passiert. Und trotzdem? Es machte Spaß, etwas zu denken, wovon der andere nichts wußte. Sie hörte Isabelle reden... du wirst dich in Berlin verlieben. Einen Tag vor ihrer Abreise hatte sie ihr das mehrfach prophezeit. Sie hatte nur gelacht und ihr ein »na wennschon« zugerufen. Na wennschon! Kristin war stolz, daß sich ein Politiker dieser Größenordnung so intensiv mit ihrem Schicksal befaßte. Außerdem empfand sie dieses leise erotische Knistern zwischen ihnen beiden als angenehm und wohltuend. Meist hatte sie das eher gestört, aber bei ihm... Im Prinzip... warum nicht? Gleichzeitig schämte sie sich ihrer Gedanken. Ein fremder Mann, noch dazu wesentlich älter... Doch ihr Gesicht war heiß, und in ihrem Bauch kribbelte es. Gefühle, Gewissen und Gedanken liefen sooft im Leben auseinander.

Leise untermalte romantische Popmusik das Ambiente. Dazu das beruhigende Geräusch fließenden Wassers aus dem Javabrunnen – vielleicht alles etwas kitschig, aber schön, zum Verlieben schön.

»Woran denken Sie?« fragte Fuchs.

»An Ihr Angebot«, lächelte Kristin leicht errötend.

Langsam schob er seine Hand über den Tisch, umfaßte ihre Hand, die das Weinglas umklammert hielt.

»Kristin oder Christine, was ist Ihnen lieber – ich darf Sie beim Vornamen nennen, oder?« Fuchs sprach das französisch akzentuierte »Christine« besonders weich und fast singend aus.

Kristin nickte. »Das überlasse ich Ihnen«, sagte sie dann spontan und entzog ihm die Hand.

»Ich habe mich inzwischen an beide Namen gewöhnt!« fügte sie hinzu. Die Gläser klirrten gegeneinander. Es war ein leiser, vibrierender Ton.

»Mich nennen Sie Fritz, einfach nur Fritz!« sagte er. »So nennen mich alle, die mich kennen.«

Er hüstelte leicht. »Christine, ich will Ihnen helfen – als Politiker, aber auch als Mensch. In meiner Position verhandelt man oft um nichts, um Dinge, die weniger wert sind als Luft, führt Scheingefechte um echte oder falsche Agenten, um Wirtschaftsintrigen, Korruption und was sich sonst noch so alles zwischen den Regierungen bewegt. Aber Ihnen nach diesem schweren Schicksal womöglich das Gefühl geben zu können, daß Sie vom Staat nicht allein gelassen werden, wäre für mich eine sehr gelungene Sache, die meinem Job einen Sinn gibt. Das ist etwas Positives. Hm!« sagte er mit einschmeichelnder Stimme.

Kristin erwiderte seinen Blick eher skeptisch. Diese reine Menschenfreude kaufte sie ihm nicht ganz ab. Irgendwas wollte er damit bezwecken, aber was?

Sie holte das schon etwas zerknitterte Foto aus ihrer Handtasche und legte es ihm hin. »Sehen Sie, das sind meine Mutter, mein Bruder und ich!«

Er nahm das Foto und betrachtete es intensiv. »Wann ist das aufgenommen worden?« fragte er und legte es zurück.

»Etwa ein Jahr vor der Flucht, im Sommer.« Es zuckte um ihre Mundwinkel. »Jürgen war zehn Jahre älter als ich, aber ich habe mich immer sehr gut mit ihm vertragen. Er… er war ein toller Bruder. Ich war eine Leseratte, und er hat mich jedes Wochenende mit Büchern versorgt. Auch mit solchen, die man eigentlich nicht lesen durfte. Simmel und Konsalik und Hemingway. Schundliteratur haben sie das genannt. Aber ich habe mich in irgendeinen Winkel verkrochen und gelesen und gelesen. Für die Landwirtschaft hatten wir beide – zum Leidwesen unserer Mutter – nichts übrig. Wir taten nur das, was wir unbedingt tun mußten. Deshalb gab es oft Streit. Aber wir hatten, Gott sei Dank, immer Hilfen auf dem Hof.«

Fuchs nahm nochmals das Foto in die Hand. »Sie sehen wohl eher Ihrem Vater ähnlich, oder? Die Augen sind wie bei Ihrem Bruder, und die Nase. Aber der Mund und die Gesichtsform?«

Kristin mußte lachen. »Sie haben recht. Ich komme im Aussehen ganz nach meinem Vater, und mein Bruder ist eine Mischung. Aber von meinem Vater habe ich leider kein Foto. Er war zu diesem Zeitpunkt schon vier Jahre tot, und ich hatte damals nur dieses neue Foto mitgenommen. Ich hatte ja keine Ahnung, daß alles so enden würde.«

Kristin steckte das Foto wieder in ihre Tasche zurück.

Fuchs sah ihr aufmerksam zu, jede ihrer Bewegungen. »Sagen Sie«, fragte er nachdenklich, »wie sind Sie eigentlich mit dieser neuen Identität als Französin zurechtgekommen? Nach all dem... ein neuer Name, ist das nicht ein komisches Gefühl?«

Kristin fuhr sich mit den Fingerspitzen durch ihre Haare. Sie wußte nicht recht, was sie darauf antworten sollte. Über den Namen hatte sie sich bisher am wenigsten Gedanken gemacht. Sie hatte bei Isabelle nie wirklich das Gefühl gehabt, mit einer erfundenen Identität zu leben.

»Was ist ein Name?« stellte Kristin die Gegenfrage, um sie sich gleich selbst zu beantworten. »Ein Zugehörigkeitsgefühl? Ein Wiedererkennungsmerkmal, eine Bezeichnung? Ist es wirklich ein Stück Identität von einem selbst oder nur Gewohnheit?«

So plauderten sie noch eine Weile und verabredeten sich für den kommenden Freitag. Fuchs versprach, noch Unterlagen über Jürgen zu besorgen, und Kristin versprach, sich das Angebot einer Entschädigung ernsthaft durch den Kopf gehen zu lassen.

Horst Fries war pünktlich wie immer. Er sah auch wie immer recht sportlich und freundlich aus. Keiner hätte hinter dem Parkatyp, Marke ewiger Student mit Zigarettengesicht, solch eine Biografie vermutet. Er war früher für die sogenannten staatsfeindlichen Elemente zuständig gewesen, für die Dreckarbeit bei Menschen, die ihre Kritik an der DDR nicht für sich behielten. Er hatte dafür zu sorgen, daß untreue Angehörige der Volksarmee ohne großen Aufwand »entsorgt« wurden. Für die Familie mußten glaubhafte Krankheiten oder Unfälle erfunden werden. Das war sein Spezialdienst bei der Stasi gewesen. Fries hatte einige Kollegen der Armee auf dem Gewissen. Nicht persönlich, aber durch Verrat. Und jetzt verriet er seine ehemaligen Auftraggeber, hatte gute Kontakte zum KGB und wußte, wo wichtige Akten versteckt gehalten wurden. Nach der Wende war er Informant der Gegenseite geworden. Ihn störte das nicht. Auftrag war Auftrag, für wen und für was auch immer, und verantwortlich brauchte er sich nicht zu fühlen. Er hatte immer nur das angeordnet, was ihm von oben aufgetragen wurde. Nun war das Oben abgerissen, und so schwamm er zwischen allen möglichen Organisationen herum, immer auf der Suche nach ein paar Scheinchen, die ihm das Leben versüßen sollten. Kast zeigte ihm zehn Tausendmarkscheine, einen legte er ihm als Anzahlung hin. Fries nahm ihn sofort an sich.

»Für die Bar im Süden«, scherzte Kast.

»Wenn es für mich Winter wird in Deutschland«, setzte Fries noch eins drauf. Sie bestellten zwei Bier, Spieße und Pommes frites. Fries holte einen Zettel aus seiner Tasche. »Ich habe hier alles aufgeschrieben, was in Zusammenhang mit dieser Klemenz vielleicht interessant sein könnte«, sagte er höflich und im vollen Bewußtsein, für sein Geld auch gute Arbeit geleistet zu haben.

»Wir werden das überprüfen«, antwortete Kast, wobei er ihn mit seinen kleinen, braunen stechenden Augen, die seinem ohnehin kantigen Gesicht einen harten Ausdruck verliehen, streng ansah. »Sagen Sie mal, war dieser Klemenz nun ein Agent oder nicht?«

Fries, der den Mund voll hatte und ein Stück Weißbrot nachschob, schüttelte den Kopf. Dann kaute er bedächtig, ehe er eine Antwort formulierte: »Mir ist nichts bekannt. Kein Deckname, nichts! Der Kerl war Wissenschaftler, ziemlich einmalig. Er war bei einer Versuchsreihe in leitender Funktion, bei der es darum ging, ein Material zu finden, das in der Lage ist, in möglichst kleinen Behältern möglichst viel Wirkung zu transportieren. Atomar! Und dieser Klemenz soll an was dran gewesen sein. Aber die genauen wissenschaftlichen Zusammenhänge kenne ich natürlich nicht. Ich weiß nur, daß die ganze Geschichte so geheim war, daß nicht Stasi oder NVA mit der Sicherung dieses Projektes beauftragt waren, sondern eine Sondereinheit, über die es so gut wie keine Daten und Namen gibt. Das war eine absolute Elite-Einheit, nur etwa zweihundert Mann stark, die wie unsichtbar wirkten, alle Befugnisse hatten und bei allen, wirklich allen, gefürchtet waren. Jeder einzelne dieser Leute hatte mehr Identitäten, als ein mittelgroßes Dorf Einwohner zählt. Offiziell gab es diese Truppe nicht, auch für uns nicht. Aber wer auf deren Liste stand, hatte keine Chance zu entkommen.«

Kast hörte aufmerksam zu.

»Und wo hatten die ihre Zentrale?«

Fries zuckte die Schultern.

»Überall und nirgends. Wahrscheinlich unterirdisch in irgendeinem abgezäunten Gelände.«

»Wenn es sie also offiziell nicht gab, wo sind die dann heute?«

»Gen Osten, oder sie haben sich in irgendwelchen Geheimbünden organisiert, oder sie haben die Treuhand übers

Ohr gehauen, sind in eine ihrer vielen Häute geschlüpft und treten als Geschäftsleute auf. Es sollen alles ausgesuchte, intelligente Burschen gewesen sein. Eine Besonderheit hatten absolut alle dieser Typen: Es wurden nur männliche Waisen für diese Dienste ausgesucht. Die Typen hatten keine Familien, weder Eltern noch irgendwelche Verwandte. Sie gehörten mit Körper und Seele dem Staat. Solche Einheiten gab es übrigens auch bei den Russen, und es gibt sie vielleicht heute noch.«

Kast waren diese Aussagen noch zu allgemein. Er wollte Fakten, knallharte Informationen. Im Prinzip hätte sich Fries das auch alles aus den Fingern saugen können. Er bestellte noch zwei Bier und rührte einen Schuß Tabasco in seine Schaschliksauce.

»Was bedeutet dieses Zeichen?« fragte er ungeduldig und zeigte auf MSD SU/SARM 1010. Er hatte das Kürzel auf einen Bierdeckel geschrieben und warf ihn Fries rüber.

»MSD steht für militärischer Sicherheitsdienst, das war eben diese Truppe, SU – sowjetischer Bereich, SA – ja, das könnte heißen – Sonderprojekt Atom – oder in die Richtung. Die letzten Buchstaben waren meist ein Kürzel für das Forschungsziel, und die Zahlenreihe stand für den Abteilungsleiter. Aber wir haben keine Listen, auf denen die Namen stehen. Die Akten sind alle mit dem KGB gen Osten beziehungsweise nach Wünsdorf gekommen, und es wird verdammt schwierig sein, hier auch nur einen Fetzen zu finden.«

»Hm«, brummte Kast. Er war nicht zufrieden mit den Ergebnissen, wollte aber Fries nicht verprellen. Im Lokal wurde es immer lauter. Eine Gruppe von acht Leuten hatte an einem Nebentisch Platz genommen. Das schrille Lachen einer der Frauen ging Kast ziemlich auf die Nerven.

»Es ist interessant, was Sie da sagen, aber zu wenig beweiskräftig und zu wenig konkret. Wir brauchen Fakten, Fries, ordentliche Schriftstücke oder wenigstens Kopien!

Wenn Sie das bekommen und noch den Beweis, daß diese Einheit eventuell weiterwühlt und möglicherweise im Rahmen der Wirtschaftskriminalität, des organisierten Verbrechens, Waffenhandel und, und, und weiterhin aktiv ist, bekommen Sie ein Vielfaches der von mir angebotenen Summe.« Er beugte sich über den Tisch, näher zu seinem Gegenüber. »Mensch, Fries, Sie kennen so viele Russen! Verschaffen Sie mir einen Kontakt, dann gehen wir beide dorthin und regeln das. Das muß doch möglich sein, ein paar Akten zu der Geschichte zu finden, wenn dieser Klemenz wirklich so bedeutend war. Und Sie sind sicher, daß er kein Agent war oder vielleicht angeworben werden sollte?«

Fries strich sich mit der rechten Hand über seine dunkelblonden Haare.

»Er war DDR-Bürger, und die Zusammenarbeit mit dem KGB klappte ansonsten prima. Die hätten uns eine Kopie der Anwerbung und Mitarbeit zukommen lassen, wenn er für sie gearbeitet hätte. Die haben jeden auch noch so kleinen Schnüffler gespeichert. Nein, der war kein Agent. Aber er war Wissensträger von irgendeiner Militärstudie, und das genügte.« Kast bestellte noch mal Bier, obwohl er schon hundemüde war. Fries trank mit.

»Und diese Studie? Gibt es nicht ein Verzeichnis über solche Projekte und deren Ergebnisse?«

Fries grinste. »Normalerweise schon, aber nicht bei so was. Das war so geheim – und das weiß ich auch nur von einem Kollegen vom KGB –, daß nur ganz wenige vom Politbüro eingeweiht waren. Es soll sogar gelungen sein, dies und noch vier weitere Forschungsprojekte, ohne daß der Westen je etwas davon mitbekommen hatte, total abzuschirmen.«

Kast nestelte nervös an seinem Bierglas herum.

»Das klingt ja alles wirklich hochinteressant, ist mir aber einfach zu wenig konkret. Fries, Sie besorgen Kontaktleute und sagen mir Bescheid. Das interessiert mich doch mächtig. Sagen Sie, wissen Sie, ob an diesen Projekten noch heute geforscht wird?«

Fries trank in einem Zug sein Glas leer.

»Vielleicht! – Damit läßt sich Geld verdienen«, antwortete er lässig, wobei er seine Arme verschränkte und gähnte. »Das Wissen und vielleicht noch das Material«, fuhr er fort, »das ist eine Goldgrube. Was denken Sie? Der ganze Nahe Osten, ein paar Schlitzaugen und ein paar afrikanische Fürsten zittern nur so vor Aufregung. Der Zusammenbruch der SU und der Satellitenstaaten ist doch wie Weihnachten für deren Kampfhirne. Da werden Waffen unterm Herstellungspreis verhökert, da träumt man doch davon. Da wird alles geliefert, von MIGs bis hin zu Schnellbooten mit Lenkraketen und Panzern, was das Herz begehrt.«

Fries warf Kast einen Blick zu, der ihm verraten sollte, daß diese Geschichte den Rahmen der üblichen Aufträge sprengte.

»Sie wollen doch nicht etwa das Besteck aus der Hand legen!«

Fries stand auf und verabschiedete sich.

»Ich denke, ich habe noch eine Menge zu tun!«

Kast reichte ihm die Hand: »Es wird sich lohnen, bestimmt!«

KAST MACHT WEITER

»Nichts! Ich habe es heute mindestens fünfzehnmal versucht, aber die Frau meldet sich nicht. Ob die dort noch wohnt?« Kast tat verwundert. »Sie arbeitet wahrscheinlich. Ich hatte ihr ja auch gesagt, sie solle sich erst wieder in vierzehn Tagen melden.«

»Unser liebes Außenamt hat sich übrigens wieder mal sehr direkt eingemischt!«

»Jetzt hier beim Klemenz-Fall?«

Kunert nickte. »Sie wollten Daten und Personalien zu der Frau. Offiziell sollen wir die Finger davonlassen. Das habe außenpolitische Dimensionen, und wir hätten nur den Auftrag, nach innen zu wirken. Jeder Verstoß könne ein Disziplinarverfahren nach sich ziehen!«

Kast knallte sein Lineal wütend auf den Schreibtisch.

»Dieser Bäurich. Machte wieder überall seine Knickse und seinen Diener. Was bilden die sich ein, das ist jetzt schon das dritte Mal innerhalb von einem halben Jahr. Wen wollen die, um Himmels willen, schützen? Das läuft ja fast genau wie bei den Terroristen, da fühlt man sich doch verarscht! Was geht die das an! Der Bäurich hat mich neulich schon so blöd angequatscht.«

Kast ging rüber zum Schreibtisch seines Kollegen. »Ich sag dir, das ist eine ganz heiße Sache. Wenn wir da eine Spur finden, bekommen wir vieles unter einen Hut, bestimmt!«

»Eben deshalb ist es wohl eine Sache des BND. Ginge uns nichts an. Weisung von ganz oben – aus dem Himmel sozusagen.«

Kunert löffelte einen Joghurt, und seine Stimme hatte einen leicht blubbernden Klang. Kast wählte nochmals Kristins Nummer, doch wieder ertönte nur das Freizeichen.

»Weißt du, wer vom Auswärtigen dahinter hängt?« drehte er sich zu Kunert um.

»Der graue Fuchs, wer denn sonst. Bei dem weiß ich manchmal nicht, auf welcher Seite der zaubert!«

»Ja, stimmt. Ich glaube, der Bäurich hat ihn sogar neulich erwähnt. Weshalb der sich da reinhängt, sind doch kleine Fische für den! Ich werd mal bei der Gauck-Behörde eine Anfrage machen.«

Kunert kratzte sich am Hinterkopf und lehnte sich in seinem Drehstuhl zurück.

»Der war früher beim Innerdeutschen. Die ganzen Fluchtgeschichten waren in seinem Ressort. Manche behaupten, er sei ein U-Boot gewesen, aber bis jetzt läßt sich nichts nachweisen. Alles tadellos.« Er warf den Joghurtbecher mit einem gezielten Wurf in den Abfalleimer.

Kast stutzte: »Interessant. Da werd ich noch mal genauer hingucken, immer so eine Viertelstunde nach Feierabend, reines Hobby. Vielleicht kommt ja seine große Anteilnahme am Klemenz-Fall aus dieser Ecke. Soviel ich nämlich gehört habe, ist der Doktor der Physik überhaupt kein Agent. Weshalb also der BND? Dieser U-Boot-Verein! Ist doch merkwürdig!«

Kunert setzte sich wieder vor seinen Bildschirm und machte einige Eingaben zu einer Treuhandgeschichte.

»Du machst aber auch aus jedem Fliegenschiet einen geheimen Misthaufen! Sei doch froh, wenn die uns das eine oder andere abnehmen. Wir haben sowieso genug zu tun. Oder hat sie dich…?«

AKTENEINSICHT

Nora Bertram holte aus einem Aktenschrank den Vorgang Klem 36. Mit einem dicken Stapel Papiere unterm Arm ging sie in den Nebenraum, wo Kristin an einem Tisch auf sie wartete. Schwungvoll legte Nora das mehr als achthundert Seiten umfassende Dokumentationsmaterial auf den Tisch.

»Puh, das geht in die Arme!« sagte sie mehr zu sich selbst, als sie sich zu Kristin an den Tisch setzte. »So, hier ist das, was wir auf die Schnelle gefunden haben. Normalerweise lassen wir uns Zeit, aber in Ihrem Fall habe ich alle Kollegen mobil gemacht. Tja, und das ist das Ergebnis!« zeigte sie stolz auf den Papierberg.

»Erstaunlich«, erwiderte Kristin. Mit so vielen Unterlagen hatte sie überhaupt nicht gerechnet.

»Manche, die in den Gefängnissen saßen, haben das dreibis vierfache«, erklärte Nora Bertram, wobei sie sich eine ihrer kurzen braunen Locken aus der Stirn blies.

Kristin blätterte neugierig in diesen seltsamen Papieren, die anscheinend so viel über ihre Mutter und ihren Bruder aussagten.

»Sie wissen«, erläuterte Frau Bertram, »dies sind alles nur Akten, die von den Mitarbeitern der Staatssicherheit angefertigt wurden, und auch nur das Material, was zu uns nach Berlin gekommen ist. Personalakten, Kaderakten bei den Betrieben und so weiter müssen Sie jeweils vor Ort anfragen.«

Kristin hob den Stapel hoch, um das Gewicht abzuschätzen. »Kann ich das alles mitnehmen?« fragte sie ungläubig.

Die junge Gauck-Angestellte, die gerade ihr Soziologiestudium mit Erfolg abgeschlossen hatte, nickte.

»Ich hab das für Sie kopiert.«

»Was muß ich dafür bezahlen?« fragte Kristin höflich.

Die Bertram winkte ab. »Ach, lassen Sie nur, Sie sind ein Sonderfall, geht in Ordnung. Die Namen sind übrigens geschwärzt. Das ist aus Datenschutzgründen Pflicht. Wenn Sie irgendwelche Fragen bezüglich der Kürzel oder der Ausdrucksweise haben, können Sie mich gern anrufen.«

Kristin hatte gerade zufällig ein Blatt herausgegriffen, in dem es um die Vorbereitung zur Überwachung ihrer Mutter ging.

»Und was bedeutet das?« fragte Kristin und zeigte auf zwei Passagen des Textes. Nora Bertram drehte das Blatt zu sich her.

»Operation Möwe – ist die allgemeine Bezeichnung, unter der alle Vorgänge, die Ihre Mutter betrafen, abgespeichert wurden. Ihr Bruder wurde unter dem Kennwort ›Operation Atom‹ geführt. Von Ihnen haben wir nichts gefunden. Sie waren wohl noch zu jung, Sie tauchen nur in Zusammenhang mit den beiden Akten auf.«

»Und das da?« zeigte Kristin auf das Kürzel TOV.

»TOV heißt technisch operativer Vorgang. Darunter subsummierte man Vorbereitungsmaßnahmen zur Einrichtung einer Wanze oder anderer Abhöranlagen bei der betreffenden Person.«

Kristin schüttelte den Kopf und mußte erst mal tief Luft holen, sie blätterte weiter. Seitenweise Protokolle, dann wieder Befragungen der Nachbarn, der Lehrer, dann wieder Einsatzpläne, immer unterzeichnet von Personen, die einen militärischen Rang hatten. Oberleutnant Soundso oder Major Soundso, es wimmelte nur so von Dienstgraden. Man hätte meinen können, ihre Mutter oder ihr Bruder hätten zum Umsturz der DDR aufgerufen, so viele Einsatzkommandos waren da aufgelistet.

»Das ist...«, räusperte sich Kristin und blickte die Beamtin an, »man hört jetzt so manches, aber wenn man das liest, diese militärische Sprache, das wirkt so unnatürlich, so fremd.«

Nora Bertram zog die Augenbrauen hoch.

»Das ist noch gar nichts. Wir haben hier Akten, die aneinandergereiht hundertachtzig Kilometer Länge ergeben – Schicksal um Schicksal. Was glauben Sie, wie lange das noch dauert, bis da einigermaßen Ordnung drin ist. Wir haben unten im Keller Hunderte von Säcken, in denen zerschnittene Akten liegen. Manche sicherlich von Brisanz. Studentische Hilfskräfte sind jetzt damit beschäftigt, die Schnipsel wieder zusammenzukleben.«

»Und was soll das alles?« erwiderte Kristin. »Gebracht hat es doch nichts. Die Leute sind ja trotzdem abgehauen und haben die erste Gelegenheit genutzt, um den Umsturz herbeizuführen. Wenn Gorbatschow nicht gewesen wäre...«

»Die hatten bereits mobil gemacht, als damals die Leute in Leipzig und Dresden mit Kerzen demonstrierten. Die Deutschen, NVA und Stasi hätten geschossen. Es waren die

Russen, die deutlich gemacht haben, daß von ihnen keinerlei militärische Unterstützung zu erwarten sei. Deshalb behandelt der Kohl sie jetzt wie rohe Eier und bezahlt den Abzug. Aber die Deutschen waren bereit, gegen ihre eigenen Leute zu schießen. Wie die Chinesen. Es ist ein Wunder, daß alles relativ friedlich verlaufen ist.«

Kristin schossen die Tränen in die Augen. »Für manche leider nicht. Wir haben die Kugeln gespürt!«

»Sind Sie durch eine Kugel verletzt worden?«

Kristin nickte erst stumm, dann zeigte sie auf ihr linkes Schulterblatt. »Hier. Die Narbe trage ich wie ein Brandmal mit mir rum. Der letzte Gruß von der DDR an mich. Gedenke mein. So was vergißt man nie, glauben Sie mir. Man lebt natürlich weiter, aber vergessen... es waren immerhin die eigenen Leute. Es hätte ein Schulkollege meines Bruders sein können, der geschossen hat, oder was weiß ich – ein Freund vielleicht sogar. Es gab doch viele, die an der Grenze ihren Dienst taten. Das war Krieg, auf Menschen zu schießen, die sich nicht wehren können.«

Nora zündete sich eine Zigarette an, fragte aber vorher höflich, ob Kristin etwas dagegen habe.

»Die Überwachung des eigenen Volkes ist typisch für jede Diktatur«, sinnierte sie. »Ob rechts oder links, ob im Namen eines Führers, eines Kaisers, einer Ideologie oder einer Religion. Unterdrückt haben sie alle. Die sozialistischen Diktaturen unterscheiden sich nur dadurch, daß sie beim Vertuschen wesentlich intelligenter waren.«

Nora Bertram holte aus dem Unterbauschrank der Spüle, einen Aschenbecher.

»Gegner, Feind, Imperialist oder wie immer sie ihre Gejagten nannten, sollten psychisch, nicht körperlich fertiggemacht werden und dafür gab es extra Schulungen. Wie treibe ich jemanden in den Wahnsinn, wie raube ich jemandem seine Würde, wie breche ich seinen Willen und so weiter. Darüber gibt es hier Studien in Hülle und Fülle.«

Kristin suchte nach einem Behältnis, wo sie die ganzen Unterlagen unterbringen konnte.

»Furchtbar, was Menschen mit Menschen machen, und es hört nie auf. Ist in dem einen Land Ruhe, dann kracht es irgendwo anders. Und überall finden sich welche, die für Geld den Aufpasser machen und die Peitschen schwingen.« Kristin blickte sich suchend um. »Haben Sie vielleicht einen leeren Karton?« fragte sie.

»Einen Karton nicht. Aber ich habe zufällig ein paar Plastiktüten in meiner Handtasche, die kann ich Ihnen geben. Einen Augenblick.«

Nora Bertram ging in ihr Büro, holte die Tüten und nahm noch eine Broschüre aus ihrer Schreibtischschublade. »Hier«, sie reichte Kristin die Tüten und die Broschüre.

»Das ist ein Referat von Joachim Gauck zum Thema Angst in der DDR. Ich finde es sehr gut. Sollten Sie mal lesen. Kennen Sie Gauck?«

Kristin nickte. Jeder, der in Berlin Zeitung las oder Nachrichten hörte, kannte diesen Rostocker Pfarrer, der die Aufgabe hatte, alle Stasiakten zu verwalten, um sie den Betroffenen zugänglich zu machen. Kristin mochte ihn. Er strahlte Ruhe aus und Glaubwürdigkeit. Sie bedankte sich für die Broschüre und erzählte Frau Bertram, daß es fast keinen Tag in ihrem Leben gebe, an dem sie nicht irgend etwas lese. Die beiden Frauen unterhielten sich noch über die Flucht, über die vielen Ostseeschicksale, vor allem diejenigen, die noch immer als vermißt galten, und tranken zum Schluß einen Tee. Sie lebten in dieser verrückten Zeit und hatten beide damit zu tun, die Vergangenheit zu bewältigen oder aufzuarbeiten. Doch bewältigen konnte man nur das, was kommt, nicht das, was geschehen ist. Kristin hatte sich schon oft an diesem Wort »Vergangenheitsbewältigung« gestoßen und sich ihren eigenen Reim darauf gemacht.

Kristin hatte sich mit Fuchs draußen an der Havel bei einem Italiener verabredet. Sie wollten dort eine Kleinigkeit essen. Fuchs wollte ihr einige Informationen geben, und dann wollten sie gemeinsam in die Nacht tanzen, so war es telefonisch besprochen worden. Kristin stand unschlüssig vor dem Spiegel. Sollte sie die Haare zusammenbinden oder offen lassen? Sollte sie einen Rock oder Hosen anziehen? Sie entschied sich für ein langes Kleid. Sie freute sich auf diesen Abend. Fuchs erschien ihr nett und sympathisch, und sie hatte oft an ihn denken müssen. Eigentlich hatte sie vorher noch mit Kast sprechen wollen, aber der war unerreichbar, auf Außentour.

Sie hoffte sehr, von Fuchs ein paar wesentliche Neuigkeiten zu erfahren. Die Stasiakten waren zwar alle interessant zu lesen und auch zum Teil erschütternd genau, aber es gab keinen Hinweis auf eine Verbindung von Jürgen zu den sowjetischen Steitkräften. Von Jürgen gab es nur diese Auslandsberichte, dann ein paar Daten zu Vorträgen in Greifswald, aber weder etwas zu seiner Flucht noch zu seiner Arbeit – als ob diese Akten woanders gelagert wurden.

Eine Frage quälte Kristin besonders: Wo waren all die Sachen aus dem Hof geblieben? Die Möbel, die Vasen, die Decken, das Geschirr, die Bücher, ihre Musikkassetten, die Fotoalben. Wohin hatten sie das Zeug gebracht? Oder war es noch im Haus gelagert? Vielleicht konnte sie etwas davon bekommen, eine kleine Erinnerung wenigstens.

Um nicht gar so verschwitzt zu dem Treffen zu kommen, leistete sich Kristin ein Taxi. Sie hatte keine Lust, jetzt im Bus oder in der S-Bahn mit den vielen Menschen und dem Lärm konfrontiert zu werden. Sie wollte sich ganz auf diesen Treff konzentrieren.

Wie das letzte Mal, saß Fuchs bereits im Lokal und erwartete sie. Er hatte eine Aktentasche neben sich stehen und einige Schnellhefter auf dem Tisch liegen. Er stand auf, begrüßte sie wie eine alte Bekannte und ließ seine Blicke über ihr langes, weinrotes, ärmelfreies Hemdblusenkleid aus Leinen gleiten, über ihre Figur und über ihr Gesicht. Seine Augen hingen an ihr, und sein Händedruck war nicht flüchtig, sondern fest und vertraut.

»Sie sehen sehr gut aus! Ein bißchen wie die Rossellini!« musterte er sie. »Nein, wirklich!« Er scharrte verlegen mit dem Fuß. Sie sah ihn an, als ob ihr dieser Vergleich mißfalle. »Christine, Sie müssen schon entschuldigen, ich bin ein Filmfreak, deshalb dieser vielleicht nicht gerade höfliche Vergleich. Sie sind natürlich ein ganz und gar eigenständiges Wesen. Aber... ich bin einfach fasziniert. Gut sehen Sie aus! Ungewöhnlich!« Er schluckte: »Geheimnisvoll!« Er ließ ihre Hand nicht mehr los. »Ich spüre das... doch.« Er bemerkte, daß es Kristin langsam genug wurde. »Eben wie ein kleiner Star! Und das macht mich dann immer ganz spontan. Ich muß mich wirklich zurückhalten. Christine, entschuldigen Sie, ja!«

Kristin räusperte sich. Dieser Wortschwall aus Komplimenten war ihr peinlich, und es gefiel ihr auch nicht sonderlich. Sie mochte keine Komplimente, das war ihr zu billig, und sie hatte es auch nie geschafft, entsprechend darauf zu reagieren. Sie setzte sich und blickte über den See. Sie saßen draußen auf der Terrasse an einem Vierertisch, direkt am Geländer mit einem herrlichen Blick aufs Wasser.

»Sie haben Unterlagen mitgebracht«, lenkte sie von allem Persönlichen ab und deutete auf den Stapel Schriften.

Er nahm die Papiere hoch – es waren drei verschiedene Schnellhefter – und reichte sie ihr.

»Hier, Sie können sich anhand der Schriften selbst überzeugen. Ich habe ein paar Geschichten über Ihren Bruder gefunden, und alles, was sich um den Verkauf des Hauses rankt, ja, und dann über die Flucht. Da gibt es ein paar Notizen. Christine, ich will Ihnen die Wahrheit nicht verschweigen – Ihr Bruder hatte mit dem Geheimdienst zu tun. War sogar möglicherweise selbst Agent. Es ist nicht auszuschließen, daß er an irgendeiner militärischen Geschichte dran war. Seine Flucht war keine private Angelegenheit. Und was seinen Tod angeht, gibt es überhaupt keine Hinweise. Er galt und gilt als vermißt, auch in den Akten. Es ist alles sehr undurchsichtig. Ihre Mutter hatte keine Ahnung, was überhaupt geschehen war, und glaubte wohl, daß Sie beide tot sind. Man hat sie zwar von der Flucht unterrichtet, ihr aber auch gesagt, daß Sie vermißt seien und daß man aus Erfahrung damit rechnen müsse, daß Opfer der Ostsee…«, er stockte, »niemand hätte damals zugegeben, daß geschossen wurde, das müssen Sie verstehen. Ihre Mutter hat diese Überschreibung sicherlich in dem Glauben gemacht, daß es sowieso keine Zukunft gibt. Vielleicht ist sie auch überredet worden. Aber die Papiere sind alle rechtmäßig. Was soll man da tun? Es gibt keinen Grund, das Testament Ihrer Mutter anzuzweifeln. Wie das so ist: Sie hatte sich, eben plötzlich ganz allein auf der Welt, Sorgen um ihre Grabpflege gemacht, und da bot sich dieser Handel an. Und Immobilien hatten damals ja so gut wie keinen Wert.«

Kristin blätterte in den Akten. Es waren diverse Abschriften von diversen Ämtern, darunter auch einige Protokolle der Stasi unter dem Stichwort »Operation R. M«. Jürgen wurde in diesen Berichten als sehr zuverlässig und klug beschrieben. Auch zu seinen Studienkollegen gab es nichts Aufregendes. Die Flucht war mit einem dicken Fragezeichen behaftet. Dann ein paar Aktenzeichen, unter denen die Akte weitergeführt wurde. Es war nichts, was Klarheit verschaffte. Kristin legte die Papiere zur Seite. Es waren immerhin Schriftstücke aus einer anderen Quelle. Sie war bei Jürgen nur auf den Vorgang »Operation Atom« gestoßen. R. M. – was sollte das heißen?

»Wissen Sie, was R. M. heißt?« fragte sie und zeigte Fuchs die entsprechende Stelle.

Der kratzte sich hinter dem Ohr, zog die Stirn in Falten und verneinte.

»Kann ich die behalten?« bohrte Kristin weiter.

Fuchs zuckte die Schultern. »Normalerweise...«, sagte er gedehnt, »normalerweise sind das keine zur Veröffentlichung freigegebenen Dokumente. Aber andererseits, wenn Sie mir versprechen, nichts davon an die Öffentlichkeit zu bringen, kann ich dem sicherlich zustimmen!«

»Danke«, sagte Kristin und legte die Schnellhefter neben ihren Teller.

»Sagen Sie«, fragte sie unsicher, »alle gehen immer davon aus, daß wir Kinder tot sind. Aber ich lebe, ist denn da das Testament meiner Mutter überhaupt noch gültig? Sie hat es doch nachweislich in dem Glauben geschrieben, daß ich tot bin!«

Fuchs schneuzte sich. »Ich bin kein Jurist und erst recht keiner, der sich mit Erbschaftsgesetzen befaßt hätte, und dann kommt noch die Komplikation hinzu, daß diese ganze Angelegenheit zu Zeiten des DDR-Rechts geschehen ist. Also, was soll ich sagen? Wenn Sie sich einen Rechtsanwalt nehmen und das Testament anfechten wollen, vielleicht bekommen Sie in ein paar Jahren recht. Aber dann haben Sie dieses alte Haus mit dem Grundstück. Wissen Sie, was die Russen, immerhin Militär, inzwischen auf Ihrem Grundstück getrieben haben?« Er beugte sich über den Tisch zu ihr. »Ich sollte ja eigentlich nicht darüber reden, aber aus zuverlässigen Quellen wissen wir, daß die Russen solche Außenstellen gern gewählt haben, um ihren Schrott zu verbuddeln. Giftmüll, alte Waffen und so weiter, Sie wissen schon! Da haben wir noch eine Menge zu erledigen, wenn die erst mal weg sind.«

Kristin sah ihn entsetzt an.

»Sie meinen, der Hof ist verseucht?«

Fuchs wiegte unschlüssig den Kopf.

»Übertreiben will ich nichts. Erfahrungen. In meinem

Metier hört und sieht man vieles. Es ist eine absurde, politische Lage, in der wir uns befinden. Dort, wo die Russen stationiert sind, haben wir nichts zu suchen. Das ist für uns Ausland, da gelten unsere Gesetze nicht. So einfach ist das, im Prinzip ein Freibrief für die. Im übrigen gilt das auch für die drei westlichen Garnisonen und deren Gebiete. Es mag paradox klingen, weil es im Alltag eine so geringe Rolle spielt, aber Deutschland ist in manchen Bereichen noch ein besetztes Land. Aber bald wird sich das ändern, und darüber können wir alle froh sein.«

Kristin hatte aufmerksam zugehört. Sie hatte sich in der Tat um Rolle, Wesen und Status des fremden Militärs in Deutschland bislang noch keine Gedanken gemacht. Es hatte sie ja nicht betroffen, und es wäre ihr auch nie eingefallen, sich darüber Gedanken zu machen. Das Militär und alles, was damit zusammenhing, war für sie bislang eine Gruppe von Menschen fernab von ihrer Realität gewesen. Instinktiv mochte sie keine Uniformen. Und jetzt saßen diese Männer auf ihrem Erbe und igelten sich ein.

»Können Sie sich denn erklären, weshalb sich ausgerechnet unser Grundstück für die Russen eignet?«

»Das sind oft ganz banale Gründe«, erwiderte Fuchs, »weshalb die Militärs eine solche Auswahl für Manövereinsätze oder Schießplätze oder Ausbildungscamps treffen. Ihr Bruder war Wissenschaftler bei einem militärischen Projekt der Sowjets, man kannte sich, der Hof geriet in den Blickpunkt und bot wohl alle Voraussetzungen für bestimmte Zwecke.« Er trank einen kräftigen Schluck Mineralwasser, ehe er ungeduldig fortfuhr. »Ich würde an Ihrer Stelle, und ich meine das sehr ernst, einen Strich unter die ganze Geschichte ziehen. Das wäre auch in unserem Interesse. Sie bekommen einen ordentlichen Ausgleich, und die Sache ist erledigt. Sie können mir gerne Ihre Wunschvorstellungen bezüglich des Preises nennen. Ich bin mir sicher, wir werden uns einigen. Die Bundesregierung läßt es sich viel kosten, daß Streit mit der russischen Armee vermieden werden kann. Christine, wem nutzt es, wenn Sie in der Vergangenheit herumstochern? Und wenn Sie klagen und wir Ärger bekommen, werden wir erst mal das Urteil abwarten müssen, und Sie haben den ganzen Nervenkrieg und bekommen vielleicht am Schluß gar nichts! Denkbar ist bei diesen unsicheren Rechtsverhältnissen alles!«

»Geld... immer geht es nur ums Geld!« erwiderte sie. »Ich bin nach Berlin gekommen, um zu erfahren, was geschehen ist, ich will mich erinnern können. Ich will jetzt nach der Wende nicht mehr davonlaufen müssen vor meiner eigenen Geschichte. Ich will dieses Loch, das in meinem Leben ist, füllen. Fritz, ich habe nichts von zu Hause. Keine Erbstücke, nichts! Ich bin fast nackt und blutend auf dieses Schiff gekommen. Wo sind all unsere Sachen? Die aus meinem Zimmer, die von meinen Eltern. Ein paar Erinnerungsstücke! Wenigstens das muß doch aufzutreiben sein. Es kann doch nicht alles verschwunden sein, als ob es in einer Erdspalte versunken wäre. Warum haben die Sowjets ausgerechnet an diesem abgelegenen Hof meiner Eltern solch ein Interesse gezeigt? Was hatte Jürgen mit den Sowjets zu tun? All das geht aus diesem Kram«, sie hob die Akten hoch und legte sie wieder achtlos zur Seite, »nicht hervor. Ich hatte gehofft, von Ihnen darüber mehr zu erfahren. Das sind doch nur Personalakten.«

Kristin war aufgeregt, und sie redete schnell und ohne Pause. Sie hatten sich beide Spaghetti carbonara und Rotwein bestellt. Der Kellner servierte es, und Fuchs wünschte höflich guten Appetit.

Kristin antwortete mit einem schmallippigen »Ebenso!«. Sie war enttäuscht über diese doch sehr oberflächlichen Informationen.

»Haben Sie sich schon mal das Angebot durch den Kopf gehen lassen?« versuchte Fuchs abzulenken.

Kristin stocherte lustlos in den Spaghetti herum. Sie war

sich unschlüssig, und solche Situationen haßte sie. Sie blickte von ihrem Teller hoch zu Fuchs, der schon fertig gegessen hatte und gerade den letzten Wein aus der Karaffe aufteilte. Er gab ihr mehr Wein, weil er noch fahren müsse.

»Es klingt nicht schlecht, aber ich brauche noch ein wenig Bedenkzeit. Ich will noch mal nach Usedom«, sagte sie hastig, aber bestimmt. »Ich muß mich ja nicht an diesem Wochenende entscheiden, oder?«

Fuchs wischte sich mit einer Serviette über den Mund.

»Sie müssen nichts«, sagte er. Dann holte er aus seiner Aktentasche ein Blatt Papier, auf dem eine Art Vertrag stand. »Hier!« Er reichte ihr das Schriftstück. »Bis auf den Preis ist alles vorbereitet. Sie brauchen nur zu unterschreiben, und die ganze Angelegenheit ist erledigt. Für Sie, vor allem für Sie und für uns. Mit dem Geld können Sie sich eine neue Existenz aufbauen. Wo Sie wollen. Sie sind niemandem verpflichtet. Das ist doch eine tolle Sache, Sie sollten nicht zu lange überlegen, Christine. Das ist eine einmalige Chance, und wer weiß, wie lange es sich unsere Regierung noch leisten kann, so großzügig zu sein!«

Kristin schob den Teller mit den restlichen Spaghetti zur Seite und wischte sich kurz ihre Hände und den Mund an der Serviette ab. Sie nahm das Schriftstück hoch, um es zu lesen.

...Hiermit bestätige ich, Kristin Klemenz, daß ich das Testament meiner Mutter anerkenne und auf eine Erbschaft verzichte. Als Ausgleich erhalte ich im Rahmen einer Entschädigung eine Summe von DM .... Dafür bestätige ich, daß alle meine Rechtsansprüche an dem Haus und dem Grundstück entfallen. Die Bundesregierung, vertreten durch Dr. Friedrich Fuchs, verpflichtet sich, die Zahlung unverzüglich zu leisten.

Ort Unterschrift Ort Unterschrift

»Soll ich das einstecken?« fragte sie.

»Sie können auch gleich unterschreiben.«

Kristin schüttelte den Kopf.

»Nein, und schon gar nicht hier. Das will ich ganz allein entscheiden. Ohne Druck und ohne Ihre Anwesenheit!«

Fuchs lächelte. »Wenn ich störe, kann ich auch für eine halbe Stunde verschwinden. Sie müssen mir allerdings versprechen, auf mich zu warten!«

Kristin legte das Schriftstück demonstrativ zu den Akten.

»Glauben Sie denn, daß die persönlichen Sachen von meinen Eltern und von uns noch irgendwo gelagert sind? Es würde mir viel bedeuten, wenigstens das eine oder andere zu bekommen«, lenkte sie ab.

Fuchs zuckte die Schultern.

»Das kann ich Ihnen nicht sagen. Ich kann höchstens versuchen, Kontakt aufzunehmen und nachzufragen. Aber vermutlich werden die alles – so leid es mir tut – weggeschmissen haben. Es wußte ja niemand von Ihrer Existenz, und für die war das sicherlich wertloses Zeug. Aber ich kann mich natürlich auch täuschen. Deshalb werde ich mich gleich am Montag dahinterklemmen.«

»Mein Bruder – ein Agent«, murmelte Kristin mehr zu sich als an Fuchs gewandt. »Mir will das nicht in den Kopf! Er war nicht der Typ dafür. Er hatte mit Politik nie viel am Hut, und Geld war ihm auch ziemlich egal. Weshalb hätte er…«

Fuchs griff über den Tisch, nahm Kristins Hand in seine und drückte sie.

»Christine, warum quälen Sie sich? Überlegen Sie mal, warum hätte Ihr Bruder fliehen sollen? So manch einer ist völlig unbewußt ins Schußfeld der Eisernen Vorhänge geraten. Ihr Bruder war Wissenschaftler, und scheinbar ein sehr guter… das hat vielleicht genügt. Vielleicht ist er neugierig gemacht worden, oder vielleicht haben ihm seine USA-Aufenthalte die Augen geöffnet über sein eigenes politisches Schicksal und über seinen Mißbrauch fürs Militär. Christine, wir haben doch nur einen Bruchteil der Akten. Bis ins Detail wird sich nichts mehr rekonstruieren lassen. Glauben Sie mir, es gibt Grenzen! Und alle Agenten haben ein Doppelleben geführt. Nie wußten die Angehörigen Bescheid, meist noch nicht mal die Intimpartner. Alle Spione sind extrem stille Menschen, fast lautlos erledigen sie ihr Geschäft. James Bond gibt es nur im Film!«

Fuchs warf einen Blick auf die Uhr. »Kommen Sie, Christine, gönnen wir uns einen schönen Abend. Ich habe Ihnen gesagt, was es zu sagen gibt. Für heute machen wir Schluß, im Leben zählen doch sowieso nur die Augenblicke, die man bewußt genießt. Kommen Sie, jetzt ist es Zeit, sich zu amüsieren, und später denken Sie über alles nach. Ich will Sie nicht drängen, aber ich mag Sie, und ich habe im Leben schon viele Erfahrungen gesammelt, mehr als Sie, Christine, und ich weiß, daß es für Sie die vernünftigste Lösung wäre, dem zuzustimmen. Sie geraten möglicherweise unnötig in eine Gefahrenzone, die Sie nicht überschauen können. Manchmal ist es besser, die Vergangenheit nicht so gut zu kennen. Wenn Ihr Bruder wirklich ein Agent war, ist es doch naheliegend, daß die Sowjets Sie für seine Komplizin halten könnten. Denken Sie mal darüber nach! Ich will Ihnen, weiß Gott, keine Angst machen, aber... die Fluchthelfer hatten schon Gründe, Sie in Frankreich versteckt zu halten. Das ist alles leider kein Spiel, Christine! Bitte, nehmen Sie das Geld, gehen Sie zurück nach Frankreich. Ihrer Mutter und Ihrem Bruder können Sie ohnehin nicht mehr helfen!«

Nervös zuckte es um Kristins Mundwinkel. Was verstand er von ihren Gefühlen? Davon, daß sie sich irgendwie mitverantwortlich fühlte. Sie war es doch gewesen, die ihren Bruder bedrängt hatte... sollte sie Fuchs von dem Bernstein erzählen, davon, daß Jürgen diese beiden Namen genannt hatte, die auf dem Boot angeblich niemand kannte? Uli und

Edda. Hatte Jürgen das nur erfunden, um irgendwelche Namen zu nennen? Kristin schwieg.

Fuchs wollte aufbrechen, und sie hatte auch keine Lust mehr, das Thema auszuwalzen. Fuchs zückte sein Portemonnaie, legte einen Fünfzigmarkschein auf einen Teller, stellte einen anderen Teller darauf und stand auf. Kristin folgte ihm. Sie gingen zum Parkplatz, setzten sich in sein blaues Mercedes-Coupé. Kristins Gurt klemmte und bewegte sich keinen Zentimeter über ihren Körper. Geschickt beugte er sich zu ihr, nahm den Gurt, zog ihn über ihre Brust und steckte ihn in den Halter. Noch nie vorher war er ihr so nahe gekommen. Sie war sich nicht sicher, denn er hätte diese Gelegenheit ausnutzen können, sie zu berühren. Aber er tat es nicht, im Gegenteil, er war vorsichtig, sie nicht unnötigerweise zu berühren. Er hatte etwas in seiner Stimme, das Kristin das Gefühl gab, sich bei ihm sicher fühlen zu können. War sie dabei, sich wirklich in diesen Mann zu verlieben? Warum sonst machte sie seine Nähe so nervös, daß sie begann, auf jeden Blick, auf jede Bewegung zu achten?

»Entschuldigen Sie«, sagte Kristin, während er den Motor anließ. »Normalerweise bin ich nicht so ungeschickt!« spielte sie auf den Gurt an.

Fuchs lächelte ihr zu. »Das ist nicht Ihre Schuld. Der hat manchmal eine Sperre. Damit haben schon viele gekämpft. Nicht, daß Sie denken, das sei mit Absicht eingebaut, wenn schöne Frauen neben mir sitzen… Ich muß das mal nachschauen lassen«, lachte er verschmitzt.

Sie fuhren in Richtung Berlin Stadtmitte. Obwohl es schon auf zehn Uhr abends zuging, lag noch eine schwüle Hitze in der Luft, die den Schweiß aus allen Poren trieb. Fuchs wirkte in seiner dunkelblauen Leinenhose mit dem hellgelb gestreiften, kurzärmeligen Hemd sportlich. Die dunklen, grauen, gewellten Haare trug er nach hinten gekämmt. Kristin warf ihm von der Seite einen neugierigen Blick zu. Er erwiderte ihn knapp und lächelte.

Sie schaute seine Hände an. Sie waren groß, breit, fast derb, aber sehr gepflegt. Die Fingernägel kurz und rund geschnitten und sauber. Er hatte nur wenige Sonnenflecke auf der gebräunten Haut. Die Unterarme waren behaart, graumeliert wie das Kopfhaar. Am Handgelenk trug er eine goldene Uhr mit einem unauffälligen Ziffernblatt. Warum betrachtete sie das alles so intensiv? Sie hätte Lust gehabt, ihn über den Arm zu streicheln, seine fedrigen Haare mit den Fingerspitzen zu berühren. Sie wußte nicht, ob er auch so fühlte wie sie oder ob sie für ihn nur eine willkommene Abwechslung war. Politiker hatten ja so einen Ruf. Und sie? War sie wirklich verliebt in diesen Mann, oder ließ sie sich nur von Äußerlichkeiten blenden, von seiner weltmännischen Art, seiner kühlen, selbstbewußten Lässigkeit? Wie war er wirklich? Vielleicht war es das, was sie so neugierig machte, was sie so faszinierte.

Fuchs lächelte ihr abermals zu, als ob er seine Wirkung auf sie spüren könnte. Er schaltete eine Kassette mit Liedern von Eric Clapton ein... *running in faith*.

»Ich bin mir fast sicher, Sie mögen ihn auch«, sagte er, »oder stehen Sie mehr auf Rap oder was Schnelles?«

»Nein, nein!« antwortete Kristin knapp. »Das ist schon okay! Wo fahren wir eigentlich hin?«

»In ein uriges Lokal. Sie wissen ja, ich mag die kleinen Unbekannten. Es heißt ›Die Glühbirne‹, ist ziemlich zentral gelegen und trotzdem nicht überlaufen. Man kann dort ganz gut sitzen, ein bißchen schauen, ein bißchen tanzen und sich entspannen. Eine kleine Nachtbar, nur was für Eingeweihte. Ab und zu tritt am Wochenende auch eine Tänzerin auf, ich hoffe, das stört Sie nicht. Das gehört dazu wie die Sterne zur Nacht.«

Sie mußten an einer, gerade auf rot umspringenden Ampel anhalten. Fuchs wandte sich ihr zu. Für einen Moment begegneten sich ihre Blicke. »Ich finde es super, daß Sie mich begleiten, Christine! Ich hatte ehrlich gesagt ein bißchen Angst, daß Sie ablehnen. Eine hübsche junge Frau hat doch immer was am Wochenende vor. Wissen Sie, trotz der vielen Arbeit, die einen auffrißt, gibt es Augenblicke, da ist man doch sehr allein. So wie an diesem Wochenende in Berlin.«

Die Ampel zeigte wieder auf Grün, und die Blechlawine rollte gen Stadtmitte.

»Sie hätten nach Hause fahren können«, erwiderte Kristin. »Zwei Tage immerhin, das hätte sich doch gelohnt!«

Fuchs lachte kurz auf.

»Nach Hause! Wo ist das! Im Kreis meiner Familie fühle ich mich noch einsamer. Meine Frau erzählt mir immer dieselben Geschichten, und meine beiden Söhne interessieren sich nur für mein Geld. Nein, da bin ich noch lieber allein, lese Bücher, höre gute Musik oder gehe mit einer attraktiven Frau essen, und wenn nicht... hänge ich vor der Glotze. Ich tauge nicht für eine Familie, das habe ich nur leider viel zu spät erkannt. Aber wenn man jung ist, kennt man sich noch nicht so genau. Man trampelt auf den Pfaden, die die meisten gehen, bis einen die Neugierde nach anderen Wegen packt.«

Kristin lachte.

»Das ist so«, redete er weiter, »Sie sind doch auch lieber frei, ganz tief in Ihrem Innersten. Geben Sie's ruhig zu. Ungebunden, unabhängig, ein Single!«

Kristin nestelte an ihrer Handtasche herum und suchte nach einer Antwort.

»Vielleicht«, sagte sie leise. »Vielleicht drücke ich mich auch nur vor der Verantwortung, die ein Partner und Kinder bedeuten. Ich komme ja kaum mit mir selbst zurecht, wie soll es da mit anderen klappen!«

Es dauerte fast eine Stunde, bis sie endlich vor einem unscheinbaren Lokal mit dem Namen »Die Glühbirne« stoppten. Ein schummeriges Lokal, das seinem Namen alle Ehre machte. Hier hatten kaum fünfzig Leute Platz. Die zehn Plätze an der Theke waren schon besetzt, so daß sie sich in eine Nische am äußersten Ende der Tanzfläche verkrochen. Zwei Männer hatten Fuchs, als sie das Lokal betraten, mit Handzeichen begrüßt. Fuchs schien hier kein Unbekannter zu sein. Kristin und er bestellten sich zwei Cuba Libre und eine Portion Erdnüsse. Zwei Pärchen, auch nicht mehr die Jüngsten, lagen sich auf der Tanzfläche in den Armen zur Musik von Prince. Die Lautstärke der popigen Musik war gedämpft, so daß man sich an den Tischen unterhalten konnte, ohne sich anschreien zu müssen.

Sie stießen schon beim ersten Getränk auf das »Du« an, plauderten über Politik, die Stimmung in Berlin und schimpften auf die Fehler bei der Einheit. Sie tanzten nur zweimal, einmal etwas lockere Beatrhythmen, das andere Mal zu Blues. Kristin spürte seine großen Hände auf ihren Schultern, und sie ließ es zu, daß sie eng auf Tuchfühlung tanzten. Sie spürte, daß es mehr als ein Tanz war. War es die Stimmung, oder war sie der Anlaß? Dann, gegen Mitternacht, gab es auf der Bühne eine Tanzeinlage.

Ein Schwarzer und eine Schwarze strippten gemeinsam zu dem Song »When a man loves a woman«. Sie hatten geschmeidige, schöne Körper, die sie rhythmisch zur Musik bewegten.

»Ich kenne die beiden«, sagte Fuchs. »Es sind Studenten. Sie tanzen wirklich aus einem leidenschaftlichen Exhibitionismus heraus. Schau«, zeigte Fuchs auf die koordinierten Bewegungen der beiden nackten Gestalten, »wie sie sich anschauen. Sie erleben dabei mehr Befriedigung als die Zuschauer. Es ist toll. Ich mag die beiden. Nicht nur, weil sie so tanzen, sondern weil sie es verstehen, Liebe zu tanzen, ohne dabei schmutzig oder unanständig zu wirken. Sie sind bei all ihrer Nacktheit, bei all ihrer Erotik wahre Ästheten. Spürst du das auch«, umarmte er sanft Kristin und zog sie sacht an sich.

»Leidenschaft und Lust und Wärme und Nähe... die Lust nach Zärtlichkeit, nach Berührung. Christine, wir bleiben heute nacht nicht allein, oder?« fragte er, und er sah sie bittend und zugleich fordernd an. Sein Gesicht glänzte, und seine Haut hatte in dem fahlen Licht einen samtenen Schimmer. Die schmalen Lippen hatte er leicht vorgeschoben. Der Mund... dieser Mund, dachte Kristin. Die nach oben zeigenden Mundwinkel, die mal humorvoll, mal zynisch zucken konnten, reizten Kristin, sie zu küssen. Ganz spontan und unvermittelt – statt einer langen Antwort.

»Ich weiß nicht, warum«, flüsterte sie ihm ins Ohr, »vielleicht ist es nur heute und jetzt...«

Sein Apartment lag nur einen Straßenzug weiter, und es dauerte nicht mal zehn Minuten, ehe sich beide nackt, noch im Stehen, aneinanderschmiegten und sich streichelten. Sie schwiegen und ließen nur ihre Hände sprechen. Die Kleider hatten sie im Dunkeln abgeworfen, sie lagen alle verstreut auf dem Boden.

Kristin fröstelte, weil sie Angst vor ihrem eigenen Verlangen bekam. Sie betasteten sich langsam, zärtlich. Ein verheirateter Mann, der wahrscheinlich schon viele Frauen hierhergebracht hatte, normalerweise hätte sie so einem... lag es an Berlin, daran, daß hier alles so ungewöhnlich, so unwirklich war? Dieser Mann brauchte sich nicht mal anzustrengen, weder mit Worten noch mit aufdringlichen Gesten. Sie wollte ihn ganz einfach, und er wollte sie.

Die Schenkel, die Füße, die Arme, die Oberkörper, die Unterleiber kommunizierten miteinander. Es wurden noch nicht mal heiße Küsse ausgetauscht, alles beschränkte sich auf den Körper, total und ohne Hemmungen.

Sie lagen auf dem noch ungemachten Bett, als sich ihre Körper vereinten. Sie blickte zum Fenster: Der Raum war dunkel, ein Vorhang wehte vor dem offenen Fenster, man hörte den Lärm einer vorbeifahrenden Straßenbahn. Sie umschlossen sich, als ob sich ihre Körper schon ewig kannten und genau wußten, worauf es beim anderen ankam. Es gab nicht die Scheu des ersten Mals, es gab keine unnötigen, peinlichen Worte, es gab nur die beiden Körper, die miteinander spielten, als ob es das Selbstverständlichste von der Welt war, so miteinander umzugehen. Sie genoß ihn, und er genoß sie, ohne daß irgendwelche belastenden Gefühle, Ängste und Gedanken das gemeinsame Verlangen störten. Sie hatten keine gemeinsame Vergangenheit und würden auch keine gemeinsame Zukunft haben. Es war, als ob dies der Grund für ihre Unverkrampftheit war, für ihre bedingungslose Hingabe, für ihre – ja – schamlose wortkarge Nacht.

Er krallte sich mit seinen Händen an ihren Schultern fest. Sie sah ihn an, diesen ihr fast fremden Mann.

Sie schwiegen noch eine Weile, ehe Fuchs sich zur Seite drehte und ihr Gesicht und ihre Brüste mit Küssen bedeckte: Sie waren wieder zu sich gekommen, und Kristin empfand diese Küsse wie einen warmen, erfrischenden Regen nach der Glut eines heißen Tages. Fuchs hielt ihr Gesicht mit seinen großen Händen fest und sah sie eindringlich an:

»Christine, es war wunderschön, so weich, so klar, als ob...«

»...wir uns schon ewig kennen!« ergänzte sie seinen Satz.

»Ja!« Er schluckte. »Dabei lieben wir uns doch gar nicht, oder?«

Kristin schüttelte den Kopf. »Zumindest nicht bewußt«, sagte sie.

»Was heißt das auch... sich lieben?« fragte er.

»Bereit sein, sich für einen anderen einzuschränken!« sagte sie.

»Hm, hm«, antwortete er. »Ich weiß nur, daß ich im Augenblick bedingungslos glücklich bin. Wir haben ein Stückchen vom absoluten Glück eingefangen, Christine, von jenem Glück, das nur die bekommen, die es auch wirklich wollen Christine«, betonte er ihren Namen besonders weich und singend, »es war schon der erste Blick. Deine wunderschönen Augen«, schwärmte er und streichelte ihr über die Stirn, »ich habe nicht mehr wegsehen können, den ganzen Abend, und am nächsten Morgen, bei einer Pressekonferenz zum Thema deutsche Panzer in der Türkei, fielen mir wieder deine Augen ein, mitten in der Konferenz. Sie waren einfach da und haben mich verwirrt. Du, ich meine das ehrlich...«

»Natürlich«, lächelte Kristin.

»Du glaubst mir nicht!« brummte er. »Es war toll, Christine. Toll, toll, toll! Daß ich alter Dackel... Christine, was machst du mit mir? Ich fühl mich wie dreißig, maximal dreißig.«

So wenig sie vorhin geredet hatten, so sehr plapperten sie jetzt ganz eng aneinandergekuschelt im Bett und keiner mochte müde werden. Vielleicht war es auch der Alkohol in ihrem Blut, der sie in solch eine Stimmung versetzte.

Erst gegen Morgen schliefen sie ein. Es war ihre Nacht, ihre ganz persönliche Nacht. Sie waren nicht Politiker und Verfolgte, sie waren auch nicht Dr. Friedrich Fuchs und Kristin Klemenz, sie waren einfach Mann und Frau gewesen, zwei verliebte Seelen, zwei verliebte Körper, die sich gegenseitig genossen hatten.

Erst als gegen Morgen die ersten Sonnenstrahlen den Raum erhellten, sah sich Kristin suchend um. Sie suchte nach jener nächtlichen Geborgenheit, die sie hoffte, in diesem Apartment wiederzufinden. Doch der Tag legte nur ihre Nacktheit bloß, ihre verkaterte Stimmung, den Hauch von Erinnerung des Glücks. Es war wie im alltäglichen Leben, das große Glück ließ sich nicht festhalten, es verflüchtigte sich mit dem Morgengrauen. Im Apartment gab es ein Bett, einen zweitürigen hellen Schrank, ein großes Poster mit abstrakten geometrischen Figuren, dann eine Schiebetür aus Glas, die in einen schmalen Flur führte, von dem aus es in eine Eßküche und in ein Bad ging. Nüchtern und praktisch.

Kristin duschte ausgiebig und kämmte sich die langen Haare, ehe sie sich anzog und den noch nackten Mann in dem fremden Bett weckte. Sie vermied es, ihn mit einem Kuß zu wecken. Die Nacht hatte seine Haut schuppig werden lassen, und die Haare standen ihm unordentlich zu Berge. Sie wollte keine Morgengeliebte sein. Was gewesen war, war vorbei. Er würde weiterziehen, irgendwohin in die Welt, und sie würde zurück nach Frankreich gehen, um eine kleine Erinnerung, die immer mehr verblassen würde, reicher. Oder war das der Beginn einer Affäre, einer jener glücklosen Affären mit Politikern? Fuchs bedeckte seinen Körper mit dem Laken und zog die vor ihm sitzende Kristin an sich.

»Christine, du willst doch jetzt nicht etwa gehen? Hör mal, das Wochenende fängt erst an! Du kannst mich doch jetzt nicht mit mir allein herumliegen lassen. Das ist zu grausam! Das kannst du nicht tun! Bleib da!«

Er zog sie zu sich runter, öffnete die Knöpfe ihrer Bluse, zog den BH über ihren Busen und saugte sich wie ein Baby an ihr fest.

Alter Dackel, dachte Kristin. Aber sie mochte diesen alten Dackel, der sich im Augenblick wie ein ungeduldiger Junge benahm. Wo war die Würde des Herrn Staatssekretärs, wenn er sie mit seinem Dackelblick ansah und um sie winselte? Offensichtlich im Anzug hängengeblieben. Kristin ließ es geschehen, ohne sich zu wehren. Sie hatte gehen wollen, unbedingt, und jetzt blieb sie doch. Sie sagten sich nicht, daß sie sich lieben würden, aber ihre Körper glühten noch immer, trotz des kühlen Morgens, und sie lagen im Bett, hörten Musik, machten sich Toast mit dem, was noch im Kühlschrank war, und lauschten den Nachrichten.

»Bitte, Christine, unterschreib, es ist wichtig, mit den Russen ist nicht zu spaßen«, ermahnte Fuchs sie ein paarmal, doch Kristin blieb stur. Sie wollte alles in Ruhe und allein entscheiden.

Sie versprachen, sich wiederzusehen, als Kristin am Sonntag, kurz vor Mitternacht, allein in ihre kleine Wohnung ging. Er wollte noch mit reinkommen, aber sie wollte jetzt allein sein. Sie schloß die Tür, legte sich noch angezogen auf ihr Bett, umklammerte das Kopfkissen und weinte, still und leise. Sie fühlte sich verletzt, wußte aber nicht, warum. Es war diese innere Zerrissenheit, die jetzt wie eine offene Wunde weh tat. Sie haßte sich dafür, daß sie die Flüchtigkeit einer Beziehung mehr genießen konnte als den Wunsch, einen festen Partner haben zu wollen. Warum konnte sie sich nicht an einen anderen Menschen binden? Warum hatte sie keine Sehnsucht oder wenigstens den Wunsch nach einem festen Freund, nach einer dauerhaften Liebesbeziehung? Sie wünschte sich, dies zu wünschen. Aber es war wie eine Mauer zwischen ihren Gefühlen! Zwischen jenen, die sie sich erträumte, und jenen, die sie dann tatsächlich erlebte und verarbeiten mußte. In diese depressive Stimmung hinein läutete schrill das Telefon. Kristin zögerte, den Hörer abzunehmen, dann tat sie es doch, ganz langsam. Es war Kast. Er klang weit, weit weg.

»Ja?« fragte sie.

»Gott sei Dank, ich dachte schon, Sie haben Schwierigkeiten. Entschuldigen Sie den späten Anruf. Aber ich versuche es schon zum dritten Mal. Ich habe mir Sorgen gemacht.« Er stockte. »Geht es Ihnen gut? Sie sind so leise!«

»Doch, es geht mir gut«, antwortete Kristin. »Danke für die Nachfrage. Ich wollte Sie sowieso anrufen. Ich habe hier so ein Entschädigungsschreiben, ein paar Akten vom Auswärtigen Amt und die Unterlagen von der Gauck-Behörde bekommen. Das sollten Sie sich mal ansehen.«

»Gut, Frau Klemenz! Machen wir doch gleich einen Termin. Dienstag abend, ist Ihnen das recht? Kennen Sie ein Lokal, wo wir uns treffen können? Bei mir im Büro gibt es im Moment ein paar Unstimmigkeiten wegen Ihres Falles!«

»So«, antwortete Kristin knapp. »Ich denke, wir sollten uns bei mir treffen. Ich habe so viel Papierkram, das können wir unmöglich in einem Lokal ausbreiten. Aber warum gibt es Ärger wegen mir?«

»Das erzähle ich Ihnen am Dienstag. Hat nichts direkt mit Ihnen zu tun! Gegen siebzehn Uhr! Ist Ihnen das recht?«

»Ja, gut«, antwortete sie.

»Ich wünsche Ihnen eine gute Nacht!« sagte er noch, ehe sie beide fast gleichzeitig auflegten.

Obwohl es schon sehr spät war, setzte sich Kristin noch an den Tisch, holte einen Stapel Briefpapier aus der Schublade und schrieb einen Brief an Isabelle. Sie fehlte ihr, ohne sie war sie so orientierungslos, so flatterhaft. Sie hatte gute Nachrichten für Isabelle. Sie hatte schon zwölf Schmuckstücke gefunden und noch nicht mal dreitausend Mark ausgegeben. Kristin legte die Schmuckstücke auf den Tisch. Dann stellte sie die Lampe so, daß die Exponate angestrahlt wurden. Mit der Sofortbildkamera schoß sie Fotos und beschriftete sie, so daß sich Isabelle einen Eindruck für den Katalog machen konnte. Dann schrieb sie den Brief.

Liebe Isabelle,
es geht mir gut, und ich hoffe, Dir auch. Es ist schon sehr spät, aber ich habe Lust, Dir die Fotos von dem hübschen Schmuck zu schicken. Es war wirklich eine gute Idee, nach Berlin zu fahren. Hier lohnt es sich einzukaufen. Mit meiner privaten Sache bin ich noch keinen Schritt weitergekommen. Jetzt soll ich sogar vom Auswärtigen Amt eine Entschädigung erhalten.
Ach, Isabelle, Du hattest recht. Ich habe mich verliebt und auch wieder nicht. Ist es Leidenschaft oder Neugierde? Das prickelnde Gefühl, selbst dabeizusein, wenn die Entscheidung fällt. Ich war bei einem Mann dieses

Wochenende. Ich bin alt genug und frei, habe ich mir gesagt. Und er sieht gut aus, kann sich hervorragend unterhalten, hat viel auf dem Kasten, und es macht Spaß in seinen Armen. Man fühlt sich so, na ja, ich weiß auch nicht, wie ich meine Gefühle beschreiben soll. Er ist für mich ein Allround-Mann, verstehst Du? So ein Alles-in-einem-Typ: Vater, Bruder, Geliebter, Ehemann, Freund, Vertrauter. Dann hat er Macht, Isabelle. Hör gut zu, er ist parlamentarischer Staatssekretär im Auswärtigen Amt und kümmert sich um meine Angelegenheiten. Stell Dir mal vor, höchstpersönlich! Eines stört mich aber an ihm: Er will mich unbedingt vom Hof losbekommen. Ich soll eine Verzichtserklärung unterschreiben und dafür Geld bekommen. Das bedeutet andererseits auch, daß die Russen dort zu Unrecht sitzen. Ich habe mich noch nicht entschieden…

Man sagt doch immer, Männer, die Macht haben, wirken ganz besonders auf Frauen. Ich finde das eigentlich blöd, aber wenn ich ganz ehrlich bin, sein Job fasziniert mich schon. Ich habe mir vorgestellt, ob das auch alles so gekommen wäre, wenn er ein Busfahrer wäre. Nichts gegen Busfahrer, aber ich hätte wohl nein gesagt oder wäre erst gar nicht mit tanzen gegangen. Und trotzdem fühle ich mich nicht ganz wohl dabei. Es ist ziemlich kompliziert, und ich bin froh, Dir das schreiben zu können. Du wirst zwar wieder lachen, weil ich bei meinen Beziehungen zu Männern so schräg denke, aber… Ob sich was entwickelt zwischen ihm und mir, ich weiß es nicht. Ich weiß es wirklich nicht. Ich weiß nicht, ob er will, und dann weiß ich nicht, ob ich will. Trotzdem war es schön mit ihm, so schön, daß ich Dir jetzt sogar von ihm schreibe. Dieser Mann hat was, und ich bin verliebt und sträube mich gleichzeitig, es zu sein. Ich kämpfe gegen meine Gefühle, als ob sie meine Feinde wären. Ich weiß nicht, was ich tun soll, was ich denken, was ich fühlen soll. Ich weiß nur, daß ich jetzt hundemüde bin, das nächste Mal wird der Brief länger. Und ich freue mich wirklich schon auf den Garten. Hier ist alles eine Steinwüste! Tschüs und eine feste Umarmung,

Deine Christine

Kristin war gerade dabei, den Brief zuzukleben, als sie auf dem Gang Geräusche wahrnahm. Es war schon gegen zwei Uhr morgens. Jemand machte sich an ihrer Tür zu schaffen. Sie starrte auf die Tür. Konnte es sein, daß ihr wieder jemand gefolgt war? Sie holte sich einen Stuhl, den sie gegen die Tür stellte. Da war wieder dieses Kratzen. Jemand versuchte, mit seinem Schlüssel die Tür zu öffnen. »Mist!« hörte sie eine männliche Stimme zischen. Vielleicht war es ja nur ein Angetrunkener, der sich in der Tür geirrt hatte? Sie mußte sich bemerkbar machen. Eine Hand am Telefon, sagte sie bestimmt: »Verschwinden Sie, oder ich rufe die Polizei!«

Sie hörte draußen ein Stöhnen, dann ein gelalltes »'tschuldigung!«. Der Mann stolperte weiter zur nächsten Tür, und dort klappte es. Erleichtert legte sich Kristin ins Bett. Aber den Stuhl ließ sie vorsichtshalber unter der Türklinke. Sie traute sich auch nicht, die kleine Nachttischlampe auszuknipsen. Sie schlief ein, die Müdigkeit war stärker als ihre Gedanken.

AKTENFUND

»Pst! Leise! Ich habe zwar den ersten Nachtposten bestochen, aber man weiß ja nie.« Fries schob Kast nervös vor sich her. Extrem langsam drückte er den Türgriff hinunter, und die Tür öffnete sich.

»Gut!« sagte er erleichtert. »Alex hat Wort gehalten. Ansonsten wäre jetzt der Alarm losgegangen! Aber wir haben nicht viel Zeit! In einer halben Stunde kommt die Wachtruppe von der Frühschicht!«

Mit einer Taschenlampe gingen Kast und sein Informant zwei Treppen runter in die Aktenkammer. Das Gebäude lag mitten in der sowjetischen Kasernenstadt Wünsdorf/Berlin. Fries hatte hier früher viel zu tun gehabt, so bekam er ohne große Umstände Passierscheine und kannte alle Schlupflöcher in dieser nach außen total abgeschotteten Stadt, in der immerhin vierzigtausend Menschen lebten.

Brisante, streng geheime Stasi- und Militärakten aus der ehemaligen DDR, die unter keinen Umständen das Licht der Öffentlichkeit erblicken sollten, waren hier gelagert und für den Abtransport nach Moskau sortiert.

Fries hatte gute Vorarbeit geleistet und sich die wesentlichen Daten von einem »Freund« aus der Hauptzentrale der Verwaltung geben lassen. In Raum U 15 lagerten die kompletten deutsch-sowjetischen Unterlagen zu den geheimen Forschungsarbeiten und dem Personal. Teilweise in viereckigen Aktenschränken aus Blech, teilweise auf Disketten gespeichert und feuerfest gelagert. Sogar alphabetisch geordnet. Jeder einzelne Aktenvermerk war mit dem Stempel »Streng geheim« versehen.

Kast suchte in dem seitlich stehenden Karteiverzeichnis nach dem Projekt »Fieberphasen«. Und tatsächlich, es war fast zu schön, um wahr zu sein! Das Kodewort existierte. Sein Begleiter versuchte inzwischen, den Aktenschrank zu knacken, ohne eine Spur zu hinterlassen. Es war schwierig, aber es funktionierte. Die Tür ließ sich mit einem hauchdünnen, spachtelartigen Gerät öffnen.

Kast nahm die Akten heraus und fotografierte sie in dem Schein der Taschenlampe ab. Es waren nur etwa zwanzig Seiten mit der Zusammenfassung des ganzen Projekts. Es ging um RM: Red Mercury! Hinten war ein Lageplan von der Forschungseinrichtung angeheftet. Ein Bunker in der Nähe von Peenemünde. Es gab, so wie es aussah, nur einen

Tunneleingang. Das Gebäude konnte von außen nicht gesehen werden. Namen waren aus den Schriftstücken allerdings nicht zu entnehmen, nur Nummern, die wahrscheinlich die einzelnen Personen kennzeichneten. Man schwärmte in den höchsten Tönen von einem K. Dies konnte nur Jürgen Klemenz sein, der Red-Mercury-Forscher. Kast blätterte schnell alles durch. Es schien ein rein wissenschaftlicher Bericht zu sein. Absolut kein Hinweis über einen Verdacht, daß K. Spionage betreiben würde oder gar Fluchtpläne hatte. Nach diesen Papieren zu urteilen, hatte niemand gewußt, was Klemenz vorgehabt hatte. Kast hatte allerdings auch keine Zeit, alles intensiv zu lesen. Es gab unter dem Stichwort »Fieberphase« noch eine weitere Aktennummer und der zugehörige Aktenordner war leer. Entweder waren die Akten vernichtet, oder sie lagerten irgendwo bei jemanden, der etwas damit anzufangen wußte. Es gab auch keine Notiz, wie sonst üblich, wer diese Akte hatte. Es konnte also keine offizielle Stelle sein. Kast notierte sich die entsprechende Kennziffer.

Dann nahm er sich den später datierten Bericht über die Flucht vor. Er war wieder unter einer anderen Nummer gespeichert. Es war von mysteriösen Ereignissen die Rede. Da – auch von der Schwester! Davon, daß dieser ganze Vorgang unter der Sicherheitsstufe Priorität X zu stehen habe, davon, daß vermutet wird, Klemenz habe sich mit den Amerikanern auf einer seiner zwei Auslandsreisen geschickt abgesprochen. Davon, daß er als vermißt zu gelten habe. Davon, daß die sofortige Suche nach der Schwester des Wissenschaftlers aufgenommen werden müsse und daß davon auszugehen sei, daß die Frau eventuell Bescheid wußte und die Klemenz-Mission auszuführen habe. Aus Sicherheitsgründen sei die Frau zu liquidieren. Vorrang habe jedoch, sie lebend zu beschaffen, um durch Verhöre herauszubekommen, wer hinter der Aktion stecke. Der Klemenz mußte alle eiskalt erwischt haben, kombinierte Kast und blätterte weiter. Es ist die Rede davon, daß K. nie etwas anzumerken gewesen sei. Deshalb sei davon auszugehen, daß die Schwester in die Fluchtabsichten und möglicherweise in den Verrat involviert sein könnte. Ein gewisser N./BRD/Innerdeutsches wird erwähnt, der dummerweise ausgerechnet die Fluchtpläne des K. an die Grenzstasi verraten habe. Es wird als eine schwere Niederlage beschrieben, daß ausgerechnet das Innerdeutsche besser informiert war als die eigenen Leute. Dann folgten Befragungen über Befragungen. Kollegen, Männer, die nur unter Decknamen benannt sind, und einige Grenzbeamte.

Kast war über den N./Innerdeutsches gestolpert. Er bat Fries, unter dem Stichwort Flucht oder Fluchthelfer oder Fluchtverrat zu versuchen, nähere Informationen über den N. zu bekommen. Während Fries die Decknamenliste durchging, fotografierte Kast Seite um Seite. Sie hatten nur noch zehn Minuten Zeit. Fries war schon ganz nervös, denn wer hier beim Schnüffeln erwischt wurde, hatte wenig Chancen.

Doch Kast wußte, daß er nicht so schnell wieder eine Gelegenheit haben würde, aus dem Vollen zu schöpfen. Mit hochrotem Kopf und gepreßtem Atem fotografierte er sich die Finger wund. Fries hatte inzwischen die Personalakte gefunden. Er legte sie ihm hin. Kast hatte keine Zeit mehr, sie sich näher anzuschauen. Der Film war voll. Also steckte er gegen den Protest von Fries das Original ein.

Hektisch verstauten sie alles wieder so, wie sie es vorgefunden hatten. Sie hörten Geräusche, ein Hund bellte. Die Wachmannschaft mußte fünf Minuten früher als geplant gekommen sein.

»Und jetzt?« Kast war Fries auf diesem Gelände völlig ausgeliefert.

Normalerweise hätte er nicht mitgehen dürfen. Wenn das bei der ZERV rauskam, könnte es ihn seinen Job kosten. Doch die Neugierde, einmal ins »Allerheiligste« des sowjetischen Geheimdienstes blicken zu dürfen, war um ein Vielfaches stärker gewesen als alle Angst vor einem Disziplinarverfahren. Kast war sich sicher, auf einer brandheißen, wenn nicht gar explosiven Spur zu sein. Doch im Moment schien ihm das Blut zu gefrieren. Dort draußen standen mindestens fünf Wachleute um das Gebäude, die jeden Augenblick reinkommen und alle Räume inspizieren würden. Fries winkte Kast zu sich.

»Los! Wir klettern durch den Versorgungsschacht. Der liegt im Heizraum und führt direkt aufs Dach. Das ist hier bei allen Häusern so. Kommen Sie! Schnell!«

Über sich hörten sie Stimmen. Einer lachte, ein Hund bellte, aufgeregt und nervös. »Hör auf!« brüllte ihn einer der Männer auf russisch an und gab ihm einen Fußtritt, woraufhin der Hund jaulte. Der lebhafte Dialog zwischen den beiden Wachleuten bot Kast und Fries die letzte Chance, abzuhauen. Fries knackte mit einem Drahtstück die Tür zum Heizraum, die als einzige nicht mit einem Sicherheitsschloß versehen war, aber der Versorgungsschacht war nur zu betreten, wenn eine weitere Blechtüre geknackt wurde. Das mußte Spuren hinterlassen, aber normalerweise wurde der Heizraum nicht so genau kontrolliert. Mit einem Brecheisen, das Fries immer bei sich trug, stemmten sie die Leichtblechtür auf. Sie ließ sich biegen und sprang schließlich mit einem knirschenden Geräusch aus den Fugen. Die beiden Männer krochen in das Innere des Schachtes. Es war eng, dunkel und schmutzig. Kast robbte mit seiner Taschenlampe voraus. Fries lehnte sich, so gut es ging, an die verbogene Tür, damit die Öffnung nicht gleich beim Betreten des Heizraumes sichtbar wurde.

Es waren im Abstand von fünfzig Zentimetern Eisenwinkel in das Ziegelmauerwerk eingearbeitet worden, einige waren schon etwas lose. Vorsicht war geboten, denn der Schacht war immerhin fast zehn Meter hoch, und es war bis auf den Schein der Taschenlampe stockfinster. Hier war mindestens schon fünf Jahre kein Mensch mehr gewesen. Ruß und Spinnweben, Ungeziefer jeder Größe und Art hatten sich inzwischen hier eingenistet. »Scheiß Spinnen!« fluchte Fries. Endlich waren sie oben, und beide rangen nach Luft. Aber die Abschlußtür zum Dach war noch verschlossen, und Kast hatte die mühselige und gefährliche Aufgabe, das Blech mit dem Brecheisen aufzustemmen. Wenn das nicht klappte, hätten sie wieder zurücksteigen müssen, mitten hinein in die Höhle des Löwen. Sie hatten keine andere Chance, sie mußten das Blech herausstemmen, doch es schien sich nicht zu bewegen. Kast suchte mit seiner Taschenlampe nach einer geeigneten Stelle, an der er mit dem Brecheisen das Blech weghebeln konnte. Doch es war nahezu nahtlos in die Luke eingepaßt.

Fries quetschte sich jetzt neben ihn und wollte sich die Sache näher ansehen. Er kannte diese Sorte Kontrollschächte besser als Kast. Mit dem Zeigefinger klopfte er die Ränder ab, um zu erkunden, wo das Schloß saß. Dort würde der Schlag nicht so dumpf klingen. Und richtig, nach dem zweiten Abklopfen war er sicher, daß das Schloß, von ihnen aus gesehen, oben im linken unteren Drittel sitzen mußte. Doch es war raffiniert verriegelt. Wahrscheinlich ein runder Metallbolzen, der in der Wand steckte und es schier unmöglich machte, das Abschlußblech von innen herauszuhebeln. Kast schwitzte.

»Dann müssen wir den Hebel wegschießen!« sagte Kast.

»Verrückt, he, das schallt hier so gut, daß wir alle Garnisonen aus der Nachbarschaft aufwecken. Dann können wir gleich runtermarschieren und hallo sagen!«

Zitternd hielt sich Kast am Eisen fest.

»Irgendwie müssen wir hier raus!« winselte er.

»Ja doch!« konterte Fries. »Nicht rechtzeitig abhauen wollen, und dann die Hosen voll, ist das vielleicht meine Schuld?« kläffte er ihn leise an. Sie hörten, wie unten die Tür zum Heizraum aufgesperrt wurde. Der Köter bellte, doch sie ließen den Hund offensichtlich nicht in den Raum. Sie schauten nur kurz nach. Es war nur ein Moment, dann schlossen sie wieder die Tür.

»Gott sei Dank haben sie den Hund draußen gehalten!« atmete Fries schwerfällig. Dann hielt er sich nur noch mit einer Hand am Klemmeisen fest und suchte mit der anderen Hand in der Innentasche seiner Jacke nach etwas Bestimmtem. Er fischte einen stabförmigen, etwa dreißig Zentimeter langen Gegenstand heraus, drückte auf den Knopf, und das Gerät entpuppte sich als Minischweißbrenner.

Kast wunderte sich und schluckte. So ein Ding hatte er noch nie gesehen. Er, der Verwaltungspolizist, staunte über die praktischen Begabungen seines Informanten.

»Das ist ja irre!« zischte er, während er weiter wie ein Affe am Klemmeisen hing und Fries den Kampf überließ.

»Die Schitte ist bloß«, bemerkte Fries, »daß der Brenner nur drei Minuten funktioniert. Wenn der Stöpsel bis dahin nicht weich ist, können Sie ja mal mit Ihrem Schädel dagegenhauen. Bei mir ist dann ebbe.«

Kast rang nach Luft. Es war heiß und stickig, dreckig und furchtbar eng in dem Schlot. Er kam sich vor wie in einem drittklassigen Spionagethriller aus der Zeit des kalten Krieges und immer den Abgrund vor Augen. Er blickte zu Fries und hielt das Brecheisen fest. Fries wollte nach dem Schweißvorgang mit dem Brecheisen versuchen, den Hebel zu durchtrennen, aber das kleine Schweißgerät gab langsam seinen Geist auf.

»Jetzt kommt der Moment!« sagte Fries und gab Kast den Apparat, während er ihm das Brecheisen wegnahm und versuchte, den Hebel zu durchstoßen. Zehn- oder zwanzigmal stieß er vergebens zu. Kast wollte ihn schon ablösen, da machte es den befreienden kurzen Schlag, und der Hebel war durch. Die kleine Tür war schon lange nicht mehr geöffnet worden, so daß das Blech noch etwas klemmte. Aber gemeinsam schafften sie es, das Blech mit den Händen nach oben zu drücken. Luft! Beide steckten erst mal ihre Nase hinaus, um die nächtliche Luft über dem russischen Berlin in sich aufzusaugen. Es war wie ein Schluck Wasser nach einem Wüstentrip. Noch etwas zittrig stemmten sie sich durch die Öffnung aufs Dach und versteckten sich sofort hinter dem Schornstein. Fries hatte Angst, daß die unten postierten Wachen sie zu guter Letzt noch auf dem Dach sehen könnten oder daß einer der Hunde ihnen den Weg wies. Sie schlossen die Öffnung und krochen wie Diebe über mehrere Dächer. Glücklicherweise regnete es nicht, und es hatte auch in den letzten Stunden nicht geregnet, so daß die Dächer trocken waren und Kast und Fries kaum in die Gefahr kamen, abzurutschen.

Zwei Straßenzüge weiter versuchten sie an einer Regenrinne ihr Glück mit dem Abstieg. Kast, der schmalere, testete das Blechrohr. Es war einigermaßen fest an der Ziegelmauer befestigt. Außerdem lugten einige Steine aus der Wand so geschickt hervor, daß sie sich hier ein wenig mit den Füßen abstützen konnten und ihr Gewicht nicht allein auf dem Abflußrohr lastete.

Etwa zwei Meter oberhalb des Bodens verfehlte Kast ein Stück Mauerwerk und rutschte ab. Mit seinem linken Fuß kam er so unglücklich auf dem Asphalt auf, daß er der Länge nach hinfiel. Er fluchte still vor sich hin, sammelte den Fotoapparat und die Tasche wieder auf und bemerkte, daß ihm der Fuß höllisch weh tat. Fries stand grinsend hinter ihm.

»Terroristenfahnder, was!« lästerte er. »Kein Wunder, daß die euch immer durch die Lappen sind!« Er half ihm auf die Beine. »Wir ham gelernt, auf Hauswänden spazierenzugehen. Notfalls zu springen!«

»Gedrillter Ossi!« kläffte ihn Kast an.

»Pudding-Wessi!« kläffte Fries zurück. Sie lachten beide, als Kast sich bei Fries abstützte. »Das war ein blöder Unfall! Normalerweise häng ich dich locker ab!« murmelte Kast.

»Ich hab's nicht weit, am besten, du pennst bei mir!« duzte ihn Fries. »Komm, hak dich richtig ein! Ich kenn da einen Sonderweg!«

Kast staubte sich seine Lederjacke ab und nahm das Angebot seines Informanten zähneknirschend an. Die Ost-West-Vereinigung begann groteske Züge anzunehmen. Noch vor ein paar Jahren wären sie Feinde gewesen, hätten sich verfolgt, und jetzt hakten sie sich wie zwei Kumpel unter.

Kast hätte sich selbst in den Hintern treten können. Die Vorstellung, die er da eben geboten hatte, war wirklich kein Vorzeigestück. Er war ein Aktentiger, Fries hatte recht, und kein Außendienstler. Die Knochen taten ihm weh, der Fuß schwoll an, die Pistole drückte ihm in die Leiste, er fühlte sich so beschissen wie selten. Fries dagegen sah aus, als ob er gerade einen Joggingausflug durch ein Bergwerk veranstaltet hatte. Schwarz und schmutzig waren sie beide, aber Kast war lädiert und Fries nicht, und das ärgerte Kast. Trotzdem war er froh, den Rest der Nacht nicht allein verbringen zu müssen, und Fries würde ihm sicherlich einiges erzählen können. Über Freunde und Feinde, Pläne und Absichten, Geheimes und nicht Geheimes. Fries wohnte in einer kleinen Absteige, nicht weit von Wünsdorf. Kast hatte keine Lust, sich zu orientieren. Er war froh, als sie endlich durch ein breites Holztor gingen und eine Steintreppe einen Stock nach oben stiegen. Vor einer Holztür mit einem mit schmutzigen, ehemals gelblichen, staubigen Gardinen verhangenen Fenster machten sie halt. Fries kramte einen dicken Eisenschlüssel aus der Tasche und öffnete die Tür.

Drei Nägel an der Wand deuteten die Flurgarderobe an. Kast warf seine Lederjacke über den ersten Nagel. Fries seinen grauen Parka mit den vielen Taschen über den zweiten Nagel. Daß am dritten Nagel ein grüner Lackmantel hing, war ihnen zunächst nicht aufgefallen. Es gab nur ein großes Zimmer in der Wohnung, ein breites Doppelbett beherrschte den Raum. Es stand nicht nur das Bett mitten im Raum, es lag auch jemand drin. Eine blonde Russin, die sich auf ihre Ellenbogen stützte und die beiden Männer ebenso verdutzt ansah wie die Männer sie.

»Wir sind wohl im falschen Apartment!« scherzte Kast. Fries zog die Augenbrauen hoch.

»Ich mach das schon!« grinste er. Dann zog er die Nackte hoch, umarmte sie, gab ihr einen Klaps auf den Hintern, flüsterte ihr etwas ins Ohr und kniff sie zum Schluß rechts und links in den Busen, so daß sie kurz aufheulte. Dann holte er aus seiner Gesäßtasche das Portemonnaie, zog einen Hundertmarkschein heraus, rollte ihn zusammen und steckte ihn der Frau hinters Ohr.

Sie lächelte, hob ihre Arme, Fries drückte sie an sich, und sie küßten sich so schamlos, als ob Kast nicht anwesend wäre.

Dann zog sie sich schnell an, schnappte sich ihren grünen Mantel, schlüpfte in ihre schwarzen Pumps, hauchte einen Luftkuß in Richtung Fries und entschwand wie die kleine Jeannie aus der Geistflasche.

»Ist das hier ein Bordell?« fragte Kast. Er setzte sich in den einzigen Sessel im Zimmer und rieb sich seinen Fuß.

»Das war Lydia, mein Moskauer-Mädchen. Sie war eine KGB-Nutte, versoffene Eltern, keine Lebensperspektive und, und... ich hab sie vor fünf Jahren mal von einem Oberst für eine Nacht geschenkt bekommen, weil ich ihm einen Nato-Manöverplan geliefert hatte. Seitdem sind wir Freunde im Bett und auch sonst. Sie kann viel, sie weiß viel und sie läßt sich gut bezahlen. Eine wie die ist besser als zehn Geheimdienstleute. Eine Klassefrau, die macht jeden verrückt, aber gefährlich wie zehn Giftschlangen. Wenn du besoffen bist, solltest du die Finger von ihr lassen. Die treibt es nicht nur mit jedem, die bespitzelt auch jeden und kassiert ab, wo es geht. Seit die Mafia das Gewerbe organisiert, geht es ihr schlechter, denn Lydia ist eine Frau, die ihre Freiheit braucht. Sie macht im Prinzip alles, aber sie will selbst entscheiden, was und mit wem.«

Kast hatte sich inzwischen das Originaldokument aus der Tasche gezogen und las es durch. Fries, der zwei Gläser und Wodka und Cognac herbeigeschafft hatte und seinem Gast und sich selbst einschenkte, stieß mit ihm auf den gemeinsamen Erfolg des Tages an.

»Muß ja mächtig interessant sein!« animierte er Kast, endlich die Arbeit sausenzulassen und sich zu entspannen. Kast faltete das DIN-A4-Blatt einmal und steckte es wieder sorgfältig weg.

»Ich hab's mir schon gedacht, aber das ist der Beweis. Der Fuchs aus dem Auswärtigen Amt, der uns jetzt die Ermittlungen in dem Klemenz-Fall abnehmen will, hängt selbst mit drin.«

Fries trank sein Gebräu in einem Zug aus und ließ den Alkohol wie ein zartes Steak genüßlich im Mund zergehen. Der herbe Geschmack des Wodkas sollte jede Zelle seiner Mundhöhle erfassen und dort das brennende Gefühl des Wodkas hinterlassen. Unter der Zunge, zwischen den Zähnen, bis in den hintersten Winkel zwischen Gaumen und Lippen kroch die Flüssigkeit und hinterließ bei Fries diesen einmalig wohltuenden Geschmack, sein persönliches Gefühl des Glücks.

Kast mußte nach dem ersten Schluck husten, das Zeug war ihm eine Nummer zu scharf. Sich jetzt eine Zigarette anzuzünden, das wäre einem Selbstmordversuch gleichgekommen.

»Und wie hängt der drin?«

Kast grinste. »Betriebsgeheimnis. Informanten, die zuviel wissen, du weißt doch, ich mache mir Sorgen um dein Wohlergehen...!«

Fries tunkte ein Taschentuch ins Glas von Kast, wrang es über dem Glas wieder aus und legte es ihm ausgebreitet in die Hände.

»Hier, zieh die Socke aus, leg das auf deinen Fuß, das Zeug hilft innen und außen. Bestimmt!« drängte er ihn. Er sah an Kasts Gesichtsausdruck, daß...

»Mein Gott, ich will dich nicht verarschen, das ist kein Witz! Wir Soldateskas haben unsere eigenen Hausmittel, okay?«

Kast wickelte das Taschentuch um seinen geschwollenen Knöchel und legte sein Bein hoch auf den Tisch.

»Jetzt könnte ich mich amüsieren, und statt dessen bewirte ich einen Pudding-Wessi auch noch auf meine Spesen«, gähnte Fries.

»Ich kann ja gehn«, konterte Kast beleidigt.

»Klar, du weißt ja noch nicht mal, wo du bist! Fällst in irgendeine Ritze in diesem miesen Viertel, und ich kann dann sehen, wie ich zu meinem Geld komme!«

Fries schenkte sich schon das dritte Glas ein.

»Sag mal, du Wanzenmensch, weshalb hängst du dich in die Geschichte rein, wenn ihr Ermittlungsstopp habt? Hast du was mit der Frau?« Fries beugte sich vor und sah Kast scharf wie bei einem Verhör an. »Ist sie gut? Eine Agentin?«

Kast schüttelte verärgert den Kopf. »Sie ist keine Agentin, und ich hab auch nichts mit ihr!« sagte er knapp und laut.

»Aber du willst was mit ihr haben, das spür ich, da kenn ich mich aus! Jedenfalls besser, du riskierst deinen schönen Körper, weil du dich verknallt hast, als wenn du es für deinen dämlichen Staat tust. Das ist wenigstens ein Motiv. Hast du überhaupt 'ne Ahnung, was die hier machen, wenn einer stört? Was die mit dir gemacht hätten, wenn sie dich erwischt hätten?« Er kratzte sich den Nacken.

Kast legte sich aufs Bett und verschränkte die Arme hinter dem Kopf.

»Die Märchenstunde von Onkel Fries. Da leg ich mich lieber hin.«

Fries drehte sich zu ihm hin. Er fing auf einmal so richtig urwüchsig an zu lachen.

»Ich bin wirklich ein typischer Mecklenburger. Die kriegen immer erst den Schock hinterher, wenn alles passiert ist. Und dann saufen sie sich voll. Wenn uns die Aufpasser erwischt hätten, wären wir jetzt schon auf dem Weg ins Krematorium. Die haben dort Leute bestochen, die alles und jeden verbrennen, auf ein ewiges Nimmerwiedersehen. Da kriegst du noch nicht mal 'ne Urne. Landest auf irgendeiner Müllkippe, das ist hier Sitte. Eines sag ich dir, in Zukunft kannst du dir einen anderen Partner suchen. Soviel Glück wie heute hat man nur einmal im Leben. Ich hab keine Lust mehr. Ich krieg am Wochenende die neuntausend Scheine, und dann nix wie weg. Ich will das nicht mehr! Und du solltest noch eine Menge vorsichtiger werden in dem Job. Was kümmerst du dich um all den Scheiß? Wenn du erst auf der Liste stehst, ist es nur eine Frage der Zeit. Zehn Prozent aus eurem Haufen, und das ist nach unten geschätzt, sind korrupt. Dich verpfeifen eines Tages die eigenen Leute, da garantiere ich für. Berlin ist das Chaos pur! Da weiß keiner, was der andere denkt, geschweige denn, was er tut. Eure Demokraten sind billige Kaufleute, sie sind erpreßbar, und sie werden erpreßt, und was noch schlimmer ist, sie wissen sich nicht zu helfen. Wenn es mal brennt, schreit jeder Feuer, aber keiner löscht. Es lohnt sich nicht, für solche Leute die Finger krumm zu machen.« Fries gähnte ausgiebig. Dann stand er auf und holte aus einer Schublade das Bild eines jungen Mannes.

»Hier, das war Jewgeni, Journalist, sechsundzwanzig Jahre alt. Der war mit Leib und Seele Demokrat. Glaubte, man müsse nur die Leute aufklären, müsse den ganzen Sumpf ausbreiten, um ihn auszutrocknen. Der hatte heißes Material über die Korruption in der Armee. Jetzt ist er ein Haufen Asche, und die Korruption blüht weiter. Und denk ja nicht, daß das bei euch anders ist!«

Kast setzte sich. »Und welche Konsequenzen ziehst du?«

»Ich hab Hunger!«

Fries stand auf, holte aus einem Blechkorb zwei Fladen Brot und aus dem Kühlschrank eine vertrocknete Salami. »Mehr hab ich im Augenblick nicht, aber das Brot ist von heute morgen.« Er reichte Kast ein Stück. »In einer Diktatur kennt man wenigstens seine Feinde. Ich weiß nicht, was das ist, Freiheit! Ich hab mich im Osten wohl gefühlt. Man wußte immer, was Sache ist und gehungert hat keiner. Gesoffen, ja, aber das hatte andere Gründe. Dieser Neid, diese Raffgier, ich weiß nicht, ist mir auch egal... Ich hau ab, und das möglichst bald. Müßt ihr euch 'nen neuen Lieferanten suchen. Es wird heiß werden in Deutschland, das sag ich dir. Und bei den Russen erst recht. Statt Demokratie haben die Anarchie, das ewige Lied bei den Russen. Bis es knallt bei den Herren Generälen, denn irgendwann kommt der große Putsch. Jedes Militär, das so geführt wird wie die Rote Armee, ist eine Brutstätte für Diktatoren und deren Bluthunde. Das sind nicht solche softigen Lahmärsche wie ihr! Die bespringen im Dauerlauf Häuserwände, killen lautlos, erpressen erfolgreich, die überlegen doch nur noch, wen sie als Führungsfigur nehmen sollen.«

Kast kaute an dem zähen Brot und der noch zäheren Salami. »Quatsch! Die zerfressen sich gegenseitig, weil zu viele die Macht haben wollen. Sag mal, ist eigentlich was an der Geschichte mit diesen Plutoniumverkäufen dran?«

Fries grinste breit und nahm einen kräftigen Schluck.

»Ich doch nicht! So nebenbei Infos abklopfen. Das is nich' drin!«

Fries zeigte seinen Bizeps. »Da hast du's nich', aber da, he«, tippte er sich mit dem Zeigefinger an die rechte Schläfe.

»Aber nich' mit mir. Zähl doch selbst eins und eins zusammen! Wer verhökern kann, was auch immer, der macht es. Viele haben nur dieses eine Ziel, sieh mich an!« Er rieb

Daumen und Zeigefinger aneinander, schnell und gekonnt, dazu verdrehte er verzückt die Augen. »Mit der Angst läßt sich am meisten Geld verdienen. Und wo haben die westlichen Industriestaaten ihre Achillesverse? Na, wo? Sie sind zu wenig mißtrauisch, kontrollieren zu wenig und haben kein Verhältnis zur Staatsautorität. Mit drei, vier gezielten Terroranschlägen in Städten kriegst du sie weich, und wenn dann noch das Gepenst der atomaren Sprengkraft im Spiel ist, dann kannst du erpressen, was du willst. Es ist nur eine Frage der Zeit, wann der erste anfängt.«

Dann gähnte Fries und öffnete dabei seinen Mund so weit, daß er aussah wie ein Hai, der auf Beutezug ist. Bald darauf sackte er in sich zusammen und schlief im Sessel ein. Kast grübelte noch eine Weile, ehe er ebenfalls einschlief.

DAS BERNSTEIN-LABOR

Nach außen hin war der stille, vergessene Klemenz-Hof eine Lehranstalt für Offiziere. Strategieplanung und psychologische Kriegsführung für Elitekader sollten hier an der friesischen Ostseeluft gepaukt werden. Die Nähe zu einem der größten, ehemaligen Fliegerstützpunkte des Warschauer Paktes, Peenemünde, machte diesen Ausbildungsort glaubwürdig. Und tatsächlich hielt Priel hier ab und zu Seminare ab.

Doch weshalb sich Priel und mit ihm eine Gruppe von insgesamt neun Eingeweihten nach Grabenow in die Usedomsche Wildnis zurückgezogen hatte, hatte einen anderen Grund: Der weitabgelegene, von einem natürlichen Kiefernhain geschützte Bauernhof, der noch dazu direkt am Meer lag, bot alles, was Priel und seine Leute für ihr Bernsteinprojekt brauchten.

Zwei routinierte Wissenschaftler bearbeiteten den ihnen gelieferten Bernstein aus dem baltischen Raum für den Sondertransport. Priel war dafür zuständig, daß alles, ohne den geringsten Verdacht zu erregen, abgewickelt werden konnte. Der direkte Zugang zum Meer ermöglichte es, daß die Bernsteine aus Kaliningrad – ohne die geringste Störung – direkt mit dem Boot hierher vor die Haustür abgeliefert und auch wieder ausgeliefert werden konnten.

Es gab keine besseren Marktplätze für illegale Waren als das Meer. Schiffe ließen sich leicht tarnen und entzogen sich so ziemlich jeder Kontrolle. Es war ein absolut sicheres Geschäft, das Priel organisierte und mit dem er sich einen würdigen Abgang verschaffen wollte. Nach seinen Plänen wollte er nur so lange arbeiten, bis der letzte Russe Deutschland verlassen hatte. Dann würde er sich entweder ein neues Quartier irgendwo im russischen oder ukrainischen Grenzland suchen oder ganz von der Bildfläche verschwinden, denn mittlerweile traute er auch seinen eigenen Leuten nicht mehr. Beim Militär ging alles drunter und drüber, eine Cliquenwirtschaft, die immer undurchsichtiger wurde. Priel hatte es mit Feinden von innen und außen zu tun. Abschotten, abschotten und nochmals abschotten, das predigte er seinen Leuten jeden Tag. Deshalb war es für ihn auch so wichtig, daß die Klemenz-Schwester nicht mehr in seinem Dunstkreis herumschnüffelte. Das war so oder so gefährlich, ganz egal, ob sie etwas wußte oder nicht.

Priel und seine Mannschaft hatten ein großes Ziel vor Augen. In vierzehn Tagen sollte ihr größter Coup über die Bühne gehen: Bahlevi hatte dreihundert Kilogramm Bernstein, der zehn Kilogramm Red Mercury enthalten sollte, bestellt. Das Plutonium war längst da. Für ihre Zwecke sollten sogenannte »Bastarde« des baltischen Bernsteins verwendet werden. Hellgelbe ziemlich undurchsichtige Bernsteine also, die sich für diese Präparation besonders gut eigneten. Bahlevi bestand jedoch darauf, vorher einige Proben zu sehen, und bei Kaliningrad war ein Treffpunkt vereinbart worden.

Priel ging mit Bahlevi durch das Gebiet der »blauen Erde«, wo Bernstein im Tagebau gewonnen wurde. Die Erde, die hier auf riesigen Sieben gekippt und mit einem scharfen Wasserstrahl gewaschen wurde, hatte einen schimmernden, bläulichen Glanz, und aus der gewaschenen Erde blieben die Bernsteinbrocken im Sieb hängen. Angeblich sollten die Vorräte bis weit ins nächste Jahrtausend reichen.

Priel nahm zwei Steine und reichte sie Bahlevi. Die beiden Männer mußten wegen des Lärms sehr laut miteinander sprechen. »Das Samland liefert im Jahr zirka fünfhundert Tonnen Bernstein, das sind neunzig Prozent des Welthandels«, sagte Priel stolz. »Seit zwanzig Jahren gibt es die Route in den arabischen Raum und nach Südostasien. Diese Handelswege können wir jetzt für unsere Sache gut ausnutzen!«

Bahlevi sah sich die beiden Steine genauer an. Der Iraner mit den buschigen Augenbrauen und dem korrekten Haarschnitt wirkte wie ein solider Geschäftsmann mittleren Alters.

»Wird die Fracht hier verladen?«

»Nein, hier sind zu viele Augen! Wir präparieren alles in unserer Anlage. Das erfordert Präzisionstechnik, ein gewisses Know-how...«, machte sich Priel wichtig. »Die Red-Mercury-Fracht wird dann auf dem Meer in das Transportschiff umgeladen, das ist die sicherste Methode.«

»Gut«, sagte Bahlevi. »Und ich werde meine spezielle Ladung dann in Tripoli ganz offiziell vom Schiff holen lassen.«

Priel nickte.

»Genial!« bemerkte Bahlevi. »Und die Geheimdienstler holen sich woanders kalte Füße. Wenn das so reibungslos klappt, wie es aussieht, habe ich noch einige Aufträge für Sie! Kann ich den behalten?« fragte er Priel und steckte einen Bernstein in die linke Hosentasche. Priel nickte zustimmend.

»Sagen Sie«, fragte Bahlevi neugierig, »wie sind Sie auf diese außergewöhnliche Idee gekommen, Bernsteine als Transportmittel für Red Mercury zu verwenden?«

»Interne Zufälle!« erwiderte Priel. »Und dann die Ergebnisse unserer Forschung. Es war uns gelungen, ein waffenfähiges Isotopengemisch mit einem verblüffend hohen Anreicherungsgrad von Plutonium 239 herzustellen. Und dieses Material wurde mit rotem Quecksilberpulver in einem bestimmten Mischungsverhältnis und unter Druck zu ›Red Mercury‹ vermengt. Die freigesetzte Kernstrahlung erreichte den idealen Wirkungsquerschnitt für die atomare Kettenreaktion. Die kritische Masse konnte auf weniger als ein Kilogramm heruntergefahren werden. Durch Red Mercury ist der Bau kleinster atomarer Bomben möglich geworden... Ich hoffe, ich langweile Sie nicht...«, sagte Priel an Bahlevi.

»Nein! Nein!« winkte Bahlevi ab. »Das ist sehr interessant! Aber was hat das mit dem Bernstein zu tun?«

Priel lächelte. »Zunächst mal nichts. Es basiert alles nur auf einem Scherz. Unser Top-Forscher hat mal in einer fröhlichen Runde erwähnt, daß Red Mercury so zusammengesetzt sei, daß man es ohne weiteres in Bernstein verstecken könne. Aus diesem könne man dann eine, für den Gegner völlig unsichtbare, kleine atomare Schachfigurenarmee fräsen. Tja, so simpel entstehen manche Ideen! Wir haben das aufgegriffen und ausgebaut, und Sie profitieren davon!«

Beide Männer lachten.

»Apropos Schach«, erwiderte Bahlevi. »Bin nachher mit Tscherenkow zu einer Partie verabredet!«

SCHACH

Vergnügt nahm Samir Bahlevi seinem Kontrahenten Wassilij Tscherenkow einen Springer weg.

»Die richtige Deckung ist eben alles! Im Leben wie im Spiel«, frotzelte er über den Tisch hinweg. Die beiden Männer saßen im Foyer des Interhotels Kaliningrad und testeten ihren strategischen Intelligenzquotienten, mit lang überlegten und dann sehr schnell gesetzten Zügen auf dem kost-baren Schachbrett mit den großen, griffigen, handgeschnitzten Bernsteinfiguren. Wenn Tscherenkow mit seiner grobschlächtigen breiten Kaukasenhand die Dame oder einen Springer umfaßte wie einen Klotz, glich das allerdings schon fast einer Vergewaltigung. Bahlevi hingegen faßte die Figuren nur oben mit den Fingerspitzen an und ließ sie bei jedem Zug über das Schachbrett wie Engelswesen schweben.

Und wie der Oberst lachte! Es war jedesmal, als ob der ganze Körper daran beteiligt wäre, ein gewaltiges Beben von innen heraus. Sein voluminöser, untersetzter Körper, das Gesicht und die braune Uniform, die er zu jedem Anlaß trug, flößten nur durch seine Erscheinung Respekt ein, aber auch den Wunsch, mit diesem Menschen nicht unbedingt befreundet und erst recht nicht verfeindet sein zu wollen. Bahlevis Äußeres erschien dagegen edel. Er war ein diskreter Geschäftsmann der ersten Güte, verkörperte Eleganz vom Scheitel bis zur Sohle. Klein, schmal bis schmächtig, konzentriert, intelligent, flink, jedoch genauso gefühlsecht wie ein Computer. Zu seinem Markenzeichen gehörte ein eingefrorenes Lächeln, über dem zwei große, dunkelbraune Augen wie zwei schwarze Löcher saßen, die alles in sich aufsogen, aber nichts abstrahlten.

Tscherenkow schaute mit seinen schmalen, listigen Augen zu seinem Gegenüber. »Warten Sie ab«, sagte er geheimnisvoll, wobei er seine rechte Hand hob. »Manchmal ist eine schwache Flanke eine Falle!«

Bahlevi sah ihn an, als ob er durch ihn hindurchblicken wolle, während Tscherenkow frech grinste.

»Sie haben was vor?« fragte Bahlevi.

»Ich habe immer etwas vor, Sie nicht?« antwortete Tscherenkow.

»Wie lange sind Sie eigentlich schon in Deutschland stationiert?« lenkte Bahlevi das Gespräch vom Spiel ab.

»Jetzt im Winter werden es zwölf Jahre, mit Unterbrechungen. Seit acht Jahren bin ich für den Sicherheitsbereich aller militärischen Forschungsanlagen auf ehemaligem DDR-Boden zuständig. Nur ich«, gab er an, »bin für die Kontrolle des gebunkerten, waffenfähigen Plutoniums in Deutschland verantwortlich. Nur ich weiß, mit wem man verhandeln kann und mit wem nicht. Das ist immerhin die Basis unseres Geschäfts. Und Sie? Wie lange sind Sie bei den Deutschen?«

Bahlevi dachte einen Moment nach, setzte dann seinen Läufer ein. »Ich, seit meiner Studienzeit an der Humboldt-Universität. Sagen Sie mal«, blickte er vom Spielfeld zu ihm auf, »warum lassen Sie sich eigentlich so schnell von den Deutschen rausschmeißen?«

Tscherenkow grinste wieder in der für ihn so typischen Art.

»Der Kreml braucht Geld, und die Deutschen zahlen für den Abzug. Leider nicht für uns, sondern für die sogenannten Reformen. Wir sind das Bauernopfer.« Er wurde ernst, sein Gesicht verfinsterte sich, seine Mundwinkel zogen sich nach unten. »Aber – es kommen auch noch andere Zeiten!«

»Putsch?« horchte ihn Bahlevi aus.

»Möglich!« konterte Tscherenkow mit einem hinterhältigen Blick.

»Eine Militärregierung?« wollte es Bahlevi genau wissen.

»Gorbatschow hat uns verraten«, sprudelte es aus Tscherenkow hervor. Er wirkte aufgebracht. »Jahrzehntelang haben wir unsere Köpfe hingehalten, und jetzt sollen wir uns in Erdlöchern verkriechen. Solch eine Politik wird Konsequenzen...«, er nahm Bahlevi mit seiner Dame einen Springer weg und sah ihn triumphierend an, »...muß Konsequenzen haben!«

Bahlevi hielt einen Moment inne. Er mußte sich erst mal sammeln, wollte er nicht in den nächsten drei Zügen schachmatt gesetzt werden.

»Etwas anderes zu unserem Deal«, unterbrach er das Spiel. »Warum muß dieses Red Mercury eigentlich in Bernstein versteckt werden? Wozu diese Arbeit?« Dann setzte er schnell seinen Turm ein.

»Als Militarist habe ich gelernt«, antwortete Tscherenkow überlegen, »daß es im Vorfeld einer Operation nur eine Sache gibt, die man bis ins kleinste Detail strategisch planen muß. Tarnung! Ihre Dame ist übrigens in Gefahr«, bemerkte er zwischendurch. »Den Gegner täuschen, ihn unwissend lassen, auf ihn eingehen, um ihn dann zu überlisten. Von Kaliningrad aus wird Bernstein fast in die ganze Welt verschifft. Wir können erstens die bestehenden Handelsrouten nutzen, zweitens unterscheidet die präparierte Ware sich in nichts von der üblichen Handelsware, und drittens bleibt der Tarnweg bis zum endgültigen Ziel gedeckt. Die Atomspione suchen doch alle wie verrückt nach kleinen dicken Bleibehältern, nicht nach Bernstein!«

»Hm, hm, hört sich gut an«, stimmte ihm Bahlevi überzeugt zu, während er noch immer um die Position seiner Dame rang. »Sie müssen wissen, dies ist einer der ungewöhnlichsten Waffendeals, die ich bisher gemacht habe. Den Stoff für Mini-Atombomben in Bernsteinen verpackt. Das hat ja schon fast was Ästhetisches! Und das funktioniert alles, meine Kunden können sich darauf verlassen?«

»Natürlich funktioniert die Bombe!« antwortete Tscherenkow beleidigt. »Aber nicht nur direkt, sondern auch als Mittel der Abschreckung. Denn dieses kleine Ding mit dem nuklearen Powerstoff ist nicht mehr kontrollierbar, es läßt sich überall verstecken und einsetzen.«

»Im Grunde eine angstmachende Friedenswaffe, die als Drohgespenst genausoviel Wirkung hat wie in Aktion.«

Tscherenkow nickte. »So ist es. Schon beim bloßen Gedanken, daß so ein Ding in irgendeiner Großstadt hochgeht, werden den Herren Politikern die Hosenbeine und was sich sonst noch darunter verbirgt flattern.«

»Sie Gauner!« grinste Bahlevi breiter, als er es sonst seinem Gesicht zumutete.

»Geld oder Terror!« ergänzte Tscherenkow kaltschnäuzig. »Nur so können reiche Nationen in die Knie gezwungen werden. Die Zeit der Frontenkriege ist vorbei, man muß für den Sieg sofort ins Herz treffen, und wenn möglich so, daß der restliche Körper nur betäubt wird.«

»Sind Sie Kommunist?« fragte Bahlevi sehr direkt.

»Kommunismus...«, antwortete Tscherenkow gedehnt, »was ist das? Ein Wort mit vielen Erklärungen, Wünschen, Plänen und all dem Zeug. Ich weiß nur, was die Russen und alle anderen Nationen brauchen!«

»So?« erwiderte Bahlevi erstaunt.

»Führung! Eine starke Führung. Demokraten sind Schwächlinge! Schach!« rief er laut und genüßlich aus.

Bahlevi blickte erschrocken aufs Schachspiel. »Ich habe einen Moment nicht aufgepaßt«, versuchte er seine Niederlage zu entschuldigen. »Das kann Sie im Ernstfall das Leben kosten!« konterte Tscherenkow überlegen.

Mit schneller Hand konstruierte Bahlevi einen Zug, der die beiden Spieler ins Patt führte. »Und nun!«

Beide lachten, während Tscherenkow die Figuren wieder auf ihre Ausgangsposition stellte.

Währenddessen gesellte sich eine elegante Frau in einem dunkelgrauen, engen Kostüm und einem rotblonden Pagenkopf zu Bahlevi, beugte sich zu ihm und flüsterte ihm etwas ins Ohr, was ihn zu amüsieren schien.

»Ich lasse mich jetzt entführen!« entschuldigte er sich bei Tscherenkow und ging in Begleitung der Dame weg.

Tscherenkow stand auf und schlenderte an die Bar. Der Barkeeper kannte ihn bereits: Dieser Kunde genoß seinen Wodka nur pur. Die blonde Sängerin Olga Schenapin aus Kiew sang gerade am Klavier von ihrem Matrosen, der übers Wasser zieht und sie mit ihrer Sehnsucht allein läßt, eine Art Lili-Marleen-Version sowjetischer Prägung. Sie hatte eine tiefe, warme, vibrierende Stimme. Tscherenkow drehte sich auf seinem Barhocker und sah ihr zu. Sie gefiel ihm, ihr Busen in dem engen, schwarzen Spitzenkleid mit dem offenen Dekolleté rief nach seinen Händen. Er winkte ihr. Sie kam, das Mikrofon ganz dicht an ihren Lachsmund haltend, auf ihn zu, setzte sich auf seinen Schenkel und spielte mit einer Hand an seinen Epauletten. Über die Macht ihrer Verführungskünste bestens Bescheid wissend, warf sie ihren Kopf in den Nacken, sang ihm ein fast vulgär wirkendes »Ich liebe dich, doch nur für eine Stunde« ins Gesicht und verschwand wieder zum Klavier.

Tscherenkow wußte, er würde sie bekommen, wenn er wollte. Aber wollte er? Wirkliche Angst, ganz tief im Innersten, hatte er nur vor Frauen. Das Triebhafte, die Leidenschaft, widersprach seinem Wesen, alles zu jeder Zeit unter Kontrolle haben zu müssen. Er trank auch nie so viel, daß er sich hätte nicht mehr beherrschen können. Darin unterschied er sich von den meisten seiner Armeekumpane. Trotzdem winkte er noch mal der Frau, als sie ihr Lied beendet hatte.

DIE PRÄPARATION

Dr. Fischer und Dr. Kuronow saßen an ihren Labortischen und bohrten mit einem Spezialgerät Kanäle in den Bernstein und frästen präzise Hohlräume in die Steine. Dann füllten sie in abgedichteten Handschuhboxen die Bohrung mit einer exakt vermessenen Menge des radioaktiven Isotopengemisches. Anschließend verschlossen sie die Öffnung mit einem farblich genau an den Stein angepaßten Kunstharzstöpsel.

Priel schaute seinen Doktoren wohlwollend über die Schulter.

»Einfach perfekt, wie Sie das können«, lobte er sie.

»Mit den Löhnen steigt die Motivation«, grinste Fischer und nickte seinem russischen Kollegen zu. »Wissen Sie, wo das hin soll?« fragte er Priel. Der zuckte die Schultern. »Ich habe nur diesen Bahlevi als Mittelsmann, alles andere ist mir egal. Je weniger wir die Endverbraucher kennen, desto sicherer leben wir. Ich bin nur in einem sicher: Nach diesem Deal sollten wir aufhören! Nicht nur wegen der Klemenz-Geschichte.«

Fischer schob den Handroboter zur Seite und drehte sich auf seinem Stuhl in Richtung Priel. »Redet der Bahlevi auch nicht zuviel?«

Priel schnaufte nichtssagend. »Ich weiß nicht. Er ist ein Waffenhändler, noch dazu einer der bekanntesten. Der wird uns nicht verpfeifen, der will ja Geschäfte machen und kann es auch gut. Aber ich bin mir ziemlich sicher, daß dem viele auf den Fersen sind. Es ist wie bei allem, rechtzeitig aufhören ist die Kunst, ist das Gebot der Sicherheit. Ihr wißt ja, jedes Risiko vermeiden!«

Er sortierte fünf Bernsteine in ein Schmuckkästchen. »Die sollen heute abend Bahlevi übergeben werden! Nach dieser Prüfung soll dann spätestens zwei Wochen später der große Coup starten. Ganz direkt! Übergabe gegen Übergabe! Fünf Millionen Dollar gegen dreihundert Kilo Bernstein. Die teuerste Bernsteinfracht aller Zeiten, wohl auch die gefährlichste! Und – mal ehrlich – fünf Millionen Dollar, das reicht doch, um sich zur Ruhe zu setzen! Wir sind doch keine Kapitalisten!«

Daß er mittlerweile plante, sich auf Malta niederzulassen, sagte er keinem. Er hatte sich erkundigt: Mit Geld in der Tasche konnte man binnen kürzester Zeit maltesischer Staatsbürger werden, und als »Chemieprofessor Dr. Kunze«, der seinen Galvanikbetrieb verkauft hatte, weil es keine Erben gibt, würde er nirgends auffallen. Er mußte nur noch diese drei Wochen überstehen.

Seine Fingerspitzen kribbelten wie immer, wenn er ein wichtiges Vorhaben zu leiten hatte. Sie fühlten sich heiß an, und er preßte sie vor Nervosität gegeneinander.

DIE WAHRHEIT

Es regnete, und Berlin sah grau und trist aus. Kristin wohnte zwar ruhig in einer Nebenstraße, aber der Blick aus dem Fenster war kein Genuß. Rundherum Wohnblocks im Stil der sechziger Jahre, klare Fassaden, funktioneller Stil, aber langweilig. Kristin hatte ihre kleine Wohneinheit im dritten Stock, es war nichts Nobles, aber dafür lebte sie relativ anonym.

Der Schnüffler an ihrer Tür hatte sich tatsächlich nur als ein besoffener Nachtschwärmer erwiesen, der sich in der Tür geirrt hatte. Er hatte sich am nächsten Abend, bevor er zu einer neuen Tour aufbrach, freundlich bei Kristin entschuldigt.

Sie fühlte sich hier relativ sicher, und deshalb war ihre Stimmung auch gut – trotz des miesen Sommertags.

Gespannt erwartete sie Kast. Sie hatte ihm soviel zu berichten und hatte gleichzeitig so viele Fragen. Die Geschichte um ihre Flucht wurde immer mysteriöser, je mehr sie darin herumstocherte.

Aber warum?

Kristin hatte Waffeln gebacken, dazu gab es grünen Tee. Sie warf einen Blick auf die Uhr. Zwanzig nach fünf. Kast hätte eigentlich schon dasein müssen, aber der Berliner Verkehr war schwer einzuschätzen. Sie hatte extra eine hübsche bunte Tischdecke gekauft, um die Teetafel schön gestalten zu können. Sie liebte es, sich und anderen ein Gefühl von Gemütlichkeit zu vermitteln. Sie zupfte noch kurz an der Tischdecke herum, ehe sie zum Schreibtisch ging, der unter dem Fenster zur Straße stand.

Sie betrachtete ihre drei neuen Schmuckstücke: deutsche Pretiosen, etwa einhundertfünfzig Jahre alt, Freundschaftsringe mit Initialen, blauer Lapislazuli und einer winzigen Haarlocke unter einer Bergkristallhaube. Die Ringe waren recht schwer, mit einem breiten Goldreif, und sie schienen von einem Goldschmied gefertigt worden zu sein. Oftmals hatten reiche Leute solche Ringe nach einem Begräbnis an die nächsten Angehörigen verteilt, sogenannte Memorialringe. In diesem Fall handelte es sich wahrscheinlich um ein Kind, das verstorben war. Das ging zumindest aus dem Datum hervor, das auf allen drei Reifen im Innenteil eingraviert war. 16. 2. 1849 – 8. 7. 1853. Kristin war stolz. Sie hatten für ihr Museum noch nie drei gleichartige Stücke aus einem Besitz gefunden. Isabelle würde sich sicherlich freuen! Leider gab es keinen Hinweis darauf, wo die Stücke angefertigt oder verteilt worden waren. So hätte man unter Umständen die Familie ausfindig machen können, der sie gehört hatte, und die Geschichte, den Sinn, die Bedeutung der Ringe erfahren können. Kristin bemühte ihre eigene Phantasie. Weil soviel Wert auf den blauen Untergrund der Ringe gelegt worden war, nahm Kristin an, daß es sich bei dem Kind um einen Jungen gehandelt haben mußte. Meist waren solche Merkmale der einzige Hinweis für das Geschlecht desjenigen, der betrauert werden sollte. Sie hatte bereits den Begleittext geschrieben und wollte die Stücke gleich am nächsten Tag per Einschreiben an Isabelle schicken. Sie nahm einen der Ringe und steckte ihn sich an den rechten Ringfinger, aber er war ihr zu groß. Die ovale

Platte war auch breit, daß sie fast den halben Finger bedeckte.

Es klingelte. Kristin streifte schnell den Ring vom Finger, legte ihn zu den anderen und ging zur Tür. Kast humpelte ins Zimmer und schnupperte kräftig. Der süße Geruch der frischen Waffeln stieg ihm in die Nase. »Hm, das riecht hier ja wie an Weihnachten«, sagte er.

Kristin warf einen Blick auf sein schwarzes, dünnes T-Shirt mit dem orangefarbenen Spruch: Live is fun! Irgendwie sah Kast immer aus wie ein Edelschüler. T-Shirt und Turnschuhe, gegelte Haare und Goldkettchen um den Hals, ewig in Jeans, aber stets ohne Flecken und Staub. Die Zähne weiß, das Kinn breit, den Bart so rasiert, daß er noch als Bart erkennbar war, aber nie ungepflegt – er hätte in der Werbung als »nice american guy« Karriere machen können.

»Haben Sie sich verletzt?« fragte Kristin und bot ihm einen Stuhl an.

»Ach, das ist nichts!« versuchte Kast abzulenken. »Wenn man zu blöd ist, richtig zu springen, und auch noch die falschen Schuhe anhat! Ah, sind die lecker!« Er spitzte seine Lippen und warf einen Blick auf Kristins vollgefüllten Teller.

»Ich hoffe, Sie mögen so was Einfaches!«

»Traumhaft!« schwärmte er. »Woher wissen Sie, daß ich warmen Kuchen mag? Wie das schon duftet!« Er beobachtete sie mit neugierigen Blicken, als sie den Tee einschenkte. Waren es die halblangen Haare, dieser etwas entrückte Ausdruck in ihrem Gesicht oder die grazile Art, sich zu bewegen, irgendwas zog ihn magisch an. Er hätte viel darum gegeben, mit ihr nicht nur beruflich, sondern auch privat...

»Nein, ehrlich! Kartoffelpuffer, Pfannkuchen, Kaiserschmarren, Crêpes, da verlier ich jede Beherrschung!«

Zur Demonstration schob er sich eine Waffel in den Mund, wobei der Puderzucker auf seiner Oberlippe klebenblieb. Noch kauend wiederholte er mehrmals »Lecker!«

und griff gleich drei-, viermal zu. Kristin hatte ihren Spaß daran, zu sehen, wie es ihm schmeckte. »Sie tragen da einen hübschen Bernstein«, sagte er plötzlich und sah Kristin dabei lange an. »Nicht so blank wie die anderen Dinger. Irgendwie interessanter.«

»Aber bei weitem nicht so wertvoll«, schränkte Kristin ein. »Es ist ein Bastardstein aus dem Samland, einer, den man dort häufig findet.« Sie blickte an sich herunter. »Bernsteine sind ja deshalb so berühmt, weil sie durchscheinend sind, und wenn man Glück hat, kleine versteinerte Organismen in sich tragen.«

Kast zuckte die Schultern.

»Bei Schmuck kenn ich mich nicht aus«, erwiderte er. »Aber der ist irgendwie anders, auch von der Form her. Er verlockt einen, richtig hinzuschauen.«

Kristin nahm den Stein in ihre rechte Hand und betrachtete ihn. »Er ist das letzte Erinnerungsstück an meine Familie, an meinen Bruder. Er hat ihn mir kurz vor der Flucht zugesteckt. Es sollte ein Geschenk für die Freundin des Fluchthelfers sein. Er hatte Angst, den Stein verlieren zu können – oder was weiß ich, weshalb ich ihn einstecken sollte. Wenig später war er tot.« Sie schluckte und ließ den Stein wieder auf ihren Pullover zurückfallen. »Ich hab ihn dann nicht abgegeben. Es war…«

»Kristin, ich wollte Sie nicht… Sie waren so fröhlich«, unterbrach Kast, »aber wenn wir jetzt schon beim Thema sind: Ich habe einige interessante Neuigkeiten für Sie, dort in der Tasche, können wir nachher mal durchsehen. Was sagen die Gauck-Akten?«

Kristin ging rüber zum Wohnzimmertisch und holte die Akten.

»Dieser Arzt«, begann Kristin, »der den Totenschein für meine Mutter ausgestellt hat…« Sie stockte, Kast blätterte in den Papieren herum…

»Ja?« fragte er, auf das Ende des Satzes wartend.

»Der arbeitet nicht mehr in Greifswald. Ist unbekannt verzogen«, ergänzte sie.

Kast lehnte sich in seinem Sessel zurück.

»Sieh an!... Wohin, weiß natürlich keiner!«

Er nahm eine der Seiten.

»Hier ist das Testament Ihrer Mutter. Was hat das in den Stasiunterlagen zu suchen? Wenn auch als Kopie! Sehen Sie sich mal das Datum an. Zwei Wochen vor ihrem Tod.«

Kristin nickte. »Ich weiß!«

Nachdenklich biß sie sich auf die Unterlippe.

»Meinen Sie...«, sie wagte es kaum auszusprechen, »daß das Testament gefälscht ist?«

»Irgend jemand wollte aus einem ganz bestimmten Grund diesen Hof, aber warum, das ist doch die Frage?«

»Ja, warum?« wiederholte Kristin leise. »Warum? Warum? Ich kann das alles sowieso nicht verstehen!« Sie holte tief Luft, es hörte sich fast wie ein Seufzen an. »Diese ganzen Akten, Verfolgungen, operativen Pläne, Maßnahmen, Verhöraktionen, warum? Sie haben meine Mutter geradezu verfolgt, beobachtet, als ob sie eine Verbrecherin sei.«

»Haben Sie schon alles gelesen?« hakte Kast nach, während er den Stapel Papiere durch seine Finger gleiten ließ.

»Ja, alles! Am Anfang sind sie jeden Tag zu meiner Mutter gekommen. Abschöpfen hieß das bei denen.«

Das Glas Wasser zitterte in ihren Händen.

»Das ist in jeder Diktatur so!«

»Trotzdem, wir sind alle so feige. Wer schreit auf? Alle verkriechen sich immer und immer wieder! Warum will keiner die Wahrheit wissen? Ich werde nicht mehr schweigen, jetzt, wo ich alles weiß, und ich werde auch um diesen Hof kämpfen. Wenn Sie das lesen, wirklich aufmerksam lesen, dann tut es einem weh im Bauch... und überall!«

Kast reichte ihr seine Hand.

»Ich werde Ihnen dabei helfen, bestimmt! Geben Sie mir bitte mal meine Tasche!« bat er.

Sie stand auf und holte sie.

»Sagen Sie, wissen Sie, ob mein Bruder ein Agent war? Für die CIA?«

Kast sah sie verwundert an. Woher hatte sie solche Informationen?

»Ihr Bruder hat als Wissenschaftler an einem absolut geheimen Nuklearprojekt gearbeitet. Fieberphasen hieß das. Aber es gibt keinerlei Hinweise auf eine Agententätigkeit. Nichts! Die Flucht, und das geht eindeutig aus den Protokollen hervor, muß für alle überraschend gekommen sein. Es war übrigens richtig, Sie derartig zu schützen. Sie standen damals tatsächlich auf der Abschußliste. Man hat Sie gesucht. Dann habe ich hier noch eine«, er stockte kurz, »sehr interessante Information!« Er reichte ihr das Originalpapier zur Rolle des Dr. Fuchs, damals noch Beamter beim Innerdeutschen. »Der Fuchs hat unter dem Decknamen ›Nihilist‹ Fluchtpläne verraten, darunter wahrscheinlich auch die Fluchtpläne Ihres Bruders. Irgend jemand mußte von den Plänen der Fluchthilfeorganisation Wind bekommen und Fuchs unterrichtet haben. Dieser hatte dann die Stasi alarmiert. Im Gegenzug wird er vermutlich etwas bekommen haben, aber das ist natürlich nirgendwo vermerkt. Vielleicht war das auch eine Methode, um eigene Leute frei zu bekommen, was weiß ich. Namen wurden nicht weitergegeben, aber es genügte ja schon, Zeitpunkt und Ort der geplanten Flucht zu benennen.«

Kristin bekam rasende Herzklopfen. Ihr wurde ganz weich in den Knien, und der Boden schien ihr unter den Füßen wegzugleiten. Das Blatt, das ihr Kast rübergereicht hatte, zitterte in ihren Händen. Ihre Augenbrauen zogen sich zusammen, um ihre Mundwinkel zuckte es.

»Was ist los?« Kast bemerkte, daß dieser Zettel Kristin aus der Fassung brachte.

»Nichts«, stotterte Kristin, »ich bin nur...« Sie sah ihn mit hilflosen, verzweifelten Augen an. »Ich weiß nicht, was ich dazu sagen soll. Glauben Sie, daß Fuchs es noch weiß?«

Kast blickte Kristin aufmerksam an.

»Da bin ich mir ganz sicher! Was denken Sie, weshalb er die Sache so schnell regeln will? Nur wegen der Russen? Der will seine eigene Vergangenheit schützen, das ist doch klar. ›Nihilist‹ war nicht nur ein harmloser IM, es war ein aktiver Posten. Wenn das rauskommt, kann er in Rente gehen! Und so eitel, wie der ist, würde ihn das sehr schmerzen.«

Kristin stand auf und wandte sich von Kast ab. Ihr war zum Heulen zumute, aber sie wollte nicht, daß Kast etwas davon mitbekam. Sie stellte sich ans Fenster und zog an den Gardinen.

»Möchten Sie noch Tee?« fragte sie mit leiser Stimme.

»Nein«, antwortete Kast und humpelte zu ihr hin. »Fuchs will, daß ich die Ermittlungen an den BND abgebe. Er will unter allen Umständen, daß ich nichts mehr damit zu tun habe. Das ist doch merkwürdig, oder?«

»Ja!« Kristin konnte kaum zuhören, was Kast erzählte. Ihr ging das Wochenende im Kopf herum, ihr Abenteuer mit Fuchs, sie hatte mit diesem Verräter...! Diese Nachricht war wie ein Stoß in ihre Seele. Sie hatte diesem Politiker vertraut, sehr vertraut sogar! Nie wäre sie auch nur im entferntesten auf den Gedanken gekommen... es war grotesk! »Nein!« schrie sie plötzlich und zitterte am ganzen Körper.

»Ist irgendwas? Was ist mit Ihnen?« versuchte Kast zu erfahren, weshalb sie sich auf einmal so sonderbar benahm. »Kann ich Ihnen irgendwie helfen?«

Kristin schüttelte langsam den Kopf. »Es geht wieder!« Sie biß die Zähne zusammen, um nicht einfach loszuschreien. Sie ging an Kast vorbei zurück zum Tisch und schenkte sich eine Tasse Tee ein, die sie mit beiden Händen umfaßte und in einem Zug austrank. Dann blickte sie zu

Kast auf, der vor ihr stand und sich auf der Stuhllehne abstützte. Sie sah ihm direkt in die Augen.

»Ich war...«, begann sie mit zittriger Stimme, »ich war dieses Wochenende bei Fuchs. Auch nachts...«, sagte sie nüchtern und sehr schnell und selbstbewußt, so als könne sie hinter diesen einen Satz einen endgültigen Punkt, auch was diese flüchtige Beziehung anging, setzen.

Jetzt war Kast wie vom Donner gerührt.

»Was Ernstes?« fragte er.

»Ernst!« sah ihn Kristin an. »Was verstehen Sie darunter?« Sie zerkrümelte ein Stück Zucker über ihrer Teetasse. »Es ist aus der Situation heraus passiert, wenn Sie wissen, was ich meine. Etwas, was man im Moment unbedingt will, um es dann hinterher sofort zu bereuen. Was soll's! Vielleicht... wie soll ich es erklären! Es war so, wie es immer anfängt. Man findet sich nett, bleibt und bleibt zusammen, bis... na ja! Ich hatte Vertrauen zu ihm. Er hat mir gesagt, daß Jürgen ein Agent gewesen sei, daß er mit militärischer Forschung zu tun gehabt habe und daß die Russen rein zufällig den Hof übernommen hätten, um dort wahrscheinlich Altlasten loszuwerden – der offene Zugang zum Meer. Man wolle aber derzeit nicht in Streit kommen mit den Russen, und deshalb habe er die schöne Aufgabe, mir im Auftrag der Regierung eine Entschädigungssumme, sozusagen als Schweige- und Verzichtsgeld, anzubieten.«

»Eine Entschädigung!« wurde Kast stutzig. »Und wieviel?«

Kristin zuckte die Schultern.

»Er nannte einmal zweihunderttausend Mark, meinte aber, ich könne auch eine höhere Summe nennen, man wolle sich großzügig verhalten. Ich hatte, ehrlich gesagt, schon damit geliebäugelt. Es klang alles sehr seriös und fürsorglich. Aber jetzt... jetzt will ich das nicht! Schon die Stasiakten haben mich aufgewühlt, aber das, was Sie mir erzählt haben, gibt mir den Rest! Ich will jetzt erst alles wissen, bevor ich mich entscheide, auf das Erbe zu verzichten!«

»Und nun?« fragte Kast. »Was haben Sie vor? Sollen wir die Anzeige zurückziehen, oder...«

Kristin biß sich unschlüssig auf die Unterlippe.

»Nein, auf gar keinen Fall! Das kommt nicht in Frage! Wenn Sie nicht mehr wollen, dann muß ich eben allein weitermachen. Ich muß rausfinden, was wirklich los war. Wenn mein Bruder kein Agent war, sich aber alle nach seiner Flucht so komisch benehmen, dann muß er irgend etwas Besonderes geleistet haben. Irgend etwas, was unter keinen Umständen herauskommen sollte! Vielleicht haben seine Verfolger ja geglaubt, zu Hause auf dem Gelände etwas zu finden, und haben deshalb alles übernommen und abgesperrt. Jürgen war ein Genie auf seinem Gebiet. Das haben immer alle gesagt, und das steht auch in sämtlichen Beurteilungen. Irgend etwas hat er erforscht, was andere noch nicht haben, und er wollte vielleicht, daß es andere auch bekommen. Er hat immer davon gesprochen, daß es im Ost-West-Verhältnis sehr wichtig ist, daß ein Gleichgewicht herrscht. Er war ein Gleichgewichtsfanatiker. Hat die Kristalle, die Sternenanordnungen, sozusagen den Bestand des Lebens, der Welt, von Gleichgewichtssystemen abhängig gemacht. Ich könnte mir vorstellen, daß er dahintergekommen war, daß irgend jemand oder sogar seine eigene Gruppe an einem Projekt arbeitete, das dieses atomare Gleichgewicht in Frage gestellt hätte. Dann wäre er viel zu verantwortungsvoll gewesen, um... Könnten Sie sich denken, daß dies ein Motiv ist? Wie sagten Sie, hieß das Projekt?«

Kast hatte ihr die ganze Zeit stumm zugehört und sich in jedes ihrer Worte verliebt. Sie war so zerbrechlich und gleichzeitig stark und süß und herb. Er wollte sie in den Arm nehmen, sie liebhaben, ihr das Gefühl geben, daß es sich lohnt, zu lieben, daß es sich lohnt, jemandem zu vertrauen.

»Fieberphasen!« antwortete er.

»Ja. Kann ich die Papiere sehen?« fragte sie.

Kast zeigte ihr die Unterlagen.

»Darf ich mir etwas zu trinken holen?« fragte Kast.

»Aber ja, im Kühlschrank. Suchen Sie sich was aus, viel ist es nicht, aber schauen Sie selbst.«

Sie las konzentriert, während Kast zum Kühlschrank ging.

»Viel Ahnung hab ich nicht von Physik, und von Nuklearphysik erst recht nicht. Mich hat dieses Gebiet immer eher angewidert. Ich habe immer nur die Vernichtung, nicht die Energie gesehen. Da, da ist was!« Sie deutete mit dem Zeigefinger auf eine Passage.

Kast hatte im Kühlschrank eine Flasche Wein entdeckt.

»Darf ich? Mit Ihnen?«

Sie nickte. »Ich bin froh, daß ich jetzt nicht allein bin. Nein, wirklich! Sie haben ja auch nichts mehr vor, oder?« Kast verneinte. Das Telefon läutete, und Kristin hob ab. Energisch sagte sie zweimal »nein!«, ehe sie wieder einhängte.

»War es Fuchs?«

Kristin nickte.

»Wollte er sich mit Ihnen treffen?«

Kristin nickte erneut, ohne etwas zu sagen. Sie hatte Tränen in den Augen.

»Soll ich nicht... doch lieber gehen?« fragte Kast.

Kristin griff nach seinem Arm.

»Nein, bitte, bleiben Sie«, bat sie mit leiser Stimme. Sie setzte sich und suchte erneut nach der Stelle im Text, die sie eben gelesen hatte. Mit einem Bleistift unterstrich sie die Stelle.

»*...das Pu-Isotopengemisch durch die optimale Beimengung von R. M. so zu konfigurieren, daß die kritische Masse wesentlich reduziert wird und eine Kettenreaktion schon gelingt, wenn der kugelförmige Träger die Größe eines Feldtennisballs hat.*«

Kristin legte das Blatt zur Seite.

Kast sah sie eindringlich an. »Wissen Sie, was das bedeutet? Die Atomwaffenbestände geraten außer Kontrolle! Das Zeug kann man dann doch viel leichter verstecken, transportieren und jederzeit einsetzen! Terroristen werden das zu nutzen wissen!«

Kristin bekam große Augen.

»Aber mein Bruder war Theoretiker. Ich glaube nicht, daß es so etwas schon in der Praxis gab, das wäre rausgekommen. Und die Amerikaner forschen doch auch schon ewig auf diesem Gebiet. Ich weiß nicht, ein Usedomer Wissenschaftler, ich weiß nicht. Ein bißchen kühn, oder?« Er entkorkte die Flasche Wein und schenkte ein. »Bei meinen Kollegen heiße ich Charlie. Nach meinem zweiten Rufnamen, Thomas Karl«, betonte er. »Wir sind ja jetzt auch so was wie Kollegen.«

Kristin hob ihr Glas. »Mein Bruder hat meistens Kris gesagt!«

Sie stießen kumpelhaft auf das »Du« an.

»Auf Usedom und unsere Erfolge!« sagte Charlie.

»Auf Usedom und den Klemenz-Hof!« sagte Kris.

Bis weit nach Mitternacht schmiedeten sie Pläne, entwickelten Strategien und steckten sich gegenseitig mit ihrem Enthusiasmus an, es allen anderen zeigen zu wollen. Was brauchten sie sich darum scheren, ob die Regierung Probleme mit den Russen hat? Sie würden versuchen, ihre Konflikte allein zu lösen. Charlie war ohnehin offiziell krankgeschrieben, auch wenn er sich vorgenommen hatte, doch noch mindestens für zwei, drei Stunden die Post im Büro zu erledigen. Außerdem hatte er noch einen Außentermin in Rostock, und den wollte er auf dem Weg nach Usedom erledigen. Er vereinbarte mit Kristin, sich in zwei Tagen zu treffen, um dann für drei Tage nach Zinnowitz zu fahren. Er würde zwei Hotelzimmer besorgen.

»Wir werden noch ein Team!« Charlie umarmte sie flüchtig, als er sich von ihr verabschiedete, und drückte ihr einen freundschaftlichen Kuß auf die Wange.

Ein netter Kerl, wenn er mal auftaut! dachte Kristin, als sie ihm vom Fenster aus nachsah. Aber mehr dachte sie nicht.

DER BRUCH

Fuchs saß in seinem Auto und wählte die Nummer 57 91 68. Kristin schrieb an ihrem Schreibtisch einen Brief, Charlie war gerade gegangen. Das Telefon klingelte nun schon zum dritten Mal. Sie blickte auf den Apparat und zögerte. Sollte sie abheben? Sollte sie antworten, wenn es wieder Fuchs war, oder sollte sie erneut auflegen? Was wollte er? Sie hob langsam den Hörer ab.

»Ja bitte!« sagte sie knapp.

»Hallo, Christine…« Weiter kam der Anrufer nicht, denn Kristin hatte den Hörer schnell wieder aufgelegt. Sobald sie auch nur ein Wort aus seinem Mund hörte, schnürte es ihr die Kehle zu. Sie hätte ihm so gern ihren ganzen Frust an den Kopf geworfen, aber ihre aufgestauten Gefühle hingen wie eine Käseglocke über ihr, und nichts drang nach außen.

Kristin starrte noch eine Weile auf den Apparat, und mit ihren Gedanken war sie bei dem zerrissenen Vertrag. Fuchs rief sie sicherlich deshalb an. Es war töricht, das Geld nicht anzunehmen, Kristin ahnte, daß sie einen Fehler beging, daß es unvernünftig war, noch tiefer in die Vergangenheit einzusteigen und auch noch einen anderen Menschen mit hineinzuziehen. Doch die Vernunft hatte keine Sprechstunde. Kristin gehorchte nur ihren Gefühlen, ihrem leidenschaftlichen Drang, erfahren zu wollen, in was ihr Bruder damals verstrickt war. Und sie wollte den Hof zurück. Jetzt erst recht!

Kristin stand auf, zog sich ihre dunkelrote Seidenjacke

über und ging aus dem Haus. Sie wollte noch ein paar Sachen für die Fahrt nach Usedom einkaufen. Kristin war höchstens zwei Straßen von ihrer Wohnung entfernt, als sie die Stimme, dieses langgezogene »Christine«, hinter sich hörte. Sie wußte sofort Bescheid, drehte sich nicht um und begann, schneller zu gehen.

»Christine...«, keuchte es hinter ihr. »Verdammt noch mal, bleib endlich stehen. Ich muß mit dir reden!«

Jetzt blieb Kristin stehen und drehte sich um. Fuchs hatte sie fast eingeholt. Er wirkte abgehetzt, trug schwarze Jeans und ein dunkelgraues Sweatshirt, Marke elegante Freizeitkleidung. »Christine, um Himmels willen, was ist los mit dir? Ich... ich hab die ganze Zeit an dich gedacht, mir Sorgen gemacht, hab meine Termine kaum wahrnehmen können, und du tust so, als würden wir uns nicht kennen. Hast du denn alles vergessen? Ich wollte dich einladen, am Wochenende mit mir nach Wien zu kommen. Dann siehst du mal was anderes. Und der Vertrag! Hast du es dir überlegt? Es ist sehr wichtig! Es ist gefährlich, sich allein in solche Gesellschaft zu begeben. Christine, wenn dein Bruder im Agentenmilieu zu tun hatte, dann hatte er was zu verbergen. Und es ist ganz logisch, daß die Gegenseite denkt, du könntest was wissen!«

Kristin hatte ihn wie immer monologisieren lassen und dabei sein kantiges Gesicht beobachtet. Sah so das Gesicht eines eiskalten Verräters aus, eines Menschen, der für Geld andere ins Unglück, sogar in den Tod treibt? Sie versuchte, wenigstens aus seinen Augen einen klitzekleinen Funken Gewissensbisse abzulesen, doch außer seinem schnellen, fast hektischen Atmen, fiel ihr nichts Außergewöhnliches auf. Ein attraktiver Mann um die Fünfzig, dem der Erfolg geradezu aus dem Gesicht sprang. Nicht die geringste Spur von Unsicherheit oder Verschlagenheit oder gar Hinterhältigkeit war zu erkennen. Lässig stand er vor ihr, die Hände in den Taschen, das Gesicht ihr zugewandt.

»Was ist?« fragte er. Ihr starrer Blick, ihre abweisende Haltung mußten ihn wohl für einen Moment stutzig gemacht haben. Kristin stand auffallend gerade, den Oberkörper ein wenig nach hinten gebeugt, vor ihm, so daß sie sich nicht zu nahe kamen.

»Du willst dich freikaufen!« sagte sie knapp, mit einem betont verletzenden Unterton.

Fuchs schlug sich mit der rechten Hand gegen die Brust.

»Ich, wieso ich?« fragte er verblüfft.

»Ich weiß alles!«

Kristin blickte ihm direkt in die Augen. Er hielt ihrem Blick stand. Ein Schwarm Fußgänger kam aus dem U-Bahn-Schacht auf sie zu. Fuchs stellte sich neben Kristin an das Schaufenster eines Porzellangeschäftes, um die Passanten nicht zu behindern. »Was alles?« fragte er bohrend.

»Eben alles!« entgegnete Kristin geheimnisvoll.

Fuchs packte mit seinen Händen Kristin an den Oberarmen und zog ihren schmächtigen Körper an sich.

»Hör mal, was soll das? Ich verstehe absolut nichts! Kannst du mal aufhören, in Rätseln zu reden? Ich will dir helfen, und du machst hier eine Szene!«

Kristin schüttelte sich. »Du weißt schon lange, wer ich bin!«

»Was soll das?«

»Hör du auf, den Unwissenden zu spielen. Ich habe Beweise. Du hast die Fluchtpläne von Jürgen gekannt und ihn verraten. Warum?« fragte sie eindringlich und anklagend zugleich.

Fuchs schwieg einen Moment, und auch Kristin senkte ihren Blick auf die Straße. Für einen kurzen Moment flackerte in ihr die Nacht, diese schamlose Nacht mit ihm, auf. Es war frisch und tat weh. Sie hatte sich zumindest eingebildet, etwas für ihn empfunden zu haben, Sympathie und Zuneigung. Ja, er hatte ihr gefallen und imponiert! Und jetzt lagen diese Gefühle wie ein zerborstener Spiegel vor ihr.

»Müssen wir denn unbedingt hier auf der Straße stehenbleiben? Wir gehen zu dir, ich kann dir alles erklären, es ist bestimmt anders, als du es erfahren hast, du wirst mich verstehen. Bitte, hör mir wenigstens zu!«

Kristin schüttelte energisch den Kopf.

»Da vorne ist ein Café. Ich habe aber nur wenig Zeit!« Sie gingen dorthin und setzten sich in die hinterste Ecke des Cafés. Sie bestellten sich beide einen Cappucchino und ein Glas Wasser.

»Christine«, begann Fuchs als erster, »das ist… der Kast, oder? Du bist in deinen Gefühlen hin- und hergerissen zwischen zwei Männern, ist es das? Er kümmert sich ja mächtig um dich!«

Kristin nippte an ihrem Wasser. »Was spielt das für eine Rolle. Der Kast hat nichts damit zu tun«, sprudelte es plötzlich aus ihr heraus. »Für wie blöd hältst du mich? Es ist die Wahrheit, und das ist Fakt. Das hat nichts mit meinen Gefühlen zu tun, wie du es vielleicht gerne hättest. Du hast alles gewußt, und du hast mich benutzt, nur benutzt! Ich möchte schreien, um mich davon zu befreien! Ich könnte dich verprügeln! Kannst du denn wirklich nicht begreifen, wieviel mir das bedeutet, wie mich das beschäftigt… ihr Männer seid alle so entsetzlich… gefühllos! Besonders solche wie du. Im Job ganz oben, aber als Mensch ganz unten!«

Kristin war wütend und nicht gerade leise. Die anderen Gäste drehten sich bereits nach ihnen um. Fuchs, der das bemerkte, starrte herausfordernd zurück, ehe er betont leise fortfuhr.

»Und Frauen… du bist auch nicht anders. Immer schnell bei der Hand mit Urteilen. Ihr hört was, dann knallt es in den Bauch, euer Epizentrum an Emotionen, und dann wird fleißig abgeurteilt. Ich bin jetzt der Buhmann, weil du alles aus dem Zusammenhang reißt!«

»Mein Gott, was gibt es da aus dem Zusammenhang zu

reißen? Mein Bruder ist tot. Ich wäre auch beinahe draufgegangen, ich habe keine eigene Identität mehr, unser Haus gehört den Sowjets, und warum... weil ein dämlicher, gefühlloser Idiot aus dem Innerdeutschen mit Decknamen ›Nihilist‹ die Fluchtpläne verraten hat. Und dann auch noch die Frechheit besitzt, mit seinem Opfer ins Bett zu steigen, den Retter zu spielen, den guten, lieben, fürsorglichen Onkel. Ich will dich nie wieder in meinem ganzen Leben sehen, und dies ist ein Entschluß, der mir so leichtfällt, wie schon lange keiner mehr. Hau ab und laß mich in Ruhe! Laß mich bloß in Ruhe!«

Es lag ein angespanntes Schweigen zwischen ihnen, eine Schlucht, über die niemand zu springen gewagt hätte. Fuchs spürte, daß die Situation aussichtslos war. Er hatte nicht damit gerechnet, daß es noch irgendwo ein Papier geben würde, das ihn als den »Nihilist« entlarven konnte. Dieser Kast war ein ausgezeichneter Schnüffelhund, nur dieses Mal gegen ihn. Und wenn diese Story an die Öffentlichkeit drang, war er so gut wie erledigt. Er überlegte, was Kristin vorhatte.

»Was sind das für Beweise?« fragte er. »Du beklagst dich, stellst mich als einen Verbrecher hin, und ich weiß nicht, wie ich dir alles erklären soll, weil ich nicht...«

»Vergiß es...«, sagte Kristin. »Ich werde dich nicht verpfeifen! Ich will nur, daß du mich in Ruhe läßt. Keine Anrufe, keine Belästigungen, nichts! Ich will dich so schnell wie möglich vergessen. Und wenn sie im Fernsehen ein Interview mit dir bringen, werde ich abschalten, so schnell es geht. Vergessen wie immer. Ich hab darin Übung. Nur eines will ich wissen: Warum habt ihr so was gemacht? Das war kalkulierter Mord!«

Fuchs wirkte angespannt. Kristin wußte alles, und er hatte keine Chance, sich da rauszureden. Jede weitere Lüge würde nur noch mehr Haß erzeugen und sie verletzen. Und wozu Menschen mit einem verletzten Ego fähig waren... sie hatte ihn in der Hand, auch wenn sie das im Moment nicht wußte. Aber wie würde sie morgen darüber denken oder übermorgen?

»Woher hätte ich damals wissen sollen, daß wir uns später einmal begegnen? Diese Fluchtgeschichten waren ein Teil eines geheimen diplomatischen Abkommens zwischen den beiden deutschen Geheimdiensten. Nichts Offizielles natürlich, inoffiziell, auf mittlerer Ebene. Gegen weitergegebene Fluchtpläne haben wir eigene Leute zurückbekommen. Unsere Leute, die irgendwo in Bautzen oder Brandenburg eingelocht waren und sonst keine Chance gehabt hätten, rauszukommen! Das ist wie immer im Leben. Die eigenen Leute stehen dir näher. Ob da ein Meier, Schulze oder Müller seinen Traum von einer gelungenen Flucht nicht mehr verwirklichen konnte, spielte keine Rolle mehr. Zumal wir uns einbildeten, gerade diejenigen, die über die Ostsee flüchten wollten, vor dem sicheren Tod bewahrt zu haben, denn viele dieser Fluchten gingen schief. Daß die schießen würden – meist haben sie die Leute schon vorher am Strand geschnappt. Wir hatten unsere Interessen zu vertreten, jeder Staat, und das ist seine verdammte Pflicht, schützt erst mal diejenigen, die zu ihm gehören. Das ist immer so! Der Osten hat pausenlos Forderungen gestellt. Manchmal haben die uns sogar reingelegt, um zu überprüfen, ob wir uns auch an die Abmachungen hielten.«

»Du hast doch Geld dafür bekommen!«

»Geld für Fluchtpläne? Quatsch! Das ist nicht wahr. Ich habe so auch genug verdient.«

»Trotzdem hast du Geld bekommen. Gib es doch zu!«

»Ich weiß nicht mehr, was damals noch alles nebenbei gelaufen ist. Was soll das, Christine! Ist das ein Verhör?«

»Ich will die Wahrheit wissen, deshalb bin ich in Berlin. Ist es ein Verbrechen, wenn man die Wahrheit wissen will?«

Fuchs atmete tief durch und bestellte sich noch einen Kaffee. Er zündete sich eine Pfeife an.

»Die Wahrheit... die Wahrheit!« wiederholte er, »das ist eine komplexe Geschichte! Leute, die die Wahrheit suchen... bauen meist ihr ganzes Leben auf einer Lüge auf. Die Wahrheit, Christine, überleg doch mal. Ich hab dir die Wahrheit gesagt, die Wahrheit ist aber auch, daß ich mich jetzt für dich, für dein Schicksal, verantwortlich fühle. Ich habe möglicherweise etwas ausgelöst, was dein Leben durcheinandergebracht hat, aber doch nicht mit Absicht. Hätte ich dich gekannt, du lieber Himmel! Die Wahrheit ist, daß es zwischen allen Staaten eine Fülle von Ungereimtheiten gibt, auf denen alles basiert. Die Wahrheit ist ein Puzzle mit ständig wechselndem Motiv und unerhört farbigen, undurchsichtigen Facetten. Glaubst du wirklich, es gibt... die Wahrheit! Daran glauben doch nicht mal mehr die Idealisten. Alles aber ist geworden, sagt Nietzsche, es gibt keine ewigen Tatsachen, so wie es keine absoluten Wahrheiten gibt.«

»Nietzsche«, äffte ihn Kristin nach. »Was geht der mich an?«

»Die Wahrheit ist hier und heute und die hat ein klares Gesicht. Das meint er damit, und insofern geht er dich was an. Du bist in Gefahr, und ich kann dir helfen, aber du mußt es wollen! In der Vergangenheit nach Wahrheit zu suchen... Christine, sei vernünftig, schau nach vorn, laß dich nicht von deinen Gefühlen treiben! Du rennst mit dem Kast in dein Unglück. Und für was und für wen? Damit du dir nachher moralisch auf die Schulter klopfen kannst? Das Risiko ist zu groß. Hör auf! Laß die Toten ruhen, und genieße das Leben!«

Kristin hatte plötzlich eine Idee. Es war fast wie eine Eingebung. Er hatte tatsächlich, wie Kast es angedeutet hatte, Angst vor diesem Stasi-Enthüllungspapier. Die Angst, die Unsicherheit, nicht zu wissen, was andere damit anstellen, sprang ihm förmlich aus den Augen. Warum sollte sie dies nicht für ihre eigene Sache nutzen? Sie sah ihn herausfordernd, fast triumphierend, an. Jetzt war sie an der Reihe und konnte Bedingungen stellen.

»Was ist? Woran denkst du?«

Fuchs sah ihr an, daß sie etwas ausheckte. Aber was?

»Du weißt, wer von den Russen auf unserem Hof das Sagen hat. Ich will den Namen und mit einer Empfehlung von dir einen Termin!«

»Wieso soll ich...?«

»Der BND«, unterbrach sie ihn, »hat auf deine Anweisung hin den Fall angeblich an sich gerissen. Jedenfalls ist das der offizielle Grund, weshalb Kast und die ZERV nicht mehr ermitteln dürfen.«

Fuchs zog die Augenbrauen hoch und grinste.

»Du bist ja bestens informiert! Ich kenne ihn, na und? Denkst du, du kannst ihn dazu überreden, den Hof zu verlassen? Er hat Verträge!«

»Wer ist es?«

»Oberst Tscherenkow.«

»Und wo sitzt der?«

»In Wünsdorf. Bei seiner Einheit. Der Klemenz-Hof ist nur eine Außenstelle.«

»Gut. Dann ruf ihn an und sag ihm, daß ich einen Gesprächstermin will.«

»Jetzt?«

»Ja. Du schleppst doch ohnehin immer dein Telefon mit dir rum und hast alle Nummern gespeichert. Jetzt!« wiederholte sie. »Oder soll ich dich doch verpfeifen?« Sie grinste frech.

»Du kannst mich nicht erpressen, Christine, dazu fehlt dir das kriminelle Format!« erwiderte er sarkastisch.

»Ruf an!«

»Gut, warum nicht? Wenn du dich selbst dem Tiger zum Fraß vorwerfen willst, bitte!«

Er telefonierte mit Wünsdorf und ließ sich mit Tscherenkows Einheit verbinden. Er hatte Glück, Tscherenkow war in Berlin und sagte am Telefon einen Termin zu, ohne große Umstände.

»Heute?« fragte Fuchs an sie gerichtet über den Tisch. Kristin war überrascht, daß alles so schnell und reibungslos ging.

Sie nickte.

»In drei Stunden?«

Sie nickte erneut.

Dann legte Fuchs auf. Es waren knapp fünf Minuten vergangen.

»Zufrieden? Ich habe leider nachher eine Besprechung, sonst würde ich dich begleiten. Was erwartest du dir eigentlich von diesem Gespräch? Wenn du dich mit den Russen anlegst, wird dich keiner schützen können!«

»Das mußt ausgerechnet du sagen!«

Kristin stand auf und ging hinaus, ohne ein weiteres Wort zu verlieren. Er blieb sitzen, trank sein Wasser aus und drehte sich auch nicht mehr nach ihr um.

IN WÜNSDORF

Kristin erhielt am Eingang zur sowjetischen Kasernenstadt einen Passierschein. Ein Rekrut war abgestellt worden, um sie zu Oberst Tscherenkow zu fahren. Sie setzte sich in den Militärjeep und wechselte kein Wort mit dem jungen Russen. Die Sonne brannte erbarmungslos vom Himmel. Kristin und der Russe hatten die Autofenster heruntergekurbelt, der Fahrtwind tat gut auf der Haut.

»Heiß!« sagte der Russe mit starkem Akzent.

»Ja!« antwortete Kristin, während ihre Augen über die »verbotene Stadt« huschten. Militärfahrzeuge und Uniformen prägten das Stadtbild, ansonsten sah es aus wie überall: Wohnblocks zwischen Grünanlagen, Geschäfte, eine Schule, sogar ein Bahnhof mit einer Direktverbindung nach

Moskau und ein mit alten Villen bestücktes Viertel zogen an ihr vorbei. Vor einer großen Villa mit Steinsäulen und rundem Balkon machten sie halt. Tscherenkow wohnte hier und führte auch von hier aus seine militärischen Geschäfte. Die Villa war von zwei Wachleuten geschützt. Tscherenkow blickte aus dem Fenster auf das herannahende Fahrzeug.

Nach dem Telefongespräch war er zunächst wütend gewesen, daß Fuchs seinen Namen gegenüber dieser Frau erwähnt hatte und daß er es auch noch wagte, sie zu ihm zu schicken. Doch mittlerweile hatte sich sein Zorn gelegt, und er wollte das Beste aus der Situation machen. Schließlich hatte er die Gelegenheit, herauszufinden, was sie wußte. Tscherenkows Adjudant Dimitri Janow empfing Kristin an der Haupttür und schickte den Fahrer weg.

»Oberst Tscherenkow erwartet Sie schon«, sagte er in einem sehr klaren Deutsch, fast so, als ob es seine Muttersprache sei.

»Danke!« erwiderte Kristin und ließ sich in den ersten Stock begleiten. Als sie Tscherenkow in der Tür stehen sah und in sein breites, derbes Gesicht blickte, erschrak sie. Diesen Mann hatte sie schon mal gesehen. Ja, sicher! Vor ein paar Wochen in Usedom. Beim Hof in dem Auto! Ob er sie auch erkannte?

Sie begrüßten sich höflich, und Kristin versuchte, sich nichts anmerken zu lassen.

Tscherenkows Augen hingen hingegen mehr auf ihrem Bernsteinanhänger, jenem Objekt der Begierde, als auf ihrem Gesicht.

»Frau Klemenz, was führt Sie zu mir?« fragte er.

»Woher sprechen Sie so gut deutsch?« erkundigte sich Kristin, während sie in seinem Büro Platz nahm.

»Ich lebe schon sehr lange hier«, antwortete er. Dimitri Janow servierte beiden einen Eistee. Kristin bedankte sich. »Sie werden es sicherlich schon ahnen, weshalb ich Sie sprechen wollte«, sagte sie.

»Ja«, lächelte Tscherenkow. »Dieser Hof in Usedom. Sie sind diese mysteriöse Erbin, die erst verschwunden war und jetzt plötzlich wiederaufgetaucht ist. Es tut mir leid, daß es zu Verwicklungen kommt, aber Sie müssen verstehen, wir haben rechtsgültige Verträge und haben diese Einrichtung in die Schulungsprogramme integriert und können jetzt nicht einfach von dort weg. Ich bin davon ausgegangen, daß Ihnen die deutsche Regierung eine finanzielle Entschädigung anbieten wird. Ist das nicht geschehen?«

Kristin schüttete sich noch etwas Zucker in den Tee.

»Doch, mir ist Geld angeboten worden. Aber ehrlich gesagt, ich hätte lieber den Hof zurück.«

Tscherenkow zuckte die Schultern. Seine braune Ausgehuniform mit den vielen vaterländischen Verdienstorden saß wie angegossen. Er kramte in seiner Schublade nach dem Pachtvertrag und zeigte ihn ihr. »Hier, es ist alle rechtmäßig. Wir haben sogar von der Gemeinde einen Auszug aus dem Grundbuchamt. Ich schätze, wenn Sie den Hof von der Gemeinde zurückholen wollen, müssen Sie klagen. Da wäre die Heimatgemeinde Ihr Ansprechpartner, nicht wir. Aber Sie wissen ja, solche Prozesse ziehen sich hin.«

Kristin schluckte. Er ließ nicht die geringste Absicht erkennen, mit ihr zu verhandeln. Janow kam herein und bat Tscherenkow, für einen Moment hinauszukommen. Leutnant Klimow möchte ihn sprechen. Als Tscherenkow draußen war, nutzte Kristin die Gelegenheit, um auf seinem Schreibtisch und in den Schubladen nach Papieren zu suchen, die vielleicht mit dem Hof in Verbindung standen.

»Aber Frau Klemenz!« ertappte sie Tscherenkow, wie sie sich gerade über den Schreibtisch beugte. »Suchen Sie etwas Bestimmtes?«

»Nein«, entschuldigte sich Kristin, »ich wollte nur noch mal einen Blick auf den Pachtvertrag werfen.«

Sie drehte sich um, und Tscherenkow stand direkt vor ihr. Seine wuchtige Nähe machte ihr Angst. Sie wich einen

Schritt zurück. »Ich muß immer wieder auf Ihren Bernsteinanhänger schauen. Er ist ungewöhnlich groß. Darf ich mal?« fragte er und hielt ihn auch schon in seinen Händen. Er hob ihn hoch und betrachtete ihn gegen das Sonnenlicht. Er schaute aufmerksam, fast wie gebannt, auf den Stein, ehe er ihn wieder auf ihre Bluse fallen ließ.

»Haben Sie den Stein selbst gefunden?«

»Nein, den hat mir mein Bruder geschenkt«, erklärte Kristin.

»Ah so«, säuselte Tscherenkow, während er ihr direkt ins Gesicht blickte.

»Sie lassen also bezüglich des Grundstücks nicht mit sich verhandeln. Vielleicht würde die Bundesregierung ja auch Ihnen eine Entschädigungssumme anbieten, falls Sie auf den Hof verzichten!«

»Es gibt keinen Grund für Verhandlungen«, erklärte Tscherenkow in einem Tonfall, der deutlich machen sollte, daß es keinen Sinn hatte, ihn diesbezüglich weiter zu belästigen.

»Kannten Sie meinen Bruder persönlich?« fragte Kristin.

»Er ist mir bei einer Konferenz begegnet. Wieso fragen Sie?«

»Nur so!«

»Und Sie! Wußten Sie, wo Ihr Bruder gearbeitet hat?«

»Nein, ich habe das erst neulich erfahren, deshalb dachte ich...«

»Was haben Sie erfahren?« unterbrach Tscherenkow.

»Daß Jürgen fürs Militär geforscht hat, im Bereich der Nuklearphysik. Sein Projekt hieß wohl Fieberphase oder so ähnlich.«

Kristin beobachtete Tscherenkows Reaktion. Ihm verschlug es für einen Moment die Sprache.

»Sie sind sehr gut informiert.«

Kristin lächelte.

»Das hat mir heute schon mal jemand gesagt!«

Tscherenkow schenkte ihr noch eine Tasse Tee nach und versuchte den letzten Rest an Charme, der noch in ihm steckte, herauszuholen.

»Eine Frage, würden Sie mir Ihren Bernstein verkaufen?«

»Verkaufen? Wieso? Nein! Was wollen Sie damit?« sprudelte es aus ihr. Sie wunderte sich über dieses Angebot. Tscherenkow sah nun wirklich nicht so aus, als ob er Bernsteine sammeln würde.

»Meine Schwester hat übermorgen Geburtstag, und sie ist verrückt nach ausgefallenen Bernsteinen. Ich hätte ihr schon längst mal was in der Art besorgen sollen. Aber die Zeit!«

»Nein«, unterbrach ihn Kristin. »Den verkauf ich nicht. Niemals. Sie müssen verstehen, für mich ist das ein Erinnerungsstück.«

Tscherenkow warf einen Blick auf die Uhr.

»Es war ja nur eine Frage. Ich muß mich jetzt leider wieder auf meine Arbeit konzentrieren.« Er rief über Funk den Fahrer.

»Oder war noch was?«

»Nein«, antwortete Kristin.

Sie verabschiedeten sich sehr kurz, und Dimitri fuhr sie wieder zum Ausgang.

Unterwegs steckte er ihr einen Zettel zu.

»Stellen Sie jetzt keine Fragen. Lesen Sie erst später«, flüsterte er.

Als Kristin Wünsdorf verlassen hatte, las sie, was auf dem Zettel geschrieben stand:

»Habe interessante Informationen für Sie. Kommen Sie heute abend gegen acht ins Europa-Center, Café des Artistes. Bitte ohne Begleitung!«

Dimitri erwartete sie bereits, als sie am Abend zum vereinbarten Treffpunkt kam. In seiner schwarzen Jacke und dem schwarzen T-Shirt mit den nach hinten gebürsteten schwarzen Haaren sah er richtig flott und sportlich aus. Auffallend war nur die Unruhe in seinen Augen, und er sah sich ständig um, als habe er Angst, verfolgt zu werden. Die Zigarette saugte er förmlich in sich hinein.

»Auf diesem Grundstück in Usedom«, sagte er leise und aufgeregt, »wird Plutonium geschmuggelt. Übers Meer. Ich kenne nicht Tscherenkows Kunden, aber ich weiß, daß er verkauft. Ich habe Beweise und kann, wenn Sie es wollen, als Zeuge aussagen.« Er reichte ihr einen Brief. »Tscherenkow hat die Aufsicht über das gesamte gebunkerte waffenfähige Plutonium.« Es zuckte um seine Augen. »Ich weiß, daß er Plutonium entwendet hat. Diese Schulungsstätte ist nur eine Tarnung.« Kristin sah ihn an und versuchte dahinterzukommen, ob er die Wahrheit sagte oder ob er ein Spinner war oder jemand, der auf sie angesetzt war.

»Und weshalb erzählen Sie mir das alles?« fragte Kristin.

»Tscherenkow ist ein korruptes Schwein! Ich will ihn auffliegen lassen. Aber nicht intern, sondern extern. Ich verfolge eigene Interessen.«

»Und die wären?«

»Das steht alles in dem Brief. Sie sollen das an den BND weiterleiten. Falls die an meinem Angebot interessiert sind, können Sie mir Bescheid sagen.«

Kristin verstand nichts mehr und starrte ihn ungläubig an.

»Ich will einen amerikanischen Paß für mich und meine Familie«, er holte ein Foto aus seiner Tasche.

»Elena und Juri, mein Sohn«, zeigte er ihr. »Wir wollen raus aus der Armee!«

Jetzt begann Kristin zu verstehen, weshalb Dimitri so nervös war: Er wollte desertieren.

»Ein Bruder von Elena ist schon in den USA. Wir wollen auch dorthin!«

Kristin hatte Tränen in den Augen. Sie mußte unwillkürlich an ihre eigene Flucht denken. Er sah sie mit großen bittenden Augen an.

»Sie werden mich nicht verraten?«

»Nein, ich werde mich dafür einsetzen«, sagte sie bewegt. »Bestimmt!« wiederholte sie.

Er nahm ihre Hände.

»Danke!« sagte er. »Danke! Ich will nicht zurück nach Rußland. Eher erschieße ich mich! Und das Material, das Ihre Regierung bekommt, ist gut, bestimmt!« Er stand auf. »Ich muß gehen.«

»Gut. In einer Woche. Am gleichen Ort, zur selben Uhrzeit!«

Dimitri nickte, verabschiedete sich schnell und verschwand. Kristin fuhr mit einem Taxi nach Hause. Atomschmuggel auf ihrem Hof – dieser Satz ging ihr nicht mehr aus dem Kopf. Dann dieser junge Dimitri und seine Familie. Das mußte sie gleich Kast mitteilen. Sie rief ihn von einer öffentlichen Telefonzelle aus an und verabredete sich mit ihm für den nächsten Abend.

IM BUNKER

Die Hände in den Taschen, mit schweren Schritten, hetzte Priel den langen Flur im zweiten Untergeschoß des Forschungsbunkers entlang, dort, wo sich die Labors befanden. Mit einem kräftigen Druck öffnete er die massige Eisentür am hinteren rechten Ende des Flurs. Dr. Fischer und Dr. Kuronow hoben ihre Köpfe und schauten Richtung Priel. Die beiden standen vor pultartigen, gläsernen Kästen, hatten weiße Hauben und sterile Kittel an. Sie hantierten in Gummihandschuhen hinter der Glasplatte an dem Bernstein herum: Sie erledigten gerade den gefährlichsten Teil der Arbeit.

Mit einer Glaspipette füllten sie das Red Mercury, das wie ein rötliches, feinkörniges Sandgemisch aussah, in die vorbereiteten Hohlräume der Steine. Dann verschlossen sie den Bernstein mittels eines Harztropfens, damit das hochgiftige Plutonium nicht auslaufen konnte. Jeder hatte mehrere Bernsteine neben sich liegen. Ihre Arbeit wirkte eher wie die eines Uhrmachers als wie die von Atomforschern.

»Gibt es Probleme?« fragte Priel. Auch er hatte sich einen weißen Kittel und eine weiße Haube aufgesetzt. Neugierig blickte er den beiden über die Schulter. »Sieht gut aus!« nickte er anerkennend. »Wir müssen uns beeilen!« ergänzte er. »Es ist eine Frage der Zeit, wann sie den Kasten hier entdecken und damit auch uns. Ich bedaure es fast, daß wir uns nach der Geschichte trennen müssen, aber die Sicherheit geht vor. Und wir wollen ja was von unserer Arbeit haben, meine Herren, oder?« Er nahm sich einen der fertigen Steine und hielt ihn an einen Geigerzähler. Kein Ausschlag, absolut nichts.

Kuronow hob einen noch nicht verschlossenen Stein hoch, und die Nadel des Geigerzählers schlug kräftig aus.

»Sehr gut!« lobte Priel. »Da kommt nie einer drauf. Denken Sie, daß wir den Termin einhalten können und die komplette Lieferung bereit ist?«

»Natürlich«, sagte Kuronow ruhig, während er weiterhin konzentriert seine Arbeit verrichtete. Priel stellte sich neben den Kasten.

»Kann man zu Demonstrationszwecken dem Bahlevi mal einen Stein öffnen? Oder ist das zu gefährlich?«

Kuronow schüttelte den Kopf. »Bei der Dosierung in den Steinen ist das machbar. Aber es sollte nichts rauslaufen, und wir sollten den Verschluß dann wieder versiegeln, denn der Stöpsel kann ohne unsere spezielle Klebesubstanz durch Erschütterungen oder den Transport aufgehen.«

Priel nickte. »Das ist selbstverständlich«, antwortete er. »Es ist auch nur zur Demonstration. Dieser Bahlevi wollte sich vorher überzeugen. Ist verständlich bei dem Preis!«

Priel zog sich die Laborkleidung wieder aus, und Kuronow schob erneut seine Hände in die Handschuhbox.

»Seien Sie fleißig, meine Herren«, versuchte Priel zu scherzen. »Danach können Sie sich lange ausruhen!«

Er ging eine Etage hinauf in den Sitzungsraum. Dort erwarteten ihn bereits zwei Leute aus seinem Sicherheitstrupp. Priel hatte sie herbestellt.

»Guten Morgen, Genossen«, grüßte er beim Eintritt.

»Guten Morgen, Genosse Major«, tönte es wie aus einem Mund zurück.

Die beiden Männer standen von ihren Stühlen auf. Das Sitzungszimmer hatte nur Platz für etwa dreißig Personen und war wie ein kleines Kino eingerichtet. Die Fünfersitzreihen verliefen schräg nach hinten in die Höhe. Vorne war eine Leinwand hinter einem Vorhang verborgen. Der Projektionsraum befand sich – wie im Kino – außerhalb des Saals. Priel setzte sich mit den beiden in die letzte Reihe.

»Unten in den Labors verläuft alles nach Plan. Was uns Sorgen macht, ist die Sicherheit. Ausgerechnet jetzt muß diese Frau, die Schwester vom Klemenz, auftauchen. Und keiner weiß genau, was sie weiß, und das macht die ganze Sache unnötig kompliziert. Aber abgesehen davon, was sie von der Arbeit ihres Bruders weiß, ist sie ein Störfall. Sie schnüffelt in unseren Bereichen herum und macht die ZERV, den BND und andere Stellen mobil. Ich will die Frau! Wie, ist mir egal! Tot nur dann, wenn es sich überhaupt nicht vermeiden läßt. Ich will sie ausquetschen, will rauskriegen, was los ist. Aber sie muß unbedingt von der Bildfläche verschwinden, ehe es zu spät ist. Aufpassen müßt ihr auf einen Mann von der ZERV, der sie ständig begleitet. Der Kerl ermittelt entgegen eines konkreten Auftrages, insofern weiß er nicht viel und hat auch keine großen Befugnisse. Trotzdem möchte ich den Mann nicht am Hals haben. Laßt den in Ruhe! Ich will nur die Frau! Lebend! Ist das klar? Und so bald wie möglich! Ich weiß aus zuverlässiger Quelle, daß die beiden vorhaben, nach Usedom zu kommen. Wir werden auch noch rauskriegen, wohin. Da sollte es kein Problem sein, die Frau festzusetzen. Damit ihr wißt, um wen es sich handelt, habe ich eine kleine Diaschau vorbereitet.«

Der jüngere von den beiden Sicherheitskräften wollte eine Frage stellen, doch Priel winkte ab, löschte das Licht und gab dem Vorführer ein Zeichen.

»Nachher reden wir, dann können Sie mich alles fragen!« sagte er fast flüsternd.

Die Bilder zeigten Kristin vor einem Antiquitätenladen, wie sie sich suchend nach einem Bus umschaut, dann vor ihrem früheren Hotel und mit Kast. Priel wies auf den Bernstein hin, den sie auf einem der Bilder trug und der auf ihrem schwarzen T-Shirt besonders hervorstach. »Ich weiß zwar nicht, ob dieser Stein etwas zu bedeuten hat, aber er sieht unseren Steinen sehr ähnlich. Oberst Tscherenkow ist sich ziemlich sicher, daß der Stein heiß ist! Er hat ihn gestern eigenhändig begutachtet, denn die Klemenz war bei ihm. Es kann auch völlig unbedeutend sein, aber es ist wichtig, daß sie den Stein trägt oder bei sich hat, wenn ihr sie festnehmt. Es ist auch wichtig, daß sie euch sagt, wo der Stein ist, falls sie ihn nicht bei sich hat. Falls sie nichts sagt, werde ich es hier erledigen. Die Hauptsache, sie verschwindet für die nächsten drei Wochen von der Bildfläche. So, das war's, jetzt seid ihr an der Reihe mit Fragen!«

Er schaltete das Licht wieder an.

»Können wir einen Bildabzug haben? Das ist immer besser als aus dem Gedächtnis...«, sagte der links von Priel sitzende, jüngere Sicherheitsbeauftragte. Er hatte kurzgeschorene, blonde Haare, ein etwas derbes Gesicht und trug einen Jeansanzug.

»Gute Idee!« sagte Priel und versprach, dies zu veranlassen.

»Wie viele Leute bekommen wir für den Einsatz?« fragte der andere, ein Leptosomentyp mit schwarzen, kurzen Haaren, einem kantigen Gesicht und großen, engstehenden

Augen. Er trug eine schwarze Lederjacke und eine schwarze Cordhose.

»Ihr werdet zu zweit damit klarkommen müssen!«

DER HINWEIS

Kast wollte in seinem Büro nur noch mal nach der Post sehen. Seine Kollegin aus dem Nachbarbüro kam ihm mit einem dicken Briefumschlag entgegen.

»Hallo, ich habe gehört, Sie bleiben eine Woche zu Hause.«

»Im Prinzip schon«, erwiderte Kast. »Ich wollte mir nur noch ein paar Aktenordner abholen. Lesen kann ich ja!«

»Dann können Sie das gleich mit dazunehmen.« Sie reichte ihm den Umschlag. »Ist an Sie adressiert! Und – erholen Sie sich gut!« schmunzelte sie im Weggehen.

Kast ging zu seinem Schreibtisch und öffnete den Umschlag.

»Wird Sie interessieren, hat mein Kollege Rudi Arnold ausgegraben!« stand auf einem Beizettel.

Es handelte sich um Unterlagen zu Bahlevi alias Rhabani. Kunert kam herein. Wie immer ein bißchen langsam, ließ er sich lässig auf den Stuhl fallen.

»Du ... ich denke, du ruhst aus!« sagte er, einen morgendlichen Gähnanfall unterdrückend.

»Tu ich ja auch!« konterte Kast. »Ich hol mir nur was Spannendes zu lesen!«

»Du kannst es nicht lassen, he! Was ist das?« neigte er seinen Kopf zu Kast.

Kast sortierte die Dokumente aus dem Brief.

»Ist das wegen Bahlevi?« fragte Kunert neugierig. »Sag bloß, die haben was gefunden?«

Kast hob die Blätter demonstrativ hoch und blickte triumphierend zu seinem Kollegen.

»Und was alles! Das schmier ich dem Fuchs rein. Von wegen Beweise! Der Bahlevi hatte bereits seit ’76 im Internationalen Handelszentrum der DDR, Friedrichstraße, eine Firma mit dem schönen Namen RIKADO Company for Trade and Consulting gehabt. Mit einer Filiale in Riga.«

Kunert holte einen Joghurtbecher aus der Tasche, einen Plastiklöffel aus seiner Schublade und begann zu essen.

»Und womit hat er gehandelt?« fragte er mit vollem Mund. Kast hielt ein Blatt hoch, das in der Kopie viele schwarze Längs- und Querlinien hatte, die darauf hindeuteten, daß dieses Aktenmaterial mühselig aus dem Abfall eines Aktenvernichters wieder zusammengeklebt worden war.

»Rate mal!« Kast zeigte ihm das Blatt.

»Und?«

»Der war ein persönlicher Freund einiger Topterroristen aus dem Nahen Osten. Frenzels Waffenschieber GmbH SEM war eine Tochter dieser RIKADO. Bei der Handelsbank AG unterhielt RIKADO ganz offiziell ein Firmenkonto, über das Tausende von Maschinenpistolen, hier...«, Kast zeigte auf eines der Papiere, »auch britische Allzweckwaffen, im Prinzip Kriegsgerät aus ganz Europa, verscherbelt wurden...«

»Zeig mal!« Kunert wurde neugierig.

»Die Geschäfte müssen so gut gelaufen sein, daß die SEM nicht nur Händler, sondern auch Produzent werden wollte.« Kunert kratzte den letzten Rest des Joghurts aus dem Becher und schaute plötzlich Kast an, als ob er eine Eingebung gehabt hätte. »Der Bahlevi hat doch neulich diese Landmaschinenfabrik in Rostock erworben?«

»Eben!« ergänzte Kast. »Mit achtzehn Millionen Unterstützung von der Treuhand, auf Kosten des Steuerzahlers! Das ist mehr als dreist!«

»Und du denkst, der macht da weiter, wo er vor der Wende aufgehört hat.«

Kast blickte von seinen Unterlagen hoch.

»Bei den Verbindungen!«

»Weiß die Regierung davon?« fragte Kunert.

Kast stand auf, sortierte die Blätter wieder in den Umschlag und ging rüber zu Kunerts Schreibtisch.

»Möglich. Nach den Unterlagen waren es SEM-Leute, die den NVA-Schrott verhökert haben. Es kann nicht sein, daß die in Bonn nichts davon wußten. Bis zum letzten Tag vor dem sogenannten Beitritt der DDR zur BRD hat das Ministerium für Abrüstung und Verteidigung Panzer, MIGs, Kanonen, Lenkraketen, Schnellboote und Laster an jeden, buchstäblich an jeden, verkauft. Hier sind sogar die Einkaufslisten drin. Alles Dumpingpreise!«

Kunert nickte anerkennend.

»Unglaublich! Und was können wir jetzt unternehmen?«

Kast steckte den Umschlag in seine Aktentasche.

»Schauen, wo die Gelder aus diesen Verkäufen geblieben sind, und vor allem den Bahlevi beobachten. Sobald ich wieder hier bin, werden wir zwei V-Leute auf ihn ansetzen. Irgendeinen Fehler macht jeder. Ich mach von dem Zeug noch 'ne Kopie und fax das dem Fuchs rüber. Bin gespannt, was er sich jetzt wieder einfallen läßt, um den Kerl zu schützen.«

»Aber was haben die an dem gefressen?« Kunert warf den Joghurtbecher über zwei Schreibtische hinweg in den Abfalleimer.

»Wahrscheinlich hat es Politiker aus der Bundesrepublik gegeben, die über RIKADO auch ihre Provisionen eingesteckt haben. Hm...«

Kast hob mit den Worten »dann bis nächste Woche« seine Hand zum Abschiedsgruß und verschwand.

DER ÜBERFALL

Kristin bummelte durch das legendäre »Kaufhaus des Westens«. Wie immer drängten sich die Leute um die Warenkörbe. Jeder suchte nach etwas anderem. Kristin begutachtete gerade eine Handtasche, als sie sich von einem ihr gegenüberstehenden Mann mit blonder Stachelfrisur beobachtet fühlte. Sie sah auf und ihm direkt ins Gesicht. Er hatte ein schmales, blasses Gesicht mit einer auffällig kurzen Stupsnase. Er wich sofort ihrem Blick aus, als sie ihn ansah. Wer war das? Kristin überlegte, ob sie den Mann kannte. Doch sie konnte sich nicht an dieses dürre Gestell mit den nach vorn gezogenen Schultern erinnern. Sie hängte die schwarze Handtasche wieder auf den Haken zu den anderen Taschen und ging weiter.

Innerlich kämpfte sie gegen die Panik an, die langsam in ihr hochkroch und sich darin äußerte, daß ihre Handflächen feucht wurden. Dann die vielen Menschen, die Musik, die Stimmen, Kristin fühlte sich wie in einem Käfig, in dem sie zu ersticken drohte. Dieses Gefühl hatte sie schon sehr oft in Kaufhäusern gehabt und über die erste Etage kam sie nie hinaus. Zielstrebig suchte sie auch jetzt den Ausgang. Hinter der Glasscheibe entdeckte sie erneut den Blondschopf. Er hatte sich draußen eine Zigarette angezündet und sah ihr durch die Scheibe direkt ins Gesicht, so als wolle er sie provozieren. Dieses Mal hielt er ihrem Blick stand. Kristin drehte sich um, lief an der Strumpfhosen- und Kosmetikabteilung vorbei bis zum nächsten Ausgang. Als ob der Fremde geahnt hatte, wohin sie gehen würde, erwartete er sie bereits vor der Tür.

Jetzt wußte Kristin, daß sie gemeint war. Was auch immer dieser Typ wollte, es hing mit ihr zusammen. Sie drehte sich kurz um und suchte in einem Kosmetikstand nach einem Parfüm. Sie ließ sich von der Verkäuferin mehrere Duftnoten zeigen und schaute ab und zu in Richtung Ausgang. Der

Blonde stand nicht direkt vor der Tür, aber er betrachtete sich seitlich die Schaufensterauslagen und konnte sie wahrscheinlich durch die Scheibe gut beobachten. Kristin kaufte den Jil-Sander-Duft Nr. 4 und schlenderte wieder ins Kaufhaus zurück. Sie wollte sich durch das Gewühl der Menschen aus dem Staub machen.

Immer wieder warf sie einen Blick zurück, und tatsächlich, er folgte ihr in einem gewissen Abstand.

Plötzlich wurde sie von vorne angerempelt. Ein großer schmaler Mann mit welligen, kurzen schwarzen Haaren packte sie derb am Oberarm.

»Können Sie nicht aufpassen!« rief er und hielt sie fest.

In der Aufregung mußte sie ihm wohl auf den Fuß getreten sein. Mit einem gezielten Griff packte er plötzlich ihren Bernstein und wollte ihn abreißen. Sie schrie, krallte sich in seinen Unterarmen fest, während ihn ein beherzter Verkäufer von hinten packte und von Kristin losriß.

»Hauen Sie ab!« schrie er dem Schwarzhaarigen hinterher, der das Weite suchte. Kristin war im Nu von einer Menge Menschen umgeben. Sie faßte sich an den Hals. Der Angreifer hatte es tatsächlich geschafft, die Goldkette zu zerreißen, und dabei mußte sie sich ein wenig im Nacken verletzt haben. Die Leute waren aufgeregt, schimpften über die Häufung der Überfälle am hellichten Tag in einem belebten Kaufhaus und lästerten über die Polizei, die sich nur noch um abgelaufene Parkuhren herumdrücke, statt Diebe aufzuspüren.

Kristin war wie in Trance. Sie wollte nur raus und nach Hause. Der Verkäufer reichte ihr den Bernstein. Er war im Gerangel runtergefallen und unter den Ladentisch gerollt. Sie nahm ihn, sagte knapp danke, steckte ihn in ihre Jacke und ging mit schnellen Schritten fort. Sie nahm jetzt den nächstbesten Ausgang, schaute weder nach rechts noch links und lief schnurstracks zur S-Bahn.

Tausende von Gedanken schwirrten ihr durch den Kopf.

Waren das nur normale Straßenräuber gewesen? Ein Duo, aufeinander eingespielt? Oder hing es mit ihrer Geschichte zusammen? Sie dachte an die Worte von Fuchs. Warum hatte er sie so eindringlich gewarnt? Was wußte er? Mußte sie wirklich Angst haben, nur weil sie jetzt zurückgekommen war und ein bißchen Ordnung in ihre Vergangenheit bringen wollte? Dieses anonyme Gefühl der Bedrohung, das sie seit ihrem Berlin-Aufenthalt begleitete, machte sie schier wahnsinnig, auch wenn sie immer wieder versuchte, es zu verdrängen. »Koffer packen und ab! Das wär's«, dachte sie. Sollte sie Charlie anrufen und ihm absagen? Sollte sie Usedom vergessen und sich doch auf diese Abfindung einlassen? Sie saß auf dem Stuhl in ihrem Zimmer und starrte aus dem Fenster ins Leere. Sie fror, obwohl es draußen mindestens dreißig Grad hatte. Sie nahm den Bernstein in die Hand, beinahe hätten sie ihr auch noch dieses letzte Stückchen Erinnerung gestohlen! Ihr Blick verschwamm vor Tränen. Sie fühlte sich ausgelaugt, allein und leer. Und alles wegen dieser Flucht, wegen dieser dämlichen Flucht. Und da draußen gingen sie spazieren, über die Bernauer Straße, durch das Brandenburger Tor, rissen tiefe Löcher in die Friedrichstraße, um sie nach westlicher Art neu auferstehen zu lassen. Und alles geschah, als ob es schon immer so gewesen war. Und ihre Geschichte, ihr Schicksal und das ihres Bruders war nur noch eine Aktennotiz, registriert zum Abheften. Fluchtschicksale. Wen interessierte das jetzt noch?

Obwohl es erst gegen sechs Uhr abends war, ging Kristin zur Tür, schloß ab und stellte einen Stuhl davor. Das Telefon läutete. Sie erschrak. War es wieder Fuchs oder Kast? Sollte sie abnehmen? Vielleicht war es Kast? Vielleicht wollte er noch etwas wegen der Reise?

Sie hob ab.

»Ja bitte«, hauchte sie mit dünner Stimme.

Erst meldete sich niemand, dann räusperte sich jemand.

»Ja bitte«, fragte sie noch mal.

»Fahren Sie nicht nach Usedom. Sie sind dort nicht erwünscht!« sagte eine rauhe männliche Stimme mit einem leichten plattdeutschen Akzent. Noch ehe sie antworten konnte oder irgendwie reagieren, hatte der Anrufer schon aufgelegt. Langsam legte auch Kristin den Hörer auf. Also doch! Jetzt war endlich die verbale Drohung da, auf die sie im Prinzip schon die ganze Zeit gewartet hatte.

Sie informierte Kast. Der versprach, noch am Abend zu kommen. Kristin wollte nicht allein sein, nicht nach all dem, was geschehen war. Sie hatte auch das Bedürfnis, ihn ausführlich von ihrem Besuch bei Tscherenkow zu unterrichten. Dann dieser Janow. Charlie kannte bestimmt jemanden beim BND, dem er den Brief anvertrauen konnte. Die Angst vor dem Unbekannten hatte sie wieder eingeholt, aber sie mußte da durch, jetzt wegzulaufen und zurückzufahren hätte ihr nicht geholfen. Sie mußte sich dieser Angst, dieser Bedrohung, stellen, um sie überwinden zu können. Sie ging abermals ans Fenster, beobachtete die Leute auf der Straße. Ein altes Ehepaar, beide an Krücken, dann der Junge mit den Kopfhörern, der an den beiden Alten vorbeirempelte, dann der weiße Kastenwagen mit der Rama-Reklame und das Kind mit dem gelben Fahrrad.

Das Leben zog an ihrem Fenster vorbei wie ein Strom, und es beruhigte Kristin, einfach zuzusehen und sich abzulenken. Übermorgen würde sie gemeinsam mit Charlie Kast nach Usedom fahren. Würde sie? Wie schon so oft, wenn sie in einer angespannten Situation steckte, setzte sie sich an ihren Schreibtisch und schrieb einen Brief an Isabelle. Es war jetzt bereits der dritte.

Liebe Isabelle,
meine Geschichte hier in Berlin beginnt, ein wildes Abenteuer zu werden. Alles, was ich Dir über meine Neigung zu diesem Politiker geschrieben habe, kannst Du wieder

vergessen. Es ist schon so, ich verliebe mich wirklich immer in die Falschen. Aber dieses Mal habe ich mich so geirrt, daß es mir noch heute weh tut, darüber zu sprechen. Stell Dir vor, dieser Herr Staatssekretär hatte damals von Jürgens Fluchtplänen gewußt und sie der Stasi verraten, und er hat dies auch in anderen Fällen getan. Angeblich habe er die Namen nicht gewußt, aber ich glaube, er wollte sich nur herausreden. Er hat Angst, daß irgend jemand herausbekommt, daß er solche Informationen der Stasi zugespielt hat. Es ist alles so verlogen, so entsetzlich verlogen! Wo du auch hinkommst, mit wem du auch sprichst, nichts ist normal, so wie es sein sollte. Dieser Staatssekretär hatte mir ja die finanzielle Entschädigung für den Hof angeboten, aber ich will das Geld nicht, zumindest nicht im Moment. Ich kann doch jetzt nicht mit diesem Kerl, der uns das alles angetan hat, über den Hof verhandeln. Ich bin so enttäuscht, Isabelle. Dabei will ich nur das, was mir gehört. Ist denn das so schwer zu verstehen? Heute bin ich sogar in einem Kaufhaus beinahe überfallen worden. Der Typ hatte es auf meinen Bernsteinanhänger abgesehen. Was die heute alles zusammenklauen! Aber es gibt auch positive Nachrichten. Ich glaube, ich habe Dir schon mal über den Kast von der ZERV geschrieben, der in meinem Fall ermittelt, und der ist gut, wirklich Spitze! Der hat herausgefunden, daß Jürgen tatsächlich an einem geheimen militärischen Forschungsprojekt saß, eine ganz heiße Sache, es ging dabei um Plutonium und Atomwaffen. Schrecklich! Ich habe nie gewußt und Mama sicher auch nicht, in was Jürgen verstrickt war. Ich hätte es ihm auch – ehrlich gesagt – nicht zugetraut. Zu Hause predigte er immer wie ein Pazifist. So kann man sich täuschen! Ich nehme an, er ist da wo reingeraten, aus dem er nicht mehr rauskam. Ach, Isabelle, dieser Polizist meint nun, die Russen auf unserem Hof haben damit etwas zu tun und sehen deshalb in mir einen Störenfried. Na ja, so kann man es auch sehen. Auf alle Fälle werde ich den Rest der Woche gemeinsam mit diesem Polizisten nach Usedom fahren und noch ein paar Sachen recherchieren. Ach ja, das Interessanteste hätte ich beinahe vergessen! War bei diesem Oberst, der auf unserem Hof das Sagen hat. Er spricht gut deutsch, aber leider war er nicht zu bewegen, von dort wegzugehen. Dann habe ich einen jungen Russen kennengelernt, dem ich zur Flucht nach Amerika verhelfen soll. Er hat angeblich Beweise, daß der Oberst auf unserem Hof Plutonium schmuggelt. Ich weiß einfach nicht mehr, wem ich wirklich glauben kann. Außerdem will ich unbedingt noch nach Greifswald ins Krankenhaus. Aus den Stasiakten, die über meine Mutter existieren, geht deutlich hervor, daß das Testament meiner Mutter manipuliert wurde. Ich möchte nun versuchen, Ärzte oder Krankenschwestern zu finden, die sich vielleicht noch an Mama und ihren Zustand erinnern können. Der Arzt, der Mamas Totenschein ausgefüllt hat, ist nicht mehr da, und keiner will wissen, wohin er gegangen ist. In den Stasiunterlagen gibt es einen Bericht, aus dem deutlich hervorgeht, daß er dafür zuständig war, daß Mama isoliert liegen mußte und daß sie mit den nötigen Präparaten, was auch immer das heißen mag, zu versorgen sei. Er unterschrieb diesen Bericht, der von einem Oberleutnant aufgesetzt worden war und unter den Maßnahmeplan »Möwe« (das war das Kennwort der Akte meiner Mutter) abgelegt wurde. Wenn ich wieder in Straßburg bin, mußt Du diese Akte unbedingt lesen! Du machst Dir keine Vorstellung, wie die über Menschen schreiben, als ob sie Gegenstände seien! Weißt Du, Isabelle, ich habe mir vorgenommen, schon einen Monat früher zurückzukommen. Ich will nur noch die Geschichte mit Usedom erledigen, dann noch eine Woche wegen des Schmucks intensiv alle Läden abklappern. Weißt Du was, ich habe Sehnsucht nach Straßburg!

Ich will hier nicht mehr leben, für mich ist hier alles total verkorkst. Drück mal die Daumen, daß es für alles eine plausible Erklärung gibt! Ist es Trotz von mir oder was sonst? Jedenfalls sollen die Russen runter von unserem Hof! Die können ihre dämlichen Schulungen auch woanders abhalten! Mal sehen, vielleicht erreichen wir ja vor Ort mehr. Ich will da unbedingt rein, kannst Du das verstehen, auch wenn ich nicht mehr dort leben will! Ich will nicht, daß sich andere, denen nichts gehört, dort breitmachen. Dort habe ich gelebt und gewohnt, dort bin ich groß geworden, dort habe ich gespielt, gelacht und geträumt, geweint und mich manchmal schrecklich einsam gefühlt. Aber es ist mein Zuhause, und das lasse ich mir von niemandem wegnehmen! Da bin ich ein sturer vorpommerscher Dickschädel. Seitlich vom Haus habe ich meinen eigenen Garten gehabt. Die Ecke war geschützt, hier schien nur die Sonne, und ich erntete die dicksten Karotten und alle lachten, weil ich es besser machte als sie. Stell Dir vor, unseren Max haben sie erschossen, weil er angeblich gewildert hat, als meine Mutter im Krankenhaus war. Unser Max! Was hat der denn mit dem Ganzen zu tun? Sie haben keinen Respekt vor dem Leben. Weder vor Menschen noch vor Tieren, noch vor der Umwelt. Das sind die Kommunisten. Marx würde sie zum Mond schießen!

Der Zaun um das Grundstück will mir nicht mehr aus dem Kopf. Ich sehe ihn fast täglich vor Augen, und ich möchte ihn niederreißen, mit den bloßen Händen. Was fällt denen ein, auf einem friedlichen Stück Erde ihre blöden Soldaten zu stationieren? Und wie die sich abschotten! Als ob sie die Kronjuwelen zu bewachen hätten. Na ja, vielleicht bin ich in ein paar Tagen schlauer. Bis dahin, alles, alles Liebe,

Deine Christine

Fuchs war wütend. Mit Akten unterm Arm stürmte er durch den langen Büroflur, rein in sein Büro, um seinen Schreibtisch und knallte dann dem Reichel die Papiere, die ihm Kast gefaxt hatte, vor die Nase.

»Wie ist das möglich?« brüllte er ihn an. Sein sonst so diszipliniertes Auftreten wich einem fast cholerischen Ausbruch. »Wieso kann in diesem Land jeder noch so kleine Schnüffler an solche Unterlagen rankommen? Diese moralischen Dilettanten und Stümper – ZERV und Gauck! Wer ist überhaupt auf die Idee gekommen, so was ins Leben zu rufen?«

Reichel sah flüchtig die Unterlagen durch, während Fuchs seiner Sekretärin durchsagte: »Ich brauche für heute nachmittag dringend einen Gesprächstermin mit meinem Kollegen vom Innenministerium. Verfassungsschutz! Dringend! Wenn der keine Zeit hat, dann der Klinger, sein Stellvertreter. Es ist wirklich wichtig! Sagen Sie das den Herren!«

»Ist doch Schnee von gestern!« versuchte Reichel die Wogen zu glätten.

»So, Schnee von gestern nennen Sie das«, konterte Fuchs, wobei er seine Augen verdrehte wegen soviel Dummheit und dickhäutiger Gelassenheit.

»Wenn die Öffentlichkeit davon Wind bekommt, können wir wieder... dann haben wir mit Ihrem Schnee von gestern akute Lawinengefahr! Und dann werden einige Herren aus Ihrer Abteilung wissen«, er sah ihn drohend an, »was es heißt, unter Schnee von gestern begraben zu liegen!« Er ging zum Fenster, öffnete es und betätigte die Jalousien.

»Wir können dann wieder Männchen machen«, drehte er sich zu Reichel um, der stumm dasaß, »Tausende von Erklärungen, tausend Erfindungen, warum, weshalb, wieso! Wir haben damals alle gemeinsam am Runden Tisch beschlossen, daß die HVA-Akten aus dem Wolf-Bereich geschlossen wegkommen. Geschlossen! Daß alle militärischen Unterlagen zur NATO kommen! Herrgott noch mal, ist das so schwer? Und jetzt kursieren Einkaufslisten in jedermanns Händen, und wir hängen mit drin. Es ist doch Ihre Aufgabe, das zu verhindern!«

Reichel räusperte sich, nahm einige Papiere hoch und suchte krampfhaft nach einer Entschuldigung. »Es sind meistens die Russen, die diese Listen und anderes brisantes Aktenmaterial verkaufen.«

»Dann kaufen Sie, Herrgott, kaufen Sie, bevor es andere tun! Zahlen Sie denen...«, er stockte, »wir müssen unbedingt auf diesem Gebiet enger mit dem Innenministerium zusammenarbeiten!«

Die Zeiten wurden für Fuchs und das Auswärtige Amt immer schwieriger. Sah es nach außen so aus, als ob das wiedervereinte Deutschland und die Öffnung des Ostblocks in Richtung Reformen und Demokratisierung zu einer Harmonisierung führen würde, tobten intern Konflikte und Intrigen. Die einstigen Bündnispartner, mit denen man in Zeiten des kalten Krieges eine Gleichgewichtsdiplomatie nach dem Motto »Tu mir nichts, dann tu ich dir auch nichts!« geführt hatte, drohten nun, zu Erpressern zu werden. Und manch einer, der mit den Kommunisten Zweckgeschäfte – durchaus mit Wissen und im Sinn der Regierung – gemacht hatte, mußte nun fürchten, daß ihm dies zur politischen Falle werden konnte, und jeden Tag gab es neue Hiobsbotschaften. Die größten Sorgen machte sich Fuchs jedoch um das unkontrollierte Auseinanderstreben der einzelnen Nationalstaaten aus dem sowjetischen Machtimperium. Was, wenn dieser Prozeß anfing, kriegerisch zu werden? Wie konnte das demokratische Europa aus solchen Konflikten rausgehalten werden? Eine Krisenmanagementsitzung jagte die andere, und die Außenpolitik schien nur noch aus geheimen Gipfeltreffen zu bestehen. Wen durfte man unterstützen, wen nicht? Wem mußte man Geld geben, wem nicht? Hatte der, dem man heute noch die Hand zum Vertrag reichte, morgen noch politische Macht? Die Außenpolitik im Osten glich einem Irrgarten, und niemand kannte den Weg.

AUF USEDOM

Es war mittlerweile Anfang September, und die meisten Urlauber waren an ihre Arbeitsplätze zurückgekehrt. Der Strand, dieser fast weiße, weiche Sand gehörte wieder den Vögeln, den Fischern, den Einheimischen und den Rentnern, jenen, die jetzt Urlaub machten. Und den Einsamen und Stillen, die es genossen, sich einfach in den Sand zu setzen und über die Weite des Meeres zu träumen; die es liebten, wenn sich der Wind in ihren Haaren verfing und die Salzwasserbrisen im Gesicht und auf der Haut kribbelten; die es mit Leidenschaft erfüllte, in der Umarmung eines geliebten Menschen den Sinn ihrer Existenz zu spüren.

Usedom – diese Insel mit den vielen Gesichtern, rauh und zart, naturgewaltig und kultiviert, einsam und doch voller Gesellschaft, bescheiden und gleichzeitig mondän, hatte Charakter und Profil. Eine Insel mit verborgenem Innenleben und einer beeindruckenden historischen Fassade.

Die hübschen Häuser an der Küstenpromenade, allesamt um die Jahrhundertwende erbaut, erzählten dem aufmerksamen Betrachter die abenteuerlichsten Geschichten. Wer es sich damals leisten konnte, in Sommerfrische zu gehen, lernte die Ostsee lieben. Diesen kilometerlangen Sandstrand, an den die Dünen mit ihrer sonderbar stacheligen Vegetation anschlossen und in denen man sich so herrlich in sonnige Senken vergraben konnte, wenn es keinen Strandkorb mehr gab oder wenn man nicht auf den Genuß des Sandes auf nackter Haut verzichten wollte. Hierher hatte es früher die Reichen und Mächtigen der Gesellschaft verschlagen, und überall hatten sie ihre Spuren hinterlassen: in prächtigen Gärten, in wunderschönen Häusern mit eigenwilliger Architektur und in kulturellen Baudenkmälern, in Seepromenaden und luxuriösen Badezentren. Jedes kleine Fischerdorf war um die Jahrhundertwende in den Rang eines Bades erhoben worden. Geld, Politik und Kulturadel hatten sich hier die Hände gereicht, bis der Sozialismus alles hatte verfallen lassen. Übriggeblieben waren traurige Fassaden und eine Ahnung, wie schön alles hätte sein können, wenn man die Lust an der Ästhetik zugelassen hätte.

Kristin war erstaunt, als sie mit Kast an ihrem ersten Abend in Usedom über die Promenade spazierte. Überall wurde gearbeitet, überall blitzten neugestrichene Fassaden hinter den Baugerüsten hervor. Es war alles noch eine riesige Baustelle, aber die einzelnen Häuser schimmerten schon wie Juwelen in einem Steinbruch. Kristin konnte sich nicht satt sehen. Sie verliebte sich in diese Bauten und konnte nicht sagen, welches ihr besser gefiel, und es gab sogar ein Haus Kristin. Kast und sie lachten. Daneben gab es das Haus Diane, ein weiteres Haus Karin, überall hatten die Häuser weibliche Namen, und Kristin vermutete hinter jedem Haus eine Liebesgeschichte, die das ganze Jahrhundert überdauert hatte. Tja – und jetzt brach das Zeitalter der Investoren an, das Zeitalter der Geschäftemacherei. Westdeutsche Kapitalträger und ostdeutsche, ehemalig hohe Mandatsträger der SED und der Stasi würden hier in Zukunft Tür an Tür leben, vereint im Bemühen, die schmucken, aus einem Dornröschenschlaf erwachten Bauten für den Tourismus zu erschließen. In einem übertrafen ehemalige Sozialisten die härtesten Kapitalisten um Nasenlänge: Sie waren noch größere Freunde der Rendite als ihre politischen Gegner, und es entwickelte sich eine Art Haßliebe zum Geld.

Kristin und Charlie genossen ihren ersten Abend. Und wie sie so die Strandpromenade entlangschlenderten, Arm in Arm, sahen sie aus wie ein verliebtes Touristenpärchen. Nach einer Weile trotteten sie müde zurück ins Hotel, in den einzigen großen Komplex, den es in dieser Gegend gab. Kast hatte eine Vorliebe für solche Hotels, weil man hier anonym bleiben konnte, man konnte beobachten, ohne leicht beobachtet zu werden.

Früher war das siebenstöckige Hotel eine Bettenburg für jene gewesen, die sich um Staat und Partei verdient gemacht hatten. Jetzt gehörte das Hotel einem Privatmann aus Hamburg, und es war kaum wiederzuerkennen. Alles, aber auch alles roch noch neu, nach Chemie und Klebern und Teppichböden und Einrichtungen. Bäder und Hallenbad – alles glänzte und strahlte.

Kristin und Charlie hatten zwei Zimmer im fünften Stock. Mit einem Panoramafenster, das ihnen einen herrlichen Blick aufs Meer bot und auf den Leuchtturm, der sich wie ein Uhrwerk im gleichen Rhythmus drehte und sein Lichtsignal abgab.

Kristin und Charlie löschten das Licht in ihrem Zimmer. Ihre Taschen und Einkaufstüten hatten sie auf die kleinen blauen Sessel geworfen, die direkt am Fenster an einem runden Tisch standen. Sie legten sich angezogen auf das breite Doppelbett mit dem goldenen Metallrahmen. Beide lagen auf dem Rücken, die Kopfenden hatten sie hochgestellt, um die Weite, die sich vor ihrem Fenster erstreckte, genießen zu können. Charlie hatte vorher die dicken, schweren blau-gelb-grün gestreiften Leinenvorhänge zur Seite gezogen und das Fenster halb geöffnet. Die ziehenden Wolken, das Geräusch der ans Ufer schwappenden Wellen, dazwischen das Gekreische der Möwen und das Rauschen des Windes, die Sterne, die sich allmählich am Himmel zeigten... Kristin und Charlie lagen eine Weile still nebeneinander und schauten aufs Meer hinaus.

Charlie suchte mit seiner Hand nach ihrer Hand, und sie umschlossen und streichelten einander.

»Es ist fast unwirklich schön«, begann Kristin und drehte den Kopf zu Charlie. »Jürgen und ich haben oft im Sommer draußen gelegen, die Gesichter dem Himmel zugewandt, und es war Jürgen immer wichtig gewesen, daß der Himmel keine Grenzen hat. Nicht nur die Grenze, wie wir sie zwischen Staaten kennen, nein, er meinte auch die Zeitgrenze oder das, was wir unter Vergangenheit und Zukunft verstehen. Er genoß es, aus dem Himmel seine eigene Kleinheit ablesen zu können und daß es nichts gab, was angesichts dieser Dimensionen so wichtig war, daß es sich lohnte, darüber in Streit zu geraten.«

Charlie drehte sich zur Seite und beugte sich zu ihr. Draußen kroch gerade der Halbmond über den Horizont und erhellte mit seinem Schein Kristins weiches Gesicht und verlieh ihr einen samtartigen Teint. Charlie schaute sie nicht begierig an, sondern eher mit dem Gesichtsausdruck eines Menschen, der eine für ihn wichtige Kostbarkeit entdeckt hatte und diese nie mehr hergeben wollte. Er spürte das zärtliche Verlangen, diese Frau nicht mehr loszulassen, sie ein Leben lang zu begleiten. Sich für die kurze Periode des Lebens vorstellen zu können, bei ihr zu sein, sich vorstellen zu können, daß sie ihn nie mehr... wieso dachte er jetzt an Bindungen? Kaum geschieden! Weshalb legte er sich immer gleich fest, suchte die lange Beziehung, das große Glück und gab sich nicht wie andere Männer mit flüchtigen Erlebnissen zufrieden? Wie gern hätte er ihr von seinen Gefühlen erzählt! Doch er hatte Angst, sie könnte ihn zurückweisen.

»War dein Bruder Hobbyastronom?« fragte er, auf sie eingehend.

»Ja, er konnte jede Sternenkonstellation benennen. Aber er war nebenbei auch ein Philosoph des Himmels, wenn man es so bezeichnen mag. Jürgen war ein ganz außergewöhnlich introvertierter Mensch. Aber das sind hier viele, die die meiste Zeit ihres Lebens zurückgezogen auf den Höfen leben und froh sind, wenn sie mit der bäuerlichen Wirtschaft ihre eigene Existenz sichern können. Ich glaube, das Gesicht nach innen zu tragen, bekommt jeder in Usedom in die Wiege gelegt.«

»Aber er muß doch auch selbst neugierig gewesen sein.«

»Ja, das schon. Er war ein romantischer Wissenschaftler, neugierig und offen für alles, aber als Mensch im Umgang mit anderen Menschen verschlossen. Deshalb ist es auch so schwierig, etwas über ihn herauszufinden, was mit seiner Arbeit zu tun hatte.«

Charlie stand auf und holte sich aus der Minibar etwas zu trinken. Sie wollten mit einem Schluck Wein den heutigen Abend und den Erfolg ihrer Arbeit begießen.

»Hatte er denn keine Freundin, er war doch alt genug.«

Kristin holte die Gläser, zog die Vorhänge zu und schaltete die kleine Stehlampe ein. Sie füllte eine Schale mit Erdnüssen.

»Anfangs, während des Studiums, gab es so eine Beziehung. Aber ich glaube, das ist mehr von der Frau ausgegangen. Seine ganze Energie, Leidenschaft und Liebe bündelte sich in seinem Studium. Er mochte es, Anerkennung zu bekommen, mochte es, der Beste zu sein, er war wohl auch ein bißchen eitel. Er war außerordentlich talentiert und schuftete Tag und Nacht für die Wissenschaft. Aber was war in der DDR nicht geheim? Es hat sich niemand etwas dabei gedacht. Wir wollten ihn nicht in die Enge treiben, und für mich war Physik sowieso genauso interessant wie für die Kuh der Sonntag. Mama war immer mächtig stolz auf ihren Sohn. Papa hatte eher Angst um seinen Kopf. Wenn einer soviel lernen muß und immer über Büchern hängt, schimpfte er oft, muß er ja eines Tages verrückt werden. Das Gehirn sei dann viel anfälliger für Infektionen, bildete er sich ein, aber er meinte das nicht wirklich, und wir lachten oft darüber. Er war, glaube ich, nur manchmal trauriger als Mama, daß weder Jürgen noch ich Interesse an der Landwirtschaft zeigten. Sie hatten es immerhin geschafft, frei arbeiten zu dürfen. Wir haben das als Kinder nicht gewußt, was sie damit meinten, aber heute sehe ich die Sache natürlich anders.«

Charlie hatte eine Karte von Usedom aus seiner Tasche gezogen und ließ sich von Kristin zeigen, wohin sie die nächsten Tage fahren würden. Sie drehte ihren Sessel, so daß sie nahe bei Charlie saß und ihm alles erklären konnte: »Zuerst werden wir zum Gehöft fahren, dann durch den Ort gehen, auf den Friedhof, an den einsamen Strandabschnitt, an den Kranichsumpf. Wir werden die ganze Gegend um Grabenow ablaufen!«

»Für den übernächsten Tag habe ich ein Treffen mit einem Professor von der Greifswalder Uni ausgemacht«, unterbrach sie Charlie.

»An den beiden restlichen Tagen werden wir dann nochmals alle Ämter und das Hospital aufsuchen, möglicherweise auch die sowjetische Kommandantur, um zu erfahren, was in Zukunft mit dem Grundstück geplant ist«, fuhr Kristin fort.

»Die Russen ziehen doch sowieso bald ab«, meinte Charlie. »Warum sollten sie dann ausgerechnet auf diesem Grundstück bestehen? Ich kann mir denken, daß die sich vielleicht flexibler verhalten, als wir glauben. Dieses gegenseitige Mißtrauen ist oft ein aufgesetzter Konflikt. Vielleicht haben wir Glück, und es ist alles ganz harmlos! Vielleicht will sich dieser Janow nur wichtig machen, um rauszukommen!« suchte Charlie nach einer positiven Alternative.

»Du hast den Brief abgegeben?« fragte Kristin.

»Ja!« nickte Charlie.

Sie prosteten sich mit dem Wein zu, und manchmal trafen sich ihre Blicke.

»Charlie, ich...«, stotterte Kristin, »ich wollte dir nur sagen, daß ich mich bei dir sicher fühle«, sagte sie dann schnell. »Ich bin froh, daß du da bist. Und das ist nicht nur so, weil du mir jetzt hilfst. Ich will eine ehrliche Freundschaft mit dir und habe Angst vor allem, was körperlich ist. Kannst du das verstehen?«

Charlie schluckte. »Verstehen…«, sagte er gedehnt, »ich muß ja wohl!«

Kristin senkte den Blick, stand auf und umarmte Charlie von hinten. Sie drückte ihre Wange an seine Wange und streichelte mit einer Hand seine Nase und sein Kinn. »Danke…!« Kristin trat vor ihn hin, setzte sich auf seinen Schoß und sagte: »Du bist ein toller Typ… echt!«

Charlie seufzte. Was sollte er mit diesem Kompliment anfangen? Ihre Gesichter waren nah beieinander. Es wäre für ihn leicht gewesen, sie einfach zu küssen, aber er wollte nichts zerstören.

»Ich mag dich auch! Sehr sogar! Es gibt da so einen Begriff! Wie heißt das doch gleich… ich liebe…«

Kristin legte ihren Finger auf seinen Mund und schüttelte den Kopf. Sie stand auf und legte sich bäuchlings aufs Bett.

»Ich mach mich jetzt fertig«, sagte Charlie, während er ins Bad ging. »Wir müssen morgen früh raus! Hab ich dir schon erzählt, daß ich Saxophon spiele?« fragte er aus dem Badezimmer. Im Hintergrund lief das Wasser der Dusche.

»Professionell?« wollte Kristin wissen.

»Na ja, mehr aus Spaß! Ich komm ja kaum noch dazu! Spielst du auch ein Instrument?«

»Nein, ich konsumiere nur!«

»Und was?«

»Am liebsten Rachmaninoff… aber auch gängige Hits!«

»Rachmaninoff… ich glaub, den kenn ich!«

Charlie kam aus dem Bad und summte den Beginn des Adagio sostenuto aus dem Klavierkonzert C-moll.

Kristin staunte. »Ja, genau! Klasse! Kennst du vielleicht auch Vocalise?«

Charlie überlegte. »Nein.«

»Mußt du auch nicht. Es ist nicht so bekannt, aber richtig schön… melancholisch. Ich mag's.« Sie summte. »Entschuldige, ich hör gerne Musik, aber ich krieg nie die richtigen Töne aus mir raus. Im Kopf ist alles noch drin, aber dann kann ich's nicht umsetzen. Aber so ähnlich klingt es. Ich schenk dir mal 'ne CD, wenn dich das interessiert!«

Jetzt huschte auch Kristin ins Bad. Charlie löschte das Licht.

Der saalartige Frühstücksraum im Hotel Baltic war sonnendurchflutet, als Kristin und Charlie am nächsten Morgen an einem der Fenstertische Platz nahmen. Der Raum war freundlich mit Kiefernmöbeln und blauen Polstern eingerichtet. Das Interieur wirkte skandinavisch modern, offen und vor allem durch die vielen Grünpflanzen wie ein riesiger Wintergarten. Die großflächigen Panoramafenster gaben den Blick auf die Promenade und das Meer frei. In der Mitte des Raumes war ein riesiger, viereckiger Tisch aus Edelstahl aufgebaut, auf dem das Frühstücksbüfett aufgebaut war. Es gab alles, was man wollte: Kuchen, Milch, Kaffee, Tee, Wurst, Käse, Quark, Obst, Kompott, Pudding, Müsli und mindestens zwanzig verschiedene Brotsorten. Charlie und Kristin holten Brötchen, Marmelade, für jeden ein Ei und eine Schale Joghurt. Der Kaffee wurde serviert.

Nach dem Frühstück genossen es beide, am Strand entlangzulaufen. Kristin wollte Charlie die Stelle zeigen, von wo aus sie geflüchtet war, und dann wollten sie die Gegend um Grabenow auskundschaften. Kristin zeigte auf die vielen Wachtürme, die jetzt dem Rettungsdienst gehörten und genauso bunt angemalt waren wie die unzähligen Strandkörbe, die verstreut herumstanden und um diese Jahreszeit kaum mehr benutzt wurden.

»Früher haben sie dort oben gesessen«, zeigte Kristin auf den Aufbau der im Strand festverankerten Betontürme, deren Plattform man nur über eine Eisentreppe erreichen konnte.

»Komm!« Charlie zerrte sie an der Hand. »Ich will da mal hoch!«

Sie stiegen die kleine blaue Eisenleiter hinauf und setzten sich auf die Plattform, die rund um den eigentlichen Wachturm führte. Sie saßen auf der Sonnenseite, die Wand schützte vor dem Wind, und die Sonne brannte auf der Haut. In der Ferne beobachteten sie einen jungen Mann, der sich auszog, um dann nackt mit einem Hechtsprung in die Ostsee einzutauchen. In den Dünen trainierte ein anderer seinen Schäferhund. »Das ist bestimmt einer von denen, die früher hier Patrouille gelaufen sind«, sinnierte Kristin. »Stell dir das mal vor, die ganze Küste zu bewachen. Wieviel Angst die hatten, verlassen zu werden! Wie kann so etwas passieren, daß sich ein ganzes Volk solch einen Schwachsinn gefallen läßt? Sie haben gehorcht und gehorcht, wie dieser Hund dort auf seinen Herrn hört, und sie haben danke gesagt, wenn sie was zu fressen kriegten, und daran wird sich nichts ändern.«

Charlie sah das Ganze nicht so absolut. »Ich glaube nicht, daß sich die meisten Menschen freiwillig so verhalten«, erwiderte er. »Sie tun es, weil sie sich gezwungen fühlen, aus Angst voreinander... Ich glaube, es gibt in Wirklichkeit keine Grenzen zwischen Staaten, es gibt nur eine Grenze zwischen denen, die Gewalt ausüben, und denen, die Gewalt erleiden müssen. Die Täter rotten sich genauso zusammen wie die Opfer, und daraus resultiert die ganze Dramatik der Welt. Und die Aufgabe eines Rechtsstaates besteht lediglich darin, dies immer wieder zu entlarven, damit sich die Blöcke nicht verfestigen können. Aber vielleicht sehe ich das auch alles einseitig und falsch«, schränkte Charlie seine Analyse ein, während er mit ihren Haaren spielte.

»Wir leben jetzt, und wir haben ein Ziel, das genügt«,

sagte Kristin mit freundlichem Tonfall, blinzelte rüber zu Charlie und sagte, sie wolle aufbrechen, der Tag sei kurz und sie hätten noch viel zu erledigen. Sie liefen im Sand, suchten nach Muscheln und spielten mit dem Wasser. Ein paar hundert Meter weiter blieb Kristin stehen und rannte zu den Dünen. Sie hatte das Gefühl, daß es hier gewesen sein mußte. Ihre Füße waren wie Blei. Sie setzte sich und blickte über das Meer.

»Bist du dir sicher?« fragte Charlie, der sich neben sie setzte und einen Schwarm Möwen mit einem Stückchen Sandkuchen fütterte.

»Absolut«, antwortete Kristin kurz. »Es war Nacht. Es ist ja auch egal, ob wir ein paar Meter weiter rechts oder links gekauert sind. Das Eigentliche hat sich irgendwo da draußen abgespielt. Und ich hatte solche Angst zu stolpern, solche wahnsinnige Angst. Ich hätte fliegen mögen, habe meine Füße bei jedem Schritt hochgezogen. Dann war alles auf einmal taghell, sie hatten riesige Scheinwerfer, der ganze Strand und die See waren wie eine Bühne. Alles war wie ein Schauspiel, so unwirklich, und es scheint mir auch heute so unwirklich. Gerade in dieser Landschaft, wo alles so friedlich aussieht, wie viele mögen es jedes Jahr gewesen sein, die ihre Hoffnungen in der See zu Grabe trugen…? Im Checkpoint-Charlie-Museum haben sie eine Liste erstellt mit den Todesopfern, die in der Ostsee verschwunden sind. Es gibt viele Namenlose, auch Jürgen ist nicht benannt, dann wieder werden ganze Familien aufgelistet. Manche sind mit ihren kleinen Kindern auf einem privaten Boot geflüchtet in der Hoffnung, von einem der Transferschiffe aufgenommen zu werden. Bei einer Familie haben nur der Vater und die Tochter überlebt, die Mutter und der Sohn sind ertrunken. Scheußlich! Jürgen hat dort hinten sein Leben, ich meine Identität verloren, und meine Mutter ihre Kinder und die Kinder ihre Mutter! Und warum? Weil man dieses Gefühl des Eingesperrtseins nicht mehr ausgehalten hat, weil ich geglaubt hatte, dort drüben würde die Welt anders sein.«

Charlie legte wie selbstverständlich seinen Arm um sie. Er spürte, daß es ihr guttat zu reden. »Und – ist sie anders?«

Kristin holte tief Luft. Dieser Ort riß Wunden auf, weckte Erinnerungen. Sie stand schnell auf, nahm einen Stein und warf ihn in hohem Bogen ins Meer. »Komm, wir gehen! Ich will es jetzt wissen. Es muß eine Erklärung für all das geben. Es muß!«

Hand in Hand gingen sie zum Hotel zurück.

»Woran denkst du?« fragte Kristin, weil Charlie still vor sich hin sah.

»An uns, wie fast immer in letzter Zeit«, lächelte er. »Hast du eigentlich vor, in Straßburg zu bleiben?«

»Ja!« sagte Kristin entschlossen. »Ich mag diese Stadt und natürlich Isabelle und das Museum und den schönen Garten. Das ist wie ein Traum, du mußt das unbedingt mal sehen! Du wirst Isabelle mögen, und sie dich auch. Bestimmt! Obwohl sie, wie sie sagt, eine Art geistige Allergie gegen Amtspersonen und Uniformträger und Polizisten hat, aber du trägst ja keine Uniform. Charlie, du mußt unbedingt bald kommen! Wenn wir das geklärt haben, werde ich noch ungefähr drei Wochen in Berlin bleiben, und dann fahre ich zurück. Nach Hause! Isabelle ist ein Mensch – ich weiß nicht, wie ich das beschreiben soll –, ein Mensch, eine Frau, ein echter leibhaftiger Engel eben! Wenn ich sie nicht gehabt hätte, ich weiß nicht, ob sich das Leben für mich noch gelohnt hätte. Das klingt vielleicht ein bißchen übertrieben, aber nach der Nachricht, daß meine Mutter verstorben sei, schien mir alles so entsetzlich sinnlos, so paradox, ich hab dieses berühmte Licht am Ende des Tunnels nicht mehr gesehen, und ich hab auch nicht daran geglaubt, daß es jemals wieder für mich scheinen wird. Isabelle hat nicht versucht, mich künstlich abzulenken, im Gegenteil, sie hat versucht, mich zu verstehen, das tat gut und hat mich wieder einigermaßen stark gemacht.«

»Ich werde ja richtig eifersüchtig! Ich denke, du hast da drinnen«, er tippte ihr sanft mit seiner rechten Hand auf die Brust, »keinen Platz mehr für die Liebe?«

Kristin lief ihm davon, sah sich nur ab und zu nach ihm um.

»Das ist etwas anderes, und das weißt du ganz genau! Du bist albern. Ich weiß nicht, wie du überhaupt auf solch einen Vergleich kommen kannst. Das ist unmöglich... wirklich...!« sagte sie atemlos und hektisch.

AUF DEM KAHN

Kristin und Charlie sahen wie zwei ganz normale Touristen aus, die Usedom erkunden wollten. Kristin hatte die Haare unter einer Baseballmütze versteckt, eine Sonnenbrille aufgesetzt, damit sie keiner erkennen konnte. Dazu trug sie halblange schwarze Leggins, ein dunkelrotes T-Shirt mit Kragen und ein paar schwarze Sportschuhe. Sie sah witzig und jugendlich aus. Charlie trug Jeans-Shorts, ein weißes T-Shirt mit einem Dino-Druck und eine Baseballmütze. Auch er verdeckte seine Augen hinter einer Sonnenbrille. Um den Bauch hatte er sich einen Gürtel geschnallt mit drei verschiedenen Taschen. Eine für Geld und Ausweise, eine für den Führerschein und eine für einen kleinen Fotoapparat.

Sie hatten ihr Auto an einem Wald geparkt und fuhren über den Feldweg zum Meer mit Fahrrädern. Charlie war fasziniert von der Landschaft, von den vielen Kiefern, von den blauen und roten Feldern, von den Gräsern, die sich im Wind bewegten.

»Es ist wirklich hübsch hier! Einfach Spitze!« staunte Charlie. »Und keine Menschenseele, nur wir!«

»Ja, es ist super. Auf den ersten Blick«, erwiderte Kristin.

»Wenn du jung bist, hast du andere Dinge im Kopf als Landschaft!«

Der Weg war uneben und stellenweise sandig, so daß sie manchmal vom Fahrrad absteigen und zu Fuß weitergehen mußten. Auf der kleinen Anhöhe, wo auch eine Bank stand und ein Rastplatz war, machten sie halt. Kristin zeigte ihm den Waldgürtel rechts unten. Dort war ihr Zuhause. Dahinter versteckte sich das Anwesen, und irgendwo mußte der Zaun sein. Er war aus dieser Entfernung mit dem bloßen Auge nicht zu erkennen. Charlie holte ein kleines ausziehbares Fernrohr aus der Tasche, stellte es ein und schaute hindurch.

»Mist!« schimpfte er. »Man kann nichts erkennen, alles total abgeschirmt. Wir fahren am besten den Weg hinunter, oder?« fragte er.

Kristin bat ihn, auch mal durchschauen zu dürfen, doch sie entdeckte nur zwei Kraniche in der Luft. Ansonsten tat sich nichts, kein verdächtiges Auto, kein Militärfahrzeug, einfach nichts. Tote Hose!

Sie fuhren weiter bis runter zum Dünenweg. Doch selbst der Strandweg zum Gehöft war abgesperrt mit dickem Stacheldraht und dem Hinweis aufs Militär.

»Wir müssen zurück«, sagte Kristin. »Von der anderen Seite her gibt es einen kleinen Pfad mitten im Schilf. Den kennen nur Eingeweihte, und da sieht uns auch keiner, denn hier können wir uns schlecht verstecken!«

Charlie lachte. »Du bist doch eine Agentin, was?«

Sie radelten zurück auf dem direkten Weg zum Gehöft bis runter zum schilfumsäumten Strand.

»Hier nisten Vögel. Also erschrick nicht, wenn es vor deiner Nase flattert!«

Die Räder versteckten sie hinter einem dichten Haselnußstrauch. Es war ein morscher Holzsteg, den ein Bauer hier angelegt hatte. »Fall bloß nicht ins Wasser!« ermahnte sie Charlie.

»Warum, ich kann schwimmen!« grinste er zurück.

Vorsichtig gingen sie Schritt für Schritt durchs Schilf. Am Ende des Stegs lag ein alter Kahn, in dem sie sich gut verkriechen konnten. Von hier aus konnte man wenigstens ein bißchen was sehen. Es war allerdings ungemütlich und ziemlich wacklig. Kristin setzte sich nach hinten, um das Boot zu stabilisieren, während Charlie auf dem Bauch lag und mit seinem Fernrohr über den Rand des Boots lugte.

Eine Weile tat sich nichts. Abwechselnd sahen Kristin und Charlie durch das Fernrohr.

»Hier! Schnell!« flüsterte Kristin auf einmal und reichte ihm das Fernrohr. »Da sind Leute!«

Charlie schaute und glaubte, seinen Augen nicht zu trauen. »Das gibt es doch nicht!« wiederholte er mehrmals entsetzt. »Der Bahlevi! Ich faß es nicht!«

Kristin verstand nicht, worüber sich Charlie so erregte. Der Mann in Uniform stand mit dem Rücken zum Meer, so daß ihn Charlie nicht von vorn sehen konnte. Er nahm schnell seinen Fotoapparat und schoß ununterbrochen Bilder. Die beiden Männer waren inzwischen weitergegangen, dorthin, wo vermutlich die Autos standen, jedenfalls an eine Stelle, die Charlie und Kristin von ihrem Platz aus nicht einsehen konnten. Sie hörten nur, wie ein Fahrzeug gestartet wurde. Die beiden Männer fuhren in einem Militärfahrzeug weg.

»Das war er, hundertprozentig!« sagte Charlie mehr zu sich selbst, er schien sich kaum beruhigen zu können. »Den hätte ich überall vermutet, aber nicht hier!«

»Was hast du? Wer ist das?« fragte Kristin neugierig.

»Der!? Der ist der gerissenste Waffenhändler der Welt! Er ist noch nie aufgeflogen, hat immer unter dem Schutz von Regierungen gestanden und hat überall, wo es nötig ist, Freunde und diplomatische Beziehungen. Er soll früher im Auftrag der DDR – natürlich streng geheim – gegen Devisen alle möglichen Waffen und Ausbilder – und was die so alles verhökert haben – überallhin vermittelt haben. Man konnte ihn nie festnageln, weil er so geschickt war, nur dort zu operieren, wo ihn keiner vermutete. So wie hier! Wir verfolgen derzeit bei uns eine Spur wegen angeblicher Atomschmuggelgeschichten. Ich kann es nicht fassen! Euer Haus ist tatsächlich so eine Art Kontaktbörse, der offene Zugang zum Meer! Jedenfalls, wenn es sich bestätigt, daß dies unser Mann ist, dann steckt sehr viel dahinter, viel zuviel, Kristin! Dann sitzen wir mitten im offenen Feuer, ohne es zu wissen. Komm, wir gehen! Ich laß sofort die Bilder entwickeln. Dieser Dimitri Janow hat vermutlich recht!«

Kristin war total aufgeregt. »Mußt du nicht in Berlin Bescheid sagen?» Charlie verzog seinen Mund und hob die Augenbrauen. »Interna! Ich bin offiziell in Urlaub und hatte die strikte Anweisung, mich aus der Sache rauszuhalten. Ich habe Janows Brief sofort weitergegeben. Wahrscheinlich ermittelt bereits der BND oder irgendeine Sondereinsatztruppe, und die werden fuchsteufelswild, wenn ihnen einer dazwischenkommt. Außerdem, was habe ich für Beweise? Daß der Typ hier aufkreuzt, reicht nicht. Der kann fahren, wohin er will! Und daß so einer immer noch gute Kontakte zum Militär hat, wen würde das wundern? Was mich interessiert, ist, was der hier will, denn der hat nur Hochkarätiges im Kopf. Irgendwas läuft da! Vielleicht wirklich ein Atomwaffendeal, wer weiß das schon!«

Sie liefen zurück zu ihren Fahrrädern und fuhren zum Auto. »Wir müssen rauskriegen, was genau die Russen hier treiben. Wer dort drin hockt!« Charlie verstaute eilig die Fahrräder im Kofferraum.

»Und wie?« fragte Kristin.

Charlie gab Gas, er war nervös. Wo Bahlevi auftauchte, war früher oder später die Hölle los.

Später im Hotel legte er sich aufs Bett und starrte an die Decke. »Ich lade dich zu einem Eisbecher ein, groß und mit vielen Früchten, denn ich denke, das haben wir uns heute verdient! Mir tut von dem Kahn und dem Fahrrad der ganze Hintern weh«, sagte er spontan und sprang auf.

»Unser Haus ein Waffendepot, ich weiß nicht...«, sagte Kristin, »glaubst du nicht, daß dein Fahnderhirn mehr zusammenspinnt, als wirklich dran ist?«

Charlie sah Kristin beleidigt an. Das ging ihm nun doch an seine Berufsehre. »Du hast keine Ahnung, mein Schatz, und das ist auch kein Kinderspiel! Es wäre doch denkbar, daß der Fuchs...«

Er hatte diesen Namen kaum ausgesprochen, da legte ihm Kristin ihre Hand auf den Mund. »Nicht der auch noch! Wir fahnden morgen weiter, gut!«

Charlie lachte. »Feierabend, was!«

Sie nickte, zog ihn an sich, hielt seinen Kopf fest und küßte ihn.

Charlie ging dieser Bahlevi dauernd im Kopf herum. Er hätte am liebsten in Berlin angerufen und einen Sondertrupp hierherbestellt. Doch statt des Sondertrupps hätte man ihn nach Berlin zitiert, dessen war sich Charlie sicher. In deutschen Amtsstuben gab es kein schlimmeres Verbrechen, als sich einer Anweisung von oben zu widersetzen. Und genau das tat er im Moment. Wenn auch sehr moderat – eine private kleine Schnüffelei einer Freundin zuliebe. Sie ließen sich in einem italienischen Eissalon einen Cup Venedig bringen, das war ein in einer Glasschaukel serviertes Bananensplit mit gerösteten Nüssen und einer Wunderkerze. Der Eissalon bot eine sommerliche, fast südländische Atmosphäre. Bis auf die Rattanmöbel mit den violetten Leinenkissen dominierte ein helles, fast steriles Weiß den Raum. Die Fußbodenkacheln, die Wände, ja sogar die Rahmen der Farblithographien leuchteten unter dem Licht der Halogenstrahler in einem harten Weiß.

»Eine teure Einrichtung«, bemerkte Charlie. »Der Osten ist ein Dorado für Schwarzgeldinvestoren. Überall kaufen sich Chinesen und Italiener mit ihren Lokalen ein, während die ehemaligen Genossen dank der Bonner Geldspritzen in Immobilien und Baugeschäfte investieren. Wir haben allein in Berlin hundert Ermittlungsverfahren laufen wegen Subventionsbetrug, Geldwäsche, Bestechung und Begünstigung im großen Stil. Da geht es nicht um ein paar Mark! Aber die Wahrscheinlichkeit, an die weitverzweigten Konsortien heranzukommen, die sich teilweise nicht nur quer über Europa, sondern über ganze Kontinente erstrecken, ist nahezu aussichtslos. Diese plötzliche, völlig unausgegorene Währungsangleichung war ein Fehler, der nicht wiedergutzumachen ist! Das wird noch Probleme geben! Die Bonzen haben das bekommen, woran es ihnen zu DDR-Zeiten am meisten gemangelt hat: Devisen!«

Kristin löffelte ihr Eis. »Und warum hat sich keiner gewehrt?«

»Es ging alles zu schnell. Dann die Banken – denen war es egal, die haben danach geurteilt, welche Sicherheiten einer hat. Und der Einheitsvertrag hat es ermöglicht, daß jene, die eigentlich an der ganzen Misere schuld sind, heute die wirtschaftlichen Nutznießer sind. Aber wo ist das nicht so!«

Kristin lächelte. »Du hast dir vorgenommen, die Welt zu verbessern, hm! Ich hab da wenig Hoffnung. Man müßte doch alles umkrempeln, sie von Fundamentalisten, Geldhaien, Diktatoren, blutrünstigen Soldaten usw. befreien. Aber wer soll das tun? Ohne Gewalt? Geht das überhaupt?«

Kristin kratzte mit ihrem Löffel die letzten Eisreste aus der Schale. Charlie war schon fertig.

»Aber wenigstens in unserer Sache werden wir weiterkommen und kämpfen!« Er zwinkerte ihr mit einem Auge zu.

Kristin lachte. »Zeig mal.« Sie deutete auf die Fotos, die neben ihm lagen. Er reichte sie ihr rüber.

»Es ist fast immer dasselbe Motiv«, meinte Charlie. »Und

trotzdem hochinteressant. Mein Kollege, der die Bahlevi-Sache bearbeitet, wird staunen, wenn ich ihm das Material heimlich zustecke.«

Kristin und Charlie schlenderten noch herum und redeten über Politik, Kultur, ihre Zukunftspläne und was es sonst noch an »unverfänglichen« Themen gab.

Charlie war ein überzeugter Demokrat und ein – wenn es sein mußte – knallharter Vertreter des Rechtsstaates. Ja, er hatte Prinzipien, er hatte ein Wertesystem, und das hatte er sich auch all die Jahre nicht kaputtreden lassen. Sein Verständnis von persönlicher Identität hing eng mit dem Staat, mit dem System, zusammen, in dem er lebte. Das wollte er verteidigen, und wenn nötig unter Einsatz seines Lebens. Kristin hatte ein eher distanziertes Verhältnis zu Staat, Autorität, Justiz und Parteien. Sie suchte nach dem persönlichen Glück, nach dem kleinen Faden zu ihrer Familie, die für sie erst im nachhinein ein Gefühl von Heimat bedeutete. Beide hatten Ziele, die darin gipfelten, einen Identitätsbeweis für sich selbst zu finden, und das verband sie tiefer, als sie ahnten.

Sie waren noch etwa fünfhundert Meter vom Hotel entfernt, als Charlie Kristin anstieß.

»Dreh dich mal langsam und unauffällig um!« flüsterte er. »Der Typ mit den blonden kurzen Haaren hat schon in der Eisdiele schräg hinter uns gesessen. Er rennt hinter uns her! Wir gehen jetzt dort rein!«

Er packte Kristin am Arm und führte sie in Richtung einer Menschengruppe, die sich vor dem Strandtheater »Chapeau Rouge« aufgebaut hatte. Die Anklamer Landesbühne hatte hier ein Sommerzelt aufgebaut, und die Vorstellungen schienen gut besucht zu sein. Es wurde die »Heilige Johanna der Einbauküche« gespielt.

»Und was weiter?« fragte Kristin nervös, als Charlie die Karten gekauft hatte.

»Wir verschwinden während der Vorstellung durch den

seitlichen Zeltausgang. Der wartet vermutlich draußen vor dem Eingang, bis das Theater zu Ende ist. Wir gehen dann ein Stück zurück Richtung Koserow und laufen über die Gorkistraße zum Hotel. Bestimmt sind wir ihn dann los!«

Auf dem Weg zurück ins Hotel bat Charlie Kristin, ihn noch in die Hotelbar zu begleiten. Er hatte noch Durst, sein Rücken und Nacken brannte von der Sonne und er wollte noch nicht ins Bett.

»Trägst du immer eine Waffe?« fragte Kristin, als er sich umzog und seinen Revolver wieder einsteckte.

Er betrachtete ihn kurz. »Ja! Ich brauch die Waffe fast nie, aber ohne... in meinem Job... an Schutzengel glaube ich nicht. Bei meinem Kundenkreis...!«

Nachdem sich beide umgezogen hatten – Charlie trug eine hellbeige Hose mit schwarzem T-Shirt, Kristin einen langen, weichfließenden Rock mit weinroter Seidenbluse –, fuhren sie mit dem Lift nach unten und gingen zu einem vom Wohntrakt abgeteilten Anbau, wo sich die hoteleigene Diskothek und Nachtbar befand. Sie fühlten sich im Hotel sicher, obwohl ihnen der Blonde nicht mehr aus dem Kopf ging. Wurden sie vom BND beschattet oder von den Russen? Jedenfalls schien es ihren Verfolgern immer wieder zu gelingen, sie aufzuspüren.

»Ich habe den Eindruck, daß wir nur beobachtet werden«, meinte Kast. »Irgendwer will genau wissen, was wir tun. Aber sie greifen nicht ein!«

»Hoffentlich!« erwiderte Kristin.

In der Diskothek war alles perfekt eingerichtet: Winzige Punktstrahler an der gewölbten Decke, die den Sternenhimmel symbolisieren sollten, und in den vielen Nischen luden breite, anthrazitfarbene Polstermöbel zum Entspannen ein. Die Diskothek war schlecht besucht, die Musik nicht zu laut, die Tanzfläche mit den quadratischen Lichtflächen groß genug, um allen Platz zu bieten Die Bar aus dunklem Holz nahm fast ein Drittel des gesamten Raumes ein. Sie war im Halbrund bis in die Raummitte gezogen, und mindestens dreißig Leute konnten auf den Barhockern mit den Metallbeinen und den violett-schwarz gestreiften Sitzpolstern Platz nehmen.

Die Auswahl an Getränken war ungewöhnlich groß und kurios. Die Angebote waren in Buchform zusammengefaßt, und jedem Drink waren zwei Seiten gewidmet. Eine Seite zeigte ein Foto des Drinks, die andere Seite verriet das Rezept. Kristin wählte einen süßen »Baltic Cup«, Charlie einen harten »Number One«. Ein bißchen beschwipst waren sie beide, als sie gegen halb eins ihr Hotelzimmer betraten und lachend über die Gäste herzogen.

»Die mit den blonden Haaren und den weißen engen Leggins«, ereiferte sich Kristin. »Die hat bestimmt nicht gewußt, daß man in dem Licht alles sehen kann.«

»Und dann der knatschige Typ hinter uns. Der saß da wie bestellt und nicht abgeholt.« Charlie wurde nachdenklich. »Was meinst du, ob der uns beobachtet hat?«

»Ach was... der hatte schwarze Haare... meinst du wirklich?«

Kristin schluckte, der Alltag und ihre Mission hatten sie wieder eingeholt.

Charlie ging noch mal auf den Flur, um zu sehen, ob ihnen jemand gefolgt war, doch es war alles still und menschenleer. Er kam zurück und schloß ab.

Kristin war schon im Bad verschwunden, er zog sich im Zimmer aus. Nur mit der Unterhose bekleidet, schob er die Vorhänge zurück, öffnete das Fenster und atmete tief durch.

»Was schaust du?« hörte er hinter sich Kristins Stimme.

Sie löschte das Licht, und er drehte sich um. Im Hintergrund schlugen die Wellen an den Strand. Charlie blieb am Fenster stehen und beobachtete Kristin. Es war hell genug, um ihr schönes weiches Gesicht und ihre langen Haare zu sehen. Sie trug einen dünnen Morgenmantel, der ihr nur knapp übers Knie reichte.

Kristin blieb vor ihm stehen, ohne ihren Blick von ihm abzuwenden. Er stand am Fenster mit seinem nackten Oberkörper und dem dunkelblauen Slip, die Schultern nach vorn gebeugt wie ein trotziger Jugendlicher, der nicht weiß, welche Rolle im Augenblick zu ihm paßt und wie er sich verhalten soll, wenn alle Welt von ihm eine Entscheidung erwartet.

Kristin öffnete ihren Morgenmantel und drückte ihren nackten Körper an seinen. Sie umschlang ihn mit den Armen und legte ihren Kopf seitlich an seine Brust. Es war ihr peinlich, den ersten Schritt zu tun, aber sie fühlte sich gleichzeitig...

Für einen kurzen Moment standen sie einfach da und hielten sich fest.

»Kris«, begann Charlie. »Ich will nicht...!«

»Ich weiß«, antwortete Kristin ernst und sah ihn an. »Du mußt ja auch nicht!« ergänzte sie.

Jetzt mußte Charlie grinsen. »Also, wenn das so ist! Ich dachte nur, ich will nicht, daß es dir nachher oder morgen oder irgendwann leid tut. Ich...« Kristin küßte ihm alle weiteren Sätze von den Lippen.

»Charlie, rede doch nicht soviel. Du weckst noch die Leute auf!« Sie zog ihn auf das breite Doppelbett.

Charlie wollte das Fenster und die Vorhänge schließen.

»Laß auf, bitte!« Kristin zog ihn zu sich. »Uns kann keiner sehen. Und ich mag das Geräusch des Wassers und den Himmel und den dicken Mond!«

Er legte sich zu ihr auf das Bett. Sie lag auf dem Bauch, er seitlich neben ihr. Charlie hatte sich auf den Ellenbogen gestützt und betrachtete sie, unfähig, sie zu berühren, weil sich dieses Verbot in seinem Kopf eingenistet hatte. Zaghaft rückte er näher zu ihr hin, streichelte ihr mit der linken Hand über die Schultern und die Haare, liebkoste ihren Rücken mit Küssen, erst langsam, zart, dann immer heftiger, leidenschaftlicher.

»Kris, ich hab dich lieb... ehrlich!« sagte er leise.

Sie waren nicht wild gewesen, hatten nicht das letzte an Leidenschaft aus ihren Körpern herausholen wollen, sie waren eher lieb und zärtlich miteinander umgegangen. Kristin seufzte tief, als sie wieder nebeneinanderlagen.

»Was ist?« fragte Charlie besorgt.

Kristin lachte. »Das mache ich immer, wenn ich glücklich bin!« sagte sie, holte sich ein Glas Wasser, legte sich wieder hin und starrte an die Decke.

»Was schaust du?« fragte er.

»Jetzt ist Ruhe im Objekt!«

»Was?«

Sie drehte sich zu ihm. »Kennst du das nicht? Erzählt Biermann immer, wenn er von seinen Akten plaudert. Jener Leutnant des MfS, der ihn im Bett mit seiner Freundin belauschte und zum Schluß notierte – ›Jetzt ist Ruhe im Objekt!‹ Ist mir gerade eingefallen. Komisch, he?«

PRIEL WIRD NERVÖS

»Und?« fragte Priel nervös, wie öfter in den letzten Tagen.

Seine beiden Kundschafter meldeten ihm den Stand der Dinge. »Sie sind im Hotel, wir haben sie gestern abend ausfindig gemacht. Aber die beiden treten nur zusammen auf.«

»Ja!« zischte Priel. »Trotzdem. Dranbleiben und die erste Gelegenheit nutzen! Und dann nicht so wie die Idioten in Berlin, viel Wirbel um nichts! Unsere arabischen Freunde sind mißtrauisch, haben Angst, daß die Aktion gefährdet ist. Vielleicht beschatten sie euch! Seid vorsichtig, hängt sie notfalls ab! Die sollen da nicht auch noch mitmischen. Wenn nur erst dieser Bernstein auf dem Schiff ist und der Koffer mit dem Geld bei uns, dann ist mir alles egal. Mensch, Harry, bringt mir die Frau! Ich hab das Gefühl, als ob die alles vermasseln könnte. Warum taucht die ausgerechnet jetzt auf, wo wir das Geschäft abwickeln? Habt ihr denn irgendwas Verdächtiges wahrgenommen während der Beobachtung?«

Harry Müller zuckte nichtssagend die Schultern. »Sie waren tanzen – in der Hotelbar. Die zwei sehen irgendwie verliebt aus. Ich weiß nicht, vielleicht ist da ja auch nichts. Vielleicht will sie ihm nur ihre alte Heimat zeigen?«

Priel sah ihn mit einem messerscharfen Blick an. »Mein lieber Genosse, Sie kennen unser Prinzip. Kontrolle, Kontrolle und nochmals Kontrolle! Und wenn das erledigt ist, dann wieder von vorne! Kontrolle ist das Blut der Macht, der Garant dafür, daß ein einmal eingefädelter Kreislauf wie ein Uhrwerk funktioniert. Das gilt im Kleinen wie im Großen. Besser eine Maßnahme zuviel als eine zuwenig! Und deshalb will ich die Frau. Wenn es geht, ich betone, wenn es geht, sofort!«

»Wenn wir die Frau haben, sollen wir sie dann gleich in die Kammer bringen?«

Priel warf ihm erneut einen entrüsteten Blick zu. »Natürlich! Denken Sie, ich will mit der Frau essen gehen?«

Es war schon ein paar Jahre her, seit er sein letztes Verhör geführt hatte. Es war ein Pilot gewesen, der geplant hatte, mit einem Jagdflugzeug abzuhauen. Drei Stunden hatte er ihn damals in die Mangel genommen. Zwei Namen hatte er herausbekommen, dann hatten sie ihn erschossen und das Ganze als Manöverunfall hingestellt.

Priel biß sich auf die Unterlippe und zog seine Stirn in Falten. Er hatte die Akte Klemenz/Fieberphasen neu zusammenstellen lassen, um eine Basis für sein Verhör zu haben, für das wohl letzte Verhör in seinem Leben. Und er war froh darüber, hoffte auf ein Leben nur für sich, ohne Befehle empfangen und ohne Befehle geben zu müssen.

Er warf einen Blick in den Spiegel, der seitlich an einer Wand hing. Würde er sich überhaupt da draußen zurechtfinden, in einer anderen Welt und ohne seine Uniform?

Mit kleinen Schritten, die Hand schon zum Gruß vorgestreckt, kam Professor Dr. Martin Roth über den breiten Eingangsbereich der Greifswalder Universität zur Pforte, um dort, wie vereinbart, Kristin und Charlie in Empfang zu nehmen. Breite Sandsteintreppen mit aufwendigem, holzgeschnitztem Geländer und wuchtigen Handläufen vermittelten – wie alle mittelalterlichen Bauten – eine beeindruckende Atmosphäre in der prächtigen Universität.

Der kurz vor der Pensionierung stehende ältere Herr mit den schlohweißen, vollen Haaren, die ihm bis über die Ohren hingen, hatte einen leicht näselnden, sächsischen Tonfall. Er war klein, hatte einen spitzen Bauch, über dem sein graues Jackett spannte.

»Guten Morgen, Frau Klemenz, und Herr Kast, nehme ich an!« begrüßte er die beiden schnell, aber freundlich, wobei seine leicht schrägstehenden, braunen Mandelaugen hellwach blitzten. Sie erwiderten den Gruß, warfen sich einen kurzen Blick zu und folgten dem Professor. »Ich darf Sie bitten, mich gleich ins Labor zu begleiten«, bemerkte er. »Ich habe noch einen Gast bestellt, der mich gegen elf Uhr erwartet.«

Der Professor warf zur Betonung seiner Zeitnot einen Blick auf die Uhr: Es war Viertel nach zehn. Der etwas untersetzte ältere Mann mit dem auffällig trippelnden Gang wirkte nervös. Sie mußten zwei Treppen nach unten gehen, um zu dem Labor zu kommen, in dem Jürgen gearbeitet haben soll.

»Sie erinnern sich an meinen Bruder?« fragte Kristin.

»Aber ja, natürlich«, drehte er sich zu ihr um. »Ich war ja sein Doktorvater, wenn Sie wissen, was das ist.«

Kristin nickte.

Mit einem Sicherheitsschlüssel öffnete er die wuchtige Eisentür. ZUTRITT FÜR UNBEFUGTE STRENG VERBOTEN! stand auf einem roteingerahmten Schild direkt an der Tür. Der Raum war eigentlich nicht groß, hatte nur zwei Laborplätze, die mit Computer, Oszillographen und anderen Meßgeräten ausgestattet waren. An der Wand stand ein Zeichengerät, ähnlich dem von Architekten. Die gesamte linke Wand war von einer Tafel bedeckt. In der rechten Wand führte eine Glastür zu einem anderen Raum.

»Dort«, zeigte Professor Roth auf den rechten Arbeitsplatz, »hat Ihr Bruder meistens gearbeitet, wenn er hier war.«

Kristin berührte den Schreibtisch ehrfurchtsvoll, als ob sie mit ihren Fingern ein Stück Erinnerung hätte ertasten können.

»Was heißt, wenn er hier war?« hakte Kast nach.

Roth zuckte die rechte Schulter.

»Jeder Wissenschaftler arbeitet auch mal außerhalb, sei es auf Konferenzen oder er hält Vorlesungen. Dr. Klemenz war mit Abstand der Beste in unserer Gruppe; offen gesagt«, er lächelte, »besser als ich!« Seine Augen blitzten wieder schelmisch. Er sah an sich runter und strich sich über sein graues Jackett. Dann blickte er wieder auf. »Ich habe ihn bewundert, mit welcher Logik und Präzision er arbeiten konnte. Solch einen Wissenschaftler gibt es einen unter hunderttausend. Deshalb war ich vielleicht auch der einzige, der damals nicht so verwundert war, als Ihr Bruder versuchte, abzuhauen. Der hätte im Westen eine Bombenkarriere«, er betonte dieses Wort, »vor sich gehabt.« Jetzt hatte der Professor wohl eher unbewußt das Stichwort geliefert.

»Wissen Sie, ob Jürgen an militärischen Projekten gearbeitet hat?« fragte Kristin sehr direkt. Sie stand noch immer neben dem Schreibtisch ihres Bruders.

Der Professor senkte den Blick, schluckte ein paarmal und sagte dann sehr undeutlich: »Ich weiß es nicht! Er war oft weg. Öfter als andere! Ob Kontakte zu den Militärs...«, er zuckte die Schultern, »mir nichts bekannt!«

»Sie haben doch mit Ihrer Gruppe für die zivilen Zwecke der Kernkraft geforscht?« mischte sich Charlie ein.

Der Professor drehte seinen Kopf hin und her. »Ja und nein.« Er räusperte sich. »Wir haben Grundlagenforschung betrieben, wenn Ihnen das was sagt. Harmlose Theoretiker! Jene, die dafür bezahlt werden, daß sie mit dem Kopf tüfteln«, lächelte er.

»Und wenn eine Theorie so gut war, daß sie praktische Anwendung versprach, war eine Zusammenarbeit mit dem Militär sicher nicht ausgeschlossen!« bemerkte Kast.

»Ausgeschlossen sicher nicht. Aber was soll ich Ihnen dazu sagen. Ich war in den Lehrbetrieb involviert, hatte mich um die Studenten und deren Sorgen zu kümmern. Da achtet man nicht darauf, mit wem der eine oder andere Kollege Kontakt hat. Wir haben hier relativ selbständig gearbeitet. Dr. Klemenz hat den Raum allein benutzen können. Der andere Schreibtisch war nur für Kollegen, die er mal eingeladen oder mitgebracht hatte, zwecks Besprechungen.«

Professor Roth wandte sich an Kristin.

»Es tut mir wirklich aufrichtig leid, was mit Ihrem Bruder passiert ist. Er hat wohl zu hoch gepokert. Hätte er doch gewartet! Wir sind ja schon fast verwaist hier. Im letzten Jahr sind drei jüngere Kollegen ins Ausland gegangen.«

Kast sah sich einen der Oszillographen näher an.

»Sie machen immer noch Grundlagenforschung?« fragte Kast.

Der Professor nickte. »Weitgehend. Es gibt ein, zwei Geschichten, wo wir uns direkt mit der Kernkrafttechnik auseinandersetzen. Aber das ist nicht unser Spezialgebiet. Wir hängen immer noch an den Eigenschaften der Isotopengemische und deren Reaktionsfähigkeit. Die Kontrolle der Neutronenflüsse – aber das wird Ihnen wenig sagen!«

Der Professor warf nun schon zum vierten oder fünften Mal einen Blick auf die Uhr.

Kast stellte sich neben Kristin, die sich aufmerksam den Raum betrachtete.

»Professor Roth, eine Frage noch, die Sie uns als Fachmann vielleicht mit einem Satz beantworten können. Ist es denkbar, daß es die Möglichkeit gibt… daß die kritische Masse für eine Kernreaktion auf eine sehr kleine Menge reduziert werden kann? Ich denke da an die Möglichkeit, Atombomben in, sagen wir, Handgranatengröße herzustellen. Und was sagt Ihnen der Begriff Red Mercury?«

Professor Roth hüstelte. »Lieber Freund, den Begriff Bombe höre ich nicht gern in Zusammenhang mit meiner Forschung. Mit der Entwicklung von Kernwaffen hatten wir nichts zu tun, da müssen Sie sich woanders umhören. Und Red Mercury! Wissen Sie, hinter diesem Begriff steckt etwas wissenschaftlich Mysteriöses. Jeder interpretiert mehr, als in Wirklichkeit ist. Was ist Red Mercury seiner Bedeutung nach? Ein Pulver! Ein Quecksilberpulver, mit Sulfiden angereichert, erhält es eine rötlichbraune Färbung, eine Beimischung für Plutonium. Ich weiß, der Klemenz hat viel Wirbel um dieses Zeug gemacht, aber meines Erachtens ist das alles unnötig aufgebauscht worden. Das Prinzip des Gleichgewichts der Kräfte zwischen den Militärs hat viel, viel zuviel mit Psychologie zu tun. Hier was aufbauschen, dort was aufbauschen, hier ein Gerücht streuen, dort ein Gerücht streuen, und schon wachsen die Muskeln. Alles Anabolika der Psyche – auf deutsch: Windeier. Manche Forscher waren so schlau, solche Dinge so gut zu verpacken, daß ihr eigener Wert stieg und sie sich besser verkaufen konnten. Was denken Sie, wie viele Nieten der Osten aus dem Westen eingekauft hat, in der Hoffnung, wirklich mal das große wissenschaftliche Los zu ziehen. Da sind Devisen verschoben worden ohne den geringsten Nutzen, und nicht nur auf militärischem Sektor.« Der Professor redete auf einmal wie ein Wasserfall, und es schien, als wolle er hinter all den Worthülsen etwas verbergen.

Plötzlich gab es einen kleinen Knall. Kristin war die Handtasche zu Boden gefallen. Als sie sich bückte, um die unter den Computertisch gerutschte Tasche wieder aufzuheben, streifte sie mit ihrem Oberkörper ein Eisengestell, auf dem ein Geigerzähler stand. Das Lederband um ihren Hals blieb an einer kleinen Schraube hängen und riß, und der Bernsteinanhänger fiel direkt auf die Metallplatte neben dem Geigerzähler. Von einer Sekunde zur anderen schlug der Geigerzähler aus und tickte so heftig, daß es auch Kast nicht verborgen blieb. Kristin blickte wie erstarrt auf das Gerät, während Kast ein Taschentuch herausholte, sich vor Professor Roth stellte, um den Bernstein so schnell und so unbemerkt wie möglich an sich zu nehmen.

Er warf Kristin einen Blick zu, der ihr bedeutete, jetzt keine unnötigen Fragen zu stellen. Er wickelte den Bernstein ein und steckte ihn in die Tasche. Dann rüttelte er ein wenig an dem Geigerzähler, als habe er ihn prüfen wollen.

Professor Roth stand schweigend daneben und reagierte überhaupt nicht auf den Vorfall. Er stand da wie zur Salzsäule erstarrt, doch seine flinken Augen registrierten alles. Jetzt war es Kast, der einen Blick auf die Uhr warf.

»Ja, dann werden wir wohl wieder gehen«, sagte er. »Wir wollen Sie ja nicht unnötigerweise aufhalten.«

»Einen Augenblick«, sagte Roth. »Würden Sie sich noch mal neben den Geigerzähler stellen. Beide hintereinander!«

»Warum?« fragte Kast.

»Mir war eben, als ob der Zeiger...«

»Ich bin wohl mit dem Arm dagegen gestoßen, als ich mich nach dem Schmuckstück bückte«, sagte Kast. »Vielleicht ist der ja auch berührungsempfindlich. Mir war – ehrlich gesagt – auch so, als ob...« Er stellte sich neben den Zähler, und nichts geschah, auch bei Kristin nicht.

»Merkwürdig«, schüttelte Roth den Kopf. »Ich hätte schwören können... Na gut«, er reichte beiden die Hand, »jetzt ist es fast elf Uhr, und ich werde sicher schon erwartet. Ich hoffe, ich habe Ihnen ein bißchen helfen können. Es ist ja auch eine traurige Geschichte mit Ihrem Bruder. Jedes Jahrhundert, jede politische Strömung wird immer für viele Menschen zum Schicksal, das muß wohl so sein«, philosophierte er ein wenig herum, während er die beiden hastig zur Pforte zurückbegleitete.

Kast nahm Kristin bei der Hand und hatte es ziemlich eilig.

»Jetzt ist mir klar, warum sie hinter dir her sind!« sagte er, als sie zum Auto gingen. Er zog sie förmlich hinter sich her und drehte sich pausenlos um.

»Was hast du?« fragte ihn Kristin.

»Hast du den Geigerzähler gehört?« rief er aufgeregt.

»Ja, wieso, was ist los damit?«

»Der hat wie verrückt ausgeschlagen, als der Bernstein auf die Platte gefallen ist und sich dieser kleine Splitter gelöst hat. Mensch, Kris, das ist kein Zufall. In dem Stein ist mit hundertprozentiger Sicherheit radioaktives Material!«

»Was?«

Kristin warf einen erschrockenen Blick zu Kast, der schneller als sonst mit seinem Wagen losfuhr.

»Du hast doch die ganze Zeit neben dem Gerät gestanden, ohne daß sich der Zeiger bewegt hatte«, rekonstruierte Kast. »Dann bliebst du mit dem Band hängen, der Stein löste sich und fiel auf die harte Eisenplatte. Genau in dem Moment muß sich irgendwas, eine Schicht, ein Stöpsel gelöst haben, denn unmittelbar nach dem Aufprall begann der Zähler zu ticken. Aber nicht nur ein bißchen, sondern heftig. Das heißt, in dem Bernstein, den dir dein Bruder als Schmuckstück für einen Fluchthelfer gegeben hat für den Fall, daß ihm etwas passiert, muß über all die Jahre das Zeug drinnen gewesen sein. Es ist eine radioaktive Probe!«

Kristin holte tief Luft. »Eine Probe!« Das konnte sie nicht glauben. Das konnte doch nicht wahr sein! Sie hatte jahrelang radioaktives Material um ihren Hals getragen?

»Ja, heißt das... heißt das, daß ich jetzt verseucht bin?«

Charlie schüttelte den Kopf. »Nein, es war verschlossen. Das muß jetzt erst durch den Aufprall passiert sein. Ich kenne mich damit zu wenig aus, aber wahrscheinlich ist es Plutonium. Plutonium ist ein Alphastrahler, und wenn man das Zeug geschickt abdeckt, passiert gar nichts. Ich habe ja nur ein Taschentuch darum gewickelt, und der Zeiger blieb ruhig. Nur verdammt giftig soll das Zeug sein! Ich nehme an, es ist Red Mercury!«

»Dann war Jürgen also doch«, überlegte sie nachdenklich, »ein Agent?«

Kast nahm ihre Hand.

»Das muß nicht sein! Er kann das aus ganz persönlichen Gründen mitgenommen haben. War ja seine Arbeit! Aber der Professor ist mir nicht geheuer, der weiß mehr, als er erzählt hat. So was merke ich sofort!«

Sie fuhren Richtung Zinnowitz. Kast wollte Kristin am Hotel absetzen und dann den Bernstein in Sicherheit bringen.

»Der Stein muß unbedingt im Kernforschungszentrum Karlsruhe untersucht werden. Ein Gutachten wird dann wohl die Wahrheit ans Licht bringen. Pack du schon mal die Koffer, wir müssen noch heute abend abreisen! Ich werde jetzt zuerst den Stein in ein Schließfach bringen und mir noch mal das Gelände um Grabenow ansehen. Spätestens in ein, zwei Stunden bin ich wieder da. Du weißt jetzt, weshalb sie hinter uns her sind! Bleib bitte im Zimmer und schließ hinter dir ab!«

»Sei du lieber vorsichtig!« ermahnte sie ihn.

Professor Roth hatte inzwischen seinen Gast vertröstet, weil er noch ein dringendes Telefonat zu erledigen habe. Der Professor saß an seinem Schreibtisch im dritten Stock des Gebäudes und sprach leise in die Muschel.

»Ja, ich bin ganz sicher, der Bernstein hat gestrahlt!«

»Also doch!« erwiderte Priel am anderen Ende der Leitung. »Dann muß sie auch etwas gewußt haben. Aber wieso strahlt er? Sind die beiden noch auf dem Gelände?« fragte er aufgeregt.

»Nein, sie wollten zurück ins Hotel.« Der Professor drückte den Hörer an sein anderes Ohr.

»Ja, der Kast hat etwas geahnt. Das habe ich deutlich gemerkt... Nein, ich habe so getan, als wisse ich nichts. Ja, natürlich, wenn sie sich noch mal melden, gebe ich Ihnen Bescheid«, flüsterte er.

Er legte den Hörer auf, holte sich eine Brille aus seinem Etui und suchte in seinem Aktenschrank nach einem schmalen Ordner aus graumelierter Pappe mit einem schwarzen Band. Mit einem roten Filzstift stand auf dem Deckel: Fieberphase II, abgestempelt mit dem Vermerk: Streng vertraulich!

Dann verließ er den Raum.

Kristin stand an der Rezeption und mußte noch einen Gast abwarten, ehe sie nach dem Schlüssel fragen konnte. Schräg hinter ihr, mit ein bißchen Abstand, standen zwei Männer, die eine Uniform des Roten Kreuzes trugen. Das Hotel war wie immer sehr belebt, hauptsächlich Rentner und Kurgäste bevölkerten um diese Jahreszeit die Räumlichkeiten. So schien es auch niemanden zu verwundern, daß sich hier Krankenpfleger aufhielten. Die beiden Männer folgten Kristin in den Aufzug. Einer hatte einen Rollstuhl dabei.

»Wir sollen eine ältere Dame abholen. Zimmer 547.« Er drückte auf die Fünf.

Kristin nickte. »Ja, ich muß auch dahin!« sagte sie. »Ich glaube, wenn Sie aus dem Aufzug kommen, müssen Sie links herum«, erklärte sie höflich.

Der Aufzug öffnete sich noch mal, und ein Ehepaar wollte herein, doch einer der Männer drängte die beiden zurück. Es würden doch noch vier weitere Aufzüge fahren, und hier sei es wegen des Rollstuhls zu eng. Die Tür schloß sich erneut, und Kristin war jetzt allein mit den beiden Männern. Sie hatten beide einen kurzen Haarschnitt. Der eine Mann war groß, der andere eher klein, aber athletisch. Auf der Anzeigentafel leuchtete nur die 5 auf. Der Aufzug hatte sich kaum in Bewegung gesetzt, als der kleinere Mann den Rollstuhl mit einem heftigen Ruck gegen Kristins Bein stieß und gleichzeitig ein »Entschuldigung« murmelte. Sie bückte sich vor Schmerzen, und sofort drückte ihr der größere Mann von hinten ein chloroformiertes Tuch auf den Mund. Kristin wehrte sich kurz, ehe sie in dem Rollstuhl zusammensackte. Die beiden Männer nickten sich zu, der Fahrstuhl hielt, und sie wählten das erste Untergeschoß.

Im fünften Stock wollte ein Mann zusteigen, doch einer der beiden Männer erklärte ihm knapp, daß sie dringend eine Verletzte zu transportieren hätten. Durch den Lieferanteneingang des Hotels verschleppten sie Kristin in einen Krankenwagen und fuhren davon. Der größere Mann untersuchte die Ohnmächtige, er durchwühlte alle Taschen, schien jedoch nicht das zu finden, wonach er suchte: Der Bernstein war weg. Sie fuhren durch den militärischen Sicherheitsbereich im Gelände um Karlshagen und bogen links in einen schmalen Waldweg ein, eine Sackgasse, die wie bei einer Tiefgarageneinfahrt vor einem Eisentor endete. Über Sprechfunk sagten sie ihre Kennworte, und das Tor öffnete sich.

Auf dem unterirdischen Parkplatz standen neben militärischen Fahrzeugen auch etliche Zivilfahrzeuge mit normalen Kennzeichen. Mit einem Aufzug, der in noch tiefergelegene Bunkerkammern führte, wurde sie in einen kleinen Raum gebracht.

Priel erwartete sie bereits.

»Und ihr seid sicher, daß euch niemand gefolgt ist und daß niemand etwas bemerkt hat?«

»Absolut!«

Priel ging ein paar Zimmer weiter zu seinem russischen Kollegen. »Sie ist hier!« sagte er.

»Gut!« antwortete Tscherenkow mit leicht russischem Akzent. »Was haben Sie vor?«

»Verhören!« antwortete Priel knapp. »Und einsperren, bis das Geschäft vorbei ist.«

»Und dann?«

»Was und dann?«

»Ja, wollen Sie sie dann gehen lassen, damit sie alles ausplaudern kann? Für Sie ist die Sache dann vorbei, aber wir werden uns nach einem neuen Standort umsehen müssen. Wir brauchen Geld, wenn unsere Armee wieder stark werden soll, und wir werden wieder stark werden und uns nicht mehr länger zurückdrängen lassen. Major Priel, diese Frau muß liquidiert werden, darüber sind wir uns doch wohl im klaren. Das erwarte ich von Ihnen, und zwar ohne Spuren!« Er stockte. »Wir haben ein Ziel! Wir werden unser Land wieder zu dem machen, was es einmal war – eine Weltmacht! Waffen haben wir genug, um die reichen Länder unter Druck zu setzen. Uns fehlt nur noch der Mut und die straffe Hand, um sie auch für unsere Zwecke einzusetzen. Zivile, punktuelle Kriegsführung – so heißt heutzutage die erfolgreiche Strategie. Billig und effektiv! Da laß ich mich nicht von einer Frau aufhalten, das wäre ja lächerlich!«

Priel stand auf, ging zweimal im Zimmer auf und ab, ehe er sich an der großen Schreibtischplatte abstützte und Tscherenkow mit einem vernichtenden Blick anstarrte. Je länger er ihn kannte, desto mehr fing er an, ihn zu hassen.

»Oberst Tscherenkow, die Zeiten haben sich geändert! Ob Sie es gerne sehen oder nicht. In drei Jahren wird der letzte Russe deutschen Boden verlassen haben, und dann müssen Sie diese Geschäfte ohnehin woanders abwickeln!«

»Na und!« plusterte sich Tscherenkow auf. »Deutschland!« sagte er herablassend. »Was geht mich Deutschland an? Gehen wir eben woandershin! Ich will nur nicht, daß die Sache mit dem Bernstein auffliegt, sonst müssen wir uns was Neues überlegen, und unsere Kunden haben kein Vertrauen mehr, und das wäre noch schlimmer. Wieso haben Sie auf einmal solche Skrupel wegen einer Frau? Gefällt sie Ihnen etwa? Haben Sie was vor mit ihr?«

Er schmunzelte, zog die dunklen schwarzen Augenbrauen hoch, strich über seine Orden an der Uniform und zündete sich eine Havanna an. »Oh, Entschuldigung«, bemerkte er beifällig und schob die Zigarrenschachtel Priel hin. »Bedienen Sie sich!«

Priel lehnte ab.

»Ich war mein Leben lang Soldat für besondere Einsätze, und ich habe auch töten lassen, wenn es die Situation erfordert hat. Aber mein Staat ist zusammengebrochen, und wenn Sie ehrlich sind, Ihrer auch. Ich bin kein Mörder, Oberst Tscherenkow. Von mir wird der Befehl nicht kommen, die Frau töten zu lassen. Ich werde sie noch heute in die Mangel nehmen, alles aus ihr rausholen, was rauszuholen geht. Dann werden wir sie festsetzen, aber nicht töten. Wenn Sie das wollen, müssen Sie es selbst veranlassen. Ich werde mich nicht zwei Minuten, bevor ich mich ins Privatleben zurückziehe, mit so was belasten.«

Tscherenkow lachte. »Priel – Sie Moralist! Hören Sie mal, mein Lieber. Was Sie und Ihre Leute da tun – ist ein Verbrechen.« Er betonte die letzten drei Worte. »Ja, was denken Sie denn, was Sie die ganze Zeit tun und wofür Sie bezahlt werden? Wir führen hier das Kommando und nicht Sie, haben Sie mich verstanden?« wurde er plötzlich laut. »Ohne unseren Schutz in der militärischen Sicherheitszone könnten Sie sich doch jetzt die Zelle in Moabit mit Mielke teilen. Und Sie reden von Staat und Moral! Das Gesetz, Priel, und das müßten gerade Sie wissen, ist immer dort, wo es gerade herrscht. Und im Moment sind wir das Gesetz und nicht Sie! Und wenn ich will, daß die Kleine wegkommt, dann kommt sie weg! Und wenn ich will, daß Sie das erledigen, dann erledigen Sie das auch! Sie, Major Priel, Sie«, sagte er herrisch und stellte sich demonstrativ vor Priel hin. Sie waren beide fast gleich groß und fast gleich alt. Er sah ihm direkt ins Gesicht. »Ansonsten finden Sie sich vor dem Zaun wieder und haben ein Loch in Ihrem soldatischen, moralischen Körper! Die Zeiten sind rauh, Germanski, besonders auf Usedom.« Er drehte sich um. »Sie erinnern sich an Lüders...« Und ob sich Priel an ihn erinnerte. Es war noch vor der Wende, als Lüders ganz plötzlich verschwunden war. Priel war lange genug in diesem Apparat tätig, um zu wissen, daß Tscherenkows Drohung sehr ernst zu nehmen war. Seit dem Zwischenfall mit der Klemenz reagierten alle nervös.

»Ich habe heute abend noch was zu erledigen«, unterbrach Tscherenkow die Stille. »Morgen früh erwarte ich einen Bericht über das Verhör. Ich werde in Wünsdorf sein. Gute Nacht... Genosse!« betonte er sarkastisch.

Mit festen Schritten und einer Rauchwolke um den Kopf verließ er den Besprechungsraum und ließ Priel allein zurück.

Tscherenkow war ein Tschetniktyp, er dachte, fühlte und lebte in Schlachten, schon in Afghanistan hatte er sich »ausgezeichnet«!

Was hätte Tscherenkow ein Leben ohne Feinde, Strategien militärische Operationen und Kampf bedeutet? Nichts! Er brauchte Feinde so nötig wie andere Pillen.

Priels Helfer hatten Kristin inzwischen in den speziellen Verhörraum gebracht. Sie lag leblos zusammengekauert auf dem Boden. Priel beobachtete sie über eine Kamera, die in eine der Wände eingebaut war. Er begann seinen Job zu hassen. Warum war diese Frau nicht einen Monat später aufgekreuzt? Jetzt hatte er den Dreck am Hals. Er blickte von der Monitorwand zu den beiden Sicherheitsleuten hoch und hüstelte gekünstelt, als er den größeren Mann ansprach.

»Wir müssen was machen, damit sie wach wird. Am besten Wasser und Massage. Sagen Sie, haben wir eigentlich noch diese Orangensaftmixtur irgendwo herumstehen, Sie wissen, das Zeug, das wir damals für den Straubitz verwendet haben?«

Der Mann sah ihn verwundert an.

»Dieses Gift?«

»Ja!«

»Das Gift lagert in drei Fläschchen ganz unten in dem schmalen, verschlossenen Abstellraum neben dem Weinkeller.«

»Aha!« sagte Priel. »Vielleicht benötigen wir es, falls die Klemenz zuviel weiß. Das ist eine Anweisung vom Oberst!« Priel zuckte die Schultern. »Vielleicht hat er sogar recht.« Er klatschte in die Hände, um die angespannte Atmosphäre im Raum zu durchbrechen. Der Mann sah ihn mürrisch an.

»Jetzt sehen Sie mich doch nicht so an! Ich habe das nicht befohlen! Tatsache ist aber, daß wir alle mit drinhängen!«

»Dieser Tscherenkow ist brutal, dumm und arrogant.«

»Brutal, dumm und arrogant«, äffte Priel nach. »Er hat Macht, meine Herren, und das allein entscheidet. Einer von Ihnen beiden wird es tun müssen. Sie haben ja noch Zeit bis morgen.«

DIE SUCHE NACH KRISTIN

»Kris, bist du da drinnen?« Kast klopfte nun schon zum dritten Mal an der Tür. Er horchte nach Wassergeräuschen. Vielleicht duschte sie oder fönte sich die Haare und hörte sein Klopfen nicht. Der Schlüssel hing nicht an der Rezeption, also mußte sie im Zimmer sein. Doch Kast vernahm keine Geräusche. Er versuchte es noch mal, wieder nichts!

Vielleicht war sie ja nur kurz weg, um eine Zeitung zu holen. Er wartete eine Viertelstunde, doch als sie nicht kam, ging er runter zur Rezeption und bat, daß man ihm die Tür öffne. Er habe den Schlüssel verlegt, möglicherweise liege er im Zimmer. Er konne sich ausweisen, so daß man ihm mit einem Zweitschlüssel öffnete. Kast dankte und durchsuchte das Zimmer nach Spuren. Doch es war alles so, wie sie es verlassen hatten. Kristin war vermutlich nicht mehr in ihr Zimmer gekommen. Aber wo steckte sie?

Kast ging abermals zur Rezeption und erkundigte sich, ob die Frau sich noch an Kristin erinnern könne und ob sie den Schlüssel abgeholt habe. Die zweite Frau an der Rezeption erinnerte sich genau. Es war vor etwa einer Stunde – meinte sie. Sie habe den Schlüssel dann auch nicht mehr abgegeben, das wisse sie genau. Kast rannte wieder über den Treppenaufgang hinauf ins Zimmer, versuchte zu rekonstruieren, was geschehen war. Er war sich hundertprozentig sicher, daß Kristin entführt worden war. Wahrscheinlich hatte der Professor... wer sonst?

Kast telefonierte mit Berlin. Kristin war entweder in Grabenow oder in dem Forschungsbunker. Dummerweise hatte er die Pläne dieses Bunkers in Berlin gelassen. Er wählte die 030-2761-13.

»Hallo, Kunert, du mußt mir einen Gefallen tun. Dringend und sofort... Urlaub, ach was! Es ist lebenswichtig! Ich erklär dir alles später. In meinem Schrank rechts unten liegt ein Stapel Papiere, Aktenkopien. Die oberste Akte, wo FB-Karlshagen draufsteht, mußt du mir samt Plan rüberfaxen. Im Hotel haben sie einen Faxraum. Ich geb dir die Nummer. Warte noch fünf Minuten, bis ich unten bin. Ich will nicht, daß jemand das liest. Geht das in Ordnung? Hier, die Nummer. Vorwahl: 038377. Dann die 73951... Und danke!«

Dann legte er auf und wählte noch mal eine Berliner Nummer. Es war die seines Chefs. Auch wenn er sich später allerlei würde anhören müssen, im Moment brauchte er dringend Hilfe. Diese Geschichte würde er nie und nimmer allein schaffen können.

»Ja Kast, ich denke, Sie sind in Urlaub«, drang es mit fester, klarer Stimme aus der Leitung. Kast verzog das Gesicht, es nervte ihn, daß ihn jeder auf seinen Urlaub ansprach.

»Dachte ich auch, aber es ist etwas dazwischengekommen. Bei unserem Besichtigungsprogramm sind meine Begleiterin und ich ganz zufällig auf einen Nuklearschmugglerring gestoßen. Mit dem Ergebnis, daß meine Bekannte entführt wurde. Hören Sie... es ist wirklich dringend und sehr, sehr ernst. Ich brauche dringend eine Spezialeinheit, die mir hilft. Ich weiß ziemlich sicher, wo sie die Frau versteckt halten und wo die Zentrale für ihre Geschäfte ist.« Kast beschrieb ihm genau, wo und wer vermutlich hinter der Aktion steht.

»Die Russen!« hörte er von der anderen Seite. »Sind Sie verrückt! Wir haben absolut keine Handhabe, einzugreifen. Wir können höchstens eine Verdachtsbeschreibung an den Zuständigen der Armee schicken. Das ist aber auch alles. Tut mir leid, Kast, aber das muß ich mit ganz oben abklären. Da kann ich nichts selbst entscheiden.«

»Aber bitte heute noch! Es ist dringend! Ich muß los!« drängte Kast.

»Kast, unternehmen Sie nichts auf eigene Faust. Das kostet Sie Ihren Job«, hörte Kast noch am anderen Ende der Leitung sagen, ehe er wütend den Hörer auflegte. Kast rannte runter zum Faxraum und starrte auf das Gerät. Endlich klingelte es, eine Berliner Nummer, das war für ihn. Ohne die Pläne hätte er absolut nichts machen können.

»Darf ich auch mal«, neckte Fuchs Melanie in seinem Büro. Sie lackierte sich gerade ihre Fingernägel.

»Aber wehe, du streichst daneben.« Sie gab ihm die Lackflasche mit der apricotfarbenen Tinktur. Langsam und bedächtig tunkte Fuchs den kleinen Pinsel in das Fläschchen, streifte den überschüssigen Lack am Rand ab und lackierte gerade Melanies rechten Zeigefingernagel, als das Telefon läutete.

»Besprechung«, flüsterte Fuchs Melanie zu. Sie hatte Mühe, ihren Stuhl bis zum Telefon zu schieben und gleichzeitig die Hand auf dem Schreibtisch zu halten. Sie hob ab.

»Auswärtiges Amt! Büro Fuchs!«

Sie blickte lächelnd zu Fuchs, während sie dem Anrufer Zeit ließ, sein Anliegen zu formulieren.

»Nein, tut mir leid, Dr. Fuchs ist im Moment in einer wichtigen Besprechung. Einen Augenblick, ich notiere. ZERV – Berlin. Dringend. Sondereinsatz erforderlich wegen Atomschmuggel.«

Fuchs horchte auf, ließ ihre Hand los und übernahm den Hörer. »Fuchs am Apparat. 'tschuldigung, ich bin gerade reingekommen und haben die letzten Satzfetzen mitbekommen. Was ist das für eine Geschichte? Atomschmuggelring... Auf Usedom... Wo? Auf ehemaligem militärischen Gelände der Sowjets! Das ist ein Ding. Nein... nein, bloß nichts Offizielles. Das läuft streng geheim über die Sondereinheit K3. Ich schicke die sofort dorthin. Wenn das stimmt, hat das ein diplomatisches Nachspiel. Eine Frau? Die Klemenz! Ach, du liebe Scheiße, das hat noch gefehlt! Kein Wort zu irgend jemandem! Nein, nein, die Pläne haben wir. Danke. Völlig unvorbereitet sind wir nicht. Ich habe, ehrlich gesagt, schon etwas in der Richtung vermutet. Wissen Sie, um was für eine Art von Atomschmuggel es sich handelt?

Nein, Sie brauchen sich um nichts mehr zu kümmern, das erledigen wir. Danke, daß Sie mich informiert haben.«

Er hängte ein und sah Melanie mit diesem gewissen Gesichtsausdruck des Bedauerns an, den er so gut beherrschte.

»Das Theater heute abend ist gestrichen. Wir haben heute hier unsere eigene Aufführung. Nachtdienst! Melanie, ich brauche folgende Verbindungen. Kanzleramt, den Grieger vom BND und den Typ von der K3-Truppe. Du weißt schon, steht in dem blauen Buch. Alles S-Nummern. Ich will von niemandem gestört werden. Alle Termine für die nächsten drei Tage streichen. Ja, das war's fürs erste.«

»Eine Entführung?« fragte Melanie. »Heikel ist nur, daß sich das Ganze auf russischem Territorium abspielt.«

KAST BEREITET SICH VOR

Es war jetzt schon später Nachmittag. Kast saß im Hotelzimmer und machte sich Notizen zu den Plänen, verschiedene Stellen markierte er mit einem roten Filzstift. Er faltete die Pläne sorgfältig zusammen und steckte sie in eine kleine Lederhandtasche. Den von ihm grob skizzierten, handschriftlich gefertigten Plan schob er unter eine Klarsichthülle. Aus einem Koffer holte er zwei Pistolen, die er sich in eine präparierte Gürteltasche steckte. Dazu eine Dose, die aussah wie eine Minihaarsprayflasche mit Griff, die er sich in die äußere Jackentasche steckte.

Das Telefon läutete. Es war Fries, den Kast um Mithilfe gebeten hatte. »Ja, ich habe die Anweisung auf dein Konto dabei. Ist schon passiert. Ich hol dich wie vereinbart ab. Dann halten wir kurz eine Lagebesprechung ab, ich hab schon alles vorbereitet, und dann kann's losgehen. Und – ich will bloß die Frau. Alles andere kümmert uns nicht, das sollen die anderen erledigen. Bis gleich!«

IM VERHÖRRAUM

Kristin war inzwischen zu sich gekommen. Sie kauerte immer noch wie ein verschüchtertes Reh nach einer Treibjagd in einer Ecke. Der Raum, in dem sie sich befand, machte auf sie einen bedrohlichen Eindruck. Er war sehr klein, hatte keine Fenster, dafür überall gepolsterte, anthrazitfarbene Wände. An den oberen zwei Ecken blickten Kameraobjektive auf sie herab. Sie wußte nicht, ob sie in Betrieb waren.

Kristin erinnerte sich nur sehr verschwommen an das Ereignis im Fahrstuhl. Es dauerte nur Sekunden, und sie hatte kaum realisiert, was mit ihr geschah, da hatte sie auch schon das Bewußtsein verloren. Wo war sie? Wie war sie hierhergekommen? Was wollten die Entführer von ihr? War sie in die Fänge von Verbrechern oder von Geheimdiensten geraten? Steckten die Leute dahinter, die sie in letzter Zeit beschattet hatten? Ihr Körper fühlte sich taub und schwer an. Sie rieb sich die Schienbeine, die beide höllisch weh taten. Ihr linkes Bein schmerzte besonders stark.

»Sie fragen sich sicher«, hörte sie plötzlich eine tiefe männliche Stimme über sich, »weshalb Sie hier sind?«

Kristin sah sich suchend nach ihrem Gesprächspartner um, doch es gab nur diese Stimme über ihr. Sie zog sich noch mehr in ihre Ecke zurück und blickte zu einer der Kameras ihr schräg gegenüber.

»Sie können ruhig mit mir sprechen. Ich kann Sie sehen und hören!« sagte die Stimme.

Kristin schluckte. Konnte es sein, daß dies alles nur ein Alptraum war, daß ihre Sinne ihr einen üblen Scherz spielten, daß ihr die Nerven durchgegangen waren?

»Sie werden sich wahrscheinlich ein bißchen müde fühlen, das ist das Narkosemittel. Es wird nicht lange dauern, und das Zeug ist aus Ihrem Körper draußen. Kristin Klemenz, wir haben Sie lange gesucht, dann die Suche aufgegeben, und jetzt haben Sie uns gesucht, und wie Sie sehen, auch gefunden!«

Kristin schluckte abermals. Es fiel ihr schwer, die Fragen, die sich in ihrem Kopf geformt hatten, auch auszusprechen. Die Schwere ihrer Glieder hatte sich auf ihr gesamtes Nervensystem übertragen, und sie erlebte alles wie in Zeitlupe.

Sie fuhr sich langsam durch ihre strähnigen Haare. Dann klopfte sie ihre Wangen ab, die sich anfühlten, als seien sie mit Helium aufgepumpt. Das Licht in der Kammer war eher schummrig, was ihren Augen guttat.

»Wo bin ich?« brachte sie leise hervor, in der Hoffnung, eine Auskunft zu erhalten.

Priel trommelte mit der rechten Hand nervös auf seinem Schreibtisch herum und blickte auf den Monitor. Er drückte auf einen roten Knopf, der vor ihm an der Monitoranlage angebracht war, um den Ton in die Kammer auszuschalten. Dann warf er einen Blick auf den hinter ihm stehenden Mitarbeiter.

»Sie ist immer noch nicht richtig ansprechbar. Holen Sie einen Waschlappen, tränken Sie ihn mit eiskaltem Wasser, und werfen Sie ihn ihr durch die Klappe runter. Ich werde ihr entsprechende Anweisungen geben.«

Der größere Mann ging und Priel schaltete die Videoanlage wieder ein. »Hören Sie, Sie brauchen sich jetzt nicht zu erschrecken, wenn sich gleich schräg über Ihnen eine Klappe öffnet. Wir werfen Ihnen einen nassen Waschlappen runter. Mit dem können Sie sich ein paarmal das Gesicht abreiben, dann die Unterarme bis zur Ellenbogenbeuge und zuletzt die Fußsohlen. Sie werden sich dann viel frischer fühlen, und wir können uns unterhalten. Sie sind narkotisiert worden und werden sich wahrscheinlich noch sehr müde fühlen, aber das gibt sich.«

Er hatte kaum ausgesprochen, da öffnete sich tatsächlich diese Klappe, und ein großer, fast handtuchgroßer Waschlappen fiel ihr direkt vor die Füße.

Kristin beugte sich vor, nahm den Lappen und wischte sich das Gesicht ab. Vorher ballte sie ihre Hände einige Male zur Faust, um die Blutzirkulation anzukurbeln. Sie hatte den Eindruck, ihr Blutkreislauf sei völlig durcheinandergeraten. Jede Bewegung tat ihr weh, es war wie ein Muskelkater nach einer körperlichen Anstrengung eines völlig untrainierten Körpers. Ihr Rücken spannte, als sie sich vornüberbeugte, als habe sie mehrere Nächte auf einem Holzbrett geschlafen. Alles war verkrampft, und nur langsam kribbelte es an der einen oder anderen Stelle, ein Zeichen, daß sich ihr Körper dieser Steifheit zu widersetzen versuchte.

Der kalte Waschlappen tat wirklich gut, und Kristin fühlte sich wesentlich wohler und wacher.

Langsam stand sie auf und lehnte sich an die Wand.

»Sie können ruhig sitzen bleiben«, sagte die Stimme.

»Nein, ich will nicht«, antwortete Kristin knapp. »Sie haben meine Frage noch nicht beantwortet«, ergänzte sie. »Was soll ich hier, weshalb unterhalten Sie sich nicht ganz normal mit mir? Was ist das hier für ein abscheulicher Raum?«

»Punkt eins: Sie haben uns verfolgt und nicht wir Sie. Jetzt sind Sie da, wo Sie hinwollten. Punkt zwei: Dies ist eine geheime Einrichtung. Wir unterhalten uns mit unseren Gästen grundsätzlich auf diese Art, das erspart eine Menge Komplikationen. Punkt drei: Ihnen wird Spionage vorgeworfen. Sie befinden sich hier in einer militärischen Einrichtung der sowjetischen Streitkräfte.«

Spionage!

»Hat dieser Ort was mit meinem Bruder zu tun?« fragte sie zaghaft, während sie mit großen Augen in die Kamera blickte und direkt in Priels Gesicht sah, was sie nicht wissen konnte. Er zoomte sie ganz dicht zu sich heran. So dicht, daß er ihr direkt in die Augen blicken konnte.

»Ja. Dr. Klemenz hat hier in einem eigenen Labor gearbeitet. Daß er während der Flucht erschossen wurde, ist nicht unsere Schuld. Es war ein dummer Zufall.« Priel lachte zweimal auf. »Es war der Westen, der die Grenzbrigaden informiert hatte. Sehr zu unserem Leidwesen, wie Sie sich denken können. Ich hätte Ihren Bruder lieber lebend gehabt! Ich habe ihn übrigens gemocht. Er war ein feiner Kerl, und ich hätte meinen Kopf für seine Loyalität verwettet. Aber glücklicherweise hatte ich nicht gewettet. Was haben Sie über die Arbeit Ihres Bruders gewußt, über die Fluchtpläne und so weiter?« fragte er plötzlich unvermittelt und streng. Kristin senkte ihren Kopf und sagte nichts. »Ich will Ihnen nichts vormachen. Dies ist kein Gespräch, sondern ein Verhör! Und wir möchten nicht nur, daß Sie reden, sondern wir verlangen es. Notfalls auch mit Mitteln, die üblich sind, um Geständnisse zu erpressen. Ich wiederhole... Geständnisse!«

Eine Drohung, die ihre Wirkung nicht verfehlte. Kristin setzte sich wieder hin, legte den Waschlappen in ihren Nacken, wobei sie ihren Kopf an die Wand lehnte.

»War mein Bruder ein Agent für Stasi oder KGB?«

»Frau Klemenz, nicht Sie, sondern wir stellen die Fragen, und nicht wir, sondern Sie geben die Antworten. Ist das klar?« brüllte Priel in den verschlossenen Raum, und Kristin konnte auf diese Lautstärke nur durch ein Zucken mit dem Kopf reagieren.

»Ja«, sagte sie leise und fing an zu weinen. Es kam einfach so über sie, ohne daß sie es gefühlsmäßig hätte verarbeiten können. Plötzlich brüllte auch sie, als ob ihr eine laute Stimme die Angst nehmen könnte.

»Ich weiß überhaupt nichts! Ich wollte nur wissen, weshalb das Grundstück und das Haus meiner Eltern jetzt auf einmal der Armee, den Russen, gehören soll. Das ist doch klar, daß einem das merkwürdig vorkommen muß! Ich habe mich nie, genausowenig wie meine Mutter, darum gekümmert, was Jürgen tat.«

»Wir brauchen keine Lügen! Sie sind mit Ihrem Bruder geflohen. Sie mußten also wissen, was er vorhatte. Woher?«

Kristin ahnte, daß sie sich aus diesem Teufelskreis nicht herausreden konnte. Sie senkte ihren Kopf, wobei der Waschlappen wegrutschte. Sie wollte nicht mehr in die Kamera blicken. Sie wollte nicht mehr von diesem Unbekannten beobachtet und befragt werden.

»Bitte«, sagte sie. »Holen Sie mich hier raus. Ich kann mich hier nicht konzentrieren. Ich werde Ihnen sagen, wie es war, aber...«

Priel biß sich auf die Lippen. Er kannte von früheren Verhören, daß dies eine Tortur war, für Vernehmer und... aber es war die effektivste Art, und die sicherste, um wirklich an die Wahrheit zu kommen, ohne den Knüppel der direkten Gewalt schwingen zu müssen, völlig unblutig und viel effizienter. Er hatte allerdings wenig Erfahrung mit Frauen. Kristin schien kaum belastbar zu sein.

»Das geht nicht«, sagte er in einem ruhigeren Tonfall. »Das ist unsere Methode. Ich versichere Ihnen, Ihnen geschieht nichts, wenn Sie uns die Wahrheit sagen. Wenn wir aber merken, daß Sie lügen«, er stockte, und eine bedrohliche Stille lag über dem Raum, ehe er fortfuhr, »wir machen dieses Spielchen mit Ihnen nicht, weil es uns Spaß macht. Sie haben unsere Pläne massiv durchkreuzt, und wir wollen wissen, weshalb. Sie haben das am besten gehütete militärische Geheimnis der Sowjets um Ihren hübschen Hals getragen. Und das wissen Sie ganz genau! Wir wollen wissen, für wen Sie arbeiten oder für wen Sie gearbeitet haben, welche Kontakte Sie hatten und haben und so weiter. Also noch mal: Was hat Sie zu der gemeinsamen Flucht mit Ihrem Bruder veranlaßt? Ah ja, wo leben Sie eigentlich im Moment, und was treiben Sie?«

Kristin rieb sich den Nacken. Sie war etwas ruhiger geworden. Die Wahrheit! Fragen beantworten! Sie brauchte keine Angst davor zu haben. Sie hatte nichts zu verbergen, konnte über alles reden. Aber würde man ihr glauben? Darauf kam es letztlich an, das war es, was sie so beunruhigte. Wie konnten diese Leute noch immer ihr Unwesen treiben. Spionage. Lächerlich!

»Ich wohne zur Zeit in Berlin.«

»Ich will wissen, wo Sie leben.«

»In Frankreich.«

»Und wo dort?«

»In Straßburg.«

»Sie haben einen französischen Paß?«

»Ja.«

»Name?«

»Er klingt ganz ähnlich. Christine Clement.«

»Sie leben allein?«

»Ja.«

»Das stimmt nicht!«

»Wenn Sie es besser wissen, wieso fragen Sie dann?«

»Das war ein Test! Sie leben bei einer gewissen Madame Montignon.«

Kristin atmete schwer und schüttelte den Kopf.

»Ja, aber ich habe eine eigene Wohnung. Ich dachte, Sie meinen, ob ich mit jemandem zusammenlebe!«

Priel schwieg einen Moment.

»Gut«, sagte er dann, ehe er schnell weitersprach. »Und wer hat Ihnen nach der Flucht geholfen?«

»Fluchthelfer, aber ich kenne diese Leute nicht. Sie haben nie einen Namen genannt. Es müssen die Leute gewesen sein, zu denen mein Bruder Kontakt hatte.«

»Die Leute! Sie müssen doch gewußt haben, mit wem Sie fliehen!«

»Nein! Ich bin ja nur aus Zufall in diese Flucht hineingeraten.«

Jetzt lachte Priel. »Das soll wohl ein Witz sein!«

»Nein«, unterbrach ihn Kristin. »Ich hatte ein Gespräch meines Bruders belauscht. Rein zufällig. Ich war neugierig, weil ich den Mann nicht kannte, mit dem er sich traf, und weil um ihn herum ohnehin alles immer so mysteriös war. Seine USA-Reisen, sein Wegbleiben ab und zu, wir haben uns natürlich alle gefragt, was er tut, aber nie wirklich etwas erfahren. Bis auf jenen Nachmittag. Es war heiß, ich war am Meer, hörte Stimmen, erkannte die meines Bruders, ja, und dann wußte ich alles und zwang ihn, aber erst in der Nacht, mich mitzunehmen. Ich wollte raus, ich wollte mit ihm in den Westen und nicht in Usedom versauern. Ich war jung und stellte mir das Ganze sehr abenteuerlich und schick vor. Ich wollte drüben studieren. Ich witterte meine Chance und ließ Jürgen keine andere Wahl, als mich mitzunehmen.«

»Jetzt lügen Sie!« polterte Priel dazwischen. »Natürlich haben Sie gewußt, daß Ihr Bruder geheime Studien an die CIA verkaufen wollte. Was denken Sie, weshalb solch eine aufwendige Flucht für ihn organisiert war? Wegen nichts! Wollen Sie uns für blöd verkaufen?«

Kristin schwankte, es wurde ihr abwechselnd heiß und kalt. Es war unnatürlich, mit einem Menschen zu sprechen, den man nicht sehen konnte und der sich noch nicht mal im gleichen Raum aufhielt.

»Ich habe mir darüber keine Gedanken gemacht. Ich wußte, daß er fliehen wollte, und ich wußte, daß ich unbedingt mitwollte. Alles andere war mir egal. Mein Bruder war damals auch ziemlich wütend auf mich, weil ich ihn vor vollendete Tatsachen gestellt hatte. Es war mir egal, weshalb er floh, Hauptsache, ich konnte mit. Wir hatten doch gar keine Zeit, um uns über Motive oder sonstwas zu unterhalten. Ich mußte meinen Bruder überrumpeln, sonst hätte er mich doch nie mitgenommen. Es ist alles ganz spontan passiert.«

»Ach, und der Bernstein? Der ist Ihnen wohl auch ganz spontan um den Hals gefallen!«

Kristin ahnte, daß sie jetzt wenig Chancen mit der Wahrheit hatte. Kein Mensch würde ihr glauben, daß sie all die Jahre..., daß sie eigentlich erst im Labor...

»Welchen Bernstein?« versuchte sie abzulenken.

»Sie wissen ganz genau, was ich meine.«

»Sie meinen meinen Anhänger«, stotterte sie.

»Ja, den!«

»Er war das einzige Erinnerungsstück an meinen Bruder.«

»Und wo ist es jetzt, Ihr Erinnerungsstück?« fragte er sarkastisch. »Wir haben nichts gefunden.«

Kristin überlegte. Sollte sie die Wahrheit von dem Ereignis an der Uni erzählen? Wußten sie möglicherweise schon davon? Oder sollte sie...?

»Hören Sie, ich habe den Anhänger nicht immer getragen. Vielleicht liegt er im Hotel.«

»Im Hotel!« wiederholte Priel wütend. »Sie wollen mir also weismachen, nicht zu wissen, ob Sie heute den Bernstein getragen haben?«

»Heute ist soviel passiert, ich bin total durcheinander. Vielleicht haben ja die beiden Männer... was ist das?« fragte sie plötzlich.

Sie hatte den Eindruck, als ob sich die vor ihr befindliche Wand bewegte. Ja – es war keine Sinnestäuschung! War sie drauf und dran, verrückt zu werden in diesem Gummikäfig? Nein – es war Wirklichkeit. Die Wand kam auf sie zu. Sie kam auf sie zu wie in einem Thriller! Sie starrte auf diese kriechende Fläche.

»Was machen Sie da!« schrie Kristin in die Kamera.

Doch es regte sich nichts, nur die Wand kroch lautlos immer dichter an sie heran. Kristin streckte ihre Arme aus und konnte die Wand bereits fühlen. Sie versuchte sie zu stoppen, doch sie kam immer näher. »Wollen Sie mich zerquetschen? Sie wollen mich töten, großer Gott, was habe ich denn getan?« schrie sie verzweifelt. »Ich weiß wirklich nichts. Ich weiß doch nicht, was mit diesem Bernstein... Ich habe erst heute morgen in Greifswald...«

Die Wand hatte sie bereits berührt und machte sie bewegungsunfähig. Kristin schrie in Todesangst.

»Man wird mich suchen und Sie zur Verantwortung ziehen. Glauben Sie denn, daß Sie da einfach rauskommen, daß Sie noch immer unerkannt Menschen töten können?«

Mit einem Ruck blieb die Wand stehen. Priel hatte nur noch einen schmalen Blickwinkel von der Seite auf Kristin, die völlig eingequetscht und hilflos zwischen den beiden Wänden stand. Sie atmete schnell, eine dicke glänzende Schweißschicht lag über Gesicht und Hals, sie stöhnte, diese Enge, die unerträgliche Enge, die ihr fast den Atem nahm.

»Diese Situation haben Sie sich selbst zuzuschreiben. Ich habe Sie gewarnt. Was war mit Greifswald?«

Kristin schluckte ein paarmal. Ihr Mund war ausgetrocknet, ihre Zunge dick und schwer. Was sollte sie bloß sagen, um diesen ihr unbekannten Mann zu beruhigen! Die Wahrheit, die Wahrheit, die Wahrheit, schoß es ihr durch den Kopf, der zu platzen drohte. Sie hatte Angst, und diese Angst hatte jede, aber auch jede erdenkliche Faser ihres Körpers und ihrer Seele ergriffen. Es war pure Panik, und sie hätte rennen mögen, um sich und diesem entsetzlich quälenden Gefühl Luft zu verschaffen.

Doch es war kein Platz. Sie begann wie in einem Schockzustand zu zittern, versuchte immer wieder, einen Ton aus sich herauszuholen, doch es waren nur Laute, kleine gequetschte Laute, die ihren Mund verließen. Sie wurde etwas ruhiger, stand kerzengerade – ihr wäre auch nichts anderes übriggeblieben – mit erhobenen Armen zwischen den Wänden, als ob ihr eine Pistole in den Rücken gehalten wurde.

»Schieben Sie ruhig weiter, na los! Ich bin soweit, daß es mir egal ist. Na! Machen Sie mich platt wie eine Briefmarke. Was ist Leben noch wert, wenn man so etwas erlebt hat, wenn man weiß, daß es Menschen gibt, die so etwas tun.

Ich pfeif auf dieses scheiß bißchen Leben. Hat es Ihnen die Sprache verschlagen? Macht es Ihnen Spaß, mich so zu sehen? Drücken Sie doch schon zu! Worauf warten Sie denn?«

»Auf die Wahrheit!« sagte Priel langsam, aber ruhig. Auch er hatte Schweißperlen auf der Stirn. »Und ich will den Anhänger! Wo ist er?«

Kristin sah mit großen Augen direkt in die Kamera.

»Ich weiß es nicht«, sagte sie monoton. Sie dachte, daß sich jetzt wieder die Wand bewegen würde, aber sie blieb stehen. Hätte die Wand sie nicht festgehalten, sie wäre umgefallen wie ein Mehlsack. Sie spürte ihre Beine nicht mehr, kein Ziehen, kein Kribbeln. »Ich weiß es wirklich nicht«, wiederholte sie. Kristin schloß die Augen. »Sie können ruhig zudrücken«, sagte sie im selben Ton, fast singend.

»Greifswald. Sie haben vorhin Greifswald erwähnt. Was war da?«

»Der Stein hat gestrahlt. Dies hat zumindest mein Begleiter behauptet. Er hat ihn mitgenommen. Ich weiß nicht, wohin, dann sind Ihre Leute gekommen. Das ist alles.«

»Wie heißt Ihr Begleiter?«

»Kast. Thomas Kast von der ZERV in Berlin. Er wollte mir helfen, etwas über Jürgen zu erfahren, etwas darüber, weshalb mit dem Grundstück alles so mysteriös verlaufen ist.«

»Gut, dann werden wir ihn suchen und hoffentlich finden!« Priel drückte auf den grünen Knopf auf der vor ihm liegenden Schalttafel, und mit einem Ruck schob sich die Wand zurück in ihre alte Position. Kristin sackte in sich zusammen. Sie war ohnmächtig geworden.

IM SCHACHT

Es war bereits dunkel.

Kast und Fries saßen im Auto und sahen sich im Schein der Taschenlampe den Lageplan an.

»Am besten, wir gehen zu Fuß weiter, nach etwa fünfhundert Metern muß ein alter Grenzstein kommen. Da müssen wir dann dreißig Meter nach rechts, na, und dann müßte irgendwo unter Blättern versteckt ein Schachtdeckel aus Beton sein. Den müssen wir hochkriegen, und dann...«, er zeigte mit dem Finger auf die Route auf dem Plan, »müßten wir durch die Schächte und kommen dann dorthin. Wir dürfen aber nicht bis zum Ende gehen, sonst stehen wir vor einer verschlossenen Stahlbetontür. Wir müssen bei dem seitlichen Schachtdeckel – hier – wieder raus. Das ist etwa zwanzig Meter von der Hundelaufanlage entfernt und ziemlich dicht am Eingang. Möglich, daß uns ein paar Typen in die Quere kommen. Das müssen wir riskieren! Es gibt keinen anderen Weg. Durch die offiziellen Eingänge haben wir nicht die geringste Chance, die sind bestimmt bewacht!«

Kast nickte, steckte die Pläne ein und löschte die Lampe.

»Was sind das eigentlich für Schächte, gehören die zur Anlage?«

Fries schüttelte den Kopf. »Die sind noch vom Ersten Weltkrieg. Irgendwie war diese Gegend hier wie geschaffen für menschliche Wühlmäuse jeder Farbe und Nation und Gattung und Art.« Er grinste. »Den Weg müssen wir übrigens auch wieder zurück.«

»Gibt es Einsturzgefahren?«

»Du lieber Himmel, ich geh hier doch nicht jede Woche spazieren! Weiß ich, wie es da aussieht? Ich weiß nur, daß es diesen Weg gibt, bin ihn aber noch nie gegangen. Das Husten und Quatschen würde ich an deiner Stelle vorsorglich vermeiden.«

Sie machten sich auf den Weg, und es dauerte nicht lange, bis sie die von Fries beschriebene Einstiegsluke gefunden hatten.

»Nur die Frau, und dann weg, klar!« sagte Fries, bevor sie runterstiegen. »Idiotisch, was ich alles für Kohle mache!« brummte er, stülpte sich einen an seine Knöchel der rechten Hand angepaßten Metallriemen um und schnallte ihn fest.

»Was ist das denn?« fragte Kast.

»Für Notfälle im Nahkampf. Die leise Methode, rauszukommen. Ein Kinnhaken, und der Gegner...« Er pfiff durch die Zähne und machte eine dementsprechende Handbewegung.

»Woher hast du das Zeug?«

»Sonderangefertigte Maßschneiderung!«

»War die eiserne Hand schon im Einsatz?«

»Darüber spricht man nicht!«

LAGEBESPRECHUNG

»Der Bunker ist doch seit zwei Jahren nicht mehr in Betrieb, zumindest nicht offiziell«, wunderte sich der BND-Mann Frank Grieger, als er einen Blick auf den Plan warf, und hob seinen Kopf. »Das war früher ein militärischer Forschungsbunker für irgend so eine Sondereinheit, die mit den Sowjets zu tun hatte. Aber soviel mir bekannt ist, ist dort alles aufgelöst worden, so jedenfalls ist es uns vor einem Jahr mitgeteilt worden! Man müsse das nur noch wegen der Minen umzäunt halten!«

»Soweit Ihnen bekannt ist.« Fuchs sah ihn mit einem arroganten Blick über die Brille hinweg an. »Wann ist euch schon mal was bekannt? Ich frage mich manchmal, für wen wir die vielen Gelder ausgeben. Wenn das stimmt, was der Kast rausbekommen hat, dann ist dort unten eine Atomschmiede und auch noch ein hervorragend getarnter Verschiebebahnhof. Außenstelle und Handelsumschlagplatz Klemenz-Hof. Ich nehme das auf meine Kappe. Trommeln Sie die K3-Truppe zusammen! Und wenn das Ganze heiße Luft war, war es eben eine Übung. Und nichts, aber auch gar nichts, noch nicht mal Punkt und Komma, an die Öffentlichkeit! Wenn das stimmt und was davon rauskommt, ist der Teufel los, was die innere, aber auch äußere Sicherheit angeht.«

»Und wenn das seitens der Russen von ganz oben kommt?« fügte Grieger aufgeregt hinzu. »Wenn das stimmt, was in diesem Janow-Brief steht...«

Fuchs winkte lässig ab.

»Ach was. Bei den Russen gibt's im Moment kein oben und unten, da gibt es nur ein auf und ab. Ich hab heute noch keine Ahnung, wer bei denen morgen regiert. Ich nehm das auf meine Kappe und damit basta. In einer Stunde muß alles vorbereitet sein. Ich habe dem russischen Kommandeur in Berlin schon Bescheid gesagt. Er tat völlig überrascht. Jedenfalls ziehen sie mit! Tun offiziell so, als handle es sich um eine illegale Geschichte auf ihrem Territorium. Wichtig ist nur, daß alles streng geheim bleibt. Ich werde auf dem Flugplatz Peenemünde warten, und Sie sind persönlich dafür verantwortlich, daß der Kast und die Klemenz zu mir in den Hubschrauber kommen. Ich habe versprochen, daß wir nach dieser Aktion abziehen und den Russen die Leute überlassen, bis auf den Kast und die Frau. Wir haben keine andere Wahl, sonst kommt doch noch alles an die Öffentlichkeit. Sie haben also für heute nacht jegliche Rückendeckung.«

»Und wenn es zu einer Schießerei kommt?«

»Dann tun Sie das, was Sie normalerweise auch tun. Sie haben freie Hand«, grinste Fuchs und putzte sich akribisch genau seine Brille, ehe er Grieger mit seinem Geschwätz weiter attackierte. »In Notwehr. Die Leute, die in diesem Bunker agieren, existieren für die Armee angeblich nicht. Na, weitere Fragen? Ich wünsche Ihnen viel Glück!... Es muß sich um irgend so eine Insiderclique handeln. Was weiß ich, wer und was sich alles innerhalb des Militärs abspaltet, um irgendwelchen Führern, Gruppen und Parteien Geld zu beschaffen. General Kurlakow weiß, daß es in seiner Truppe Soldaten gibt, die lieber heute als morgen putschen würden. Die sitzen auf einem gigantischen Waffenlager und haben trotzdem keine Macht. Werden vorgeführt wie Marionetten! Das ist auf die Dauer ein heikles Spiel. Ein paar Schwächen im Kreml, und es wird sicherlich einige geben, die nur auf die Stunde Null warten. Das kostet Geld, Devisen, und dafür wird manches verscherbelt. Wir werden ja sehen, um was es sich handelt. Wenn nur erst die letzten Rotarmisten verabschiedet sind, dann mache ich drei Kreuze, auch wenn die Gefahren deswegen noch lange nicht vorbei sind. Aber wir können dann wenigstens auf unserem Grund und Boden ausmisten und aufräumen.«

Grieger kramte seine Sachen zusammen. Er hatte es eilig, denn auf ihn wartete eine heiße Nacht. Fuchs plauderte währenddessen ununterbrochen weiter. Er liebte es, zu monologisieren, und in Grieger hatte er einen braven Zuhörer gefunden.

»Herrgott, ist das eine verrückte Welt! Da könnte ich jetzt mit einer Klassefrau im Theater sitzen, essen gehen und so weiter. Statt dessen dieser Krampf! Und nur, weil es immer welche gibt, die Stunk machen müssen.« Fuchs reichte Grieger die Hand. Sie wollten sich in drei Stunden mit dem Einsatzkommando treffen, kurz vor dem Abflug.

Fuchs wurde schon von dem hageren BND-Mann mit dem spitzen Mausgesicht erwartet. Sie hatten sich im kleinen Konferenzzimmer des Bonner Außenamtes verabredet. Die Aktion war vorbereitet: acht Männer sollten am Einsatz beteiligt sein, und alle warteten nur noch auf den letzten Einsatzbefehl. Die Truppe hatte in den letzten Jahren schon mehrere Dutzend Geiselnahmen hinter sich, aber zum ersten Mal sollte eine gemeinsame Aktion mit den Russen starten und dann auch noch auf russischem Territorium. Grieger, der allem Neuen grundsätzlich mißtrauisch gegenüberstand, fühlte sich bei dieser Operation nicht ganz wohl. Mit Fuchs wollte er noch mal die politischen Grundlagen dieser Übereinkunft durchsprechen. Seine Leute hatte er wie immer im Griff.

»So, von uns aus gesehen kann es losgehen!« sagte Frank Grieger, wobei er sich sein Kinn rieb. »Die Männer, der Hubschrauber und die Fahrzeuge sind startklar.«

Fuchs nickte bedächtig mit dem Kopf.

»Gut«, antwortete er knapp.

»Die Russen wissen also wirklich Bescheid?« fragte Grieger noch mal nach. Er wollte nicht aufdringlich sein, aber auch kein unnötiges Risiko einplanen müssen. Es war verabredet worden, sich gemeinsam in Peenemünde zu treffen, um dann das weitere Vorgehen und den genauen Einsatzplan vor Ort zu besprechen.

»Natürlich«, erwiderte Fuchs. »Es war schwierig, aber es geht, allerdings haben sie Einschränkungen angemeldet.«

Grieger zündete sich eine Zigarette an.

»Und – welche?« fragte er, wobei er Fuchs herausfordernd ansah. Er hatte ja gleich Bedenken gehabt, ob es so einfach sei, auf russischem Territorium, auch wenn es sich um eine offiziell stillgelegte Anlage handelte, zu operieren. Fuchs zuckte die Schultern.

»Erstens: Die Russen schicken heute nacht ihren eigenen Trupp. Aber das war uns ja schon klar. Zweitens: Wir haben nur das Recht, unsere Leute herauszuholen. Alle anderen bleiben in der Gewalt der Russen. Sie wollen selbst entscheiden und notfalls verhaften oder was auch immer! Darauf haben sie ausdrücklich und mehrmals hingewiesen!«

»Hm, hm!« brummte Grieger. »Das war – ehrlich gesagt – auch nicht anders zu erwarten. Es ist ja schon großzügig, daß wir überhaupt…«

»Na, hören Sie mal!« unterbrach ihn Fuchs. »Die haben eine junge Frau entführt, die stehen im Verdacht, einen Atomschmuggel größten Ausmaßes organisiert zu haben, da ist es doch wohl nur mehr als rechtens, daß wir uns mit Nachdruck darum kümmern. Ich habe auch unmißverständlich zum Ausdruck gebracht, daß wir uns nur dann raushalten, wenn wir über alle weiteren Schritte lückenlos informiert werden. Es kann nicht angehen, daß sich die Russen ihres militärischen Hoheitsgebiets bedienen, um hier Waffenhandel mit jedermann zu betreiben, nur um Devisen zu kassieren. Das geht entschieden gegen unsere Interessen!«

Nervös lief Fuchs mit verschränkten Armen auf und ab. Diese Hektik und Gestik zeigte er immer dann, wenn er sich ärgerte, aber diszipliniert wirken wollte. Und über die Russen ärgerte er sich dieses Mal mächtig. Sie hatten sich ja schon eine Menge gefallen lassen, aber wenn sich rausstellen sollte, daß diese ganze Atomschmuggelaktion mit Wissen des Militärs stattgefunden hatte, mußte der Außenminister handeln und wenigstens eine Protestnote an die russische Regierung schicken. Aber Fuchs war sich ziemlich sicher, daß Gorbatschow von diesen Aktivitäten seiner Soldaten keine Ahnung hatte. Deshalb wollte er dem Außenminister vorschlagen, das Ganze erst mal im Rahmen der Geheimdiplomatie zu regeln. Als ob Grieger die Gedanken des Staatssekretärs lesen könne, fragte er: »Sind die Russen an der Geschichte beteiligt?« Fuchs grinste. »Sie behaupten weiterhin – nein, sie sind sich angeblich sogar sicher, daß dort eine abtrünnige Gruppe der Armee mit ein paar übriggebliebenen NVA- und Stasileuten ihr Unwesen treibt. Sie reden von Militärputschplänen und stalinistischen Nebenschauplätzen. Deshalb wollen sie unbedingt eigenständig ermitteln. Und auch sie haben wie wir die feste Absicht, jede Form von Öffentlichkeit zu diesem Thema zu vermeiden, absolut zu vermeiden. Das heißt auch, daß die Klemenz und der Kast abtauchen sollten. Die Russen haben mir zugesagt, alles zu tun, um die Sache aufzuklären!«

Grieger verzog ungläubig seinen Mund und zog die Augenbrauen hoch. »Glauben Sie das?«

»Wir haben keine Beweise für das Gegenteil, und wir dürfen keine über das erforderliche Maß hinausgehende Konfliktsituation herstellen. Ich persönlich glaube, daß dieser Kast eine Menge weiß und wir ohnehin durch ihn herausbekommen, was dort hätte laufen sollen. Also, was soll's. Wir erledigen unseren Job und lassen den Russen das Gefühl der Eigenständigkeit und Eigenverantwortlichkeit. Wie gesagt, konzentrieren Sie sich darauf, unsere Leute rauszuholen, und alles weitere… njet!«

Grieger griff in die Innentasche seines dunkelgrauen Blazers und holte ein zusammengefaltetes Schreiben heraus.

»Hier, das wird Sie interessieren!«

Fuchs nahm das Papier und entfaltete es. Es standen Namen auf diesen Listen, deutsche und auch ausländische. Der Name Kast war zweimal unterstrichen.

»Dieser Kast scheint im Moment eine Menge Feinde zu haben. Der Zettel ist mir zugespielt worden. Kast steht auf der Abschlußliste der roten Mafia ziemlich weit oben. Ob es sich nun um eine Auftragsarbeit handelt oder ob er direkt im Clinch mit denen liegt, geht aus der Liste nicht hervor. Tatsache ist, daß er dran ist. Dem sind allerdings komischerweise nicht nur die Roten auf den Fersen, sondern auch die heiligen Krieger, vermutlich deshalb, weil er ihnen das Geschäft vermasselt hat. Irgendwie müssen sie da mit drinhängen und gemerkt haben, daß er rumschnüffelt. Wenn Sie den nicht abziehen, ist er fällig!«

Fuchs bedankte sich für die Liste und steckte sie ein.

»Wissen Sie, der Mann ist hervorragend, sitzt allerdings auf dem falschen Posten! Der kann unmöglich weiterhin bei der Polizei arbeiten. Der wär was für euch! Für ein öffentliches Amt ist der total untauglich. Wirbelt nur jede Menge Staub auf und kapiert nicht, daß es Dinge gibt, die Polizisten nichts angehen. Na ja, ich werde mit ihm reden, und ich denke, die Liste wird ihn überzeugen.« Fuchs stand auf, ging an seinen Schreibtisch und notierte eine Nummer. »Sagen Sie mal, checken Sie doch ab, ob wir auf unserer Insel noch was frei haben, wo die beiden erst mal abtauchen können. Ich denke, wir sollten den Kast künftig als V-Mann einsetzen, denn der verfügt über hervorragende Kontakte. Dazu muß er natürlich umgeschult werden und eine neue Identität erhalten. Ich regle das schon. Kümmern Sie sich um einen geeigneten Aufenthaltsort. Ich werde gegen Morgen auf dem Peenemünde-Gelände mit einem Bundeswehrhubschrauber auf die Leute warten. Das ist mit den Russen abgesprochen. Ich hoffe, die Aktion geht ohne Aufregung in der Öffentlichkeit erfolgreich zu Ende. Wenn möglich keine Toten und Verletzten.«

»Wir können uns aber schon verteidigen, auch gegenüber bewaffneten Kräften der Russen«, vergewisserte sich Grieger ein zweites Mal.

»Natürlich, das sagte ich ja schon! Die Russen wollen auch acht Mann schicken. Gemeinsam müßte es dann ja klappen, die Sache über die Bühne zu bringen. Toi, toi, toi!«

Grieger verabschiedete sich knapp von Fuchs, vorher drückte er mit einem kräftigen Druck des Daumens die Zigarette im Aschenbecher aus.

»Scht!« Fries drückte seine Hand auf Kasts Mund. Er blickte nach oben, von dort waren ganz deutlich Schritte zu hören. Schritte, die, nach dem Klang zu urteilen, immer hin und her liefen. Und das ausgerechnet über ihrem Ausstieg.

»Wir müssen einen Augenblick warten!« wisperte Fries Kast ins Ohr. »Ich kann nicht genau heraushören, ob es sich um einen oder zwei Leute handelt. Hoffentlich verschwinden die!«

»Wie weit ist es von hier bis zum Aufzug?« flüsterte Kast.

»Etwa zwanzig Meter?«

Sie hörten, wie über ihnen ein Fahrzeug gestartet wurde.

»Einer weniger«, grinste Fries.

Jetzt endlich war es still. Das Tunnelende führte direkt in die Garage. Sie brauchten nur noch den mächtigen Deckel nach oben drücken, und dies mußte ganz vorsichtig geschehen, um jeglichen Lärm zu vermeiden.

»Jetzt!« gab Fries das Kommando, und beide Männer drückten mit den Handflächen gegen den Deckel. Er bewegte sich tatsächlich, und über dem Deckel lag zur Tarnung eine dicke Gummimatte. Sie schoben den Deckel unter der Matte zur Seite, und dann zog Kast die Gummiabdeckung weg. Es blieb alles ruhig in der Garage, keine Stimmen, nicht das kleinste Geräusch. Vorsichtig schoben sie den Deckel zurück, legten die Matte wieder so hin, wie sie gelegen hatte, und blickten sich um.

Es sah aus wie in der Tiefgarage eines Kaufhauses, nur daß der Fuhrpark anders bestückt war: alte NVA-Fahrzeuge, vom Bus über den Unimog bis hin zum Tarn-LKW und Jeep. In der linken hinteren Ecke, fast versteckt hinter all den militärischen Fahrzeugen, standen sechs Privat-PKWs. Alle der Marke Volvo und alle dunkelgrün wie aus einem Sonderposten!

Kast und Fries erreichten den Fahrstuhl, doch sie entschlossen sich, die Steintreppe mit dem grauen einfachen Metallgeländer zu benutzen. Vorsichtig hintereinander gehend und ohne das Licht auszuschalten, schlichen sie die Treppe hinauf. Plötzlich hörten sie deutlich über sich Stimmen. Kast, der vorauslief, blickte zurück zu Fries.

Weitergehen oder umdrehen, schien sein Blick zu fragen. Mit einer Handbewegung deutete Fries an, daß sie bis zum nächsten Treppenabsatz schnell weitergehen sollten. Sie schafften es und krochen unter dem Treppenabsatz dicht zusammen, während über ihnen jemand die Treppe herunterkam. Er war allein und schien es eilig zu haben. Es war ein Araber, maximal fünfundzwanzig Jahre alt.

»Wo kommt der denn her?« fragte Fries, als der Mann in der Garage verschwunden war.

»Wahrscheinlich ein Bote der Käufer!« antwortete Kast. »Hier geht es um teure Ware. Plutonium!«

»Was?« ereiferte sich Fries mit leisem, aber um so härterem Tonfall. »Hätte ich das gewußt, wäre ich zu Hause geblieben. Kannst du mir sagen, weshalb ich mich immer wieder von dir zu so was überreden lasse? Nein, das ist doch...! Ich dachte, wir holen nur deine Freundin hier raus!«

Fries war außer sich. Und für einen Moment hätte man meinen können, er würde sich umdrehen und zurückgehen. Doch er fletschte nur die Zähne und gab Kast einen Stoß.

»Willst du hier übernachten?« fragte er. »Wenn ich schon hier bin, will ich auch was sehen und mich nicht in dunklen Treppenhäusern rumdrücken!«

Kast rieb sich die Nase, während sie weitere zwei Stockwerke hinaufgingen und lauschten, ob hinter der Tür Geräusche zu hören waren. Dann drückten sie langsam die Türklinke runter, lugten vorsichtig durch den Türspalt und betraten das Innere des Forschungsbunkers. Es sah aus wie in einem ganz normalen Verwaltungsgebäude: ein Flur mit vielen Türen rechts und links. Die Türen waren mit Ziffern und Nummern gekennzeichnet, Namen standen nirgendwo dran. Es schien sich auch niemand in den Räumen aufzuhalten, alles war still. Am Ende des Flures kamen sie an eine Glastür, die in den Hauptflurbereich führte: von U1 bis U4.

»Ein Unterhaus mit vier Stockwerken. Da sage einer, in der DDR habe man kein Know-how gehabt oder kein Geld. Das hier hat einiges gekostet!«

Die beiden Männer tasteten sich im Dunkeln einen Stock tiefer. Von Hektik war keine Spur, aber auch nicht von der Entführten.

»Wenn das hier noch eine offene militärische Einrichtung wäre«, bemerkte Fries, »würde es hier vor Aufpassern wimmeln. Bist du sicher, daß der Bunker – außer von Mäusen und Ratten – überhaupt noch genutzt wird? Vielleicht verstecken die hier nur ihre Fahrzeuge.«

»Und der Araber eben?«

»Hat sich wahrscheinlich verlaufen. Vielleicht ist das nur ein harmloser Asylant, der hier untergetaucht ist!«

»Horst, quatsch nicht!« ärgerte sich Kast über die Arroganz seines Informanten.

»Na also, hier ist es doch leise wie in einer Kirche nach Mitternacht!«

»Das kann ja auch eine Falle sein!« erwiderte Kast.

»Eine Falle! Wahrscheinlich liegen die schon alle in der Falle irgendwo zu Hause mit einer netten Frau im Arm, und wir kriechen durch stockfinstere Gemäuer und brechen uns noch die Beine!« maulte Fries leise vor sich hin.

Er strich sich mit seiner rechten Hand, die Pistole im Anschlag, über seinen Bürstenhaarschnitt und gähnte. Plötzlich hörten sie, wie ein Stockwerk unter ihnen jemand eine Tür öffnete, Licht drang auf den Flur.

»Ich mach für heute Schluß!« sagte eine männliche Stimme. »Kommst du mit?« fragte dieser Mann weiter.

»Ich sag nur noch Bescheid und schalte dann die ZÜS ein«, antwortete der andere.

Kast beugte seinen Kopf ganz nah zu Fries.

»Sie sind zu zweit. Die könnten wir uns hier schnappen, die müssen ja hier vorbei. Ich will wissen, was dort in dem Raum ist«, flüsterte er.

»Klar«, antwortete Fries. »Bevor wir ewig im Treppenhaus herumrennen!«

Sie brauchten nicht lange auf die beiden zu warten. Ahnungslos schalteten sie das Licht im Treppenhaus an und wollten zur Garage gehen. Kast und Fries hatten sich hinter zwei Stützpfeilern versteckt. Es ging alles blitzschnell: Jeder schnappte sich einen Mann per Würgegriff am Hals und schlug ihn mit dem Pistolenknauf nieder. Das Ganze lief nahezu geräuschlos ab. Fries fesselte und knebelte die beiden, setzte sie hinter die Pfeiler und band sie noch mal fest, beträufelte den Knebel mit einer Flüssigkeit aus einer Spraydose und erledigte alles so präzise, als sei dies sein alltäglicher Job.

»Was ist denn das für ein Zeug?« fragte Kast, als Fries das Mittel auf die Knebel verteilte.

»Damit träumt es sich besser und länger!« antwortete Fries. »Falls du mal Schlafstörungen hast, ist es zu empfehlen. Absolut ungefährlich, aber sehr wirkungsvoll! Und man träumt nichts Schlechtes, ehrlich – ich bin doch kein Sadist. Die beiden werden sich wohl fühlen wie nie zuvor! Und wir haben erst mal unsere Ruhe!«

Kast grinste. Fries war wirklich unbezahlbar.

»Die zwei sind aber nicht von der Truppe!« sagte Fries, als sie dem einen die Schlüssel abnahmen.

»Das sieht man, zwei Schlaffis. Hier, faß mal an«, er kniff dem einen in den Oberarm. »Nichts! Dann die niedlichen runden Bäuche, keine Disziplin. Die kommen von außerhalb, das ist klar. Beim Sicherheitsdienst der Militärs sind nur einwandfreie Typen: drahtig, sportlich, einsatzbereit. Körpersprache – Körperhaltung – so was weiß man eben!«

Kast wußte im Moment nicht, ob sich Fries über ihn lustig machte oder was diese Beurteilung sollte. Sie hatten schließlich andere Sorgen!

»Komm, wir gehn da mal rein!« Er zog ihn mit.

Mit einer Taschenlampe gingen sie in den Raum, aus dem die beiden Männer gerade herausgekommen waren.

»Hier«, leuchtete Kast in die hintere rechte Ecke. »Sieh dir das an!«

Hier lagerten in drei verschiedenen Holzkisten rohe Bernsteinstücke verschiedener Größe und Form.

»Na, so was!« rutschte es Fries heraus. »Was soll das? Ist das hier ein Schmuckladen?«

Kast nahm einen Frachtzettel an sich. Die Lieferung ging nach Tripolis. »Für die Bräute der Scheichs, was!«

»Das hier«, sagte Kast, und seine Augen leuchteten im Schein des Lichtkegels, »ist ein getarnter Weg für Plutoniumschmuggel in großem Ausmaß in den Nahen Osten! Da bin ich mir hundertprozentig sicher. In drei Tagen kommt ein Frachter aus Kaliningrad mit einer normalen Bernsteinlieferung, dann wird das Zeug dazugeladen, und kein Mensch ahnt etwas.«

Fries hob einen Bernstein hoch. »Also, ich seh da nichts!«

Kast leuchtete auf die gläsernen Arbeitstische. »Hier werden die Steine präpariert und mit Kunstharz verschlossen, so daß man von außen – selbst als Fachmann – nichts sieht. Außerdem strahlt das Zeug ja nicht.«

Fries mochte nicht so recht daran glauben, obwohl es auch ihm merkwürdig vorkam, daß hier kistenweise Bernsteine herumstanden. »Die könnten das doch ganz normal transportieren, in irgendeinem Bleibehältnis. Mein Gott! Das Zeug ist weder groß noch schwer.«

Kast sah ihn mit dem Gesichtsausdruck eines Besserwissers an.

»Alle Geheimdienste dieser Welt, und nicht nur die, haben im Moment nur eine wirklich wichtige Aufgabe: Die

Wege des Atomschmuggels zu durchkreuzen. Sowohl für die Verkäufer als auch für die Käufer ist Diskretion, ist die Geheimhaltung von äußerster Wichtigkeit. Es gibt seit zwanzig Jahren einen mehr oder weniger blühenden Handel mit Bernstein in den Nahen Osten, als Schmucksteine oder als Rohmaterial für Kunstharzlacke, das weiß man. Dies ist ein perfekt getarnter Weg, und kein Mensch wäre darauf gekommen, wenn nicht Kristin – und deshalb…« Er stockte, drehte sich abrupt um, die Pistole in der Hand. Seine Augen schweiften durch den Raum, als suche er nach irgend etwas.

»Es ist besser, wenn wir jetzt weitergehen und nach ihr suchen«, meinte Kast. Fries schob sich einen Bernstein in die Tasche.

»Laß ihn lieber da, sonst behauptet nachher noch einer, du hättest was geklaut!« ermahnte ihn Kast. Fries legte den Stein zurück. Als Kast versuchte, die Tür zu öffnen, merkte er, daß sie verschlossen war.

»Das gibt es doch nicht!« zischte er. »Wir haben nicht hinter uns abgeschlossen. Das muß jemand von draußen gewesen sein.«

»Bück dich!« rief Fries. »Das ist eine Falle!«

Plötzlich wurde grelles Licht im Raum angeschaltet, das Kast und Fries blendete. Eine Stimme ertönte: »Was suchen Sie hier? Sie befinden sich auf fremdmilitärischem Gelände. Ist Ihnen klar, was das bedeutet? Wer zu neugierig ist, verliert das Leben. Kennen Sie doch!«

Kast suchte nach der Kamera, doch er entdeckte sie nirgends. »Sie legen jetzt beide Ihre Pistolen, Ihre Jacken, Ihre Hosen hübsch zusammen und stapeln sie in den vor Ihnen neben dem Schreibtisch liegenden Plastikkorb. Dann gehen Sie zur Wand. Sie sehen hier eine Blechtür, die aussieht wie ein Tresor. Die öffnen Sie, das geht ganz leicht, und stellen den Korb in eine dafür vorgesehene Vorrichtung. Dann schließen Sie wieder die Tresortür, setzen sich auf den Boden und warten, bis Sie abgeholt werden. Da Sie pausenlos beobachtet werden, hat es keinen Sinn, sich irgendwelche Spielchen auszudenken. Sie können uns nachher in aller Ruhe erzählen, was Sie bewogen hat, uns auf diesem ungewöhnlichen Weg zu besuchen!«

Fries verkniff sich das Wort »Scheiße« und preßte seine Lippen fest zusammen, wobei er Kast wütend ansah.

»Ich hätte mir denken können, wohin das führt, mit dir auf Außentour zu gehen!«

DER ÜBERFALL

Kast hatte recht behalten. Einer der beiden Männer hatte, noch bevor er niedergeschlagen worden war, einen Alarm auslösen können. In seiner Jackentasche hatte sich ein münzgroßes Gerät befunden, auf das man nur zu drücken brauchte, um in der Zentrale Bescheid zu geben, wenn etwas nicht in Ordnung war.

Daraufhin hatte sich die Kamera im Labor eingeschaltet und mit ihrer Nachtsichtfunktion die Situation beobachtet.

»Der eine muß der Kast sein, aber wer ist der andere?« fragte Priel. »Tatsache ist, daß wir keine Ahnung haben, ob und wer hinter uns her ist. Wir müssen die Ware verladen und noch heute nacht abhauen.«

»Und Tscherenkow? Der kommt doch erst morgen wieder zurück!«

»Na und! Wenn er nicht da ist, bestimme ich. Meinen Sie, ich will irgendwas riskieren? Trommeln Sie die restlichen Leute zusammen, vor allem die beiden Wissenschaftler! Da ist was im Busch. Wir müssen weg, bevor es zu spät ist. Ich hab in Brandenburg noch eine Möglichkeit, unterzutauchen. Sie«, er wandte sich an den jüngeren Mann, »erledigen das mit der Frau und den beiden Typen in U4. Es muß sein!«

Priel warf einen Blick auf die Kontrollmonitore.

Alle Zimmer, in denen Kameras angebracht waren, waren inzwischen hell erleuchtet, doch nur im Labor und im Verhörraum hielten sich Personen auf. Kristin war erschöpft eingeschlafen. Sie lag in sich zusammengesunken in dem leeren Raum.

Inzwischen hatten russische und deutsche Elitepolizisten in dem Forschungsbunker Position bezogen. Mit kampfbereiten kleinen Maschinenpistolen und Desorientierungswaffen ausgerüstet, standen sie in den Fluren des Bunkers und warteten auf das Startkommando. Sie hatten sich abgesprochen, die Räume zeitgleich zu erstürmen.

»Was ist das?« horchte Priel auf. »Haben Sie das auch gehört?« Die beiden Männer zückten ihre Pistolen und stellten sich hinter die Tür. »Das waren doch Stimmen, oder? Russische, nicht wahr?«

Die drei Männer sahen sich erstaunt an.

»Kommt Tscherenkow doch noch zurück?« fragte der eine.

»Glaub ich nicht!« antwortete Priel knapp. Es war wieder ruhig. Priel atmete tief durch. »Vielleicht bin ich schon zu nervös. Ausgerechnet heute sind wir nur zu fünft!«

»Vielleicht will er uns reinlegen, will uns weghaben«, sagte der größere Mann.

»Ach was!« antwortete Priel gereizt, doch insgeheim hatte er dieselbe Befürchtung. Es war diesem Tscherenkow durchaus zuzutrauen, die Zahl der Mitarbeiter kurz vor der Umverteilung zu halbieren. Wer hätte sich beschweren können?

»Was sollen wir tun?« fragte der eine.

»Wir warten noch zehn Minuten. Wenn es Tscherenkow und seine Leute waren, wird er ja bald aufkreuzen und in irgendeinen der Räume gehen.«

Plötzlich gab es einen Knall, als ob das ganze Gebäude detonierte. Das russisch-deutsche Einsatzkommando hatte sich über Funk verständigt und auf die Sekunde genau alle

Türen zu den Innenfluren mit einem Spezialsprengsatz gesprengt. Dann warfen sie Irrlichter in die Räume, die ähnlich wie Karnevalsfrösche Knall und Rauch und Farbspiralen abgaben. Eine Methode, um die Gegner zu verunsichern. Priel riß die Hände vors Gesicht. Einer der Leuchtkörper hatte ihn am Kopf getroffen. Er hatte leichte Brandverletzungen an der Stirn und konnte nichts mehr sehen. Er warf die Pistole weg, während seine beiden Begleiter versuchten, sich den Fluchtweg freizuschießen. Einer verlor dabei die Pistole und kämpfte im Nahkampf mit einem deutschen Kapuzenmann. Dieser versuchte, während des Kampfes über Funk Verstärkung anzufordern. Er hatte Schwierigkeiten, die genaue Position bekanntzugeben. Priel kämpfte immer noch mit seinen Augen, er hatte wahnsinnige Schmerzen, rief ab und zu die Namen seiner Mitarbeiter, schrie nach Wasser zur Kühlung seiner brennenden Augen, wurde von einem der Leute gefesselt und an die Wand gesetzt. »Wer ist das? Was sind das für Leute?« fragte er ab und zu wirr dazwischen.

Keiner bemerkte, daß während des Handgemenges in dem engen Raum jemand auf die Tastatur der Monitoranlage gefallen sein mußte. Die Sensortaste für die bewegliche Wand in dem Verhörraum war ausgelöst worden. Zwar langsam, aber kontinuierlich bewegte sich die Wand auf Kristin zu. Sie nahm das Geschehen zunächst wie im Halbschlaf wahr.

Inzwischen war draußen bereits alles zu Ende. Es gab nur zwei leichte Fälle von Schußverletzungen, die notdürftig versorgt wurden. Darunter auch einer der Täter.

Kast und Fries waren inzwischen runtergelaufen und suchten nach ihren Kleidern.

»Haben Sie Frau Klemenz schon gefunden?« fragte Kast, während er sich die Hosen anzog.

»Keine Ahnung, wir haben noch nicht alle Kollegen zusammengetrommelt«, antwortete ihm einer der Kapuzenmänner. »Sie kann ja nur in einem der Zimmer sein, oder sie haben sie irgendwo außerhalb des Geländes eingesperrt.

»Was ist das denn!« schrie plötzlich einer der Männer und wies auf die große Monitorwand. Der Monitor ganz unten rechts zeigte Kristin. »Die Wand bewegt sich auf sie zu, ganz eindeutig!«

»Wo ist denn das?« fragte Kast entsetzt. »Weiter unten gibt es doch keinen Raum mehr. Wie und wer kann das denn stoppen? Horst, hast du eine Ahnung?«

»Woher soll ich das denn wissen! Es wird einer dieser vielen Knöpfe sein, schätze ich mal. Aber welcher? Die sind nur numeriert, keine Funktionsangaben, nichts.« Er sah alles durch. »Wir können das nur durchprobieren.«

Kast nickte. »Mach«, sagte er. Fries fing an, gebannt sahen alle zu, was passieren würde. Die beiden Mitarbeiter von Priel hatten keine Ahnung. Angeblich sei die Monitoranlage nur von Priel und dem russischen Kommandanten bedient worden, dieser Raum sei überhaupt nicht für andere zugänglich gewesen. Alle starrten gebannt auf den rechten unteren Monitor. Kast schlug die Hände vors Gesicht. Priel war bewußtlos. Kast schüttete ihm Wasser über den Kopf. »Ist der Kerl denn nicht wach zu kriegen!? Er kennt sicher die Funktionen.«

Bei Knopf Nummer 15 hörten sie plötzlich Kristins Stimme. Sie war inzwischen aufgewacht. Diese Wand! Diese entsetzliche Wand! Fing jetzt alles von vorne an? Was hatten sie mit ihr vor? Sie schrie ein langgezogenes »Nein!« und versuchte, ein Tablett, auf dem man ihr Essen gebracht hatte, als Keil seitlich in die Wand zu stecken, um sie aufzuhalten. Doch nach einem kurzen Stopp ging es langsam weiter. Sie hörte jetzt auch Stimmen aus dem Raum.

»Warum tun Sie das schon wieder?« fragte sie verzweifelt in Richtung Kamera. »Ich habe doch überhaupt nichts gesagt. Ich weiß es doch nicht. Ich würde Sie doch nur anlügen. Bitte!«

»Kris!« rief Kast. »Kannst du uns hören? Wir verstehen dich, aber wir wissen nicht, wie man die Wand stoppt. Weißt du, wo du bist?«

Kristin schaute verzweifelt in die Kamera. War sie jetzt wahnsinnig geworden, oder war das tatsächlich die Stimme von Charlie?

»Charlie!« rief sie leise. »Wo bist du? Kannst du mich sehen? Du mußt schnell die Wand anhalten! Ich weiß nichts. Ich war bewußtlos und bin hier aufgewacht. Ich weiß nicht, wo ich bin. Aber wo bist du? Bitte, schalte diese Wand ab. Wenn du mich sehen und hören kannst, dann muß auch dieser Hebel oder Knopf oder was auch immer in deiner Nähe sein.« Sie stockte, wehrte mit den Händen die Wand ab. »Ich flehe dich an, schalt das ab! Das hört nicht von allein auf!«

Kast ballte die Fäuste.

»Das gibt es doch nicht! Einer dieser Scheißknöpfe muß es sein! Ich hab alle durch. Es ist keiner der Knöpfe.«

Plötzlich entdeckte Kast am Rand der Platte ein silbernes Sensorfeld. Er berührte es leicht mit dem Zeigefinger auf der rechten Seite, doch die Taste reagierte nicht mehr. Schräg darunter waren zwei Einschußlöcher.

»Hol mich hier raus. Ich kann nicht mehr!« sagte Kristin mit dünner, verzweifelter Stimme. »Sag ihnen, wo du den Stein hingebracht hast, und hol mich hier raus. Sollen sie damit doch machen, was sie wollen. Ich will nur hier raus! Sag doch was!«

Kast blieben fast die Worte im Hals stecken, als er Kristin so verzweifelt kämpfen sah.

»Hallo, Kris«, sagte er mit heiserer Stimme. »Wir müssen runter, dich unten rausholen. Ich komme sofort! Bleib ganz ruhig!«

»Beeil dich«, hauchte sie mit heiserer Stimme.

Priel war immer noch nicht bei Bewußtsein, und seine beiden Leute blieben stumm. Der eine Mann hatte nur kurz ein Zahlenschloß unten an der Tür des Verhörraums erwähnt, dessen Kombination aber nur Priel kannte.

Fries schüttete Priel nochmals Wasser über den Kopf. »Die Zahlenkombination!« schrie er ihn an. »Von dem Verhörraum!«

Priel öffnete seine Augen halb und sagte wie aus der Pistole geschossen, aber noch halb in Trance: 57835.

Fries konnte aus dem Plan nicht ablesen, wo diese Kammer sein sollte, erst recht nicht, wie man dorthin kam. Plötzlich drehte sich Kast um und schlug dem einen Mann so kräftig in den Bauch, daß dieser laut aufheulend zu Boden sackte. »Wo?« beugte sich Kast über ihn. »Wo ist dieser Raum? Ich trete dich kaputt. Was macht es denn für einen Sinn, zu schweigen, du Idiot, ist doch sowieso alles vorbei. Wir wollen die Frau, dann hauen wir ab und überlassen euch den Russen. Wir haben nichts mit euch vor. Und was die mit euch machen, geht uns nichts an. Aber wenn ihr was passiert, bring ich dich um. Los, rede!«

Der Mann krümmte sich noch zweimal, blickte ihn mit verächtlichem Blick an und erklärte ihm in abgehacktem, gleichförmigem Tonfall den Weg zur Verhörkammer. Wieder mußte Kast auf einen der Knöpfe drücken, dann öffnete sich draußen im Flur ein Stück Boden. Aus dem Boden entfaltete sich mit Hilfe eines Hydraulikmechanismus eine Treppe, die in einen etwa fünf Meter tiefen Schacht führte. Hier mußte er die Zahlenkombination eingeben. »57835«, sagte er laut vor sich hin. Bei der acht zögerte er. War es die acht oder die neun? Er blickte zu Fries, der hinter ihm stand. Die acht, bestimmt, es war die acht!

Bitte, laß dies die richtige Zahl sein, hämmerte es in seinem Kopf, sonst geschieht da drinnen eine Katastrophe. Er konnte hinter der Tür hören, wie Kristin verzweifelt nach ihm rief. War es die falsche Zahl, würde er keine Gelegenheit mehr haben, etwas zu tun. Er müßte verzweifelt von außen mit anhören, wie Kris…

Da, die Tür öffnete sich einen winzigen Spalt. Kast stemmte sich dagegen, doch sie ging nicht weiter auf. Die Wand war schon so nahe gekommen, daß sich die Tür nicht mehr bis zum Anschlag öffnen ließ. »Kris!« rief er in den Raum. »Schnell, komm!«

Er stemmte sich mit aller Kraft gegen die Tür in der Hoffnung, den Vorgang wenigstens so lange aufhalten zu können, bis Kris draußen war. Sie war glücklicherweise so schmal, daß sie ohne größere Anstrengung durch den Türspalt paßte. Die Wand prallte gegen die Tür und schob sie in die Füllung zurück. Dann knallte es dumpf: die beiden Gummiwände waren gegeneinandergekracht und hätten jeden zerquetscht, der sich dazwischen befunden hätte. Kristin hielt sich die Ohren zu und hatte die Augen geschlossen, ihr schmaler Körper zitterte. Kast nahm sie in seine Arme. Nur langsam öffnete sie ihre Augen und nahm ihre Hände von den Ohren.

»Ist es vorbei?«

Kast nickte »Ja!« sagte er. »Ich denke schon!«

»Warum erfinden Menschen so etwas? Ich dachte, so was gibt es nur in Horrorfilmen!«

Kristin weinte nicht. Sie blickte Charlie mit fragenden Augen direkt ins Gesicht.

»Ja, warum?« fragte er zurück und drückte sie fest an sich. Er hielt sie auch noch im Arm, als sie die Treppe wieder emporstiegen. Kast erklärte ihr in knappen Worten, daß es zu einem kleinen Kampf gekommen sei und daß sie von einer Sondereinheit befreit worden seien. Fries flüsterte ihm über die Schulter zu, daß er jetzt einen Abgang mache. Er habe keine Lust mehr, hierzubleiben. Sie nickten sich zu. Kristin hatte kaum mehr die Kraft, sich auf den Beinen zu halten, der Schock saß tief. Priel war inzwischen aufgewacht. Er sprach auf russisch mit zwei Männern, die den Bunker erstürmt hatten. Kristin erkannte schon von weitem seine Stimme.

»Wer ist das?« fragte sie.

»Das ist Major Priel, für alles hier verantwortlich. Kennst du ihn?« fragte Kast.

»Nein, ich habe ihn noch nie gesehen. Aber die Stimme, die kenne ich und die werde ich mein Leben lang nie wieder vergessen. Er hat mich verhört. Ich habe ihn nie gesehen, nur seine Stimme gehört. Er wollte immer wieder wissen, wo der Bernstein ist. Jürgen hat hier gearbeitet!«

Kristin drehte sich zu Kast.

»Kann ich ihn sehen?» fragte sie schnell und spontan.

»Willst du das denn überhaupt?« fragte Kast besorgt. Sie nickte stumm.

Priel saß steif auf seinem Stuhl und starrte Kristin an, als sie zur Tür reinkam. Auf der linken Stirnseite blutete er. Kristin starrte ihn an, wie man ein wildes Tier in einem Käfig anstarrt. Doch er war nicht wild, im Gegenteil. Er sah zivil aus wie jeder in diesem Raum. »Frau Klemenz!« sprach er sie an. »Sollte ich Ihnen Angst gemacht haben, tut es mir leid«, sagte er mit fester Stimme. »Ihr Bruder hat unsere Pläne an die CIA verraten, das wissen Sie, das müssen Sie wissen. Warum sonst sind Sie abgetaucht? Was ich getan habe, habe ich nicht aus persönlichen Gründen getan, sondern im Dienst der Pflicht!«

»Welcher Pflicht?« fragte Kristin verbissen zurück.

»Ich habe mein Leben den sozialistischen Pflichten gewidmet, und Ihr Bruder und vermutlich auch Sie haben alles verraten. Als Sie so unvermittelt hier aufgekreuzt sind, da mußte ich handeln!«

Kristin stellte sich vor ihn und sah ihm ins Gesicht, während sie ihm die Orden von der Uniformjacke abriß. Einen nach dem anderen. Er ließ es willenlos geschehen.

»Wann wird auch der letzte von euch begreifen, daß es nur eine Sache gibt, der ihr euch zu verpflichten habt, und das ist das Leben. Das Leben schützen, nicht vernichten! Ob Sie es nun glauben oder nicht, aber ich habe nichts gewußt! Nichts! Absolut nichts! Einen Menschen aus Pflichtgefühl zerquetschen? Geht das nicht in Ihren Kopf, daß dies Wahnsinn ist? Verrückte Ideen verrückter isolierter Menschen! Was glauben Sie wohl, weshalb man Menschen wie Sie weit weg vom Leben ihren Dienst, ihre Pflicht erfüllen läßt? Damit sie Marionetten der Macht sind. Mein Bruder, und Sie können mir glauben, ich kenne ihn besser als Sie, hat das Leben geliebt, so wie es war. Er hat sich von Leuten wie Ihnen in etwas hineindrängen lassen, aus dem er wahrscheinlich für sich persönlich keinen anderen Ausweg mehr gefunden hat als die Flucht, um solchen gotterbärmlichen Idioten zu entkommen! Glauben Sie nicht, daß das Grund genug ist? Ich habe die Wahrheit gesagt, Major Priel, aber Sie, Sie wollen Lügen hören, Lügen, die in Ihr Konzept passen, die das rechtfertigen, was Sie und Ihresgleichen unter Pflicht verstehen! Wenn es doch nur eine Zaubervokabel gäbe, die bei euch Militärs und Geheimdiensten samt euren Waffenarsenalen ein Selbstvernichtungsprogramm auslöst – ich würde ein Leben lang an nichts anderem arbeiten. Warum könnt ihr Idioten die Menschheit nicht in Ruhe lassen? Neunundneunzig Prozent wollen nichts anderes, als in Ruhe und Frieden leben und überleben. Und ein Prozent verschiebt die Massen, um Macht zu haben, mit dem Risiko, alles zu vernichten, weil angeblich irgendein Gott oder irgendein System es so will. Und ihr Handlanger dieser Verrückten redet von Pflichterfüllung! Uniformierte Pflichterfüllung?«

Kristin schlug ihm mit ihrer Faust gegen die Schläfe.

»Und schießt Wehrlosen in den Rücken und tötet diejenigen, die Verstand haben, und umgebt euch mit denen, die euch stumpfsinnig gehorchen. Major Priel, Sie haben meine Familie vernichtet, Sie verkaufen waffenfähiges Plutonium an Menschen, die unter Umständen damit ganze Regionen für kleine Ewigkeiten verwüsten können. Und warum? Weil Ihr sozialistischer Stolz gekränkt ist, weil Sie es denen da zeigen wollen – weil Sie Geld haben wollen! Ganz nach der Devise: Geld oder Krieg! Pflicht! Gegenüber wem denn noch?«

Kristin schien mit den Worten, die ihr Erleichterung verschafften, über sich selbst hinauszuwachsen. Niemandem nützte es, aber sie hatte das Gefühl, für ihren Bruder sprechen zu müssen. Er hatte keine Chance mehr, er hatte nicht überlebt wie sie.

Major Priel blickte ihr mit derselben Schärfe ins Gesicht.

»Wir haben das Zeug nicht erfunden! Das waren Leute wie Ihr Bruder. Und wir haben dann die Aufgabe, zu überlegen, was wir und unsere Gegner damit treiben. Es ist doch längst eine Tatsache, daß jeder, der Geld genug hat, Atombomben herstellen und dort deponieren kann, wo er will. Bin ich vielleicht für die Kernreaktoren und das weltweite tonnenschwere Plutoniumaufkommen, das niemand mehr zuverlässig kontrollieren kann, verantwortlich? Nicht die Sowjets, die Amerikaner haben die Bombe entworfen! Das war der pure Überlebenswille und Selbsterhaltungstrieb, der uns gezwungen hat, so zu handeln. In unseren Augen war Ihr Bruder nun mal ein Verräter. Auch wenn Sie das nicht glauben oder wahrhaben wollen, er hat gewußt, auf was er sich eingelassen hatte. Er war der ehrgeizigste Forscher, den ich kannte, und das haben wir uns zunutze gemacht. Nichts weiter! Und wenn Sie an der ganzen Banalität der Wahrheit interessiert sind, dann sage ich Ihnen auch, warum Ihr Bruder uns verlassen wollte. Es ist so banal, daß es fast kitschig klingt. Er hatte sich während seiner ersten USA-Reise verliebt. Eine Diana Smith, Agentin der CIA, die erfolgreich auf Ihren Bruder angesetzt worden war. Was glauben Sie wohl, wer diese aufwendige, teure Flucht bezahlt hat? Wir haben das erst zwei Jahre später rausbekommen. Er tat es aus Liebe, die Frau, um ihrem Land zu dienen, und wir, um unserem Land zu dienen. Und eines sag ich Ihnen, Frau Klemenz, Ihre arrogante moralische

Haltung ist nichts weiter als dumme, verpuffte Energie. Wer die Macht der anderen eingrenzen will, muß selbst mächtig sein und notfalls bereit, diese Macht mit allen Mitteln zu verteidigen. Und das wird sich auch nie ändern, egal, welche Waffen es gibt. Was zählt da der einzelne? Meine Eltern sind im Konzentrationslager umgekommen, ich wurde in einem kommunistischen Erziehungsheim für diese Aufgabe gedrillt. Auch ich könnte Ihnen Geschichten erzählen.«

Sie schwiegen beide einen Moment lang.

»Aber mein Bruder ist tot, und Sie leben!«

»Das ist reiner Zufall. Morgen oder vielleicht noch heute nacht bin ich dran. Jeder verliert mal sein Spiel! Und Sie – Sie wissen nichts!« sagte er zynisch und hob stolz seinen verletzten Kopf.

Kristin schluckte, und die Tränen liefen ihr übers Gesicht. Es war alles so absurd und ohne Sinn.

»Haben Sie vorhin die Wand ausgelöst?« fragte sie knapp.

»Nein, ich war bewußtlos. Jemand muß sich mit seinem Hintern auf die Tasten gesetzt haben. Wir haben diese Wand nie als Tötungsapparat benutzt. Es ist eine reine Angstmaschine, ohne daß sich die Vernehmer die Finger schmutzig machen müssen und ohne daß beim Vernommenen sichtbare Spuren hinterlassen werden. Außerdem ist nach psychologischen Studien dieser Apparat ein wahres Wahrheitsfindungsgerät. Es gibt keine Methode, die sich besser eignet, um ein Geständnis zu bekommen, als jemanden in die Enge zu treiben. Aber getötet – nein, im extremsten Fall werden sie nur eingeklemmt, ein bißchen zusammengedrückt. Dann bleibt die Wand automatisch stehen.«

»Aber die Wände stehen doch direkt aneinander.« Sie zeigte auf den Monitor.

»Es ist ja auch niemand dazwischen«, grinste er.

Einer der Kapuzenmänner flüsterte Kast etwas ins Ohr, woraufhin sich Charlie an Kristin wandte.

»Ich glaube, wir müssen jetzt gehen.«

»Einen Moment noch«, erwiderte Kristin. Sie ging erneut einen Schritt vor auf Priel zu.

»Haben Sie meinen Bruder gefunden?«

Priel wischte sich mit dem Handrücken über die verletzte Stirn. »Ich glaube, einen Tag nach der Flucht haben wir ihn geborgen. Tot.«

Kristin hatte es immer geahnt, aber zum ersten Mal sprach es jemand aus, der es wissen mußte. Sie trat zurück, und Charlie legte seinen Arm um ihre Schulter.

»Und wo... wo haben Sie ihn begraben?« fragte Kristin mit vibrierender Stimme. »Wo?«

Priel sah sie mit versteinerter Miene an.

»Er ist eingeäschert worden. Die Urne liegt unter dem großen Sandstein auf dem Hof.«

»In Grabenow?«

»Ja!« Sein Gesicht hatte immer noch diesen steinernen Ausdruck. Seine Augen waren aufgequollen, aber er konnte wieder sehen.

»Der Stein neben der Scheune?«

Priel nickte.

Kristin starrte auf ihre Hände. Der dicke Sandstein, auf dem sie früher als kleines Mädchen gestanden und ihr Bruder sie dann aufgefangen hatte. Immer wieder und immer wieder, das hatte ihr Spaß gemacht, und sie hatte nicht aufhören wollen. Und jetzt lag Jürgens Asche darunter.

»Und meine Mutter?« Jetzt wollte Kristin alles wissen.

»Ihre Mutter?« wiederholte Priel. »Das wissen Sie doch. Sie hatte einen Gehirnschlag.«

»Der Totenschein ist gefälscht! Das wissen Sie!«

Priel hüstelte. »Wer sagt das?«

»Die Gauck-Behörde. Es gibt einen Auftrag an den Arzt in den Stasiunterlagen. Aber den Arzt gibt es nicht mehr in Greifswald, und niemand weiß, wohin er gezogen ist.«

»Diese Schwätzer«, erwiderte Priel überheblich. Zwei Russen kamen in den Raum und legten ihm Handschellen an. »In den Akten stehen nur halbe Wahrheiten. Ihre Mutter war ein Pflegefall. Sie hätte ohnehin mit dem Hof nichts mehr anfangen können.«

Ihre Mutter hatte tatsächlich noch gelebt. Kristin war so aufgebracht, daß sie kaum Luft bekam.

»Lebt sie noch?« mischte sich jetzt Kast ein.

Priel sagte, während er zur Tür hinausgeschoben wurde: »Nein, sie ist vor etwa einem Jahr gestorben. Es war ohnehin kein Leben für sie.«

»Dann ist ihr Grab leer?« fragte Kristin verbittert.

»Sie liegt auf dem anstaltseigenen Friedhof in Waldheim.« Priel drehte sich nochmals zu ihr um. »Was sehen Sie mich so an! Ihr Bruder und Sie sind doch die Verräter, die Flüchtlinge und an allem schuld.«

Für einen kurzen Augenblick standen sie sich sehr nah gegenüber, ohne Verständnis füreinander. Priel, der letzte Verfechter kommunistischer Ideale, Kristin, das Opfer.

IM HELIKOPTER

Der Helikopter der Bundeswehr mit Fuchs an Bord stand abflugbereit auf dem Flugplatz von Peenemünde, und zwei Streifenwagen der Polizei fuhren dicht an den Helikopter heran.

Fuchs saß an seinem Sprechfunkgerät und plauderte mit dem Einsatzleiter vor Ort.

»Prima!« sagte Fuchs. »Kein Toter, zwei Verletzte der anderen Seite. Eine gute Bilanz... nein, nein, das ist richtig so! Der Mann bei Kast ist verschwunden. Na gut, ich werde den Kast fragen, wer das war, kein Problem. Sie bleiben auf alle Fälle mit dem russischen Kommandanten in Kontakt. Die brauchen nicht meinen, daß wir lockerlassen. Das hat ein Nachspiel auf politischer Ebene! Wir verlangen einen lupenreinen Aufklärungsbericht. Was mit den Leuten geschehen ist, mit dem Material und, und, und. Ein Haufen Bernstein... so... geht uns im Moment nichts an! Sie wissen schon Bescheid. Nein, nein, es bleibt bei Plan B.«

»Die Frage ist, ob sie dem zustimmen!« ertönte es von der anderen Seite.

»Ha«, lachte Fuchs höhnisch in sein Sprechfunkgerät. »Ich bitte Sie. Die beiden haben doch keine andere Wahl!«

»Wir gehen dann nach Hause!«

»Sie können, sie müssen sogar, die Aktion jetzt abbrechen. Und danke nochmals, ich werde mir das merken, daß Sie so schnell und so gut gearbeitet haben!«

Ein Mercedes hielt vor dem Hubschrauber. Kast und Kristin, die noch immer Handschellen trugen, wurden zum Hubschrauber geführt.

»Was soll das?«

»Werden Sie gleich erfahren!« brummte einer der Begleiter.

Sie kletterten in den Hubschrauber, die Handschellen wurden ihnen abgenommen.

»Sie?« fragte Kast mit einem sichtlichen Ausdruck des Mißfallens. Kristin sagte nichts. Sie versuchte den Blicken von Fuchs auszuweichen.

»Bitte!« erwiderte Fuchs. »Nehmt Platz! Im Sitzen fliegt es sich angenehmer!« Dann blickte er Kast eindringlich an.

»Ich! Ja ich!« antwortete Fuchs. »Was denken Sie, wer Ihnen die Leute zu Hilfe geschickt hat? Ich erwarte kein Dankeschön. Sie hätten genausogut bei den Russen schmoren können. Ihnen hätte ich das mal gegönnt. Aber da gab es jemanden...«

Charlie und Kristin sahen sich an. Jeder versuchte aus dem Gesichtsausdruck des anderen abzulesen, was jetzt wohl geschehen würde.

»Christine«, sagte Fuchs mit französischem Akzent. »Ich freue mich, dich unverletzt zu sehen. Auch wenn du mir nicht glaubst, es war mir nicht egal. Aber vielleicht erinnerst du dich an das, was ich dir gesagt habe: Laß die Geschichte ruhen!«

Er wandte sich an Kast.

»Sie, mein lieber Kast, kostet es den Job. Die ZERV ist eine Polizeidienststelle und kein Abenteurerverein für Männer, die aus heroischer Verliebtheit blödsinnige Aktionen unterstützen. Sie hätten wissen müssen, in welche Gefahr Sie sich und Ihre Geliebte, Freundin, Frau, Partnerin oder in welchem Verhältnis Sie auch immer zu ihr stehen, bringen.«

Kast zog die Augenbrauen hoch. Mußte er sich wirklich von diesem Trottel belehren lassen? Schließlich war es sein Verdienst, daß dieser Atomschmuggel gestoppt wurde. Fuchs räusperte sich und sah Kristin mit einem provozierenden Blick an, sie hielt dem Blick stand. Charlie ärgerte sich. Fuchs gab dem Piloten ein Zeichen zum Start.

»Was haben Sie nun mit uns vor? Wir haben unsere Sachen noch im Hotel!« bemerkte Kast.

»Sie sagen mir jetzt, wo Sie den Bernstein versteckt haben, und ich sage Ihnen, wohin die Reise geht. Ist das was?«

»Sie wissen doch längst, worum es sich handelt. Eine Gruppe von Spinnern aus dem ehemaligen KGB und des militärischen Sicherheitsdienstes der NVA haben sich zusammengetan, um einen Atomschmuggeldeal zu organisieren. Bahlevi, früher unter dem Namen Rhabani oder Khomeni Kalaschnikow bekannt, war ihr Kunde.«

»Und was hat das Ganze mit dem Bernstein zu tun?«

Kast griff in seine Tasche und holte einen zerknüllten Schein hervor. »Hier, ein Lieferschein. Das Ganze diente nur als raffiniert getarnter Weg. Alle Geheimdienste haben ihre Leute in den Kernkraftwerken und beim Militär sitzen. Niemand hätte hinter einer normalen Bernsteinlieferung so etwas vermutet, und auch im Abnehmerland ist das kaum aufzudecken.«

Fuchs lächelte. »Was glauben Sie wohl, wie viele solcher

Gruppen es gibt? Wir hätten ohnehin nach unserer Methode die Geschichte überprüft. Sie haben aber meine Frage noch nicht beantwortet. Wo ist der Stein?«

»In einem Schließfach in der Greifswalder Volksbank. Hier ist der Schlüssel. Und nun?«

Fuchs griff in seine Aktentasche und holte ein DIN-A4-Blatt heraus und reichte es ihm.

»Hier, das neueste Schreiben aus dem Milieu. Sie sind ganz schön populär, stehen gleich zweimal drauf! Und das ist sehr ernst zu nehmen. Wir können und wollen Sie nicht schützen, wenn Sie wieder nach Berlin gehen. Ich mache Ihnen allerdings ein großzügiges Angebot. Sie fliegen auf eine Insel, bleiben dort mit Christine ein paar Wochen oder Monate, je nachdem, wie Sie sich fühlen, nehmen einen neuen Namen an, ändern ein bißchen Ihr Outfit, Sie wissen schon – und wenn es mal einen besonderen Einsatz gibt, können Sie sich ja erkenntlich zeigen. Ihre Arbeitsmethoden, Kast, sind für den Geheimdienst wie geschaffen. Sie sind ein Einzelgänger, haben keine Familie, sind klug, verfügen über hervorragende Kontakte im Osten... Sie müssen nicht, aber dann können Sie sich gleich ein Grab aussuchen! Und Christine hat ja nun auch eine Menge Feinde, die von ihrer Existenz wissen. Also die Insel liegt im Süden, ist klein, beschützt, Sie haben ein hübsches Haus, komplett eingerichtet, ein Paradies für ein Pärchen. Ich würde da keine Minute zögern. Ach so, Sie werden natürlich ab und zu Besuch bekommen. Wir wollen alles wissen, was diese Bernsteingeschichte angeht. Sie wissen ja, das Verhältnis zu den Russen ist heikel! Ja, mehr wollen wir fürs erste auch gar nicht.« Charlie und Kristin schwiegen. »In Berlin sind Sie tot. Vielleicht lassen die Russen Sie in Ruhe, aber der Bahlevi wird es Ihnen nie verzeihen, daß Sie ihm das Geschäft vermasselt haben. Der ist da sehr nachtragend!«

»Gibt es denn immer noch nicht genug Material, den festzusetzen?«

»In diesem Fall haben wir nichts in den Händen. Der weiß bestens Bescheid und wird sich hüten, auch nur Kurs auf Usedom zu nehmen. Das Geschäft ist geplatzt und damit leider auch unsere Möglichkeit, ihn auf frischer Tat zu erwischen. Die Ware sollte übrigens in den Iran gehen. Die wollten dann mit frisch kopierten Dollarnoten bezahlen. Einer bescheißt bei denen den anderen.«

»Und woher wissen Sie das?«

»Wir haben immer Wert darauf gelegt, gute Beziehungen zu den Mullahs zu haben. Nur so können wir wissen, was sie tun. Und nur, wenn wir wissen, was sie tun, können wir die Lage einigermaßen kontrollieren und werden selbst in Ruhe gelassen. Na, einige der Herrschaften haben angeberisch verlauten lassen, daß sie eine ganz besondere Lieferung erwarten. Das deckt sich ziemlich genau mit der Bahlevi-Geschichte.«

Kast schüttelte den Kopf.

»Wenn Sie so genau wissen, wohin das Zeug sollte, weshalb greifen Sie dann nicht ein oder protestieren offiziell?«

»Ich habe die Interessen Deutschlands zu vertreten und sonst nichts! Was die tun oder nicht tun, hat uns nichts anzugehen. Wir melden uns erst, wenn uns etwas getan wird. Das ist das Gesetz der Geheimdienste! Anders funktioniert es auch nicht. Ich bin kein Papst, sondern nur jemand, der politische Stürme von anderswo geschickt ableiten muß, damit die sich nicht bei uns austoben. Das wird von mir erwartet, und dafür werde ich bezahlt.«

Er gab über Funk den Ort durch, den Kast als Versteck für den Bernstein angegeben hatte.

Kast kramte die Fotos von Bahlevi aus seiner Jackentasche.

»Hier – mit einem schönen Gruß an Ihren Schützling!«

Fuchs warf einen Blick auf die Fotos.

»Wo kommen die her?« fragte er verwundert.

»Er war vorgestern auf dem Hof!«

»Bahlevi?« fragte Fuchs zweifelnd.

»Ja.«

Fuchs steckte die Bilder ein. »Wir können es uns nicht leisten, jede Verbindung mit diesen Kreisen abzubrechen. Dann sind wir draußen! Und was ist schlimmer: Die Gefahr sehen und notfalls handeln zu können oder blind sein?«

»Unterstützt mit den Millionen der Treuhand«, warf Charlie sarkastisch ein, auf Bahlevis Rostocker Fabrik anspielend, »wie wollen Sie das dem Steuerzahler beichten?«

»Der Bahlevi ist ein Händler«, rechtfertigte sich Fuchs, »der kennt Krisen bereits, bevor sie ausgesät werden. Politik, mein Lieber, hat was mit riechen zu tun. Und Bahlevi ist unser Spürhund und gleichzeitiger Garant dafür, daß es vielleicht woanders kracht, aber nicht bei uns. Und das ist alles, worum ich mich zu kümmern habe. Das erwarten Millionen Menschen von uns: Sicherheit! Mit Moral kommen Sie da nicht weit... das ist der Irrglaube der Jugend!... Ich gehe davon aus, daß ihr die Variante mit der Insel wählt, oder?« fragte er.

Kast nahm Kristins Hand und drückte sie.

»Du sagst gar nichts?« fragte er.

»Mir ist im Moment alles egal. Entscheide du.«

Kast lächelte.

»Ja«, sagte er und gab Fuchs den Zettel zurück.

»Auf Staatskosten?« fügte er hinzu.

»Ooch, wissen Sie, ich denke, Sie haben sich das verdient! Andere bekommen das für nichts! Die Wohnungen sind vorhanden. Sie stehen ohnehin für so was zur Verfügung. Was die Entschädigung angeht, reden wir noch«, wandte er sich an Kristin.

»Kann ich Isabelle schreiben?« fragte Kristin leise.

»Natürlich, aber ohne Angabe von Adresse und so weiter... Das würde sie nur in Schwierigkeiten bringen. Ich werde ihr einen persönlichen Boten schicken, das verspreche ich. Gut!«

Kristin nickte und lächelte zum ersten Mal an diesem Abend. Der Hubschrauber landete. Ein Privatflugzeug stand schon bereit, um die beiden an den geheimen Ort zu bringen. Fuchs kramte seine Sachen zusammen und zerriß die Bahlevi-Fotos, als er wieder allein war.

ABSCHLUSSBERICHT

Reichel saß in seinem Büro am Computer. Er schrieb ein Protokoll zum Klemenz-Fall. Neben dem Computer lag ein Kuvert mit dem Vermerk »streng vertraulich«. Der Bericht ging an den BND intern, ans Auswärtige Amt, ans BKA und ans Kanzleramt.

»...Belegbare Beweise, daß der Unternehmer Samir Bahlevi sowie Oberst Wassilij Tscherenkow in die Atomschmuggelaffäre auf dem Klemenz-Hof/Usedom verstrickt sein könnten, gibt es nicht. Es bleibt alles auf der Ebene von Vermutungen. Die Probe aus dem Bernstein und die Materialien, die aus der Flugasche rund um das Objekt gefunden wurden, lassen allerdings eindeutig den Schluß zu, daß auf dem Grundstück mit waffenfähigem Plutonium in Red-Mercury-Konzentration gehandelt wurde. Alle Indizien verdichten sich dahingehend, daß es sich um eine Clique ehemaliger Stasi- und KGB-Genossen handelte, die einen verwaisten Aussiedlerhof als militärisches Gelände präparierten, um hier ungestört ihren Geschäften nachgehen zu können. Drahtzieher war ein gewisser Major Johann Priel, der sich mit seinen Komplizen vor einem russischen Militärgericht zu verantworten hat. Wir haben hier keinerlei Handhabe, einzugreifen. Aufgrund des durch eine Explosion verursachten Großfeuers auf dem Klemenz-Gelände ist eine exakte Spurenanalyse nicht mehr möglich. Was die Gefährlichkeit der Red-Mercury-Probe angeht, liegen noch keine exakten wissenschaftlichen Ergebnisse vor. Eine Gefährdung der öffentlichen Sicherheit bestand zu keiner Zeit. Die Presse ist nicht zu informieren…«

Liebe Isabelle,
bitte entschuldige, daß ich mich erst so spät melde. Ich muß mich wieder mal verstecken! Es scheint allmählich zum festen Bestandteil meines Lebens zu gehören, daß ich ab und zu untertauchen muß. Habe einige turbulente Wochen hinter mir! Wurde wegen angeblicher Spionage vom »GUS-Militär« festgehalten. Es war die Hölle! Da draußen hat kein Mensch eine Ahnung, was dort abläuft. Wenn Charlie, Du weißt, dieser Ermittlungsbeamte von der ZERV, nicht die Trommeln gerührt hätte, hätten die mich umgebracht, wirklich, Isabelle. Auch wenn sich das alles sehr übertrieben anhört, Jürgen soll beabsichtigt haben, ein streng geheimes, militärisches Forschungsprojekt der Sowjets an die Amis zu verraten. Mich haben sie beschuldigt, davon gewußt zu haben, dabei hatte ich wirklich keine Ahnung. Du weißt ja, wie wir immer gerätselt haben, warum ich mich verstecken muß.

Stell Dir vor, mein Bernstein, Du erinnerst Dich, war der Auslöser für all das, was mir passiert ist. Jürgen hatte diesen Stein präpariert. Er enthielt die Probe eines nuklearen Materials. Ist das nicht verrückt? Und ich hatte keine Ahnung! Nie im Traum wäre ich darauf gekommen! Niemals! Unser Hof war Umschlagplatz für einen sowjetisch-deutschen Atomschmugglerring. Jetzt ist der Hof abgebrannt, es soll Brandstiftung gewesen sein, aber ob die Täter jemals zur Verantwortung gezogen werden, glaube ich nicht.

Ach, Isabelle, die Wahrheit ist eine bittere Pille, aber trotzdem macht sie mich stark.

Ich habe auch herausgefunden, daß Mama erst vor einem Jahr gestorben ist. Das hat mir am meisten weh ge-

tan. Ich hätte die Chance gehabt, sie noch einmal zu sehen. Vielleicht hätte sie mich verstanden, vielleicht hätte sie Jürgen und mir verziehen, vielleicht hätte ihr das die Kraft gegeben, weiterleben zu wollen. Sie hatte zwar damals einen Gehirnschlag erlitten, aber keinen tödlichen. Sie war als Pflegefall in ein Heim gesteckt worden. Um an den Hof zu kommen, hat ein Arzt einen gefälschten Totenschein ausgestellt, und Mama wurde vermutlich gezwungen, dieses Testament zu schreiben.

Habe vorgestern die Adresse des Arztes erhalten. Er hat jetzt eine große Praxis am Bodensee. Ich habe mir vorgenommen, ihm anonym zu schreiben, daß ich alles weiß, was er damals im Auftrag der Stasi getan hat. Anzeigen werde ich ihn nicht, denn er hätte wahrscheinlich den besseren Rechtsanwalt. Aber ich werde ihm ein bißchen Angst machen. Er soll sich nicht mehr wohl fühlen in seiner Haut! Nicht aus Rache, Isabelle, ich habe nur keine Lust mehr, immer diejenige zu sein, die alles einstecken muß. Wenn ich mal wieder diejenige sein darf, die ich bin, werde ich ihn vielleicht sogar besuchen und ihn zwingen, mir in die Auge zu sehen, und hören, welche Entschuldigungen er parat hat. Es ist eine Schweinerei, wozu sich Menschen hergeben. Isabelle, ich bin zu der festen Überzeugung gekommen, daß Opfer lernen müssen, sich zu wehren. Dieses stille Dulden, dieses Zurückziehen macht es denjenigen, die die Menschen unterdrücken – egal, ob es in der Familie, in einem Staat oder sonstwo geschieht –, viel zu leicht. Opfer müssen aktiver werden, mehr zusammenhalten und die Täter bloßstellen!

Wer Leben zerstört, darf dies nicht ungestraft tun! Wer Feindschaft sät, muß wissen, daß er Feindschaft ernten wird. Ich habe manchmal das Gefühl, daß die meisten Menschen zuwenig entschlossen sind, zuwenig Zivilcourage besitzen, um die Menschenrechte zu verteidigen. Wir alle machen es Tätern und Aggressoren zu leicht, wenn wir uns immer nur hinter dem nächsten Busch verkriechen und darauf hoffen, nicht zur Zielscheibe zu werden. Unser lieber Staatssekretär, Du weißt, wen ich meine, nennt das Verkriechen und Wegsehen hochtrabend Diplomatie. Ich weiß nicht, wo Diplomatie aufhört und wo Feigheit anfängt. Natürlich ist es schwierig, und ich bin auch keine Heldin, das habe ich ganz deutlich gemerkt. Ich hatte Angst um mein Leben, und wenn ich hätte rennen können, ich wäre gerannt, und wie ich gerannt wäre! Aber trotzdem habe ich den großen Wunsch in mir, nicht mehr wegsehen zu wollen. Zumindest will ich es, ob ich es immer kann, weiß ich nicht.

Isabelle, lach jetzt nicht, aber ich habe mir ernsthaft vorgenommen, politisch aktiver zu werden. Meine große Sympathie gilt jenen Frauen und Männern, die sich weltweit über nationale, ideologische und religiöse Grenzen hinwegsetzen und wenigstens versuchen, etwas gegen Unterdrückung und Menschenverachtung zu unternehmen. Ich werde mich irgendeiner Kommission anschließen, die sich ernsthaft für die Menschenrechte einsetzt.

Ich halte diese Distanz, mit der viele ihre Inaktivität rechtfertigen, nicht mehr aus. Du kannst dasitzen und abwarten, wie alles passiert – oder Du tust was. Und ich will was tun, will mich engagieren, ganz bewußt! Nicht gegen etwas, sondern für etwas. Und ich habe die große Hoffnung, daß wir heutzutage eine viel größere Chance haben, etwas zu bewirken, als noch vor fünfzig Jahren. In Sekundenschnelle kann man von einem Teil der Erde zum anderen Informationen weitergeben, wir können die Scheinwerfer auf die Täter, die Kriegstreiber, die Diktatoren, die politischen Sadisten richten, diese Leute öffentlich bekannt machen. Es darf einfach in Zukunft niemand mehr heimlich Unrecht begehen!

Dann müßte man noch ganz dringend über Sinn und Unsinn von Militärapparaten nachdenken. Schaden und

Nutzen abwägen. Vor allem diese elende Geheimniskrämerei muß ein Ende haben. Jeder Staat kann sich offen verteidigen. Schlapphüte und Militärmützen, die in ihren geheimen Zirkeln ein böses treiben, müssen endlich geoutet werden. Was wir brauchen, ist eine starke, offene Allianz gegen Gewalt, ausschließlich den Menschenrechten verpflichtet und sonst niemandem...

Dafür werde ich mich einsetzen, und ein bißchen Erfolg habe ich sogar schon gehabt.

Stell Dir vor, ich habe einem russischen Leutnant und seiner Familie zur Flucht in die USA verholfen. Er wollte unbedingt weg von der Armee zu seinem Schwager nach New Jersey. Er war Tscherenkows Adjudant, Du weißt, dieser sowjetische Oberst, unter dessen Kommando auch unser Hof stand. Unser lieber Staatssekretär hat dem Russen die nötigen Papiere verschafft, und ich habe ihm dafür das Originaldokument gegeben, auf dem er als inoffizieller Mitarbeiter der Stasi zu entlarven war. Ich habe mich wirklich diebisch gefreut, als ich gestern über unseren »privaten« Postdienst die Nachricht erhalten habe, daß die Familie gut bei ihren Verwandten angekommen ist.

Nun, Isabelle, beinahe hätte ich vergessen, Dir das Wichtigste zu erzählen. Ich bin verliebt! Nein, nicht mal so, sondern richtig. Es ist Charlie, Du kennst ihn ja schon, und bei ihm war es angeblich Liebe auf den ersten Blick. Er war nur zu schüchtern, mir das sofort zu sagen. Ich habe ihn immer für ein bißchen spröde und langweilig gehalten. Aber jetzt, er könnte, was heißt, könnte, er ist ein Mann fürs Leben! Ich habe einfach Lust, mit ihm alt zu werden. Dieses Gefühl ist völlig neu für mich, aber es ist wahnsinnig schön. Ja, Isabelle, wir haben beide den Entschluß gefaßt, zusammenzubleiben. Er ist zwar ein bißchen pedantisch, zu gerade, eine Spur zu ordentlich, wenn Du verstehst, was ich meine, aber er ist andererseits ein Mann mit Gefühl, mit einem ganz, ganz großen Herzen, und man kann sich auf ihn verlassen. Wo gibt es das noch? Da greif ich doch schnell zu!

Im Augenblick haben wir ja viel Zeit, uns richtig kennenzulernen. Und mir ist aufgefallen, daß er jetzt auch schon ab und zu seine Socken liegenläßt und nicht mehr so ordentlich daherkommt. Und ich habe mich schon dabei ertappt, daß ich meine T-Shirts zusammenlege und im Schrank staple, statt sie auf dem Sessel auszubreiten. Ist das Liebe? Na, ich bin gespannt, was Du von ihm hältst. Du wirst ihn mögen, da bin ich mir sicher, und der Junge sieht echt gut aus. Manchmal ärgere ich ihn, weil er immer daherkommt wie vom Titelblatt. Du kennst das, stufiger Haarschnitt, dunkelgraues T-Shirt, schwarze Lederjacke, »bejeept«. Aber er sieht nur so aufgemotzt männlich aus, innendrin ist er ein Sensibelchen, ein Kuschelbär. Jetzt weißt Du schon viel, und verrate ihm ja nie, wie ich ihn Dir beschrieben habe! Das bleibt unser Geheimnis!

Liebe Isabelle, es umarmt und drückt Dich ganz fest,

Deine Christine und Kristin

PS:

Damit ich hier im »Exil« noch etwas zu tun habe, schreibe ich ein Buch. Ich werde es »Im Innern des Bernsteins« nennen. Wovon es handelt, kannst Du Dir sicher denken. Aber ich werde alle Namen und Orte ändern, damit ich nicht wieder irgendwo in einem Versteck leben muß, wenn sich jemand auf den Schlips getreten fühlt. Eigentlich sollen wir nichts veröffentlichen, und als Gegenleistung bekomme ich eine großzügige finanzielle Abfindung für den Hof. Aber wer kann mir verbieten, eine Geschichte zu schreiben? Ich freue mich schon riesig auf die Rue St. Helene.

Wer die Wahrheit sagen will,
darf nicht alles beim Namen nennen.
Deshalb gilt für diese Geschichte:
Die Handlung ist frei erfunden,
jede Ähnlichkeit mit lebenden Personen
ist rein zufällig!